suhrkamp taschenbuch 2519

Wie leicht kann das geschehen: daß Sie nach Venedig kommen ohne weitere Pläne, als sich für eine Weile loszusagen vom festgefahrenen Alltag, und daß diese Stadt Sie dann seltsam umklammert hält. Fabregas, einem, wie er meint, nüchternen Industriellen aus Barcelona, geht es so. Kaum hat er die lästige Verbindung zur übrigen Welt bis aufs nötigste gekappt und glaubt sich unauffindbar in seinem diskreten Hotel, da wird er hineingezogen in Verhältnisse und Geschichten, an die er nicht einmal im Traum gedacht hätte. Nicht die weltberühmten Schönheiten, nicht die Kulturschätze sind es, die den Reisenden festhalten. Es ist etwas anderes, etwas Verlockend-Unbestimmtes, und für Fabregas nimmt es die Gestalt einer Frau in schwarzem Regenmantel an. Eduardo Mendoza, der Autor des so fabelhaft unterhaltenden und international erfolgreichen Romans *Die Stadt der Wunder*, erzählt hier aus einem Venedig, wie wir es halb zu kennen glauben, wie es sich halb zum ersten Mal darstellt: als unerhörte Insel.

Eduardo Mendoza ist 1943 in Barcelona geboren, wo er heute, nach zehn Jahren Dolmetschertätigkeit bei der UNO in New York, wieder lebt. Im Suhrkamp Verlag sind erschienen: *Das Geheimnis der verhexten Krypta*. Roman (1990), *Die Stadt der Wunder.* Roman (1991. st 2142), *Die Wahrheit über den Fall Savolta.* Roman (1991. st 2278) und *Die unerhörte Insel.* Roman (1993).

Eduardo Mendoza
Die unerhörte Insel

Roman

Aus dem Spanischen
von Peter Schwaar

Suhrkamp Verlag

Die Originalausgabe erschien 1989 unter dem Titel
La isla inaudita bei Seix Barral, Barcelona.

Die Übersetzung wurde gefördert
aus Mitteln der Dirección General del Libro y Bibliotecas
des spanischen Kulturministeriums.

Umschlagfoto: Ernst Wrba

suhrkamp taschenbuch 2519
Erste Auflage 1996

Druck: Ebner Ulm
Printed in Germany
Umschlag nach Entwürfen von
Willy Fleckhaus und Rolf Staudt

1 2 3 4 5 6 – 01 00 99 98 97 96

Wie man, die unerhörte Insel zurücklassend,
Sich in den ersehnten Traum hineinsteigert
In der Perle, die leuchtend ihn nachformt.

CARLES RIBA, *Wildes Herz*

ERSTER TEIL

I

Vielleicht ist es das – daß ich mein ganzes Leben lang ein Träumer gewesen bin, dachte Fábregas an einem Frühlingsmorgen beim Rasieren, während er im Spiegel aufmerksam seine im Schlaf stumpf gewordenen Züge studierte, die nicht zu der Klarheit passen wollten, mit der sich der Gedanke in ihm artikuliert hatte. Dann setzte er seine Morgentoilette fort, doch diese behagliche Routine vermochte nicht die Unruhe zu beseitigen, die ihn seit mehreren Stunden zunehmend erfüllte. Andere Male hätte ihn ein solcher Gedanke nicht durcheinandergebracht; immer hatte er sich für einen praktischen Mann gehalten und war der Ansicht, die schwankendsten Facetten seiner Persönlichkeit zu kennen sei Teil dieses Pragmatismus. Diesmal jedoch nicht. Und wenn ich eine Dummheit machte? fragte er sich. Und ohne sich darüber weiter den Kopf zu zerbrechen, ging er wie jeden Tag in sein Büro, wo er den Rechtsberater der Firma zu sich bestellte.

»Riverola, ich verreise.«

Der Anwalt machte eine Kopfbewegung, ohne den Blick von den Papieren in seiner Hand abzuwenden. Mit dieser Gebärde wollte er zu verstehen geben, daß so etwas unmöglich war, daß die Firmengeschäfte es nicht erlaubten, daß Fábregas sich absetzte. Dieser war jedoch nicht bereit, auf sein Vorhaben zu verzichten.

»Ich hab' dich nichts gefragt«, sagte er. »Ich verreise, und damit basta.«

Zum Teufel mit der Firma, dachte er. Außer dieser von seinem Vater geerbten Firma, der er bis jetzt sein ganzes Leben gewidmet und für die er nie das geringste Interesse verspürt hatte, hielt ihn nichts in Barcelona. Ein paar Jahre zuvor hatte er in einer plötzlichen Anwandlung, die sicherlich nur wenig mit Liebe zu tun hatte, geheiratet; kurze Zeit später hatten sich seine Frau und er unter freundschaftlichsten Umständen wieder getrennt. Aus dieser Ehe hatte er einen Sohn, den er gelegentlich sah. Die flüchtige, oberflächliche Intimität mit seiner Exfrau hatte in seiner Erinnerung kaum Spuren hinterlassen, vor allem nach kürzeren, aber intensiveren Liebschaften danach. Seinen Freunden gegenüber verspürte er eine wachsende Gleichgültigkeit; nichts vermochte ihn zu begeistern. Seit einigen Monaten lebte er, fast gegen seinen Willen, in einer eher stürmischen als wirklich leidenschaftlichen Beziehung mit der Frau eines in den Handelskreisen der Stadt sehr bekannten Finanzmannes, der vor kurzem – überraschend und unabhängig vom Techtelmechtel seiner Frau, von dem er nichts wußte – zu einem der Hauptgläubiger von Fábregas' Firma geworden war, genau zu dem Zeitpunkt, als es mit dieser bergab ging. Nun wirkte die Möglichkeit, mit einer Flucht diesem von Vorwürfen, Schrecken und Mißtrauen starrenden Verhältnis ein Ende zu setzen, stimulierend auf Fábregas.

Noch am selben Nachmittag reiste er mit kleinem Gepäck nach Paris. Von dort schrieb er seiner Geliebten einen nüchternen Brief, in dem er ihr ungeordnet die Gründe seines Weggangs darlegte und der, ohne daß sich vom einen notwendigerweise auf das andere hätte schließen lassen, mit den Worten endete: »Ich glaube, wir sollten uns hinsichtlich der Zukunft unserer Beziehung keine großen Illusionen machen.« Sowie der Brief abgeschickt war, verspürte er Erleichterung, nicht frei von Gewissensbissen. Er dachte, wieviel ritterlicher es von seiner Seite doch gewesen wäre, hätte er ihr diesen Schlag mündlich, von Angesicht zu Angesicht, versetzt und den Folgen seines Entschlusses, sollte er welche haben, die Stirn geboten. Am folgenden Morgen schickte ihm Riverola, der ihn weiß Gott wie aufgespürt hatte, ein Telex, in dem er ihn beschwor, unverzüglich zurückzukommen. Sein plötzliches, ungerechtfertigtes Verreisen habe ein Klima des Mißtrauens geschaffen, das die Krise zu beschleunigen drohe, in die die Firma stürzen werde, wenn für gewisse Probleme nicht drastische Lösungen gefunden würden, hieß es im Telex. Fábregas warf es in den Papierkorb, und da er sich entdeckt wußte, verließ er Paris. Eine Woche lang streifte er durch verschiedene Städte, ohne in einer von ihnen zu finden, was er zu suchen glaubte. Schließlich gelangte er eines Abends Mitte April nach Venedig. Der Himmel war sternklar, und die Stadt schien seltsam unbewohnt. Fábregas hatte eine plötzliche Eingebung: Wenn mir etwas Wichtiges bevorsteht, dann muß es hier sein, dachte er.

Die Lounge des Grandhotel Moro, wo er absteigen wollte, war ebenfalls menschenleer; im Gewölbe hallten seine Schritte auf dem gewürfelten Marmor; die Anmeldeformalitäten wurden rasch, beinahe wortlos erledigt. Als er sein Zimmer betrat, sah er, daß sein Koffer schon ausgepackt war – die Anzüge hingen an den Bügeln, und Hemden und Unterwäsche lagen säuberlich auf den Brettern im Schrank. Bevor er zu Bett ging, öffnete er Fensterflügel und Jalousien und stützte die Ellbogen aufs Fensterbrett. Die Nacht draußen war feuchtkalt; es herrschte vollkommene Stille; nur das Wasser plätscherte mit sanftem Murmeln gegen den Stein; die Kuppeln und Türme bildeten eine kompakte Masse gegen den Himmel. Eine Uhr schlug ein einziges Mal. Von heftiger Erregung gepackt, schlüpfte Fábregas ins Bett und konnte bis zum Tagesanbruch keinen Schlaf finden.

Doch der Morgen hielt eine Ernüchterung für ihn bereit. Er wurde von anhaltendem Geschrei geweckt, und als er aus dem Hotel trat, fand er die Straßen von Touristen überflutet. Von allen Besichtigungen, die er an diesem Tag machte, erinnerte er sich später nur noch an die Menschenschlangen und -ansammlungen. Es war absurd, sich zu beklagen, da er letzten Endes ein weiterer Tourist war, wie er sich sagte, aber diese Überlegung verhinderte nicht, daß seine Gereiztheit immer mehr zunahm, je länger die Tage ohne Änderung verstrichen. Das ist doch absurd, dachte er. Nur gegen Morgen, wenn sich die letzten Nachtschwärmer zurückgezogen hatten und wieder Stille herrschte, befiel ihn erneut das vage Gefühl von etwas unmittelbar Bevorstehendem, das ihn schon bei seiner Ankunft erfaßt hatte. Auch die Einsamkeit lastete auf ihm: Jetzt ertappte er sich dabei, wie er mit Sympathie an die Arbeit und das gesellschaftliche Leben zurückdachte, die ihn am Ende so gelangweilt hatten, und wie er sich nach der Hingabe und Zärtlichkeit der Frau sehnte, auf deren Zuneigung er eben unwiderruflich verzichtet hatte. Das Wetter, anfänglich beständig, wurde unfreundlich; schon am frühen Morgen hingen dunkle Wolken am Himmel, und es gab selten einen Tag, an dem kein Platzregen niederging; ein böig-salziger Wind wehte, und das Barometer war brüsken Wechseln unterworfen, die keine Besserung verhießen.

2

Fábregas befand sich bereits seit einer Woche in Venedig, als er auf offener Straße unvermutet einen katalanischen Geschäftsmann namens Marcet traf, den er oberflächlich kannte und unter andern Umständen nur mit einer Handbewegung gegrüßt hätte. Doch nun ließen ihn seine Lage, der Umstand, daß beide fern von Barcelona waren, und das Zufällige der Begegnung seine Herzlichkeitsbekundungen übertreiben, und er schlug Marcet sogar ein gemeinsames Mittagessen vor, sofern dieser nicht bereits andere Verpflichtungen habe. Marcet, der, wie er ohne Zusammenhang sagte, gerade von Mailand kam, wohin er in der Absicht gegangen war, dort einige Tage zu verbringen, und wo ihn unerwartete Komplikationen festgehalten hatten, war für den Vorschlag nicht zu haben. Obwohl er in seiner Umgebung als extrovertierter und witziger Mann galt, hatte ihn diese Begegnung sichtlich verstört: Er antwortete ausweichend auf Fábregas' Fragen und schaute sich suchend um. Ich sehe keinen Grund, weshalb er mich wie einen Aussätzigen behandelt, sagte sich Fábregas, als er endlich die abweisende Haltung des andern konstatierte. Doch genau in diesem Augenblick, als wollte ihn der Zufall aus seinen Zweifeln erlösen, öffnete sich eine winzige dunkle Holztür, die Fábregas bisher nicht bemerkt hatte, weil sie im Schatten eines Säulenvorbaus lag, und heraus trat mit beschwingtem Schritt eine große, schlanke Frau in schwarzem Regenmantel. Als Marcet sie erblickte, lächelte er gezwungen. Sie hakte ihn vertraulich unter, und er stellte die beiden einander hastig vor. Fábregas murmelte eine Entschuldigung und ging davon.

Deswegen also war er so mürrisch zu mir, dachte er auf dem Weg zum Hotel; zweifellos eine gemietete Begleiterin. Na, und wenn schon? Pah! Völlig unnötig, sich so anzustellen! Als hätte ich keine andern Sorgen! Unzweifelhaft hatte er andere Sorgen, denn das Leben in Venedig war so teuer, daß das Geld, das er auf die Reise mitgenommen hatte, allmählich knapp wurde. Er aß allein im Hotelrestaurant, und beim Nachtisch ließ er sich ein Telefon bringen, rief Riverola an und trug ihm auf, ihm baldmöglichst Geldmittel zu überweisen. Als Riverola seine Stimme hörte, begann er hemmungslos zu schreien.

»Was ist eigentlich in dich gefahren? Warum hast du nicht auf mein Telex geantwortet?«

Nun regnete es in Strömen. Durchs Fenster sah er auf einem Sockel eine vom Regen verdunkelte Reiterstatue; Kopf, Schweif und Flanken des Pferdes troffen vor Wasser. Dieser Regen, der ihn normalerweise verstimmt hätte, schien ihn nun vor den Vorhaltungen zu schützen, die durch die Telefonleitung an sein Ohr drangen. Er begriff jedoch, daß seine Anwesenheit in Barcelona notwendig war, nicht nur, um gewisse Operationen durchzuführen, sondern auch, um den Gerüchten entgegenzutreten, die sein Verschwinden hatte aufkommen lassen. Wir müssen bei Kunden und Gläubigern das Vertrauen wiederherstellen, hörte er Riverola sagen. Dieser drohende Ton bewirkte indessen das Gegenteil.

»Ich werde nicht zurückkommen, wenn du mir das Geld nicht schickst«, sagte er nach einem Schweigen voll ungesagter Worte. »Mit dem, was ich noch habe, kann ich nämlich die Hotelrechnung nicht begleichen.«

Riverola fragte ihn, in welchem Hotel er wohne, doch Fábregas wollte es ihm nicht sagen.

»Überweis mir das Geld *poste restante*. Übermorgen werde ich es abholen. Dann komme ich zurück.«

»Wirf nicht alles über Bord.« Riverolas Stimme klang eher bekümmert als streng. »Du kannst mit deinem Geld tun, was du willst, aber vergiß nicht, daß das Überleben vieler Familien von der Firma abhängt.«

Es goß den ganzen Tag und die ganze Nacht hindurch. Fábregas hörte den Regen an die Jalousien trommeln und konnte nicht schlafen. Ich weiß nicht, was mit mir los ist, dachte er; früher habe ich geschlafen wie ein Murmeltier, und nun hält mich jede Kleinigkeit wach. Während er sich im Bett hin und her wälzte, dachte er ununterbrochen über Riverolas Worte nach. Es konnte kein Zweifel bestehen – Riverola hatte vollkommen recht.

3

Am nächsten Tag regnete es nicht mehr, doch die Stadt stand fast ganz unter Wasser. Im Hotel besorgte man ihm Gummistiefel, mit denen er durch die Straßen waten konnte, wenn auch wie eine Ente, da sie ihm zu weit waren. Die Touristen hüpften im Gänsemarsch über wacklige, auf Ziegelsteine gelegte Bohlen; einige zogen dann doch unter Kreischen und Lachen einen oder zwei Schuh voll Wasser heraus. Auf dem Boden spiegelten sich Häuser und Menschen und ein milchiger Himmel, der eine homogene, blendende Helligkeit abstrahlte. Fábregas stapfte ein paar Stunden unter großen Schwierigkeiten umher. Am Mittag setzte er sich in ein Café, und als er aufstand, vergaß er, den Hosensaum wieder in die Stiefel zu stecken, so daß die Hose durchnäßt war, kaum hatte er die Straße betreten. Deswegen ging er jedoch nicht ins Hotel zurück – die Aussicht, einen weiteren Tag ohne jede Gesellschaft zu verbringen, war ihm unerträglich, und in der dunklen Hoffnung, Marcet wieder zu treffen, suchte er die belebtesten Orte auf. Aber den ganzen Tag fand er weder ihn noch sonst einen Bekannten. Hätte er über Bargeld verfügt, er wäre unverzüglich aus Venedig abgereist. Er verbrachte eine weitere schlaflose Nacht und nickte erst bei Tagesanbruch ein paarmal ein. Da er in den letzten Jahren etwas überängstlich geworden war, war er überzeugt, er würde wegen der nassen Hose erkranken, doch abgesehen von einem leichten Halsbrennen verspürte er kein Erkältungssymptom. An der Rezeption fragte man ihn, ob er sich unpäßlich fühle.

»Ich schlafe schlecht«, antwortete er. »Das muß das Klima sein.«

»Das Hotel stellt seinen werten Gästen einen ärztlichen Dienst zur Verfügung. Vielleicht könnte dem Herrn ein leichtes Schlafmittel verschrieben werden.«

Bevor er entscheiden konnte, ob er das Angebot des Hotelangestellten wörtlich verstehen sollte oder ob seine Sätze etwas Unausgesprochenes verbargen, antwortete er, es lohne sich nicht mehr, noch irgend etwas zu unternehmen, er müsse ohnehin seinen Aufenthalt in Venedig als abgeschlossen betrachten.

»Eigentlich bin ich gekommen, um Sie zu bitten, mir gelegentlich die Rechnung zu machen.«

»Der Herr hat Pech gehabt mit dem Wetter«, sagte der Angestellte, während er eine Kartei durchblätterte.

»So ist es. Ich komme in einer Stunde wieder.«

»Wenn der Herr es wünscht, werde ich Anweisung geben, Ihre Koffer zu packen. Und vergessen Sie nicht, die Stiefel anzuziehen, wenn Sie auf die Straße gehen.«

»In Ordnung«, sagte Fábregas.

Bevor er das Geld abholte, das ihm Riverola überwiesen haben mußte, ging er in eine Apotheke, da die Reizung im Hals, die er beim Erwachen gespürt hatte, nicht nachließ. Während er darauf wartete, bedient zu werden, grüßte ihn eine Frau, die er an ihrem schwarzen Regenmantel wiedererkannte. Noch so ein Zufall, dachte er; zuerst Marcet und jetzt diese Frau. Zwei Tage zuvor, als sie linkisch miteinander bekannt gemacht worden waren, hatte ihn das Gefühl, ungelegen zu sein, daran gehindert, auf ihre Erscheinung zu achten; dann, allein, hatte ihm die Erinnerung diese Erscheinung trügerisch wiedergegeben; ihre stattliche Gestalt hatte sie in seiner Vorstellung älter gemacht, der schwarze Mantel ihr markantere Züge verliehen. In Wirklichkeit war sie sehr jung, hatte einen wenig ausgeprägten Gesichtsausdruck und einen sehr blassen Teint. Wahrscheinlich habe ich mich geirrt, als ich sie als Professionelle einstufte, dachte Fábregas, während sie miteinander ein paar belanglose Sätze wechselten; oder vielleicht auch nicht – man weiß nie.

Als sie wieder auf die Straße traten, gelang es keinem

von ihnen so recht, auf Wiedersehen zu sagen. Um das Schweigen zu brechen, erklärte Fábregas, er gehe nun zum Postamt, wo er eine Sendung vorzufinden hoffe.

»Kennen Sie den Weg?« fragte die Frau und schaute ihm mit einem Ausdruck in die Augen, der ihm rätselhaft erschien.

Obwohl ihm der Hotelportier detaillierte Angaben gemacht hatte, wie er an sein Ziel gelange, ohne sich zu verlaufen, verneinte Fábregas. Unverzüglich erbot sie sich an, ihn zu begleiten.

»Ich möchte Sie nicht von Ihrem Weg abbringen oder daß Sie Zeit verlieren«, sagte er.

»Ich habe nichts zu tun.«

»Wirklich nichts?«

Als hätte er die Frage ohne jede Boshaftigkeit formuliert, erzählte sie ihm, sie sei, obwohl gebürtige Venezianerin, nach langer Abwesenheit eben erst nach Venedig zurückgekehrt; jetzt habe sie keine Arbeit und kaum Freunde.

Auf dem Postamt standen die Leute Schlange, und Fábregas fürchtete, sie würde ihren Höflichkeitsdienst hier als abgeschlossen betrachten und ihn verlassen. Sosehr er sich auch den Kopf zerbrach, er fand keinen Vorwand, um sie zurückzuhalten, doch sie blieb ganz selbstverständlich bei ihm. Wenn sie eine Professionelle ist, dachte Fábregas, wird es sie interessieren, wieviel Geld ich abhebe. Während sie in der Schlange standen, plauderten sie weiter, ohne sich um die Leute ringsum zu kümmern. Die Post war ein rechtwinkliger, kleiner Raum mit niedriger Decke, die Wände voll dunkler Flecke. Fábregas klagte über das Klima in Venedig, die astronomischen Preise und die Menschenmengen, die alles überschwemmten. Sie verteidigte ihre Geburtsstadt, ohne zornig zu werden, und sagte, Massentourismus gebe es nicht nur in Venedig; sie sei kürzlich in London gewesen und fahre ziemlich regelmäßig nach Rom, und an all diesen Orten habe sie immer wieder dieselbe Erscheinung beobachtet.

»Heute reisen alle.« Sie zuckte die Schultern.

In den letzten Tagen sei das Wetter schlecht gewesen, gab sie zu, jedoch sehe es ganz so aus, als würden sich die Wolken verziehen; bald werde die Sonne scheinen und er könne den unvergleichlichen Himmel Venedigs sehen.

»Was die Überschwemmungen betrifft« – sie deutete auf seine Stiefel und ihre schwarzen Überschuhe –, »die sind durchaus normal. Bald werden Sie sich daran gewöhnt haben.«

Unwillkürlich zuckte Fábregas zusammen, als er diesen Satz hörte. Er wollte sagen: In ein paar Stunden verlasse ich Venedig; aber er fand nicht den Mut. Als er an die Reihe kam, trat sie diskret vom Schalter zurück. Sie weiß nicht, wie sehr ich sie mit meinen Verdächtigungen beleidigt habe, dachte er. Sowie allen Formalitäten Genüge getan war (ein langer, verworrener Prozeß), suchte er sie im ganzen Raum, ohne sie zu sehen. Schon fürchtete er, sie sei gegangen, aber dann sah er sie draußen auf ihn warten, die Ellbogen auf die Brüstung einer Brücke gestützt. Gedankenversunken schien sie zuzuschauen, wie das Wasser vorbeifloß, doch kaum stand Fábregas bei ihr, wandte sie ihm lächelnd ihr Gesicht zu.

»Ich hab' schon gedacht, man hätte Sie verhaftet.«

»Da hat nur wenig gefehlt.« Fábregas zeigte ihr eine Zahlungsanweisung. »Und ich muß auch noch zur Bank, damit man mir das Geld überhaupt aushändigt.«

Als er aus der Bank trat, spürte er, wie die Bündel mit den Lirescheinen seine Hosentaschen bauschten, und dachte: All das hat etwas Obszönes; sie schien es aber nicht zu bemerken.

»Kommen Sie«, sagte sie zu ihm, als sie sich in der Mitte des kleinen Platzes wieder trafen, wo sie auf ihn gewartet hatte. »Da wir schon hier sind, möchte ich Ihnen eine Kirche zeigen, wo es einige nicht uninteressante Gemälde zu sehen gibt. Sie ist ganz in der Nähe und ist in den normalen Führern nicht aufgeführt, so daß wir nicht auf diese Menschenmassen stoßen werden, die Ihnen so auf die Nerven gehen.«

Wortlos schritten sie ein Stück nebeneinander her und gelangten vor eine festverriegelte Tür. Sie gingen um die Kirche herum und fanden die andern Türen ebenfalls verschlossen. Endlich sagte ihnen eine alte Frau, die sie schon eine Weile von einem Portal in der Nähe aus beobachtet hatte, die Kirche würde erst zur Vesper wieder geöffnet. Vormittags stehe sie jedoch den Besuchern offen, etwa zwischen neun und zwölf. Fábregas fragte sie, ob viele Touristen sie besichtigen würden, was die Alte bejahte:

»Vor allem Japaner.«

Sie war streng in Trauer gekleidet, trug aber giftgrüne, beinahe phosphoreszierende Wasserstiefel. Fábregas konnte sich nur mit Mühe das Lachen verkneifen.

»Sie sollten nicht so spöttisch sein«, tadelte sie ihn, nachdem sie sich entfernt hatten. »Die Venezianer haben eine große Eigenliebe. Und die Venezianerinnen erst recht.«

»Aber Sie zählen sich nicht zu dieser Gruppe, soviel ich sehe«, sagte Fábregas.

»Ich bin nur halb Venezianerin«, antwortete sie mit dem Schulterzucken, das Fábregas allmählich kannte, dessen Bedeutung er jedoch noch nicht hatte ergründen können. »Eines Tages werde ich Ihnen meine Geschichte erzählen. Aber was möchten Sie jetzt unternehmen?«

»Ich weiß nicht. Aber ich denke, obwohl es noch etwas früh ist, könnten wir Mittag essen gehen, wenn wir nicht sämtliche Restaurants in der Stadt überfüllt finden wollen.«

»Gut«, sagte sie.

Die Gäste in dem Speiselokal, das sie mit ihm aufsuchte – stillschweigend hatte sie die Rolle der Führerin übernommen –, schienen ausschließlich Leute aus dem Viertel zu sein, was Fábregas sehr angenehm war. Auch die Qualität des Essens und sein Preis, weit unter dem Durchschnitt, befriedigten ihn.

»Wie anders gleich alles wird, wenn man die Touristenpfade verläßt«, meinte er.

»Allerdings, das stimmt. Aber wenn es Ihnen doch so widerstrebt, ein Tourist zu sein, weshalb sind Sie dann nach Venedig gekommen?«

Fábregas begann vage einige der Gründe aufzuzählen, die ihn seiner Meinung nach dazu gebracht hatten, diese Reise zu unternehmen, doch je mehr er sprach, desto deutlicher merkte er, daß diese Ausführungen leeres Geschwätz waren. Nach und nach nahm seine Schilderung eine andere Richtung, und schließlich überraschte er sich dabei, wie er mit großer Redseligkeit von sich selbst erzählte, von seinem gescheiterten Gefühlsleben und dem sich daraus ergebenden Verlust seines Sohns, ein Thema, das er sonst nie anschnitt und über das er auch nicht viel nachdenken mochte. Eigentlich hatte er sich über diesen Verlust hinweggetröstet, indem er sich sagte, es handle sich um eine vorübergehende Situation, die sich mit der Zeit wieder einrenken würde. Nach seiner Kindheit hatte er selbst mit seinem Vater nur noch wenig Kontakt gehabt. Er erinnerte sich, daß er als Junge ständig am Rockzipfel der Mutter gehangen hatte. Dann hatte er sich, ohne zu wissen wie, nach und nach von seiner Mutter gelöst, von der er immer weniger abhängig gewesen war, und eine engere Beziehung zu seinem Vater aufgebaut, mit dem er allmählich einige Interessen teilte und dem er am Ende in einer gewissen Weise zugeteilt war, nachdem er als weiteres Mitglied ins Familienunternehmen eingetreten war. Natürlich entging ihm nicht, daß die Ähnlichkeiten zwischen den beiden Situationen, der vergangenen und der aktuellen, bloß oberflächlich waren: Nicht nur hatten sich jetzt die in seiner Kindheit gültigen Familiengepflogenheiten radikal verändert, sondern seine Eltern waren auch immer zusammengeblieben, ohne daß sich zwischen ihnen eine perfekte Harmonie ergeben hätte. Dennoch gereichte ihm dieser vage Zusammenhang zum Trost.

»Offen gesagt, kann ich mich nicht darüber beklagen, wie's mir ergangen ist, und ich beklage mich auch nicht«, sagte er abschließend, »aber ebensowenig kann ich verhindern, daß mich seit einiger Zeit manchmal eine unüberwindliche Melancholie befällt. Dann erscheint mir jeweils die Wirklichkeit viel unwirklicher als die Träume.«

Sie hörte ihm aufmerksam zu, als teilte sie diese pessimistische Sicht des Lebens voll und ganz. Was ich sage, könnte nicht theatralischer sein, dachte Fábregas.

»Ich fürchte, ich langweile Sie mit meinem Gejammer«, sagte er.

»Nein, keineswegs.« Als sie sah, daß er verschämt schwieg, fügte sie hinzu: »Sprechen Sie doch weiter.«

»Ich habe schon alles gesagt, was ich zu sagen hatte, und womöglich einiges darüber hinaus.« Er fand wieder zu dem ungezwungenen Ton zurück, in dem sie sich während des Essens unterhalten hatten.

»Aber Sie haben meine Frage noch nicht beantwortet«, sagte sie.

»Welche Frage?«

»Warum Sie nach Venedig gekommen sind.«

»Ach, das ist schnell beantwortet. Eines Morgens sah ich mich im Spiegel, und mein eigener Blick überraschte mich. Ich begriff, daß mir der Alltag unerträglich geworden war, packte die Koffer, und da bin ich und gehe Ihnen auf die Nerven, die Sie doch gar nichts dafür können.«

Als der Ober die Rechnung brachte, zog sie einen kleinen ledernen Geldbeutel aus der Handtasche. Fábregas machte eine gebieterische Handbewegung.

»Kommt gar nicht in Frage.«

4

Als sie das Lokal verließen, sahen sie, daß sich der Himmel aufgeklärt hatte; das schräg einfallende Licht der Nachmittagssonne vergoldete die nassen Steine.

»Sollen wir nachschauen, ob die Kirche schon geöffnet ist, die ich Ihnen vorhin zeigen wollte?« fragte sie.

Genau wie ihnen die Alte mit den phosphoreszierenden Stiefeln angekündigt hatte, von der diesmal keine Spur zu sehen war, stand die Kirchentür offen, aber weder im Vorraum noch im Innern war jemand zu sehen, und nichts wies darauf hin, daß hier ein Gottesdienst zelebriert werden sollte. Nach einer Weile erschien ein Geistlicher und fragte sie, womit er ihnen dienen könne. Seine Soutane verschmolz mit der Dunkelheit des Kirchenschiffs, so daß sein runder Kopf mit den weißen, dicht über dem Schädel abrasierten Haaren gleichsam in der Luft schwebte. Welch eigentümliches Bild, dachte Fábregas.

»Kommen Sie hierdurch«, sagte der Geistliche, nachdem ihm die Frau den Grund ihres Besuches genannt hatte. »Und passen Sie auf, daß Sie sich nicht an den Betstühlen stoßen.«

»Wohin geleiten Sie uns?« fragte Fábregas mit ironischem Unterton.

Der Geistliche öffnete ein Türchen rechts neben dem Altar und drückte auf einen Schalter; dann ließ er sie in einen quadratischen, nicht sehr großen Raum mit niedriger Decke treten. Im Licht einer nackten Glühbirne erkannte man, daß drei der vier Wände mit Fresken übermalt waren.

»Dieser Raum«, sagte der Geistliche, der ihnen gefolgt war und hinter ihnen das Türchen geschlossen hatte, »gehörte zur alten Basilika aus dem 10. Jahrhundert, auf deren Überresten die späteren Kirchen erbaut wurden, drei an der Zahl, bis zu derjenigen, aus der wir eben kommen.

Glücklicherweise hat die Malerei die jeweiligen Abbrüche überlebt, und heute können wir sie so bewundern, wie sie vor tausend Jahren ausgeführt wurde. Die Farben haben den Jahrhundertläuften getrotzt und sind noch die ursprünglichen.«

Skeptisch studierte Fábregas die Mauern: Darauf waren stilisiert und schematisch zehn etwas mehr als lebensgroße Männergestalten gemalt; die zehn trugen blaßfarbene Tuniken, und ihre Gesichter waren einander sehr ähnlich, als hätte für die Ausführung des gesamten Werks ein einziger Modell gestanden; alle hatten einen intensiven, strengen Ausdruck und schienen schlecht rasiert.

»Diese Fresken, in byzantinischem Stil, datieren aus dem ausgehenden 10. oder beginnenden 11. Jahrhundert«, fuhr der Geistliche fort, »und handeln von der Schirmherrschaft des heiligen Markus. Wie es die Überlieferung will, kam der heilige Markus, von Sankt Petrus ausgesandt, um in Italien das Evangelium zu verkünden, auf diese damals halbverlassenen und im Chaos versunkenen Inseln. Die Luft war von den Verwesungsgasen der toten Fische gesättigt, die die Wellen unablässig ans Ufer spülten, und auf dem Festland wimmelte es von Schlangen. Die wenigen Einwohner dieses Gebiets lebten noch in der Steinzeit: Anstelle von Werkzeugen aus Eisen oder andern Geräten benutzten sie die Fingernägel; sie verzehrten die erbeuteten Tiere roh und töteten ausnahmslos jeden, der nicht ihrem Stamm angehörte. In solch rauher Gegend machte der heilige Markus halt, um auszuruhen, und im Traum erschien ihm ein Engel, der zu ihm sagte: ›Markus, an diesem Ort wird es eine Stadt geben, in der deine Überreste ruhen werden. Diese Stadt wird unter deinem Schutz stehen, und du wirst darüber wachen, daß ihre Einwohner weise, gerecht und tugendhaft seien.‹ Doch bald vergaß der Heilige seinen Traum, da er viele ähnlichgeartete hatte. Er setzte seine Reise fort, betrat nie wieder diesen

Boden und übergab Gott seine Seele in Alexandrien, wo er beerdigt wurde. Diese erste Figur stellt den heiligen Markus dar, den man an der Aureole um den Kopf erkennen kann. In den Händen hält er eine winzige Stadt. Natürlich ist es eine idealisierte, imaginäre Stadt, die keine Ähnlichkeit mit dem heutigen Venedig hat. Daß er sie in die Hände nimmt, symbolisiert, daß der Heilige die Stadt unter seinen Schutz stellt.«

Fábregas wandte seine Aufmerksamkeit von den Fresken ab und schaute verstohlen die Frau an, die ihn begleitete. Nicht einmal ihren Namen kenne ich, dachte er. Das schwache Licht der Glühbirne betonte ihre Blässe. Stirn, Nase, Lippen, Kinn und Hals bildeten eine weiche, sehr sanfte Linie. Als sie merkte, daß sie beobachtet wurde, neigte sie den Kopf etwas zur Seite und gab ihm ein Lächeln, mehr mit den Augen als mit den Lippen. Fábregas spürte, wie ihn außerordentlicher Friede durchströmte und gleichzeitig eine so heftige Erregung befiel, daß sich seine Augen verschleierten und er sie mit der Handkante trocknen mußte, ehe er wieder die Gemälde betrachtete. Der Geistliche fuhr mit seiner Darlegung fort, ohne zu bemerken, was hinter ihm vorging.

»Im Jahr 828 unserer Zeit raubten zwei venezianische Gläubige die Leiche des Heiligen aus seinem ursprünglichen Grab, um sie aus Alexandrien herauszuschaffen, das damals unter muselmanischer Herrschaft stand. Da sie den Körper nicht in Stücke teilen wollten, um die Wachsamkeit der Grenzposten zu umgehen, wie es die Vorsicht riet, hüllten sie ihn in schmutzige Tücher, nachdem sie ihn mit Schweinefett eingesalbt hatten, denn es ist wohlbekannt, daß die Sarazenen in ihrer Verblendung glauben, Schweinefett sei sündhaft für die Seele, schädlich für die Gesundheit und ekelerregend für Gaumen und Nase. So gelang es ihnen, die Leiche des Heiligen ohne Zwischenfälle nach Venedig zu schaffen. Diese Figur in der Mitte, vielleicht die besterhaltene von allen, stellt den Dogen Giustiniano Particiaco dar, wie er die Leiche des heiligen Markus in Empfang nimmt. Möglicherweise stellen diese beiden Figuren auf der Seite die gläubigen venezianischen Kaufleute dar, die den Raub durchführten, Rustico da Torcello und Buono da Malamocco. Beachten Sie, wie die Leiche des Heiligen, die der Doge in den Händen hält, genauso wie die Stadt, die der heilige Markus bei der Figur, die wir eben gesehen haben, in den Händen hielt, auch nicht die wirklichen Proportionen hat, sondern sehr klein ist, beinahe eine Puppe. Die byzantinische Kunst versuchte nicht, die Wirklichkeit getreu wiederzugeben, sondern ihre Bedeutung für den Gläubigen. Aus diesem Grund, und nicht aus mangelnder Sachkenntnis, weichen Gegenstände und Menschen so stark von ihrer normalen Größe ab.«

Als der Geistliche seine Erklärung abgeschlossen hatte und sich anschickte, das Türchen zum Kirchenschiff wieder zu öffnen, sagte sie Fábregas ins Ohr:

»Geben Sie ihm ein Trinkgeld.«

Das tat er, und der Geistliche ließ sie in der Kirche allein. Jemand hatte einige fahle Lampen angezündet, die einen rötlichen Schein ausstrahlten. Sie nahm Fábregas wieder am Arm.

»Gehen wir hier weg«, sagte dieser.

Als sie auf die Straße traten, sahen sie, daß es schon dunkel geworden war. Sie erklärte ihm, wie er zur Rialtobrücke käme; von dort aus würde er sich problemlos zurechtfinden. Fábregas erging sich in Dankbarkeitsbekundungen und bat sie mehrmals für die Unannehmlichkeiten um Entschuldigung, die er ihr zweifellos verursacht habe. In seiner Verdatterung hängte er einen Satz an den andern, ohne seinen Sermon beenden zu können. Schließlich gab sie ihm die Hand, und sie gingen in entgegengesetzter Richtung auseinander. Als er im Hotel eintraf, sah er zu seiner Überraschung seine Koffer fertiggepackt in der Lounge aufgereiht. Sogleich ging er zur Rezeption und erkundigte sich, ob sein Zimmer noch frei sei. Die Antwort war negativ, da es eben diesen Nachmittag vermietet worden sei, doch wenn er seinen Hotelaufenthalt verlängern wolle, könne man ihm ein anderes, mehr oder weniger identisches Zimmer geben. Während das Gepäck hinauf- und alles wieder an seinem Ort untergebracht wurde, mietete er einen Safe, worin er den größten Teil des auf der Bank abgehobenen Geldes verwahrte.

5

In der ganzen Nacht schlief er nicht einen Moment, doch diesmal verflogen die wachen Stunden im Nu, und es tat ihm beinahe leid, als er es hell werden sah. Eigentlich konnte er auch nicht behaupten, er hätte die Nacht schlaflos verbracht, sondern in einem Schwebezustand, in dessen Verlauf er nichts anderes getan hatte, als zuzusehen, wie sich unzählige Male die belanglosen Ereignisse des Vortages deutlich vor seinen Augen abrollten – fragmentarisch und immer wiederkehrend, nicht aus dem Gedächtnis abgerufen, sondern eigenmächtig, wie darauf versessen, ihre eigene Gültigkeit zu bewahren und um jeden Preis lebendige Ereignisse und nicht bloß Erinnerungen zu sein. Dann hatten die Bilder allmählich an Kraft und Frische verloren und sich immer mehr verzerrt und einen grotesken, wirren Charakter angenommen. Da erwachte er und merkte, daß er schließlich doch noch für einen Augenblick eingeschlafen war. Nun schien die Sonne schräg durch die Jalousien und bildete an der Seitenwand des Zimmers einen Fächer aus Licht und Schatten. Er setzte sich im Bett auf und überprüfte die Gefühle, die ihn in dieser Nacht heimgesucht hatten. Jetzt, da sich der Wirbel gelegt hatte, war seine Seele ruhig, und er konnte klar denken. Bald machte die Neugier der Sorge Platz. Was ist los mit mir? fragte er sich. Ich bin nicht ich, erkenne mich nicht wieder, etwas ist mit mir geschehen oder geschieht in diesem Moment mit mir oder wird in Kürze mit mir geschehen, doch was? Ich muß gestehen, daß ich diese junge Frau attraktiv finde, aber es ist nicht das erste Mal, daß ich eine Frau auf den ersten Blick attraktiv finde; das ist etwas Alltägliches, das mir Dutzende Male geschehen ist; aber in diesem Fall scheint alles maßlos. Als er nun sein Benehmen nüchtern überprüfte, erkannte er, wie unbesonnen er sich verhalten hatte. Ich habe unmäßig geredet, habe gesagt, was ich nicht hätte sagen sollen, und nicht gesagt, was man von mir hätte erwarten dürfen, was hab' ich mir nur gedacht? Zweifellos hat diese überspannte Stadt ihren Einfluß auf mich ausgeübt. Nun gut, sagte er sich, was verschlägt's? Ich kenne ihren Namen nicht, und vielleicht kennt sie auch meinen nicht, und es gibt keine Möglichkeit, uns wiederzufinden; wenn nicht ein weiterer Zufall zu Hilfe kommt, werden wir uns höchstwahrscheinlich nie wieder sehen. Heute werde ich durch die Stadt spazieren, morgen fahre ich nach Hause, und in einer Woche wird alles vergessen sein.

Als die Sonne schon sehr hoch stand, verließ er das Hotel Richtung Markusplatz. Das Wasser, unter dem dieser an den Vortagen gestanden hatte, war zurückgegangen und das Pflaster nun trocken; es wehte ein reiner, lauer Wind, und der Himmel leuchtete blau. Vor der Basilika, die Fábregas noch einmal besichtigen wollte, war eine Hundertschaft junger Leute versammelt. Sie aßen, tranken oder schlummerten mit dem Kopf auf dem Rucksack. Alle waren schmutzig und verschlampt, als hätten sie eine lange Wallfahrt mit kaum mehr Gepäck als ihren Radios und Kassettenrecordern unternommen. So war ich nie, dachte Fábregas.

»Vielleicht ist das schlechte Wetter letzten Endes ein Segen«, sagte der Mann, den er am Eingang der Basilika in Dienst genommen hatte, und zeigte auf die jungen Leute. Fábregas gab keine Antwort. Ohne sich durch dieses mürrische Schweigen einschüchtern zu lassen, sagte der Mann, er heiße Lorenzo. Er war ein hagerer, nervöser Typ mit unterwürfigem Lächeln und gelblichen Zähnen. Fábregas hätte ihn sich kurzerhand vom Halse geschafft, hätte er der hartnäckigen Zuvorkommenheit des andern die Energie entgegensetzen können, die er im Strudel der vorangegangenen Nacht verloren hatte. Nun sah er sich vor lauter Müdigkeit an einen unverschämten Menschen gebunden, der sich seiner Aufgaben als Führer aufs ungebührlichste entledigte. »Das ist wirklich wie ein Supermarkt«, bemerkte er, sowie sie in der Basilika standen. Tatsächlich war dort jeder Schritt unmöglich; im Halbdunkel war dieses Gewühl doppelt lästig. »Was für eine Herde!« rief der Führer.

Da die Besucher mehrheitlich in Gruppen gekommen waren, setzten ihre jeweiligen Führer alles daran, daß sie sämtlich demselben Weg folgten, und versuchten das Weitergehen in einheitlichem Rhythmus abzuwickeln. Nur so konnte der Verkehrsfluß aufrechterhalten werden. Wollte jemand irgendein Detail auslassen oder sich bei einem andern länger als vorgesehen aufhalten, kam es zu Zusammenstößen und Püffen. An diesem Vormittag funktionierte der Ablauf besonders schlecht, weil eine Invalidengruppe alle Augenblicke die strenge Ordnung durcheinanderbrachte. Mehrmals mußten Fábregas und sein Führer, dessen Erläuterungen er nicht die geringste Aufmerksamkeit schenkte, zur Seite treten, um die Krankentragen durchzulassen. Etwas später entzündete nach einem zufälligen Schubs eine Kerzenflamme die Mantille einer greisen Frau, die von Panik erfaßt wurde und vielleicht sogar umgekommen wäre, hätten die Umstehenden nicht eingegriffen. Vom Geschrei der armen Frau angesteckt, begannen alle um sie herum zu zetern. Schließlich konnte das Feuer mühelos gelöscht werden, und es trat wieder Ruhe ein, doch das Opfer erlitt einen Kollaps. Fábregas, zufällig ganz in der Nähe des Geschehens, konnte sehen, wie zwei Männer die Frau unter den Achseln faßten und zu einer Bank trugen, wo sie sie hinlegten. Ihr blutleeres, runzelübersätes Gesicht schien wie aus Cellophan. Fábregas profitierte vom Durcheinander, um seinem Führer zu entkommen und sich zum Ausgang durchzuboxen. Im Tumult verlor er einen Schuh, und als er sich bückte, um ihn zu suchen, wäre er um ein Haar über den Haufen gerannt worden. Endlich gelangte er wieder auf den Platz, ohne daß ihn der Führer, der seine Entlohnung im voraus eingesteckt hatte, einholen konnte.

Um von diesem Radau wegzukommen, schlug er denselben Weg ein, den er am Vortag zum Postamt gegangen war. So fand er sich erneut auf den Straßen und kleinen Plätzen, wo er gestern in Gesellschaft der anonymen Frau spaziert war, die ihm jetzt, wenn er an sie dachte, den Verstand trübte. Diese Umnachtung bewirkte, daß ihm das Viertel, durch das er ging, als bedeutungsschwangerer Ort erschien, obwohl es von keinerlei künstlerischem Interesse oder malerischem Gepräge war. So spazierte er weiter, bis er sich zum Schluß, da er aufs Geratewohl um so viele Ecken gebogen war, völlig verirrt hatte; wieweit er auch ging, er konnte weder das Postamt noch die Bankfiliale wiederfinden, wo man ihm die Anweisung ausgezahlt hatte, und erst recht nicht das Restaurant, wo sie gegessen, oder die Kirche, die sie auf ihre Anregung hin gemeinsam besichtigt hatten. Ein übers andere Mal führten ihn seine Schritte an den Rand eines unpassierbaren Kanals, der ihn zwang, die ganze Strecke wieder zurückzugehen und einen Bogen zu beschreiben, an dessen Ende er erneut auf das grüne Wasser desselben oder eines andern, identischen

Kanals stieß. Vom Hunger getrieben, trat er in ein Restaurant, das gleich aussah wie das gesuchte, aber im Gegensatz dazu schlecht und teuer war. Ohne Zweifel ist alles zu Ende, sagte er sich, übelgelaunt vom Tisch aufstehend.

Als er hinausging, sah er niemand in unmittelbarer Nähe, den er nach dem Weg hätte fragen können, um ins Hotel oder auch nur ins Zentrum zurückzufinden. Die Straßen wirkten wie ausgestorben und die Häuser verlassen. Die Sonne schien ihm senkrecht auf den Kopf, und die feuchte Hitze war äußerst lästig. Bald befielen ihn Müdigkeit und Kummer. Er zog das Jackett aus, lockerte den Krawattenknoten, knöpfte den Hemdkragen auf und setzte sich auf eine Steinbank. Was werde ich bloß hier tun? fragte er sich, als hätte ihn das Schicksal dazu verdammt, den Rest seiner Tage auf dieser Bank sitzend zuzubringen.

Da sah er drei Personen um die Ecke biegen und auf sich zukommen. Er wollte ihnen schon entgegengehen und sie um die nötige Auskunft bitten, als ihn etwas Unnatürliches im Aussehen dieses Trios davon abbrachte; es bestand aus zwei Männern und einer Frau, deren Alter wegen ihres extravaganten Aussehens nur schwierig abzuschätzen war. Einer der Männer – so groß, daß ihm der andere, obwohl auch nicht klein, nur mit Mühe an die Schulter reichte – hatte sein Haupthaar wie Kupfer gefärbt, aber nicht die Brauen, die schwarz und dicht waren und ihm ein furchterregendes Aussehen gaben. Er war sehr stämmig und schien eine ungewöhnliche Kraft zu besitzen. Der andere war hager, hatte schütteres Haar und eine kränkliche Gesichtsfarbe und war übermäßig herausgeputzt: Er trug einen Zweireiher aus weißem Leinen, ein karmesinrotes Seidenhemd, eine getupfte Krawatte und ein zitronengelbes Ziertaschentuch; sein Ausdruck war gerieben und tückisch. Die Frau dagegen hatte ein T-Shirt und eine kurze, ausgefranste, gestopfte und zusammengestückelte Hose an; ihre Züge hätten sehr schön sein können, aber das eingefrorene Lächeln und der verlorene Blick offenbarten ein verwirrtes Gemüt; Gesicht, Hals, Beine und Arme waren von Striemen, Kratzern, Ruß- und Schmutzflecken sowie Lehm bedeckt; ihre Haare waren verklumpt und so unbeholfen geschoren, daß sie an einigen Stellen lang und zerzaust und an andern so kurz waren, daß man die behaarte, von violetten Schmissen übersäte Kopfhaut sah. Ihr Gang war kraftlos, und bestimmt wäre sie wiederholt zusammengebrochen, wäre ihr nicht ein Halfterstrick um den Hals geknüpft gewesen, an dem der Riese ab und zu rücksichtslos zerrte. Offensichtlich brauchte diese Frau ärztliche Betreuung, dachte Fábregas, aber was konnte er tun? Sein Selbsterhaltungstrieb legte ihm nahe, sich sorglos zu geben, als ginge ihn dieses morbide Schauspiel nichts an, doch seine Prinzipien und seine Selbstachtung zwangen ihn zu einem Eingreifen, das er schon im voraus als unnütz und zweifellos gefährlich erkannte. Innerlich schwankend wartete er, bis die drei Leute auf seiner Höhe waren; dann sprang er von der Bank auf und stellte sich ihnen in den Weg.

»Signorina«, sagte er mit fester, wenn auch vor Angst etwas stockender Stimme, »ist alles in Ordnung?«

Der Frau war nicht anzumerken, ob sie seine Frage gehört, nicht einmal, ob sie sein Vorhandensein wahrgenommen hatte. Der Riese dagegen zog, ohne den Strick loszulassen, eine kurze Kette aus der Tasche seiner nägelbeschlagenen Lederjacke und schwang sie durch die Luft; bei jeder Drehung der Kette, in deren Handhabung er sich versiert zeigte, pfiff es unheilvoll; alles wies darauf hin, daß diese Kette in seinen Händen eine todbringende Waffe war. Fábregas rührte sich nicht. Was wird mit mir geschehen? dachte er. Der geschniegelte Typ grinste ihn mit offenkundigem Hohn an, wobei er mehrere Zahnlücken sehen ließ. Dann trat er zu Fábregas, der nicht die geringste

Bewegung anzudeuten wagte, und entriß ihm wortlos das über seinem Arm hängende Jackett; er durchsuchte die Taschen, gab seinen Leuten das gefundene Geld und ließ das Jackett auf den Boden fallen. Anschließend winkte er seinen Gefährten zu, und die drei setzten ihren Weg mit herausfordernder, spöttisch-affektierter Bedächtigkeit fort. Als sie verschwunden waren, bückte sich Fábregas, nahm das Jackett vom Boden, schüttelte es aus und warf es sich über die Schulter. Die Knie zitterten ihm, aber er fühlte sich zufrieden: Er hatte seine Pflicht erfüllt, und die Konsequenzen daraus waren nicht schlimm gewesen – ein kurzer Schreck und der Verlust einer lächerlichen Summe Geldes. Einen Moment lang habe ich sogar um mein Leben gefürchtet, dachte er, wie gefährlich doch alles ist!

Der Zwischenfall hatte ihm die Seele erleichtert. Er schritt wieder lebhaft aus, und bald traf er auf eine Telefonzelle. Da man ihm das Papier-, nicht aber das Kleingeld geraubt hatte und er in Voraussicht eines Notfalls wie des jetzigen immer ein Kärtchen des Hotels bei sich trug, rief er die Rezeption an, beschrieb dem Angestellten seinen Standort und gab Anweisung, jemand nach ihm zu schikken. Der Hotelangestellte sagte, er möge so gut sein und etwa fünfzig Schritte nach links gehen, bis er auf einen Kanal stoße; dort solle er auf eine Gondel warten, die sogleich ablege, um ihn zu holen. Fábregas tat, wie ihm gesagt worden war. Am Rand des Kanals verfolgte er, wie es dunkel wurde; in einigen Fenstern brannten fahle Lampen, die sich im Wasser spiegelten; am Horizont zeigten sich einige wenige Sterne; die Luft wurde kalt, und die Feuchtigkeit drang ihm allmählich in die Knochen. Als die Gondel kam, war er starr vor Kälte und in übelster Laune. Nun erschien ihm die Begegnung mit den dunklen Gestalten nicht mehr als heroisches, sondern als lächerliches Ereignis. Aus purer Eitelkeit hatte er sich in große Gefahr begeben, denn letztlich war ihm das Schicksal dieser unglücklichen Frau egal. Nun spürte er den beschwerlichen, leeren Tag auf sich lasten.

»Soll ich dem Herrn ein Lied singen?« fragte der Gondoliere. Und als er sah, daß sein Kunde nicht antwortete, fügte er hinzu: »Das ist im Preis inbegriffen.«

»Ist mir egal«, sagte Fábregas. »Beschränken Sie sich aufs Rudern, und bringen Sie mich so schnell wie möglich ins Hotel.«

6

An diesem Abend trank er zum Essen reichlich Wein und abschließend drei Kognaks, im Vertrauen darauf, daß ihm ein mäßiger Rausch beim Einschlafen helfen würde. So war es denn auch: Kaum hatte er sich hingelegt, fiel er in einen tiefen, ruhigen Schlaf, aus dem ihn unversehens das Geräusch eines im Wasser aufklatschenden Körpers riß. Er sprang aus dem Bett, lief ans Fenster und öffnete weit die Flügel und die Jalousien. Im Mondlicht erforschte er das Kanalwasser. Nichts schien in den letzten Momenten dessen Ruhe gestört zu haben. Die Luft war unbewegt und der Himmel klar. Er schauerte und stellte fest, daß er am ganzen Körper schweißgebadet war. Ich muß etwas geträumt haben, was ich jetzt nicht genau vor Augen bekommen kann, dachte er. Noch einmal prüfte er aufmerksam das dunkle, ruhige Wasser und seufzte. Ach, das war es also wieder, sagte er sich. Er schloß Jalousien und Fensterflügel und ging ins Bett zurück, im Bewußtsein, daß er nun stundenlang nicht mehr würde einschlafen können. Warum gerade heute nacht, nach so langer Zeit? Längst glaubte er mit dieser Episode ins reine gekommen zu sein, die ihn nun, ohne erkennbaren Grund und mit derselben schmerzlichen Wirkung wie in alten Zeiten, dem Licht jener weit zurückliegenden Abenddämmerung zurückgab, neben dem ruhigen, trüben Wasser eines Flusses oder Sees – oder war es ein großer Teich oder Wasserbehälter? –, an dessen Rand er sich zum Spielen niedergesetzt hatte. Wie sehr er auch die Grenzen seiner Erinnerung zu sprengen versuchte, nie gelang es ihm, die Momente zu fassen, die dem Beginn dieses immer wiederkehrenden Traums vorausgingen. Von seiner Mutter bewahrte er das klar umrissene Bild einer jungen, schlanken Frau mit nervösen Bewegungen; vom Mann nur gerade das, was ihm in jenem Moment seine winzige Gestalt und seine Haltung zu sehen erlaubten: glänzende, zweifarbige Schuhe, eine helle, glockenförmige Hose und das untere Ende eines dünnen Spazier- oder Bambusstocks. Weshalb muß ich das noch einmal durchmachen? Er hätte nur die Nachttischlampe anzuzünden brauchen, und diese Gestalten hätten sich mitsamt ihrer Kulisse verflüchtigt. Was soll's, letztlich weiß ich ja, was geschehen wird: Nun wird Mama Anlauf nehmen und sich ins Wasser stürzen; noch einmal werde ich sehen, wie die Glasbatiststrümpfe aufblitzen, wenn ihre Beine vor meinen Augen vorbeifliegen; den braunen Plisseerock; die Schuhe werden Staub und Kiesel aufwirbeln; dann werde ich hören, wie sie auf dem Wasser aufklatscht. Wie immer spürte er den Atem stocken, als er sah, wie das Wasser seine Mutter vollständig bedeckte, sogar ihren Hut, der unter dem Kinn vielleicht mit einem Gummi- oder Stoffband wie mit einem Kinnriemen befestigt war oder den sie im Moment, da das Wasser sie zudeckte, vielleicht instinktiv selbst festgehalten hatte. Und auf einmal wird seine Mutter wieder da sein, mit nassem Gesicht, triefenden Haaren und Kleidern, den Hut in der Hand, schaudernd vor Erregung und Kälte. Er wird in hemmungslose Tränen ausgebrochen sein, und seine Mutter wird sich bei ihm niedergekniet und ihm lachend gesagt haben: Weine nicht, Dummkopf! Es war doch bloß ein Spiel! Jahrelang hatte er dieselbe Szene Hunderte von Malen geträumt, immer mit demselben Schrecken und derselben Erleichterung, ohne Vor- und Nachher. Anfänglich hatte der Traum so große Aufregung und Unruhe in ihm hervorgerufen, daß er sich nicht getraut hatte, mit jemandem darüber zu sprechen. Er glaubte ein großes Geheimnis zu besitzen, ohne daß er hätte erklären können, weshalb, und dieses Gefühl bedrückte ihn. Nach mehreren Jahren, da ihn derselbe Traum noch immer bedrängte, beschloß er, seine Mutter mehr oder weniger direkt danach zu fragen. Aber falls sie in einer Etappe ihres Lebens je diese impulsive, exzentrische und verwirrende Frau gewesen war, fähig, sich in den Kleidern ins eiskalte Flußwasser zu stürzen, um einen Mann zu beeindrucken, so lag diese Etappe mittlerweile weit zurück. Nun war sie keine schlanke, nervöse Frau mehr, sondern ernst in Benehmen und Charakter. Jetzt schien das Leben für sie in einem Leidenswettbewerb zu bestehen, aus der sie immer als Siegerin hervorzugehen trachtete: Sie war diejenige, die am wenigsten schlief, die am raschesten den Appetit verlor, die stets zu Müdigkeit und Krankheit neigte. Sagte jemand in ihrer Gegenwart, er leide, oder gab zu leiden vor, so kam sie in Rage, als wäre dieses Leiden ein Vorrecht, das ihr jemand entreißen wollte. Aus diesem oder andern Gründen führten alle Versuche Fábregas', das Thema anzuschneiden, zu einem negativen Ergebnis – seine Mutter wollte nichts von der Vergangenheit hören; sie pflegte sich für das unglücklichste Geschöpf der Welt zu halten, jede Anspielung auf eine möglicherweise glückliche Vergangenheit löste eine Lawine von Klagen und Anschuldigungen aus. Später wich dieser mißliche Abschnitt ihres Lebens einem heitereren, doch nun hatte sich zwischen ihr und Fábregas schon eine schwer zu überwindende Distanz eingestellt. Noch mehrere Jahre mußten vergehen, ehe die beiden wieder zu einer herzlichen, wenn auch nicht wirklich vertrauten Beziehung fanden und er das Thema erneut zur Sprache zu bringen beschloß. Diesmal hatte seine Mutter die Schultern gezuckt und mit einer Handbewegung die Anekdote bagatellisiert, die sie nun als trivial erachtete – diese ganze Periode ihres Lebens, welche sie jetzt, da die ersten Symptome ihrer Krankheit sichtbar wurden, insgesamt für abgeschlossen hielt. Inzwischen hatte auch er sich weiterentwickelt; es interessierte ihn nicht mehr so wie früher, was dieser Traum an Offenbarung bringen oder was er möglicherweise mit einem realen Ereignis zu tun haben mochte, sondern vielmehr andere, weniger konkrete Aspekte, bei deren Aufklärung die Mitwirkung seiner Mutter wahrscheinlich wertlos gewesen wäre. Nun beschäftigte ihn vor allen Dingen die Person des geheimnisvollen Mannes, der mit ihnen den Traum teilte. Diese Figur hatte sich über die Zeit hinweg am meisten verändert, während der Traum in verschiedenen Momenten seines Lebens erschienen war. Zuerst hatte der Unbekannte mit den zweifarbigen Schuhen und dem Stock in dem kleinen Jungen ein Angstgefühl geweckt, das nach dem Erwachen noch stundenlang in seiner Seele nachwirkte; später hatte die Erscheinung des Unbekannten ihren unmittelbaren Schrecken verloren und war nur noch bedrohlich; er hatte den Eindruck, dieser Mann habe die Macht, ihm oder seiner Mutter oder ihnen beiden großes Leid anzutun, und selbst wenn diese Macht nie wirklich ausgeübt wurde, genügte die Gewißheit ihres Vorhandenseins, um ihm Kummer zu bereiten. Schließlich gab ihm, ohne Zusammenhang, der geheimnisvolle Begleiter ein Gefühl absurder, aber unbestreitbarer Traurigkeit. Einmal glaubte er, im Gesicht des geheimnisvollen Begleiters seine eigenen, schon erwachsenen Züge erkannt zu haben, was ihm ein beinahe körperliches Unbehagen verursachte. Ein andermal hatte er im Zustand der Schlaftrunkenheit, die dem eigentlichen Schlummer folgte, eine Offenbarung gehabt: daß dieser Mann nämlich einzig ein

Bild der Vergangenheit war, das nur durch das Überleben in seinem Traum vor dem endgültigen Verlöschen bewahrt wurde.

7

Bevor er den Speisesaal aufsuchte, ging er an der Rezeption vorbei und sagte dem Angestellten, er solle ihm nochmals die Rechnung schreiben und Anweisung geben, seine Koffer zu packen. Der Hotelangestellte – derselbe, der ihn vor zwei Tagen bedient hatte – erkundigte sich diskret nach seinem Zustand. Fábregas sagte, die Schlaflosigkeit, die ihn in den Vornächten gequält habe, halte an, er vertraue jedoch darauf, daß es ihm bald besser gehe.

»Offensichtlich bekommt dem Herrn unser Klima schlecht«, bemerkte der Hotelangestellte.

Vom Tisch aus, wo ihm das Frühstück serviert wurde, sah er nur gerade den Himmel und einen schmalen Streifen Wasser. Er fühlte sich wie auf einem Schiff, denn er meinte immer, auf Schiffen könne man sich nur davontragen lassen, und dachte deshalb vor jeder schweren Entscheidung sehnsuchtsvoll an Schiffe. Sowie ich die Rechnung beglichen habe und das Gepäck bereit ist, werde ich zum Flughafen fahren und dort auf das erstbeste Flugzeug warten; nie wieder werde ich Venedigs Straßen betreten. Doch als er wieder an der Rezeption stand, händigte ihm der Angestellte eine Nachricht aus, die in einer auf die Rückseite eines bedruckten Papierfetzens gekritzelten Nummer bestand.

»Eine junge Dame hat angerufen und nach dem Herrn gefragt. Da sich der Herr nicht auf seinem Zimmer befand, hat die junge Dame diese Nummer hinterlassen, mit dem Auftrag, der Herr möge sie so schnell als möglich anrufen.«

»Ihren Namen hat sie nicht genannt?« fragte Fábregas.

Der Angestellte rief über eine interne Leitung die Telefonistin an, die das Gespräch entgegengenommen hatte, unterhielt sich einen Moment lebhaft mit ihr und hängte ein.

»Der Name war Maria Clara. Sie nannte auch ihren Nachnamen, aber die Telefonistin schrieb ihn nicht gleich auf, und nun bedauert sie, ihn vergessen zu haben.«

»Schon gut«, sagte Fábregas, »ich werde mit ihr sprechen.«

Der Angestellte rief noch einmal die Telefonistin an und bedeutete Fábregas nach einigen Augenblicken, eine der Telefonzellen in der Lounge zu benutzen. Fábregas trat in eine mit granatrotem Seidenplüsch austapezierte Kabine und schloß die Tür. Auf einer kleinen Konsole stand ein Telefon, das in schwachen Stößen zu klingeln begann. Er nahm den Hörer ab und sagte:

»Maria Clara?«

»Ach, Sie sind es.« Als er ihre Stimme hörte, die er sogleich erkannte, verspürte Fábregas eine Leere im Magen und gleichzeitig den Drang, mit den Fäusten an die tapezierten Wände der Kabine zu hämmern, als wäre er ein Geistesgestörter im Zustand der Erregung. »Man sagte mir, Sie seien ausgegangen.«

»Ich saß beim Frühstück.« Dann wußte er nicht mehr weiter, und in der Leitung trat Schweigen ein. In diesen Zellen kann man nicht atmen, dachte er; so muß es in Särgen sein.

»Da es so schönes Wetter ist ...«, sagte sie unversehens. Fábregas räusperte sich, sagte aber nichts. Deutlich konnte er ihre Verwirrung spüren. »Nun, nach den schrecklichen Dingen, die Sie neulich über die Stadt sagten, halte ich es eigentlich für meine Pflicht, sie in Ihren Augen zu rehabilitieren.«

»Um Himmels willen, sprechen wir nicht davon; ich weiß, daß ich mich unmöglich benommen habe.«

»Nein, nein, Sie hatten ganz recht. Deshalb hoffe ich, Sie haben für heute keine Verabredung. Ich dachte, ich könnte mit Ihnen einen Ort besichtigen, den sehr wenige Touristen kennen – etwas weiter weg, auf einer Insel ...«

»Ich bin überzeugt, es wird mir außerordentlich gefallen, aber ich möchte nicht, daß Sie meinetwegen so große Umstände machen.«

»Nein, nein. Soll ich Sie in einer halben Stunde in der Lounge des Hotels abholen?«

»Das wäre sehr schön. Ich werde Sie erwarten.«

Beim Verlassen der Telefonzelle glaubte er, vor Hitze einen Schwindelanfall zu erleiden, erholte sich jedoch sogleich wieder; dann ging er zur Rezeption zurück, wo er dem Angestellten mitteilte, er werde auch jetzt nicht abreisen, und ihn beauftragte, seine Koffer wieder auspakken zu lassen, falls sie schon gepackt seien, wie er es vorher angeordnet hatte. Der Angestellte stimmte allem kommentarlos zu, aber Fábregas glaubte zu bemerken, daß er ihn doppelt aufmerksam anschaute. Mir doch egal! dachte er. Es kribbelte ihn am ganzen Leib, und seine Nervosität nur mit Mühe im Zaum haltend, schlug er mehr als anderthalb Stunden tot, indem er Zeitungen und Illustrierte durchblätterte, Kaffee trank und in der Lounge, die er sich nicht zu verlassen getraute, auf und ab ging. Schließlich kam sie. Ihre Haare waren zerzaust, und sie keuchte, als hätte sie eben im Laufschritt eine ansehnliche Strecke zurückgelegt, aber es sprang ins Auge, daß die Hast vorgetäuscht war und einzig ihre Verspätung überspielen sollte.

»Kommen Sie, kommen Sie, beeilen wir uns, sonst bricht die Zeit über uns herein«, sagte sie drängend. Wortlos ließ sich Fábregas zur Landungsbrücke des Hotels führen, wo ein Motorboot mit einem alten Seebären drin auf sie wartete. Man sah überdeutlich, daß das Boot normalerweise nicht für den Personenverkehr gebraucht wurde. Da es an allem fehlte, gab es auch keine Sitze außer einem schmalen Bord längs der beiden Seiten, auf dem man sich nicht einmal richtig im Gleichgewicht halten konnte. Es war ein unbequemes, etwas aus den Fugen geratenes, aber in lebhaften Farben bemaltes Schiff. Der alte Seebär hatte eine modern geschnittene, völlig verschossene und so abgetragene Windjacke an, als trüge er sie schon seit mehreren Jahrzehnten auf dem Leib. Weder half er ihnen beim Einsteigen, noch machte er auch nur Anstalten, sie zu grüßen, sondern starrte mit gerunzelten Brauen und mürrischem Ausdruck ins Wasser – geradezu ein Inbegriff des Menschenhasses.

Ohne auf irgendwelche Anweisungen zu warten, steuerte der Alte das Motorboot geschickt durch die Kanäle, bis sie die Lagune erreichten. Es ging eine laue Brise, und im Nebel erkannte man schattenhaft zahlreiche Inseln.

»Jetzt merke ich zum erstenmal, daß Venedig tatsächlich ein Archipel ist«, bemerkte Fábregas.

Sie erklärte ihm, Venedig habe nur dank des Wassers dieser Lagune überlebt, das zu tief sei, als daß eine Armee es durchwaten könne, aber auch nicht tief genug, um Kriegsschiffen Durchlaß zu gewähren. Fábregas hatte diese Erklärung in mehreren Führern und Prospekten gelesen und dachte, sie leiere sie unüberlegt herunter, als führte sie gewohnheitsmäßig Touristen aus. Doch sie sagte nichts mehr während der halbstündigen Überfahrt, auf der sie an einer Gruppe unfruchtbarer Felseninseln vorbeikamen, um schließlich an einigen größtenteils überspülten Baumstämmen anzulegen, die der angesteuerten Insel als Landungsbrücke dienten. Dieses Floß sah aus, als wäre es mehrere hundert Jahre alt, und Fábregas bemerkte, er verstehe nicht, wie das Holz der Einwirkung des Wassers so lange Widerstand leisten könne. Sie erklärte ihm, nicht das Wasser, sondern die Luft lasse das Holz faulen. Während dieser Unterhaltung stiegen sie einen Steilhang empor, bis sie auf eine Anhöhe gelangten, von wo aus man die ganze Insel überblicken konnte. Beidseits des Weges wuchsen Zistrosen und Heidekraut, Hummelschwärme summten. Als Fábregas zurückschaute, stellte er fest, daß der alte Seebär das Motorboot wieder in Bewegung gesetzt hatte und sich der Küste entlang entfernte, bis ein Felsen das Boot und den Insassen seinem Blick entzog. Die Sonnenstrahlen fielen senkrecht auf Fábregas und Maria Clara nieder.

»Wo sind wir?« fragte er.

Vom eben erklommenen Hügel aus wirkte die Insel vollkommen menschenleer; eine dichte, dunkle, niedrige Vegetation überwucherte alles; hier und dort ragte eine einsame Zypresse heraus.

»Wir befinden uns auf der berühmten Insel Ondi«, sagte sie. Er nickte zustimmend, obwohl er nie von diesem Ort gehört hatte. »Bis vor kurzem war sie noch von Fischern bewohnt, aber heutzutage legt niemand mehr Netze aus. Nachher werden Sie am gegenüberliegenden Hang das verlassene Dorf sehen können. Es gibt auch eine Radioantenne, sie wird jedoch nicht mehr gebraucht. Natürlich ist es nicht das, was ich Ihnen zeigen will«, fügte sie lächelnd hinzu. »Doch vor der Besichtigung sollten wir etwas essen, es ist spät geworden.«

»Und wo werden wir essen? Die Insel scheint verlassen.«

»Scheint, ist es aber nicht.«

Lange wanderten sie über einen steinigen Pfad. Die Insel war größer, als Fábregas sich beim Anblick des Panoramas auf der Anhöhe ausgerechnet hatte – je weiter sie kamen, desto mehr Landstriche zeigten sich, die die Geländeunebenheiten vor seinen Augen verborgengehalten hatten. Auch jetzt sprachen sie nicht; sie ging voran, und er folgte ihr, ohne den Blick von ihr abzuwenden. Die Leichtfüßigkeit, mit der sie sich durch dieses hügelige Gelände bewegte, erstaunte ihn; er hielt es kaum für möglich, daß man mit einem so weiblichen Körper Abhänge erklimmen und Hindernisse überwinden konnte. Schließlich, als sie schon außer Atem kamen, wurde der Weg eben, und wenig später begann der Abstieg. Nun erblickte er das gegenüberliegende Ufer der Insel mit einer Gruppe weißer Häuser, wie sie sie angekündigt hatte, einige von ihnen ohne Dach. Trotz ihrer offensichtlichen Verwahrlosung blendeten ihn die weißen Mauern in der Mittagssonne. Fábregas hielt sich die Hand wie einen Mützenschirm über die Augen und blieb, in diesen trostlosen Anblick versunken, stehen.

»Kommen Sie«, sagte sie.

Sie stiegen zum Dorf hinunter, doch bevor sie dort waren, nahmen sie eine Abzweigung, die sie zu einer Reede führte, wo ein mit den eben gesehenen identisches Haus stand, das aber zweifellos bewohnt war, denn aus dem Schornstein stieg Rauch auf, und im Hof hingen einige Laken zum Auslüften an der Sonne. Im Wasser schaukelte ein an einer winzigen orangefarbenen Boje vertäutes Boot. Als sie schon ganz nahe beim Haus waren, sahen sie eine Frau in Arbeitskleid und Schürze und mit einem Scheuerlappen in der einen und einer Rolle Papier in der andern Hand herauskommen. Sie rief ihnen etwas zu und beschwor sie mit Handbewegungen, nicht weiterzugehen. Fábregas blieb wie angewurzelt stehen, als würde ein Wachhund auf sie gehetzt, aber als er sah, daß sich Maria Clara durch das Gefuchtel und die Mahnungen der Frau nicht einschüchtern ließ, ging er schneller, und die beiden traten Ellbogen an Ellbogen in den Hof. Inzwischen hatte die Frau Maria Clara offenbar bereits erkannt, denn sie hatte ihr Verhalten geändert, wenn auch nicht ihren scheuen Gesichtsausdruck. Sie mußte nahe den Vierzigern sein und hatte schwarzes Haar, regelmäßige Züge und blendend weiße, etwas vorstehende Zähne. Wenn sie geradeaus schaute, sah man nichts Ungewöhnliches in ihren

Augen, doch wenn sie auf die Seite zu blicken versuchte, blieb ihre eine Pupille an Ort und Stelle, während die andere gegen die Schläfe wanderte; dann konnte man sehen, daß sie einäugig war oder schielte. Gleich bei der Begrüßung sagte sie, das Restaurant sei noch nicht geöffnet, eben in diesen Tagen machten sie es für die Sommersaison bereit, die in Kürze beginne. Dabei hob sie die Hände und zeigte Lappen und Papier. Außerhalb der Saison, sagte sie, bleibe das Restaurant geschlossen und sie wohne mit ihrem Mann, ihrer Mutter und den Kindern in Mestre. Offensichtlich galten diese Auskünfte Fábregas, da sich die Frau und Maria Clara seit langem zu kennen schienen. Zweifellos hat sie schon andere Leute hierhergebracht, dachte er. Die Frau fügte hinzu, wenn sie sich mit etwas Einfachem begnügen wollten, würde man ihnen trotzdem eine Mahlzeit servieren. Fábregas und Maria Clara gingen in einen weiteren, sich gegen die Reede hin öffnenden Innenhof, den ein Schilfrohrdach überspannte. Aus dem Haus trat ein kleiner, muskulöser Mann und schleppte einen Holztisch herbei, den er geräuschvoll in die Mitte des Hofes stellte. Dann begrüßte er überschwenglich Maria Clara, und sie stellte ihm Fábregas vor, dessen Hand er schüttelte und dabei fast zerquetschte. Er sagte, er sei Jugoslawe und lebe schon seit Jahren in Venedig, wo er sich als Gastwirt betätige. Eigentlich bestehe das Geschäft nur gerade aus diesem Restaurant, das er mit seiner Familie während drei oder vier Monaten im Jahr bewirtschafte.

»Die Millionäre, die in ihren Jachten hierherkommen, bringen sich um für das, was ich ihnen zu essen auftische.« Seine Stimme klang halb stolz und halb ironisch.

»Und was Sie auftischen, fangen Sie selbst?« fragte Fábregas.

»Nein, keine Spur. Ich kauf's auf dem Markt, aber das wissen sie nicht. Wenn sie danach fragen, sage ich ihnen die Wahrheit; wenn nicht, sollen sie denken, was sie wollen. Ich weiß nicht, wofür sie sich halten. Schauen Sie, jetzt ist die Reede leer, sehen Sie?« Er deutete aufs Wasser. »Nur das kleine Boot dort, das gehört uns. Nun, wenn Sie in zwei Wochen wiederkommen, werden Sie sehen, wie die Jachten anstehen, um an der Reede Platz zu finden. Bis zu vierzig Masten habe ich an einem einzigen Julitag schon gezählt. Wie ich Ihnen sagte: Um sie alle zu beköstigen, brauchte ich eine ganze Flotte, um all die Netze auszulegen.«

Während ihrer Unterhaltung hatte die Frau aufgetragen. Anstelle von Tischdecke und Servietten legte sie mehrere Blatt von dem Papier vor sie hin, das sie kurz zuvor bei der Begrüßung in der Hand gehalten hatte. Die Teller waren aus grobem Steingut, die Ränder abgebrochen. Fábregas bestand darauf, mit dem Rücken zum Wasser zu sitzen, trotz Maria Claras Protesten, die ihm den Vorzugsplatz mit Blick aufs Meer überlassen wollte. Schließlich gewann Fábregas die Auseinandersetzung unter dem Vorwand, das Funkeln der Sonne auf dem Wasser sei ihm lästig. Nun lag sein Gesicht im Schatten, und seine Silhouette war von der Helligkeit der Reede umgeben; auf ihr Gesicht dagegen fielen die Sonnentupfer und -strahlen, die durchs Schilfdach drangen. Wie schon zuvor wechselten sie während des Essens nur kurze, belanglose Sätze, aber als sie zum Nachtisch kamen und Fábregas sah, daß Maria Clara in Gedanken versunken war und von Melancholie gepackt schien, sagte er:

»Neulich habe ich übermäßig geredet; es ist nur gerecht, daß heute Sie mir von Ihrem Leben erzählen. Ich erinnere Sie daran, daß Sie's mir versprochen haben.«

»Oh, mein Leben ist nicht von großem Interesse.«

»Ich bitte Sie nicht um eine Geschichte mit sämtlichen Details. Sagen Sie mir nur, was Ihnen gerade jetzt solche Sorgen macht.«

Ein paar Sekunden fixierte sie ihn mißtrauisch, aber

dann deutete sie ein Lächeln an, als wäre ihr plötzlich ein beruhigender Gedanke zu Hilfe gekommen.

»Ich würde Ihnen fast lieber aus meinem Leben berichten.« Und nach einer Pause, in der sie offensichtlich die Angaben ordnete, die sie ihm machen wollte, begann sie ihre Erzählung und bestätigte noch einmal, was sie ihm bei ihrer ersten Begegnung gesagt hatte, daß sie nämlich nur zum Teil Venezianerin sei, trotz der Vorstellung, die er sich diesbezüglich offenbar gemacht habe.

»Und wie wollen Sie wissen, was für eine Vorstellung ich mir gemacht habe?« fragte er.

»Na, was für eine Frage – Sie haben mich doch vom ersten Moment an so behandelt, als wäre ich das lebende Symbol für diese Stadt! Manchmal denke ich, Sie sehen in mir sogar die Verantwortliche für sämtliche Unannehmlichkeiten, die Ihnen seit Ihrer Ankunft widerfahren sind.«

Fábregas suchte nach einer geistreichen Antwort auf diese Anschuldigung, merkte aber sogleich, daß dies das Gespräch nur auf Abwege bringen würde, und nahm sie lieber in zuvorkommender Demut hin.

»Ich bekenne mich schuldig, aber ich untersage Ihnen, von mir zu sprechen, solange Sie nicht endlich diesen geheimnisvollen Schleier gelüftet haben, der Sie umgibt.«

Zum erstenmal an diesem Tag lachte sie.

»Geheimnisvoll? Ich armes Ding!« rief sie sichtlich geschmeichelt.

Während sie sprachen, hatten sich drei große Möwen dem Tisch genähert; ihr Mangel an Mißtrauen angesichts der Gegenwart von Menschen grenzte an Hochmut. Maria Clara warf ihnen hin, was von ihrem Fisch übriggeblieben war. Sogleich flogen einige Amseln herbei und hielten sich in weisem Abstand, in der Hoffnung, die Möwen würden vielleicht abgelenkt. Doch knausrig fraßen diese alles auf und warteten dann ab.

»Sehen Sie, was Sie getan haben?« sagte Fábregas. »Nun werden wir sie den ganzen Tag nicht mehr los.«

»Wollen Sie nun eigentlich, daß ich Ihnen mein Leben erzähle?« fragte sie.

»Wenn ich Sie noch einmal unterbreche, erlaube ich Ihnen, mir eine Strafe Ihrer Wahl aufzuerlegen.«

8

Zu Beginn ihrer Geschichte sagte Maria Clara, ihr Familienname, falls er ihn noch nicht kenne, sei Dolabella. Dieser hier ziemlich verbreitete Name verschwägere sie, wie sie von ihrer Familie Tausende Male gehört habe, mit Tommaso Dolabella, einem zu seiner Zeit ziemlich renommierten venezianischen Maler aus dem Anfang des 17. Jahrhunderts, der jetzt beinahe ganz in Vergessenheit geraten sei, da sein Ruhm von dem der großen venezianischen Meister überschattet werde: Tizian, Tintoretto und Tiepolo. An keinem geringeren Ort als im Dogenpalast könne man ein Werk von Tommaso Dolabella mit dem Titel *Der Doge und die Prokuratoren beim Anbeten der Hostie* sehen. All das, fügte sie sogleich hinzu, erzähle sie nicht, weil sie sich dümmlich etwas auf einen berühmten Vorfahren einbilde, sondern weil mit ebendiesem Maler ihre Familiengeschichte beginne. Tatsächlich wanderte Tommaso Dolabella aus Gründen, die sie nie erfuhr, in einem bestimmten Moment seines Lebens nach Krakau aus, damals eine blühende Stadt. Dort starb er im Jahr 1650. Dann hatten die Wechselfälle der Geschichte einen seiner Nachkommen dazu getrieben, wie viele andere Polen in die Vereinigten Staaten auszuwandern, wo mehrere aufeinanderfolgende Dolabella-Generationen ein kleines Vermögen zuerst anhäufen und dann wieder verlieren sollten. Schließlich war Maria Claras Vater, Charles Dolabella, im Wunsch, seine Genealogie zu erforschen, nach Venedig gereist, hatte sich in eine Venezianerin verliebt, sie geheiratet und sich für immer dort niedergelassen. Solcherart beschloß das Geschlecht der Dolabellas eine dreihundertjährige Reise, indem es wieder an seinen Ausgangspunkt zurückkehrte.

»Eine romantische Geschichte mit einem Happy-End«, sagte Fábregas.

»Nur in dieser Kurzfassung. In Wirklichkeit war die Ehe meiner Eltern glücklos.«

»Was verstehen Sie unter glücklos?«

»Mein Vater hat sich nie ans europäische Leben angepaßt, und meine Mutter war immer krank.«

»Ah.«

Da der Vater seine Niederlassung in Venedig nicht als endgültig hatte ansehen mögen und nach so vielen Jahren noch immer davon träumte, in die Vereinigten Staaten zurückzukehren, und da die Mutter nie erlaubt hatte, so etwas auch nur zu erwähnen, hatte das Leben der Familie immer einen provisorischen Charakter gehabt.

»Als kleines Mädchen dachte ich jeweils, eines Nachmittags, wenn ich von der Schule heimkäme, würde ich das ganze Haus ohne Möbel finden, die Koffer gepackt und vor der Tür ein zum Ablegen bereites Boot. Daß das nie geschah, schmälerte meine Gewißheit keineswegs. Ich lebte mit dem Gefühl, jederzeit einen Fuß im Steigbügel zu haben, wie man so sagt. So strengte ich mich in der Schule nie besonders an und nahm mir nicht die Mühe, Freundschaften zu schließen, da ich von vornherein dachte, sie wären bloß oberflächlich.«

»Das verstehe ich, aber ich nehme an, dieses Gefühl verflog mit der Zeit.«

»Ja, natürlich, aber da war es schon zu spät. Als ich mich entscheiden mußte, was ich mit meinem Leben anfangen sollte, wußte ich nicht, welchen Weg einschlagen.«

Kein bestimmtes Gebiet interessierte sie wirklich; fast alles weckte in ihr nur ein flüchtiges, oberflächliches Interesse. Endlich beschloß sie, zu tun, was seinerzeit ihr Vater getan hatte, aber in umgekehrter Richtung, nämlich in die Vereinigten Staaten zu ziehen, in der Hoffnung, dort etwas zu finden, was ihrem Leben Sinn gäbe. Unglücklicherweise war diese Idee, auf dem Papier leicht, in der Praxis undurchführbar. Die langen Jahre der Abwesenheit hatten die Familien- und Freundschaftsbeziehungen gelöst, die ihren Vater vor Zeiten an sein Herkunftsland gebunden hatten. Nun konnte er mit niemandem rechnen, dem er seine Tochter hätte in Obhut geben können, und ebensowenig verfügte er über die Mittel, die Unterhaltskosten in einer Schule zu bestreiten. Wahrscheinlich hätte sich das Problem auf andern Wegen lösen lassen, doch die Familie Dolabella hatte nicht die geringste praktische Ader. Zuletzt wurde Maria Clara im Sinn einer Zwischenlösung nach England geschickt, wo eine Schwester ihres Vaters lebte, die außer ihm nie jemand zu Gesicht bekommen hatte, die aber ohne Zögern anbot, sich Maria Claras anzunehmen, sobald deren Vater ein jahrzehntelanges Schweigen brach, um ihr den Gedanken nahezubringen. Sie war eine reife Frau, Witwe, alleinstehend und ziemlich reich. Obwohl dieser Plan ganz anders war als ursprünglich vorgesehen, hatte sich Maria Clara über die unerwartete Chance sehr gefreut, da sie damals nur darauf sann, dem immer erstickender gewordenen Familienmilieu zu entkommen.

»Ich wäre in den hintersten Winkel der Welt gegangen«, sagte sie. »Deshalb habe ich, als Sie mir neulich darzulegen versuchten, was Sie dazu brachte, Barcelona zu verlassen, die Gründe sogleich verstanden.«

Diese Bestätigung irritierte Fábregas. Es verletzte seine Eitelkeit, daß man ihm sagte, sein Fall gleiche haargenau einem andern. Sollte es möglich sein, daß das Ergebnis eines ganzen Lebens nur das ist: ein in allem gleicher Fall wie viele andere, vollkommen ohne individuelle Züge? Ja, zweifellos sind wir Menschenwesen dazu prädestiniert, in einer einzigen homogenen Masse aufzugehen, einem eigentlichen Magma, von dem sich nur einer unter Abermillionen abheben darf, dachte er; und unwillkürlich erinnerte er sich an die Bilder jener Heiligen, deren Leben zwar ungesichert, deren wunderliche Geschichten aber, Ergebnis volkstümlicher Fantasie, nun in Kirchen und Museen verewigt waren. Wie willkürlich doch alles ist! sagte er sich einmal mehr.

Während ihm diese Dinge durch den Kopf gingen, hörte er zerstreut Maria Claras Erzählung zu. Wie vorauszusehen, hatte der Englandaufenthalt ihre Erwartungen nicht im entferntesten erfüllt. Abgesehen davon, daß sie eine Zeitlang von ihrer Familie getrennt war, hatte sie wenig von den beiden Jahren profitiert, die sie dort verbrachte. Auch diesmal wurde ihr Wunsch nicht Wirklichkeit, irgendwo Wurzeln zu schlagen oder eine Umgebung zu finden, wo sie sich, nach ihren eigenen Worten, wirklich hätte aufgehoben fühlen können. Ihre Tante hatte ihr dabei kein bißchen geholfen – eine exzentrische Frau, die, obwohl sie sich einer sorgenfreien Position erfreute, lieber in einer *Roulotte* mitten auf dem Land, in großer Unbequemlichkeit und ärmlichen Umständen lebte. Während der beiden Jahre hatten Maria Clara und sie nur sporadischen Kontakt. Die Tante, die in London einige winzige, nicht sehr komfortable Appartements besaß, mit deren Mieten sie ihre Einkünfte vermehrte, hatte eines davon, das gerade leer stand, ihrer Nichte überlassen, hatte ihr einen wöchentlichen Zuschuß festgesetzt, den ihr die Bank pünktlich überwies, und sich dann nicht weiter um sie gekümmert, außer wenn sie sich entschloß, ihr Refugium zu verlassen und in die Stadt zu fahren, was nur selten vorkam. Bei diesen Gelegenheiten übernachtete sie in einem Hotel der untersten Kategorie und lud Maria Clara in ein stinkendes, düsteres und unglaublich billiges chinesisches Restaurant zum Abendessen ein. Nun erinnerte sie sich angewidert und gereizt an diese Abende. Während des Essens wurde sie von ihrer Tante über ihre Gesundheit und ihre Fortschritte in der Beherrschung der englischen Sprache ausgefragt. Danach pflegte ihr die Tante, ohne im mindesten auf ihre Antworten geachtet zu haben, bruchstückweise und unzusammenhängend irgendeine weit zurückliegende Anekdote zu erzählen, bei der sie und Maria Claras Vater gemeinsam mitgewirkt hatten. Aus diesen Erzählungen hatte Maria Clara nie Sehnsucht oder eine Zuneigung herausgespürt, eher wirkten sie wie lustlos aufgewärmte Geschichten, bloß dahingeworfen und nur dazu vorgebracht, um ein ungemütliches Schweigen zu überbrücken. Dies, das schwache, sie andauernd im Stich lassende Gedächtnis der Tante, die Gehaltlosigkeit der Geschichten an sich und der Umstand, daß sie darauf erpicht war, sich mit Maria Clara auf italienisch zu unterhalten – eine Sprache, von der sie kaum die Grundbegriffe kannte –, machten diese Anekdoten höchst langweilig und unerträglich. Trotzdem konnte Maria Clara nicht umhin, für ihre Tante eine Mischung aus Respekt und Mitleid zu spüren. Sie war eine winzige, hagere, lächerliche Frau, das Gesicht unter einer gesprungenen Schicht Pomade und dunklem Rouge verborgen, die die Haut wie alten Blätterteig aussehen ließ. Sie kleidete sich schlampig und verströmte einen beißenden Geruch, nicht so sehr nach Schmutz als nach Dekadenz. Dieser Mangel an Hygiene und die geringe Aufmerksamkeit, die sie ihrer Gesundheit und Erscheinung widmete, machten deutlich, daß sie für sich selbst weder Interesse noch Zuneigung aufbrachte. Immer hatte sie einen Hund bei sich, was zu ihrem offensichtlichen Stoizismus nicht im Widerspruch stand, wie es auf den ersten Blick hätte den Anschein machen können.

Dieser Hund, von sehr barschem Charakter und immerzu kläffend, war ein grauer Pekinese mit unregelmäßigem, staubigem und verklumptem Fell, dürr, asymmetrisch und ohne jeden Charme; er sah aus, als wäre er eben von einem Lastwagen überfahren worden. Auch für ihn zeigte die Tante keinerlei Zärtlichkeit – sie trug ihn wie ein leichtes, aber lästiges Paket; dennoch ließ sie ihn nie auf dem Boden und trennte sich nie von ihm, nicht einmal beim Essen, wo sie ihn mit der rechten Hand und dem Unterarm festhielt, während sie mit einem Löffel aß, den sie mit der Linken bediente, denn sie war Linkshänderin. Während seine Herrin speiste, starrte der Hund gierig auf das Essen und gab ein asthmatisches Röcheln von sich. Ein dicker schwarzer Speichelfaden hing ihm von der Lefze. Manchmal schien sich die Tante, des eigenen Geschwätzes überdrüssig, in ihren Hirngespinsten zu verlieren und ließ den Blick durch die verdorbene Restaurantluft schweifen. Dann streckte der Hund den Hals aus wie ein Strauß und tauchte seine Schnauze in den Teller. Wenn er eine Chance sah, leckte er auch den Löffel ab. Kehrte die Tante aus ihrer Versunkenheit zurück, so wurde der Hund wieder auf seine übliche Art vorsichtig, und die Tante, die nicht bemerkt hatte, was geschehen war, oder es bemerkt hatte, aber nicht zimperlich war, aß vom selben Teller und mit demselben Löffel weiter. Maria Clara mußte sich mühsam beherrschen, um angesichts dieser Szene ihren Ekel für sich zu behalten. Zudem bekamen diese gierig verschluckten Speisen dem Hund allemal schlecht, und wenige Minuten nach dem Hinunterschlingen gab er widerliche Fürze von sich, die, obwohl von einem so kleinen Tier stammend, in kürzester Zeit das ganze Lokal verpesteten; und an einem besonders unheilvollen Abend hatte er sogar mit einem Dünnschiß die Tischdecke beschmutzt, ohne daß die Tante zu erkennen gegeben hätte, daß ihr das sonderlichen Verdruß bereitete. Angesichts der vollendeten

Tatsache hatte sie einzig aus ihrer Jackentasche ein Schnupftuch gezogen, offensichtlich ein Veteran mehrerer Erkältungen, ohne daß es danach Wasser oder Seife gesehen hatte, und es mit gleichgültiger Miene auf die betroffene Stelle der Tischdecke gelegt, während sie weiteraß und -sprach, als wäre etwas vollkommen Alltägliches geschehen. Andere Male, wenn sich der Hund anständig benahm und sich keine Widerwärtigkeiten wie die geschilderten ereigneten, versuchte Maria Clara diskret, die in diesen Begegnungen stillschweigend entstandene Routine zu durchbrechen und das Gespräch auf andere Gebiete zu lenken. Solche Versuche blieben jedoch fast immer fruchtlos, denn ihre Tante hörte ihr gar nicht zu oder hörte ihr zu, verstand sie aber falsch.

Auch abgesehen von diesen Dingen war Maria Claras Londoner Aufenthalt keineswegs nützlich oder angenehm gewesen. London war ihr als ungastliche Stadt vorgekommen, grundsätzlich reich an Versprechungen, aber wenig freigebig dem Fremden ohne Beziehungen oder Geld gegenüber. Sie hatte keine festen Freundschaften geschlossen, und die Tage dort waren ihr endlos erschienen; ab und zu hatte sie eine Gelegenheitsarbeit gesucht, mehr um Einsamkeit und Langeweile zu bekämpfen denn aus Geldnot, aber auch hierin hatte sie kein Glück gehabt. Das Klima war rauh und ihr Appartement so schlecht geheizt, daß sie manchmal den ganzen Tag verstreichen ließ, ohne das Bett zu verlassen, und bis zu zehn Tage, ohne ein Bad zu nehmen.

»Na, na«, sagte Fábregas plötzlich, »ich kann kaum glauben, daß es Ihnen in zwei Jahren nicht gelungen sein sollte, irgendeine Art von persönlich lohnender Beziehung aufzunehmen.«

Die unbeholfene Formulierung dieser Bemerkung, die eigentlich liebenswürdig hätte sein sollen, ihr Ton oder etwas in Fábregas' Ausdruck ließen Maria Clara erröten.

Es entstand ein lästiges Schweigen, aus dem Fábregas sich rettete, indem er laut die Rechnung verlangte. Er war gereizt, vermochte die Ursache dieser Gereiztheit aber nicht auszumachen, obwohl er gleichzeitig genau erkannte, daß sie ungerechtfertigt war. Er schaute Maria Clara von der Seite an und wurde weich. Ich muß ihr etwas Beruhigendes sagen, dachte er; etwas wie: Verzeihen Sie die Taktlosigkeit meiner idiotischen Bemerkung; oder: Natürlich schulden Sie mir keine Erklärung für Ihr Verhalten; aber nicht das erwartet sie von mir, sondern folgenden Satz: Was Sie auch tun mögen, ich werde es immer richtig finden. Um das zu sagen, wäre aber eine Großherzigkeit vonnöten, die ich nicht habe, sagte er sich. Gerade hatte er das gedacht, als sie ihren bis dahin auf die Tischdecke gehefteten Blick hob und ihn auf den Horizont richtete. Da sah er, daß ihre Augen grau und sehr hell waren und aus diesem Grund ständig ihre Farbe wechselten, je nachdem, was sich in ihnen spiegelte; jetzt waren sie bleiblau wie das Lagunenwasser. Er lächelte ihr zu und streckte die Hand aus, um die ihre zu ergreifen, als wollte er mit dieser Geste und seinem Lächeln sagen: Nur Geduld, ich bin nicht so hart und unflexibel, wie Sie mich einschätzen, doch im Moment kann ich nichts weiter tun. Er hielt jedoch inne, ohne die Bewegung zu Ende zu führen, und sein Lächeln verflüchtigte sich, ohne daß sie Zeit gefunden hätte, es zu bemerken.

9

Als sie schon gehen wollten, sagte der Jugoslawe, der das Restaurant führte, wenn sie das nächste Mal herkämen, würde er ihnen eine Bouillabaisse machen.

»So eine gibt's im ganzen Mittelmeerraum kein zweites Mal«, prahlte er. Sein Atem roch nach Wein, und Fábregas schloß aus seinen Worten, es gelte für ihn als ausgemacht, daß sie in Kürze wieder in sein Restaurant kämen, und beschloß, die Aufschneiderei als gutes Omen anzusehen. Der Jugoslawe begleitete sie zum Ausgang.

»Wollen Sie die Einsiedelei besichtigen?« fragte er.

Fábregas, der von einer Einsiedelei noch nicht einmal etwas gehört hatte, wußte nicht, was antworten, und schaute Maria Clara an. Sie bejahte und erklärte ihm anschließend, auf dieser Felseninsel stehe die Ruine einer berühmten Einsiedelei, wo man bis vor wenigen Jahren eine Reliquie des heiligen Franz von Assisi habe sehen können, der betend und predigend hier gelebt habe.

»Und Wunder wirkend«, fügte der Jugoslawe eilig hinzu. Und dann erzählte er ihnen eines dieser Wunder, das sich nach seinen Worten genau da ereignet hatte, wo nun das Restaurant stand, oder ganz in der Nähe. »Einmal spazierten der heilige Franz und ein anderer Mönch bei Einbruch der Dunkelheit auf diesem Pfad und unterhielten sich über dringliche Ordensangelegenheiten, als ein Vogelschwarm heranflog und sich laut piepsend und pfeifend neben den Weg setzte. Der Mönch, verärgert über diesen Überfall, der sie an der Fortsetzung ihres Gesprächs hinderte, nahm einen Stein vom Boden und machte Anstalten, ihn auf die Vögel zu werfen, doch der heilige Franz hielt ihn mit den Worten zurück: Laß sie pfeifen, Bruder, denn sie tun uns nichts zuleide; vielmehr geben sie uns ein Beispiel, denn sie loben den Herrn und preisen Sein Werk; gehen wir zu ihnen und singen wir an ihrer Seite die kanonischen Zeiten. Und also sprechend, ging er zu den Vögeln, die nicht davonflogen, als sie ihn kommen sahen, sondern sich ruhig und schweigsam verhielten, bis der heilige Franz zu ihnen sagte: Ihr Brüder Vögel, betet mit mir in meinem Gottesdienst zu Ehren Unseres Herrn. Danach hob er zu singen an, aber nicht mit seiner normalen Stimme, sondern zwitschernd wie die

Vögel, während diese in seinen Gesang einstimmten und dabei die Köpfe wiegten und mit den Flügeln schlugen. Nachdem sie geendet hatten, gesellte sich der heilige Franz wieder zum Mönch, der diesem Wunder stumm vor Staunen beigewohnt hatte, und die Vögel flogen auf und belästigten sie nicht wieder.«

Als sie das Restaurant verließen, sank die Sonne schon, und die Bäume warfen einen angenehmen Schatten auf den Weg, dem sie eine Weile schweigend folgten, bis Fábregas sich nicht mehr zurückhalten konnte und in Gelächter ausbrach.

»Worüber lachen Sie?« fragte sie.

»Über den Quatsch, den uns der Wirt eben erzählt hat.«

»Das ist eine uralte Legende, die ich schon mehrmals gehört habe. Im Grunde genommen illustriert sie nur die sprichwörtliche Tierliebe des heiligen Franz, und daran kann ich nichts Lachhaftes sehen.«

»Sie wollen mir doch nicht sagen«, rief Fábregas, »diese Geschichte erscheine Ihnen nicht lächerlich und sinnlos.«

»Lächerlich mag sie sein«, sagte sie mit einem Ernst, der ihn verwirrte, »sinnlos aber nicht. Wunder haben kein anderes Ziel, als Zeugnis von der Allmacht Gottes abzulegen. Sie jedoch sehen in nichts einen Sinn, was nicht konkreten und unmittelbaren praktischen Nutzen einbringt. Heutzutage bestehen die Wunder immer in der Heilung einer irreversiblen Krankheit oder darin, bei einem sehr schweren Unfall unversehrt davonkozummen. Wie Sie sehen, kann die Religion nicht gar so bedeutungslos sein.«

»Ich sehe, Sie sind in der Materie sehr bewandert.« Fábregas' Stimme klang befremdet und war nicht frei von Ironie.

»Darum geht es nicht«, sagte sie noch immer ernst. »Sie haben einfach von fast nichts eine Ahnung.«

Auf einem Hügel stand ein verfallenes Bauwerk, das Fábregas wie eine alte Festung erschien, in Wirklichkeit aber die Einsiedelei war, die sie besuchen wollten. Die hohen, massiven Mauern waren efeuüberwachsen und die Quader, aus denen sie bestanden, von einer solchen Dicke, daß Fábregas sich fragen mußte, wie sie an so vielen Stellen hatten einstürzen können. Nur ein Erdbeben oder eine großkalibrige Kanone konnten all diese Breschen verursachen. Struppige Gebüsche überwucherten den Zugang zur Tür, an deren Pfosten paradoxerweise noch die Scharniere hingen. Als sie durch eine der Maueröffnungen die Einsiedelei betraten, sah er, daß das Dach verschwunden war, daß aber die zwei römischen Bogen, die es seinerzeit getragen hatten, noch standen. Nun sah man durch diese Bogen hindurch lange schmale, an den Rändern ausgefranste Wolken vorbeiziehen. An der Innenseite der Mauern waren Reste von Wandmalerei auszumachen, und unter dem auf dem Boden wachsenden Gras schauten rechteckige Steinplatten mit lateinischen Inschriften und ausgewaschenen Reliefs hervor. Hinter Maria Clara hergehend, aus deren Mund er eine Erläuterung zu vernehmen hoffte, wich Fábregas den Hindernissen aus. Sie jedoch schien seine Anwesenheit gar nicht zu bemerken. Endlich blieb sie in der Mitte des Kirchenschiffs stehen, nahm einen Stock vom Boden und begann damit das Gras zu entfernen und zu teilen, bis eine Grabplatte zum Vorschein kam, in deren Mitte auf einem von der Zeit fast bis zur Unkenntlichkeit verwaschenen Flachrelief eine Sturmhaube mit einem Federbusch dargestellt war. Fábregas trat zu ihr, betrachtete die Platte aufmerksam und wartete darauf, daß Maria Clara etwas sagte, aber gerade als sie zu sprechen begann, wischte eine Feldmaus aus den Grasbüscheln, die sie entfernt hatte, und sauste im Zickzack zwischen ihren Beinen hindurch, so daß sie unwillkürlich einen Satz machte.

»Hoppla«, sagte sie gleich darauf, »offenbar hab' ich ungewollt den Frieden dieses Mieters gestört.«

»Ich fürchte, Sie haben etwas mehr gestört als nur seinen Frieden.« Fábregas ging in die Hocke und zeigte auf die Stelle, von wo die Maus davongeeilt war. »Schauen Sie mal her.«

Sie kauerte nieder, schaute auf die bezeichnete Stelle und sah fünf neugeborene Mäuschen, die eben von ihrer aufgescheuchten Mutter im Stich gelassen worden waren.

»Sie haben noch nicht einmal die Augen geöffnet.« Er hob eins der Mäuschen hoch und legte es sich auf die offene Hand. Es war nicht größer als sein Daumen und hatte eine rosige, unbehaarte Haut voller Falten. Fábregas hielt seine Hand Maria Clara vor die Augen, damit sie es besser betrachten konnte. Der kleine Körper des Mäuschens zuckte heftig, als keuche es oder als schlage ihm das Herz am ganzen Leib. »Sie wurden erst vor ein paar Stunden geboren, vielleicht während wir beim Essen saßen. Schauen Sie, wie es noch die Wärme der Mutter sucht.«

»Glauben Sie, die Maus, die eben davongerannt ist, war wirklich die Mutter dieses Wurfs?« Sie starrte die Maus in Fábregas' Hand an, ohne sich entschließen zu können, sie zu berühren.

»Daran kann es keinen Zweifel geben.« Er legte das Mäuschen zu seinen Geschwistern zurück.

»Ich dachte immer, Tiere verteidigen ihre Jungen.«

»Nur wenn die Verteidigung einen Sinn hat. In diesem Fall wußte die Mutter ganz genau, daß sie nicht gegen uns aufkommen könnte, und so rannte sie weg. Vielleicht versuchte sie unsere Aufmerksamkeit auf sich zu lenken und auf diese Weise zu verhindern, daß wir das Versteck ihrer Jungen entdecken. Möglicherweise wollte sie sich aber auch bloß in Sicherheit bringen. Manchmal ist das das einzige, was man für diejenigen tun kann, die von einem abhängig sind, oder?«

Maria Clara versank in Nachdenken, als wären diese Worte in Wirklichkeit auf eine andere Situation gemünzt oder als verbärgen sie eine wichtige Bedeutung. Dann schaute sie Fábregas an, in der Hoffnung, in seinen Augen einen klärenden Ausdruck zu finden, doch er blickte sie nicht an. Mit ein paar dürren Zweigen deckte er die Mäuschen zu.

»Was machen Sie?« fragte sie.

»Ihre Mutter wird zurückkommen, sobald sie annimmt, die Luft ist rein. Sicherlich hält sie sich ganz in der Nähe verborgen, beobachtet uns und wartet darauf, daß wir gehen.«

»Wäre es in diesem Fall nicht besser, die Mäuschen so zu lassen, daß sie sie sehen kann, statt sie auf diese Art zu verstecken?«

»Nein. Sonst würde sich gleich ein Raubvogel auf sie stürzen. Und die Mutter wird sie auf jeden Fall finden, mit der Nase oder mit dem Ohr. Hören Sie nicht, wie sie pfeifen?«

Maria Clara neigte den Kopf und konnte ein sehr hohes, schwaches Pfeifen vernehmen.

»Arme Kerlchen, sie müssen sterben vor Hunger! Gehen wir schnell, damit ihre Mutter zurückkommen kann.«

Sie stand auf und schüttelte sich die Grashalme vom Rocksaum. Dann richtete sich auch Fábregas auf, und sie entfernten sich, um neben einem Stein stehenzubleiben, der einmal der Altarträger gewesen sein mußte. Sie hoffte von dort aus die Maus zu ihren Jungen zurückkehren zu sehen, doch er sagte, da könne sie noch lange warten.

»Sie wird ihre Schnauze nicht hervorstrecken, bis sie ganz sicher ist, daß wir gegangen sind. Vorhin haben wir sie überrumpelt, ein zweites Mal wird sie sich nicht überraschen lassen.«

Durch eine andere Mauerbresche gingen sie aufs offene Feld hinaus. Diese Bresche war so breit, daß zwischen den beiden noch stehenden Mauerstücken ein Feigenbaum Wurzeln geschlagen hatte.

»Glauben Sie, sie befinden sich in Sicherheit?« fragte Maria Clara und schaute ein letztes Mal an die Stelle zurück, wo sie die Mäuschen versteckt hatten.

»Niemand befindet sich in Sicherheit, aber ich denke, in diesem speziellen Fall dürfen wir mit der Fürsprache dieses heiligen Vogelmannes rechnen, den Sie so bewundern.«

»Ich sehe, Sie sind böse auf mich, weil ich Ihnen vorhin Ihre Unwissenheit und Ungläubigkeit vorgeworfen habe.« Sie schaute ihm zuerst fest in die Augen und dann zum Himmel empor. »Kommen Sie – gleich wird die Sonne untergehen, und das ist sehr sehenswert.«

10

Sie gingen ein Stück querfeldein, bis sie wieder auf den Weg gelangten, auf dem sie, immer westwärts, zum Ufer hinunterstiegen. An dieser Stelle war die Küste flach und bildete einen schmalen, dunklen Kieselstrand. An seinem einen Ende erhob sich eine Felsformation, auf der man das Trägergerüst eines Sendemastes sehen konnte; er war zwar nicht mehr in Gebrauch, aber an seiner Spitze leuchtete weiterhin regelmäßig ein rotes Licht auf, um den Flugverkehr auf ihn aufmerksam zu machen. Am Fuß des felsigen Vorhügels stand auf dem Strand ein übel zugerichtetes türloses Holzhäuschen.

»Setzen wir uns dahin«, sagte sie, vage auf den Strand deutend. Fábregas zog sein Jackett aus, faltete es zusammen und legte es auf die Steine, und all das so schnell, gewandt und diskret, daß Maria Clara zu ihrer Überraschung plötzlich auf seinem Jackett saß. Letztlich nahm sich diese Geste eher als Taschenspielertrick aus denn als Akt der Aufmerksamkeit. Fábregas setzte sich direkt auf die Kieselsteine, umschlang mit den Armen die angezogenen Beine und stützte das Kinn auf die Knie. Diese Haltung hatte etwas Altertümliches. So verharrte er eine ganze Weile, schweigsam auf das Wasser starrend. Er begriff, daß er ihr gegenüber eine schwere Unhöflichkeit begangen und sich bei ihr zu entschuldigen hatte, doch er wußte nicht, was sagen. Daß sie ihn in ihrer Verärgerung, aufs Geratewohl und unbegründet, des Skeptizismus bezichtigt hatte, hatte ihn ganz unerwartet getroffen. Tatsächlich war er immer schon ein Skeptiker gewesen, nicht nur auf dem Gebiet der Religion, sondern in jeder Hinsicht. In seinem Innersten war er davon überzeugt, alle Welt denke wie er, sogar diejenigen, die sich ausdrücklich zu einem Glauben oder sonst einer Lehre bekannten, und die Erfahrung hatte ihn immer wieder in seiner Meinung bestärkt. Jetzt, an diesem Punkt seines Lebens, schien jedoch die Anschuldigung, die sie ihm unüberlegt ins Gesicht geschleudert hatte, in seiner eigenen Unrast ein Echo zu finden. Vielleicht ist es das – daß ich nie ein Ideal gehabt habe, dachte er. Ein kalter Windstoß riß ihn aus seiner Gedankenversunkenheit. In der Ferne glaubte er den Widerhall eines Donners zu hören, und als er den Blick vom Boden hob, sah er, daß das Wasser bleifarben geworden war. Von irrationaler Furcht gepackt, schaute er Maria Clara mit einem Ausdruck an, der sie erschreckte.

»Was ist mit Ihnen?« fragte sie.

Als er ihre Stimme hörte, beruhigte er sich wieder.

»Verzeihen Sie, wenn ich Sie geängstigt habe. Gestern nacht hatte ich einen Alptraum, und eben habe ich gemeint, ihn noch einmal zu erleben.«

Der Himmel hatte sich bedeckt, und das Grollen des Sturms kam näher. Fábregas schauerte, und als sie es sah, stand sie auf und gab ihm das Jackett zurück.

»Ziehen Sie es an, seien Sie nicht unvorsichtig.«

»Wir sollten zurückfahren, ohne eine Minute zu verlieren«, sagte er. »Aber ich sehe nicht, wie.«

»Sie sehen es nicht, weil Sie ein ungläubiger Mensch sind. Schauen Sie.«

Fábregas schaute auf die Stelle, die sie ihm zeigte, und sah zwischen den Felsen des Vorhügels dasselbe Boot auftauchen, das sie vor ein paar Stunden zum Eiland gebracht hatte.

»Na, hören Sie, Sie haben mit dem Fährmann vereinbart, er soll uns zu dieser Stunde wieder abholen, und haben es so eingerichtet, daß unser Gespräch mit seinem Kommen zusammenfällt, um mich zu überraschen.«

»Nein, nein, wie konnte ich denn wissen, in welchem Moment genau das Boot erscheinen würde?« antwortete sie in scherzhaftem Ton.

Fábregas wußte nicht, was er darauf antworten sollte, und versank wieder in seine grüblerischen Gedanken, aus denen ihn die rauhe Stimme des Fährmanns riß, der sie zur Eile drängte, sowie er angelegt hatte.

»Wird es also einen Sturm geben?« fragte Fábregas, nachdem sie im Boot Platz genommen hatten.

»Scheint so«, sagte der alte Seebär, »obwohl man nie weiß mit dem Wetter.«

»Ich dachte immer, die Seebären wissen solche Dinge.«

»Die Seebären vielleicht schon«, antwortete der alte Seebär, »aber ich bin nur ein Süßwassermatrose, der sich sein Brot mit Touristenrundfahrten verdient.«

Er stank nach Wein, war aber sehr gesprächig geworden. Er nahm Kurs auf Venedig und beschleunigte den Motor bis an die Grenze seiner Leistungsfähigkeit. Der Sturm verfolgte sie – der Himmel hatte sich schwarz verfärbt, und das Wasser begann zu schäumen.

»Ich wußte auch nicht, daß es in der Lagune Stürme gibt«, sagte Fábregas.

»Es gibt sie aber, und zwar kräftige. Und da erzählt man sich eine Legende, die genau dazu paßt und die die junge Dame sicher schon kennt. Aber Ihnen wird sie gefallen,

Sie sind ja fremd hier. Passen Sie auf, sie geht so: Eines Nachts vor Jahrhunderten brach in der Lagune ein so schrecklicher Sturm los, daß jedermann meinte, ganz Venedig würde im Wasser versinken. Niemand traute sich aus dem Haus, außer einem armen Fischer, der verzweifelt kämpfte, um sein Schiff vor dem Wellengang in Sicherheit zu bringen. Plötzlich trat ein Mann zu ihm und sagte: Hör zu, du, kette dein Schiff los und führe mich dahin, wohin ich dich heißen werde. Der Radmantel verbarg sein Gesicht, doch sein Blick ließ keine Widerrede zu. Der arme Fischer half ihm an Bord, machte das Boot los und begann in den Sturm hineinzurudern. Der Vermummte gab ihm mit Zeichen zu verstehen, er solle zur Sankt-Georgs-Insel fahren, wo ein anderer, ebenfalls vermummter Mann einstieg und dem armen Fischer befahl, die Sankt-Nikolaus-Insel am Lido anzusteuern. Dort stieg ein dritter Vermummter an Bord und wies den armen Fischer seinerseits an, sie zur Lagunenmündung zu bringen, genau dorthin, wo die Wellen am höchsten tobten. Der arme Fischer bekreuzigte sich und murmelte leise: Gottes Wille geschehe, aber Er weiß ganz genau, daß ich lieber auf dem Trockenen gestorben wäre. Von dort aus sahen sie im Schein der ununterbrochen aufzuckenden Blitze eine vor der Lagunenmündung verankerte Galeere. Sie war voller Dämonen, und in Wirklichkeit waren es diese Dämonen, die den todbringenden Sturm entfesselten. Da öffneten die drei Vermummten ihren Radmantel und gaben ihre Identität preis: Sie waren der heilige Markus, der heilige Georg und der heilige Nikolaus, die drei Schutzheiligen von Venedig. Als die Dämonen sie erkannten, brachen sie in Schmährufe und Gotteslästerungen aus; mit Händen und Füßen machten sie obszöne Bewegungen und Drohgebärden, zeigten ihnen dreist die Schamteile und bewarfen sie mit Unrat, bis der heilige Georg endlich sein Schwert aus der Scheide zog und ihnen zurief: Was ist los, ihr Dämonen?

Sogleich verstummten diese. Dann zeichnete der heilige Nikolaus mit seinem Stab in der Luft das Kreuzzeichen, und das Meer beruhigte sich. Und der heilige Markus gab, das Gesicht zu den Wolken emporgerichtet, seinen grauenerregenden Löwenrülpser von sich. Die Wolken lösten sich auf, und die Galeere verschwand mitsamt ihrer Fracht. Danach brachte der arme Fischer jeden Heiligen an den Ort zurück, wo er ihn eingeladen hatte. Beim Abschied gab ihm der heilige Markus seinen Goldring, damit er ihn in seinem Namen dem Dogen überreiche. Noch heute können Sie in der Basilika den Ring des Heiligen sehen und ein altes Gemälde, das dieses Wunders gedenkt.«

Als der alte Seebär seine Erzählung schloß, die immer wieder von Zwischenfällen auf der Überfahrt unterbrochen worden war, kamen sie schon an der Riva degli Schiavoni an. Ein Zodiakallicht erleuchtete die sich vor ihren Augen ausdehnende Stadt.

»Es scheint, wir sind noch einmal trocken davongekommen«, sagte Fábregas.

Vor dem Dogenpalast stand eine Menschenmenge und schaute dem lebhaften Schiffsverkehr zu. In dieser Menge erkannte Fábregas plötzlich das geheimnisvolle Trio, das ihn am Vortag so sehr in Bedrängnis gebracht hatte. Ohne zu wissen, weshalb, packte er Maria Clara heftig am Arm und zeigte auf die Menge.

»Schauen Sie, schauen Sie, sehen Sie diese drei schrägen Typen?«

»Gäbe es doch in Venedig bloß drei schräge Typen!«

»Diese sind aber ganz besonders beunruhigend. Ach, jetzt sind sie nicht mehr zu sehen, wie dumm! Ich hätte sie Ihnen gern gezeigt.«

In dieser Nacht weckte ihn zwei- oder dreimal der Regen. Dann stieg er aus dem Bett, machte das Fenster auf und vertrieb sich die Zeit, aufs Fensterbrett gestützt.

Der Sturm hatte sich gelegt, und der Regen fiel sanft auf den Kanal.

11

Am folgenden Morgen wartete er in der Hotel-Lounge auf sie. Von den ersten schweren Gewittertropfen gejagt, waren sie eilig auseinandergegangen, ohne ein weiteres Treffen vereinbart zu haben, doch Fábregas war überzeugt, sie würde ihn abholen kommen, was sie auch tatsächlich mit der größten Selbstverständlichkeit tat, als hätte die Gewohnheit es so festgelegt. An diesem und den folgenden Tagen wagten sie sich aber wegen des unbeständigen Wetters nicht sehr weit. Es war wieder veränderlich geworden, und es gab kaum einen Tag, an dem es nicht ein wenig regnete. Auch wenn es trocken war, blieb der Himmel bewölkt und trübe. Nur ab und zu klarte es auf, und für kurze Zeit zeigte sich die Sonne; dann stellte sich ein überraschender Wandel ein, denn nun trug alles dazu bei, die Stadt frühlingshaft aussehen zu lassen: die bunten Blumentöpfe in den Fenstern, das Efeu an den Hauswänden, die Bäume, deren Wipfel die Mauern der verborgenen Gärten überragten, ja sogar die Obst- und Gemüsestände, die auf den Plätzen aufgestellt wurden. In solchen Momenten empfand Fábregas eine Freude, die an Irrsinn grenzte. Die übrige Zeit war er hingerissen und verzaubert. Das unfreundliche Wetter ärgerte ihn nicht mehr. Er hatte vollkommen zu protestieren aufgehört – nun ließ er sich gern und ohne zu fragen an die Orte führen, an die sie ihn zu bringen beschlossen hatte. Nicht einmal die Menschenansammlungen störten ihn; beim Schlangestehen war er geduldig, und manchmal schien es ihm inmitten dieser Massen sogar wohl zu sein. Obwohl er nie die geringste Neigung zur Kunst verspürt hatte, schwieg er respektvoll, wo sie ausgestellt war, und strengte sich an, zu erfassen, was diese weltberühmten Malereien oder Statuen an Bewegendem oder Großartigem an sich haben konnten. Doch dieses Bemühen führte kaum je zum gewünschten Ergebnis, denn nur schwer konnte er für irgend etwas anderes als für Maria Clara Aufmerksamkeit aufbringen. Nur ihretwegen bedauerte er jetzt, sich über Kunst und Kultur nie eine Meinung gebildet zu haben. Wie sehr er sich auch den Kopf zerbrach, es gelang ihm nicht, einen Gedanken zu fassen, der es bis zu einer Bemerkung hätte bringen können. Dann befürchtete er, mit seinem Ernst und seiner Schweigsamkeit ein äußerst langweiliger Begleiter zu sein. Doch gegen diese von alters her kommende Einschränkung konnte er nichts ausrichten. In den Jahren, die ihn geprägt hatten, war niemand an der Verfeinerung seiner Sensibilität interessiert gewesen, und er selbst hatte nichts unternommen, diesen Mangel seinerseits wettzumachen. Zerstreut hatte er Schule und Universität durchlaufen, ohne daß etwas seine Neugier geweckt hätte, und alles, was er lernte, sogleich wieder vergessen, sowie ihn die Prüfungsergebnisse davon befreiten, irgendwelche Daten in Erinnerung behalten zu müssen. Seine übrige Bildung verdankte er beinahe vollständig dem Vater, der ihm, ohne sich je explizit darum zu kümmern, ein Verhaltensmodell vorgelebt hatte. Das Dasein seines Vaters war von dauernder Betriebsamkeit geprägt gewesen; wenn ihn nicht die Arbeit aufsaugte, spielte er mit seinen Kindern, trieb irgendeinen Sport, reiste, besuchte Aufführungen und die Gesellschaft, allein oder mit seiner Frau. Vom Erwachen bis zum Schlafengehen schien er keine einzige Minute fürs Nachdenken übrigzuhaben. Im Alter erfreute er sich einer ungebrochenen Heiterkeit; nur selten sprach er von seiner Vergangenheit, und dann ohne jede Eindringlichkeit oder einen Anflug von Melancholie, höchstens mit leichter Herablassung in bezug auf die unvernünftigen

Dinge, die er angeblich getan hatte und die, wie er meinte, ausnahmslos alle Menschenwesen im Laufe ihres Lebens begehen. Hörte man ihn so sprechen, so hätte man denken können, seine Existenz habe nur aus einer Reihe unzusammenhängender Anekdoten bestanden. Nie schien ihm etwas Tragisches oder Schmerzliches begegnet zu sein. Der Krieg, an dem er spät und auf der Verliererseite teilzunehmen sich gezwungen sah, ohne daß ihm daraus negative Folgen erwachsen wären, hatte ihm nur dazu gedient, seine Schlauheit unter Beweis zu stellen, wenn es darum ging, das kärgliche Essen der Kaserne, in die er abkommandiert war, abzurunden. Sowohl Geschäfte wie Familie hatten ihm ausschließlich Befriedigung verschafft, und er schien eine liebevolle, vergnügte Erinnerung an die ihm nahestehenden Personen zu bewahren, dank deren Gesellschaft der unerbittliche Lauf der Jahre von ihm ferngeblieben war. Erst die Unpäßlichkeiten des Alters, die ihn an einen Sessel fesselten und zu beinahe vollständiger Bewegungslosigkeit verdammten, hatten eine sentimentale Facette zum Vorschein gebracht, die bisher niemand an ihm gekannt hatte. Nun schwammen seine Augen wegen jeder Kleinigkeit in Tränen. Schließlich hatte ihn der Tod eines Abends überrascht, als er allein vor dem Fernseher saß. Selbst in diesem kritischen Augenblick schien er weder Angst noch Schmerz gespürt zu haben: Seine ausdruckslosen Züge und sein glasiger Blick waren nicht anders als sonst, wenn er dieser Tätigkeit frönte. Fábregas war zufrieden, dieses Wesen geerbt oder unbewußt erworben zu haben, das man leicht als Weisheit oder Schwachsinn ansehen konnte, das jedoch weder vom einen noch vom andern etwas hatte. Jetzt freilich fühlte er sich fade, überflüssig und gewöhnlich. Gern hätte er ihr großen Eindruck gemacht, wußte aber nicht, wie. Er stellte fest, daß die Tage angenehm vorbeizogen, ohne daß das Verstreichen des einen sie den folgenden hätte intensiver erleben lassen, und daran gab er ausschließlich sich selbst die Schuld. Obwohl er den Gedanken von sich wies, wußte er, daß sich diese Zufallsbeziehung auf nichts stützte und daß ihr über kurz oder lang der natürliche Lauf der Dinge ein Ende bereiten würde, wenn sie nicht vorher zu etwas anderem wurde, und nichts deutete darauf hin, daß so etwas in nächster Zeit stattfände – alles war ihnen zur Gewohnheit geworden. Nun sprachen sie nie mehr von sich selbst oder diskutierten in ihren Gesprächen wichtige Dinge, sondern beschränkten sich darauf, die unbedeutenden Ereignisse des Spaziergangs zu kommentieren, den sie soeben unternommen hatten, verglichen Vorlieben oder unterhielten sich über Kleinigkeiten. Doch abgesehen von vereinzelten Momenten der Zurückhaltung oder Sorge bedauerte Fábregas nicht, daß seine Beziehung zu ihr auf natürliche Art diesen Anstrich von Oberflächlichkeit bekommen hatte, denn er befürchtete, wenn sie einen andern Verlauf nähme, könnten die persönlichen Umstände von ihnen beiden, wenn sie aufeinanderträfen, sie zerstören. Ihm genügte das Vorhandene, um glücklich zu sein: In ihrer Gesellschaft verflogen ihm die Stunden des Tages unmerklich; dann, allein auf seinem Hotelbett liegend, machte er eine Bestandsaufnahme von allem, was sie zusammen unternommen und besprochen hatten, und nichts erschien ihm dabei banal oder verachtenswert. Manchmal übermannte ihn dabei die Müdigkeit, und er machte ein kurzes Nickerchen, aus dem ihn jedesmal die Furcht weckte, bei seinem Erinnerungsgang ein bedeutungsloses Detail ausgelassen zu haben, das, jetzt analysiert, irgendein Geheimnis hätte preisgeben können. Doch diese Angst bedrängte ihn nur, wenn er nicht mit ihr zusammen war. In ihrer Gesellschaft fühlte er sich leichten Sinns und ohne Bange; alles brachte ihn zum Lachen. Manchmal begann er völlig grundlos über irgendein Thema zu salbadern und führte die entlegensten Argumente ins Feld, ohne daß ihn irgend etwas zum Verstummen bringen konnte. Eigentlich redete er nur so, um ein definitives Schweigen zu vermeiden, aus dem ihn einzig das Geständnis einer großen Wahrheit wieder hätte befreien können. Wenn ich jetzt verstumme, dachte er in solchen Momenten, werde ich erst wieder sprechen können, um ihr zu sagen, daß ich sie anbete.

12

Inzwischen ließ Riverola mit seinen Bemühungen nicht locker; er wollte Fábregas zur Vernunft bringen, ihn davon überzeugen, daß er zurückkehren mußte. Mühelos hatte er neuerlich das Hotel ausfindig gemacht, in dem dieser wohnte, rief ihn beinahe täglich an und drängte ihn, seine sture, unverantwortliche Haltung aufzugeben. Diese Ermahnungen wirkten sich auf Fábregas unterschiedlich aus, ganz nach seinem jeweiligen Gemütszustand. Einige Male rüttelten die Vorhaltungen des Anwalts sein Gewissen wach. Riverola hat wirklich recht, dachte er dann, ich bin ein Schuft und ein Trottel; letztlich spricht überhaupt nichts dagegen, daß ich Venedig für zwei oder drei Tage verlasse, die dringlichsten Probleme löse und anschließend hierher zurückkehre; ich brauche sie während dieser Reise nicht einmal aus den Augen zu verlieren, sondern könnte sie einladen, Barcelona zu besuchen; bestimmt würde sie mit Vergnügen einwilligen. Doch jedesmal, wenn diese Überlegungen schon in eine zustimmende Antwort auf Riverolas Aufforderungen zu münden schienen, brauchte dieser nur irgendeinen Satz wie »Brihuesca hat angerufen« oder »Gestern sind die Leute von den Totus-Lieferungen gekommen« zu sagen, und gleich stellte sich in seiner Seele ein abstoßendes Bild ein, das nichts mit der täglichen Wirklichkeit im Unternehmen zu tun hatte, die er nur zu gewohnt war und in der er sich nicht schlecht gefühlt hatte, sondern zu einer Art trügerischer, grauenhafter Wesenheit gehörte; allein die Vorstellung davon ließ ihn unweigerlich hitzig reagieren. Dann wiederholte er äußerst gereizt und hartnäckig seine abschlägige Antwort, und Riverola, der schon voller Hoffnung die Wirkung seine Überredungskünste verfolgt hatte, war perplex. Nun versuchte er einzulenken, um nicht unwiderruflich zu verlieren, was er vor einer Minute so gut wie in der Hand zu haben glaubte.

»Ist ja gut, du brauchst nicht zu kommen, wenn du nicht willst«, sagte er, »aber laß mich dich besuchen. So können wir wenigstens von Angesicht zu Angesicht über die ganze Sache reden.«

Dieser Vorschlag schien Fábregas in Harnisch zu bringen.

»Ich will dich nicht sehen – du kannst mich nicht zwingen, dich zu sehen, wenn ich nicht will. Wenn du kommst oder wenn ich nur schon glaube, du kommst, werde ich das Hotel wechseln, einen falschen Namen annehmen und als Türke verkleidet herumlaufen.«

Diese Worte beunruhigten Riverola sehr, nicht wegen ihrer Bedeutung, sondern weil er den Eindruck hatte, sie entsprängen einem zerrütteten Geist. Dann strich er die Segel und gab ein paar Tage lang kein Lebenszeichen mehr von sich. Andere Male war er es, der die Beherrschung verlor, Fábregas beschimpfte und von seinem Posten zurückzutreten drohte.

»Meinetwegen kannst du tun, was du willst«, sagte Fábregas dann.

»Ich würde auf der Stelle zurücktreten, wenn ich daran glauben könnte, daß das Unternehmen noch zu retten ist. Es ist aber nicht zu retten, und das Pflichtgefühl zwingt mich, mitsamt dem Schiff unterzugehen.«

Nun war es Fábregas, der aus der Fassung geriet und

nicht wußte, wie er den Streit fortsetzen sollte. Er hatte Riverola auf der Schule kennengelernt; gemeinsam hatten sie ihre Berufsausbildung und den Militärdienst absolviert und waren am selben Tag in dasselbe Unternehmen eingetreten, wenn auch durch verschiedene Türen, denn Fábregas war der Sohn des Inhabers und Riverola nur Angestellter. Doch jetzt mußte er feststellen, daß von all diesen Jahren der Kameradschaft keine Spur von Vertraulichkeit oder Verständnis übriggeblieben war. Eigentlich hatte ihn Riverola andauernd irritiert, da er immer Hingabe, Loyalität und Mut bezeugt hatte – drei besondere Qualitäten, über die er selbst nicht zu verfügen glaubte; Riverola gegenüber mußte er sich seine moralische Minderwertigkeit eingestehen und außerdem die Würdelosigkeit des Neids. Schon lange hätte er sich seiner gern entledigt, doch die Unterordnung des einen unter den andern hinderte ihn daran, willkürliche Maßnahmen zu ergreifen. Nach und nach hatten sie sich auseinandergelebt; jetzt sahen sie sich nur noch selten außerhalb des Büros. Riverola führte ein geregeltes Gefühls- und Familienleben. Er hatte später geheiratet als Fábregas, aber im Gegensatz zu diesem war seine Ehe beständig und harmonisch. Kurz vor Riverolas Hochzeit hatte Fábregas jedoch auf einem Fest dessen Braut in einen vor fremden Blicken geschützten Winkel gezogen und leidenschaftlich geküßt, ohne daß sie sich gegen diesen Überfall auch nur im mindesten gesträubt hätte. Wenn du willst, hatte sie zu ihm gesagt, blase ich die Hochzeit augenblicklich ab. Fábregas, der aus purer Böswilligkeit so gehandelt hatte und nicht darauf gefaßt war, daß sie sich ihm so an den Hals werfen würde, mußte sich mit Ausflüchten aus der Klemme ziehen. Hierauf reagierte sie vernünftig: Nie sagte sie Riverola etwas davon, sondern gab vor, der Lauf der Zeit hätte die Begebenheit aus ihrem Gedächtnis gestrichen. Fábregas jedoch, der immer wieder daran zurückdachte, kam schließlich zur Überzeugung, am Vorabend ihrer Hochzeit seien alle Frauen bereit, sich dem erstbesten Frechling, der es ihnen vorschlüge, in die Arme zu werfen.

Riverola seinerseits konnte nicht ahnen, daß er im Schweigen seinen besten Verbündeten hatte. Was durchs Telefon Erregung und Geschrei war, das machte die Stille der Nacht zu Gedankenarbeit. So kann es wirklich nicht weitergehen, dachte Fábregas dann. Zuletzt beschloß er, das Problem mit Maria Clara zu besprechen. Ich werde ihr sagen, daß ich kurz weg muß, beschloß er. Um auf das Thema zu kommen, das für ihn nun plötzlich sehr wichtig war, wählte er einen Nachmittag, an dem sie, eine Wetterbesserung nutzend, an den Lido gegangen waren. Doch an diesem Tag war Maria Clara nicht gut aufgelegt: Sie sprach wenig und hüllte sich immer wieder in langes, mürrisches Schweigen. Das war sehr ungewöhnlich bei ihr, und es war offensichtlich, daß ihr etwas Sorgen bereitete. Fábregas fragte sich, ob nicht gerade die Natur ihres Umgangs der Grund für diese Sorgen sein mochte. Er fürchtete, für die Ankündigung seiner Reise den ungünstigsten Zeitpunkt gewählt zu haben; so schob er die Angelegenheit vor sich her, langsam verstrichen die Stunden, und die Spannung zwischen ihnen nahm zu. Er begriff, daß er etwas unternehmen mußte, um ihr Mut zu machen und ihr zu helfen, sich wieder aufzuheitern, aber angesichts einer bevorstehenden Trennung bedrückte ihn sein eigener Kummer, und alles, was er sagte oder tat, war unangebracht und geschmacklos. Sie hatten sich auf eine Restauranttterrasse mit Sicht aufs Meer gesetzt. In den Marmortischen steckten riesige Sonnenschirme, die jetzt geschlossen und mit Riemen zusammengebunden waren, damit die Gäste des Lokals die laue Nachmittagssonne genießen konnten. Es wehte eine frische, aber milde Brise.

»Ich muß Ihnen etwas sagen«, brachte er endlich so leise und zerknirscht hervor, daß es nicht an ihr Ohr drang oder jedenfalls nicht laut genug war, um sie aus ihrer Versunkenheit zu reißen. Um ihr angespanntes Gesicht nicht sehen zu müssen, richtete er seinen Blick auf den Strand, über den in diesem Moment mehrere Personen spazierten, die flüchtig seine Aufmerksamkeit auf sich zogen. Diese Leute, die zwar augenscheinlich eine geschlossene Gruppe bildeten, jedoch nicht miteinander sprachen und sich nicht anschauten, gingen so unsicheren Schrittes aufs Wasser zu, als wären sie Körperbehinderte. Immer wieder strauchelte einer und mußte ein Knie oder beide im Sand aufstützen, um nicht kopfüber auf den Strand zu fallen; dann nahm er Sand in die Hand und führte ihn an die Lippen, als wollte er ihn kosten, fuhr aber nur mit der Zunge darüber und ließ ihn schließlich durch die Finger rieseln.

»Haben Sie diese Leute gesehen?« fragte Fábregas scheinbar leichthin. »Man könnte meinen, sie seien Verrückte oder Betrunkene, wenn sie sich nicht offensichtlich anschickten, ein Ritual auszuführen.«

Sie machte eine ungeduldige Handbewegung und schaute ihn finster an. Sollte es möglich sein, daß wir uns in Bitterkeit trennen müssen? dachte er. Dann lenkte er den Blick wieder zum Strand. Der Verein war am Rand des Wassers angelangt und dort stehengeblieben. Nun schauten alle zu, wie sich ein junger Mann aus der Gruppe löste, sich ein Chorhemd überzog, aus den Schuhen schlüpfte, die Hose hochkrempelte und wenige Meter ins Wasser hineinging. Offensichtlich habe ich irgend etwas getan, was sie gekränkt hat, dachte Fábregas.

»Ich muß gehen«, sagte sie plötzlich.

Instinktiv schaute er auf die Uhr – erst halb fünf.

»Ich werde die Rechnung verlangen«, sagte er.

Sie legte ihm die Hand auf den Arm, den er gerade heben wollte, um den Ober auf sich aufmerksam zu machen.

»Sie haben mich nicht richtig verstanden. Ich muß von Venedig weggehen.«

»Wie! Von Venedig weggehen! Jetzt!« rief er, nur um sie diesen Satz widerrufen zu hören; dann, als sie ihn mit ihrem Schweigen bloß bekräftigte, fügte er fast flüsternd hinzu: »Das ist nicht möglich.«

»Weshalb sollte es nicht möglich sein?« Ihre Stimme klang leicht herausfordernd.

»Ich meine, es wird doch einen Weg geben, von hier aus zu erledigen, was immer Sie zum Gehen zwingt ... Wenn es in irgendeiner Weise von mir abhängt ... Wenn irgendwie ich der Grund bin ...«

»Zwingen Sie mich bitte nicht, Ihnen Erklärungen abzugeben – das wäre mühsam für mich und würde so gut wie nichts klären. Erlauben Sie mir, jetzt allein zu gehen; bleiben Sie hier und versuchen Sie nicht, mir zu folgen.«

»Warten Sie«, rief er, als er sah, daß sie ihn tatsächlich auf der Stelle verlassen wollte. »Sagen Sie mir wenigstens, wohin Sie so eilig gehen müssen.«

»Nach Rom... oder woandershin, welche Rolle spielt's denn für Sie? Jedenfalls dürfen Sie mir nicht folgen, wohin ich auch gehe; unter keinen Umständen dürfen Sie mir folgen!«

»Nach Rom...! Und wann gedenken Sie zurückzukommen?«

Sie zuckte mit den Schultern, und wieder entdeckte er den rätselhaften Blick, den er schon zu Beginn ihrer Beziehung zu sehen geglaubt, in den folgenden Tagen aber vergessen hatte.

»Ich weiß nicht. Möglicherweise komme ich nie mehr zurück, aber höchstwahrscheinlich bin ich im Handumdrehen wieder da. Alles hängt von Faktoren ab, die ich in keiner Weise beeinflussen kann, glauben Sie mir.«

Er bedeckte sein Gesicht mit den Händen, als wollte er nichts von allem sehen, was um ihn herum vorging.

»Gehen Sie«, sagte er.

13

Er behielt die Hände vor dem Gesicht, bis ihm die Stimme des Kellners, der sich nach einer Weile erkundigte, ob es ihm nicht gut gehe, bedeutete, in dieser Haltung könne er nicht ewig verharren. Die Spiegelung der Sonne auf dem Wasser blendete ihn für einen Augenblick. Dann sah er, daß er sich allein auf der Terrasse befand; es wurde bereits dunkel. Auch der Strand war leer. Er zahlte und ging langsam zur Landungsbrücke des Vaporetto, wo er eine Fahrkarte kaufte, den an die Wand geklebten Fahrplan studierte, ohne etwas zu sehen, und sich dann auf ein Holzbänkchen setzte, um zu warten. Nach einigen Minuten erschien auf dem Landungssteg eine Gruppe Männer und Frauen in vorgerücktem Alter, in denen er dieselben wiederzuerkennen glaubte, die vor einer Weile am Strand diese merkwürdige Zeremonie vollzogen hatten. Kurz danach traf der junge Mann ein, der sich die Hose hochgekrempelt hatte, um ins Wasser hineinzugehen, und verteilte den Alten die eben gekauften Fahrkarten.

»Jeder soll seine Karte selbst behalten«, sagte er zu ihnen. »Zeigen Sie sie beim Einsteigen in den Vaporetto vor, und vor allen Dingen, verlieren Sie sie nicht.«

Die Alten, denen man ansah, daß sie recht müde waren, antworteten auf diese Ermahnung mit schwachem Murmeln. Der junge Mann setzte sich neben Fábregas, dessen Abkapselung die Alten bis dahin instinktiv respektiert hatten, und erklärte ihm, die Gruppe bestehe aus Verehrern des heiligen Mamas, die jedes Jahr genau an diesem Tag hierherkämen, um des Eintreffens der heiligen Reliquien auf der Insel zu gedenken.

»Unglücklicherweise wird ihre Zahl immer kleiner«, fügte er leiser hinzu, so daß nur sein Gesprächspartner die Bemerkung hören konnte.

»Die der Reliquien?« fragte Fábregas.

»Die der Verehrer.«

»Er gehört nicht zu den populären Heiligen.«

»Sie sagen es. Als man mich holte, um die Zeremonie abzuhalten, da der Pfarrer von San Salvatore gestorben war, der das normalerweise besorgte, mußte ich mir darüber Unterlagen verschaffen.«

»Ah, dann sind Sie also Priester.«

»Hilfsgeistlicher – aber ich sprach nicht von mir, sondern von der Verehrung des heiligen Mamas, und deren Ursprünge gehen, wie ich feststellen konnte, sage und schreibe bis ins fünfte Jahrhundert zurück.«

»Mir fehlen die Worte.«

»Anscheinend gab es in jener Zeit, obwohl das Christentum bereits offizielle Religion des Römischen Reiches war, noch immer viele Stätten heidnischen Aberglaubens, gegen die die Obrigkeit umsonst ankämpfte. Eine von ihnen, vielleicht die berühmteste, war das sogenannte Dionysos-Heiligtum, Gott des Weines, in unmittelbarer Nähe von Athen, wo sein Kult starke Wurzeln hatte. Dort lebten einige Priester, die unter Anrufung dieses Idols Wunder zu wirken vermochten, beispielsweise Menschen in Tiere zu verwandeln, um Mitternacht die Sonne scheinen zu lassen, Steine zum Sprechen und Schildkröten zum Fliegen zu bringen und Tote aufzuerwecken. Auch floß dort eine Wunderquelle, die die Krankheiten derer heilte, die von ihrem Wasser tranken, verlorene Energien wieder weckte und die Kraft der Jugendjahre erhielt, und eine alte Pythia oder Wahrsagerin prophezeite die Zukunft. Müßig zu sagen, daß das Heiligtum bei alledem Gläubige in beträchtlicher Zahl anzog, weshalb der Ortsstatthalter im Wunsch, seinem Einfluß entgegenzuwirken, genau gegenüber dem Dionysos-Heiligtum eine christliche Kirche zu errichten beschloß und den Pontifex maximus ersuchte, zu diesem Zwecke irgendeine Reliquie zu schicken, worein der Papst nur zu gern einwilligte. Als die Kirche vollendet war, schickte er die Reste des wenige Monate zuvor heiliggesprochenen Märtyrers Mamas dahin. Kaum waren diese Reste mit viel Inbrunst und Pomp in einem reich gearbeiteten Marmorsarkophag beigesetzt, der Sarkophag unter dem Hochaltar der Kirche plaziert und die Kirche vom Bischof der Diözese gesegnet worden, verloren die Dionysos-Priester ihre Macht, Sonne und Mond kehrten auf ihre Bahn zurück, die Quelle versiegte, und die Prophetin verstummte. Das hatte eine Massenbekehrung zur Folge, und das Dionysos-Heiligtum wurde, da der Glaube jetzt verloren war, von denselben abgebrochen, die noch kurz zuvor, von ihm erfüllt, dorthin gekommen waren. – Doch damit ist die Geschichte noch nicht zu Ende«, fügte der junge Priester nach einer Pause hinzu, in der er sich an den Waden kratzte. »Nachdem das Dionysos-Heiligtum verschwunden war, wurde die Sankt-Mamas-Kirche zu einer Andachts- und Wallfahrtsstätte, bis den Thron von Byzanz Julian der Abtrünnige bestieg, der darauf erpicht war, den alten Kult wiedereinzuführen, und anordnete, das Dionysos-Heiligtum zu rekonstruieren, das er mit dem beträchtlichen, von der christlichen Kirche zusammengetragenen Vermögen beschenkte, diese abzubrechen und den Marmorsarkophag mit den Resten des Heiligen ins Meer zu werfen. Wie staunten jedoch die Schergen, die diese Untat begingen, als sie sahen, wie der Sarkophag einem gewichtslosen Holznachen gleich auf dem Meere schwamm und die Wellen ihn auf dieses hinaustrugen. Noch mußten viele Jahre ins Land ziehen, bis eines Nachmittags Kinder, die am eben von uns besuchten Lidostrand spielten, sahen, wie die Wellen einen Gegenstand mittlerer Ausmaße sanft auf dem Strand absetzten. Im Glauben, es sei dies ein Überrest aus einem Schiffbruch oder einer Seeschlacht, gingen sie näher, und dabei stellten sie fest, daß es sich um einen Marmorsarkophag handelte, dem ein köstlicher Duft entströmte. Sowie der Sarkophag geöffnet war, fand man darin menschliche Überreste, trotz der langjährigen Meeresirrfahrt wundersam erhalten, und eine Tafel mit den Worten: ›Ich bin der heilige Mamas.‹«

Wieder machte der junge Priester eine effekthascherische Pause, die Fábregas wahrnahm, um zu fragen:

»Und Sie glauben diesen ganzen Unsinn im Ernst?«

Der junge Priester, bis dahin der Meinung, einen verzückten Zuhörer neben sich zu haben, schaute ihn bestürzt an und kratzte sich wieder an den Waden.

»Nun«, sagte er nach einer Weile, »man braucht nicht sämtliche Details der Erzählung blind zu glauben ... Wir wissen ja, daß die Einbildungskraft der Menschen im Laufe der Jahre alles, was ihre Aufmerksamkeit weckt, spontan anreichert und ausbaut und daß es eine – übrigens verständliche – Tendenz gibt, das Übernatürliche mit dem Wunderbaren und Pittoresken zu verwechseln ... Doch grundsätzlich sehe ich nichts Unwahrscheinliches in dem, was ich Ihnen gerade geschildert habe. Wunder gehören wesentlich zur Religion, und letzten Endes bin ich ein religiöser Mensch. Sie dagegen müssen Agnostiker sein, soviel ich sehe.«

»Bewahre, ich habe nicht einmal eine Ahnung, was das ist. Ich bin nur ein erwachsener Mensch, der seinen Verstand zu gebrauchen weiß und der es nicht mag, auf den Arm genommen zu werden.«

»Hm, es steht Ihnen natürlich vollkommen frei, so zu denken«, sagte der junge Priester nach einer Weile. »Selbstverständlich brauchen Sie nicht felsenfest an das Wunder des heiligen Mamas zu glauben. Aber als Priester, der ich bin, empfehle ich Ihnen, nicht den Glauben daran zu verlieren, daß es einen allmächtigen, gerechten Gott gibt, der über unsere Gedanken, Worte und Taten zu Gericht sitzt und vor dem wir alle in unfaßbar kurzer Zeit zu erscheinen haben.«

Danach sprachen sie nicht mehr weiter.

14

Auf der Fahrt betrachtete Fábregas vom Deck des Vaporetto aus die vor seinen Augen übersichtlich daliegende Stadt. Nun schienen ihm diese majestätischen Gebäude einzig in der Absicht errichtet, seiner zu spotten. Eine Kulisse so trügerisch wie meine eigenen Illusionen, dachte er. Kaum im Hotel angekommen, teilte er der Geschäftsleitung mit, gleich bei Sonnenaufgang werde er abreisen.

»Um mein Gepäck kümmere ich mich selbst«, sagte er.

Im Zimmer knallte er seine Siebensachen wild durcheinander in die Koffer; als diese voll waren, mußte er feststellen, daß er sie nicht zubringen konnte, auch wenn er sich mit seinem ganzen Gewicht auf sie warf. Verzweifelt und erschöpft von den Erregungen des Tages, streckte er sich auf dem Bett aus, ohne zu Abend gegessen oder sich ausgezogen zu haben, und schlief rasch ein. Als er erwachte, elf Stunden später, erinnerte er sich, daß er geträumt hatte, er habe in seiner alten Wohnung in Barcelona gleichzeitig den Besuch vieler Bekannter bekommen. Diese Einladung, die im Traum ausgesprochen zu haben er sich nicht erinnern konnte, verdroß ihn, da ihn die dadurch auferlegten Gastgeberpflichten daran hinderten, zu einem schon vorher vereinbarten Treffen mit Maria Clara zu erscheinen. Die Erinnerung an diesen für ihn elementaren Traum machte ihn müde und traurig. Ohne daß er hätte erklären können, weshalb, wurde ihm klar, daß er Venedig jetzt erst recht nicht verlassen konnte, daß ihn ihr Weggang und die vage Möglichkeit ihrer Rückkehr stärker an die Stadt banden, als wenn sie selbst hier gewesen wäre. Vollkommen abgespannt ging er hinunter, um der Hotelleitung mitzuteilen, er habe seine Pläne geändert; dann frühstückte er und legte sich wieder ins Bett, wo er den Tag größtenteils im Halbschlaf zubrachte. Mehrmals glaubte er mit dem Gefühl von Atemnot zu erwachen – es war unmotiviertes Weinen, das ihm die Kehle zuschnürte und ihn daran hinderte, richtig zu atmen.

Zwischen erst kürzlich erlebten und weit zurückliegenden Episoden hin und her pendelnd, die ihm ungeordnet zuströmten, hatte er das Gefühl, sein Leben sei leer und absurd gewesen. Der an die Fensterscheiben trommelnde Regen trug ihm die Erinnerung an die Sommerferien zu, die er vor einigen Jahren mit Frau und Sohn ausnahmsweise auf dem Land verbracht hatte. Damals hatte es täglich ununterbrochen geregnet, und er hatte sich nicht aus seinem Zustand dauernder Gereiztheit befreien können; die geringste Kleinigkeit war ihm Anlaß, sich mit böser Absicht zu beklagen. Immer wenn sie, ab und zu eine Aufhellung nutzend, auf einen Spaziergang hinausgegangen waren, hatte er am Schluß seinen Sohn, der eben drei geworden war und beim Gehen schnell ermüdete, auf die Schultern genommen. Nun erinnerte er sich deutlich an den Geruch der feuchten Erde und der dunklen Bäume mit den noch unter der Last des Regenwassers gebeugten Blättern; dann verfluchte er sich, weil er jene unwiederbringlichen Stunden nicht zu genießen gewußt hatte. Bald werde ich sterben und ohne Lust und Anmut gelebt haben, wie ein Fossil, dachte er. Diese Vorstellung rief in seinem ganzen Körper eine beklommene Unruhe hervor. Seine Erregung ging so weit, daß er befürchtete, das Bettgestell würde unter diesen heftigen Anwandlungen am Ende nachgeben. Wie peinlich wäre das, dachte er; jedenfalls muß ich dieser Qual, die nirgends hinführt, sogleich ein Ende setzen.

Er ging ins Bad, setzte sich auf den Wannenboden und stellte die Dusche an, ohne die Wassertemperatur zu regulieren. Nach einer Weile fühlte er sich sehr erleichtert. Ohne sich abzutrocknen oder anzuziehen, ging er durchs Zimmer, öffnete weit das Fenster und setzte sich rittlings auf den Sims. Glücklicherweise war es schon dunkel, und wegen des schlechten Wetters verkehrten wenig Boote auf dem Kanal – so war es kaum wahrscheinlich, daß jemand auf diesen nackten Mann aufmerksam würde, der da grotesk auf dem Fenstersims ritt und die Fäuste gegen den Himmel schwang.

Als er sich noch auf diese Weise Luft machte, hörte er Glocken läuten, die die Gläubigen zum Gebet riefen. Bereue deine Unvernunft, schienen sie ihn mit ihrem fortdauernden Klang zu mahnen. Ohne zweimal darüber nachzudenken, beschloß er, ihrem Ruf zu folgen. Er zog sich an, schlüpfte in die Schuhe und ging auf die Straße hinaus. Ungekämmt, wie er war, bot er den Passanten einen ziemlich zerrupften Anblick. Sich am Glockengeläut orientierend, eilte er durch mehrere Straßen, und in manchen von ihnen schien sich das Läuten zu verlieren, zu verdoppeln oder ihn wie eine Welle einzuhüllen; dann wußte er nicht mehr, wo er sich befand; keuchend blieb er stehen oder ging wieder zurück und spitzte die Ohren, um neuerlich die Herkunft des Läutens zu lokalisieren. So gelangte er schließlich vor ein Gebäude mit einem halbkreisförmigen, nur angelehnten Tor; durch den Spalt hörte man zu Harmoniumbegleitung einen Chor singen. Er betrat einen Raum, in dem offensichtlich eine Messe zelebriert wurde und den einzig acht in zwei Steinkandelabern steckende Altarkerzen beleuchteten. Aus einem Kohlebecken, in dem Myrrhen und Gewürznelken verbrannten, dampfte dichter, berauschender Weihrauch. Als sich seine Augen ans Halbdunkel gewöhnt hatten, sah er, daß die Gemeinde aus alten Männern und Frauen bestand, die er sogleich mit denen verwechselte, welche er tags zuvor am Lido angetroffen hatte, bis ihn eine eingehendere Prüfung von seinem Irrtum befreite. Nun achteten die Alten nicht mehr auf die Messe, sondern warfen ihm aus den Augenwinkeln grollende Blicke zu, da sie es nicht gewohnt waren, daß Neugierige sich einmischten. Fábregas blieb neben der Tür stehen, wo es dunkler war, und verhielt sich so, als sammle er sich. Wenn er das Gefühl hatte, niemand beachte ihn, studierte er den Raum; an der niedrigen, kerzen- und weihrauchgeschwärzten Decke konnte man noch die minuziös gemalten Plejaden, den Orion, den Großen Bären und andere Sternbilder erkennen. Glaubte er sich beobachtet, so folgte er der Messe, wie er es die andern tun sah. Das Ritual erinnerte an die frühchristliche Liturgie der ursprünglichen Häretiker und kam ihm vollkommen lächerlich vor. Der Priester trug eine leichte Rüstung aus Leder und ungegerbter Haut und schwang eine Knochenrassel; die Haare reichten ihm weit den Rücken hinunter und der Bart bis an die Taille. Nun stimmte der Zelebrant eine Litanei an, auf die die Gemeinde mit weitgeöffneten zahnlosen Mündern einstimmig antwortete.

Zweifellos bin ich mitten in einen Hexensabbat geraten, sagte sich Fábregas, bin von Wahnsinnigen umgeben, aber ebenso offensichtlich ist ihre Andacht echt, und ihre Gebete sind nicht ohne Sinn. Es kann kein Zufall sein, daß ich gerade hier gelandet bin; was ich Zufall nenne, muß Teil einer umfassenderen Absicht sein – diese Überlegung, die ein Geheimnis und ein sicheres Zeichen von Vorbestimmung miteinzuschließen schien, bewirkte zusammen mit dem Rausch, den ihm das Einatmen des Weihrauchs verursachte, und der entnervenden Wirkung der immer gleich monotonen Musik, daß in diesem Moment grenzenloser Kummer in seinen Augen zusammenströmte: Er brach in stille, anhaltende Tränen aus und verlor die Vorstellung von Zeit und Raum, bis ihm ein höflicher Hinweis zu verstehen gab, die Messe sei schon eine Weile zu Ende und seine Anwesenheit an der Kirchentür hindere die Gläubigen am Hinausgehen. In Entschuldigungen zerfließend, trat er eilig auf die Straße hinaus, wo er ohne Ziel losmarschierte. Es hatte aufgehört zu regnen, und am Himmel leuchteten einige Sterne, die er sogleich mit denen identifizieren zu können meinte, die er gerade noch als Bild an der niedrigen Kirchendecke gesehen hatte. Alles paßt zusammen, dachte er erleichtert. Die vielen während der eben gehörten Messe vergossenen Tränen hatten zwar die Ursache seines Schmerzes nicht beseitigt, aber seine unmittelbaren Auswirkungen gemildert. Nun fühlte er sich ruhig, gestärkt und beinahe glücklich.

ZWEITER TEIL

I

Als die Frühlingsregenfälle zu Ende waren, änderte sich das Wetter schlagartig: Nun folgte ein sonniger Tag dem andern, und es herrschte eine feuchte Hitze; bald begann das stehende Wasser einiger Kanäle einen giftigen Gestank zu verströmen. Mit dem Eintreffen des Frühlings vervielfachte sich der Besucherandrang; nun war es schwierig, durch die Straßen des Zentrums zu spazieren, und an den berühmtesten Punkten bildeten sich täglich Menschentrauben, die häufig zu Streß, Brüchen und Verrenkungen führten. Überall war das Geschrei ohrenbetäubend, selbst an Orten, die von Natur aus zu schweigsamer Betrachtung luden. Anscheinend war auch die soziale Klasse der Touristen direkt proportional zum Anwachsen ihrer Zahl gesunken; nun waren sie mehrheitlich in Fetzen gehüllt und stanken; die meisten schliefen im Freien, in Decken, Lumpen oder sogar Zeitungsseiten gehüllt und alle auf einem Haufen. Um Geld zu sparen, ernährten sie sich aus Dosen und mußten sich deshalb nicht selten übergeben oder bekamen Durchfall. Aus Nachlässigkeit oder Gewinnsucht servierten einige billige Restaurants verdorbenes Essen, und nicht wenige Straßenhändler verkauften Fleisch, Fisch, Gemüse und Obst in reichlich fortgeschrittenem Zustand. Auch das wirkte sich auf die fluktuierende Bevölkerung verheerend aus. Nicht alle Touristen waren jedoch Opfer der Situation – auch Räuber, Betrüger und Taschendiebe waren in die Stadt angereist; in dieser Massenansammlung und Verwirrung fühlten sich Verbrecher und Ganoven zu Hause. Ein schwunghafter, lukrativer Handel mit Betäubungsmitteln, gestohlenen Gegenständen und Fälschungen wickelte sich am hellichten Tage und vollkommen ungeahndet ab. War es nun schon unerträglich, durch die belebten Teile der Stadt zu spazieren, so brachte es erst recht verschiedene Gefahren mit sich, dies in den abseits gelegenen, verlassenen Gäßchen zu tun: Dort fielen Straßenräuber, Drogenabhängige und Trottel über die wehrlosen Passanten her, um ihnen ihre Habe zu entreißen und sie wie irrsinnig zu verprügeln. Beim geringsten Anzeichen von Widerstand zückten sie Messer und Stichel und sogar perlenbesetzte Dolche mit gearbeitetem Griff, die noch wenige Stunden zuvor eine Museumsvitrine geziert hatten. Später sah man nackte Leichen mit verunstaltetem Körper, den Schädel gespalten oder den Kopf vom Rumpf getrennt, in den Kanälen treiben, aus denen sie in den unvermutetsten Momenten aufgetaucht waren; sie verbreiteten Panik unter frischverheirateten oder älteren Ehepaaren, die angereist waren, um hier ihre Flitterwochen zu verbringen oder die Silberhochzeit zu feiern, und nun plötzlich sahen, wie sich eine blutleere Hand steif an die Bordwand der Gondel klammerte, in der sie spazierenfuhren, oder wie glasige Augen sie aus der Tiefe des Kanals anstarrten, über dessen Wasser sie sich gebeugt hatten, um die Spiegelung der heiteren, harmonischen Paläste zu suchen. Niemand war gegen diese Tücken gefeit, und am wenigsten die jungen Frauen, die mit beharrlicher Regelmäßigkeit Opfer von Aggressionen und Mißbräuchen wurden. Diejenigen von ihnen, die, von Neugier getrieben oder auf der Suche nach etwas Stille oder angezogen vom Werben eines heuchlerischen Papagallo, von den meistbegangenen Wegen abkamen, wurden unfehlbar vergewaltigt, wenn nicht chloroformiert und in düstere Bordelle nach Karatschi, Pinang oder Asunción verfrachtet. Die Behörden waren von den Umständen überfordert und beschränkten sich darauf, recht und schlecht die physische Integrität der Stadt zu schützen; unablässig kreiste ein Helikopter über ihr, um die Ordnungskräfte und die Feuerwehr zu benachrichtigen, wenn es zu Bränden oder Plünderungen kam oder die stets latente Gewalt sich zu einer Massenschlägerei auswuchs. Abgesehen von dieser Maßnahme ließen sie das Gesetz des Dschungels herrschen. Auch die Venezianer schienen die Straßen den Touristen und Wucherern überlassen und in ihren schattigen Häusern Zuflucht gesucht zu haben.

Diese Lage der Dinge, obwohl er sie nicht übersehen konnte, berührte Fábregas nicht, der aus reinem Desinteresse wenig hinausging und auch dann nur einen Spaziergang in unmittelbarer Nähe des Hotels machte, wobei er stoisch die Stöße der Menge hinnahm. Er betrachtete diese Periode seines Lebens als bloßes Vorspiel und hielt jeden Versuch, sie angenehmer zu machen oder ihr eine andere Richtung zu geben, für unnütz. Anfänglich wollte er einige Orte allein besichtigen, wo er Tage zuvor mit ihr hingegangen war, doch diese Besuche ließen ihn seltsam gleichgültig. Ich kann nicht mehr begreifen, weshalb wir damals hierhergekommen sind und warum ich jetzt zurückgekehrt bin, sagte er sich. Weder verstärkten diese sehnsuchtsvollen Gänge das Gefühl von Verlassenheit, das ihn beherrschte, noch schwächten sie es ab. Paradoxerweise schöpfte er nur Trost aus dem, was seine Einsamkeit vertiefte und offensichtlich machte. Er konnte sich auf irgendeine staubige Museumsbank setzen und völlig unbeachtet einen ganzen Nachmittag damit verbringen, den Kindern zuzusehen, die die geräumigen Galerien nutzten, um herumzurennen und über die Marmorböden zu gleiten und so ihrer Energie freien Lauf zu lassen, die in unendlichen Bus- oder Autostunden und in der Enge und Förmlichkeit von Hotels und Restaurants, die sie mit ihren Eltern aufsuchen mußten, eingedämmt worden war. Auch machte es ihm Spaß, irgendeinen dem Publikum zugänglichen Palast oder eine prachtvolle Lokalität zu besichtigen, in deren Salons und Gängen – konzipiert, um von mit ihren Aufgaben beschäftigten Leuten bewohnt und durchschritten zu werden oder als Schauplatz von Kränzchen, Liebeleien und Verschwörungen zu dienen, heute unmöbliert und schmucklos und einzig vor dem Zerfall bewahrt, um hastig von erschöpften Gruppen besichtigt zu werden, die mit offenem Mund hindurcheilten und dabei in den Gewölben ihre eigenen Schritte massenweise widerhallen hörten – er eine verschwommene, gelassene Melancholie verspürte, die ihm wohltat. Aber was in der Stadt geschah, entging ihm nicht. Diese Ereignisse waren in jedermanns Mund, und allmorgendlich, wenn er seinen Zimmerschlüssel abgab, unterrichtete ihn der Hotelportier über die bemerkenswertesten vom Vortag.

»Gestern abend fand man im Vorhof der San-Satiro-Kirche einen gevierteilten Libanesen«, sagte er, »und heute früh wurden im Palazzo Orfei Schüsse gehört, wo Señor Fortuny sein Museum hat, ein Landsmann des Herrn, wenn ich nicht irre.«

Er schien für Fábregas eine Mischung aus Respekt, Zuneigung und Mitleid zu empfinden und für seine Stadt einen falsch verstandenen Stolz, der ihn mit diesem Übermaß an Untaten und Exzessen großtun ließ. Fábregas hörte sich diese Schilderungen kommentarlos an. Auf seinen Spaziergängen nahm er nicht nur deutlich die Spannung in der Luft wahr, sondern dachte zudem, mit ihr habe auch das seltsame Trio zu tun, das er nach der Wiederbegegnung bei der Rückkehr von Ondi täglich erneut gesehen hatte und dessen Gegenwart immer auffälliger wurde, je weiter der Sommer fortschritt. Er hielt es für ausgemacht, daß dieses Trio in alles Böse verwickelt war, das in der Stadt geschah, und hatte sich am Ende sogar gefragt, ob er nicht die Polizei von seinen Verdächtigungen unterrichten sollte, doch da es ihm vollkommen an Beweisen mangelte und er es für wenig wahrscheinlich hielt, daß die venezianische Polizei nicht auch wußte, was für ihn offensichtlich war, unterließ er es. Immer wenn er ihnen begegnete, gab er vor, sie nicht zu sehen, und auch sie ließen sich nicht anmerken, daß sie ihn wahrnahmen, doch unzweifelhaft erkannten sie sich.

Die meisten Stunden verbrachte er freilich im Hotel, ohne aus dem Zimmer zu gehen. Manchmal ließ er sich, um es nicht verlassen zu müssen, alle drei Mahlzeiten dort servieren. Dann verlangte er, daß der Kellner das Wägelchen mit dem Essen im Gang stehenließ, und machte, um es hereinzunehmen, die Zimmertür erst auf, wenn er sicher war, daß der Kellner vollkommen aus seinem Gesichtsfeld verschwunden war. An solchen Tagen ging seine Menschenfeindlichkeit so weit, daß er sich das Reinigungspersonal telefonisch ankündigen ließ, kurz bevor es sich anschickte, das Zimmer zu betreten, um es in Ordnung zu bringen; dann schloß er sich im Schrank ein und harrte dort aus, bis niemand mehr im Zimmer war. Diese Stunden der Einsamkeit verbrachte er damit, sich, wie immer in letzter Zeit, die Vergangenheit in einem neuen Licht zu vergegenwärtigen. Das tat er weder methodisch noch mit irgendeiner Absicht; es war nur so, daß sich die Erinnerungen seiner mit ungewohnter Kraft bemächtigten und er nichts tun konnte, um sie loszuwerden oder ihren verheerenden Auswirkungen Einhalt zu gebieten. Nachdem er eine ganze Weile in den Erinnerungen gelebt hatte, wurden diese für ihn zu einer Realität, die in seiner Seele die gegenwärtige Realität ersetzten. Nun schienen die heraufbeschworenen Momente mit Händen zu greifen, und gleichzeitig wurde die Gegenwart zu etwas Imaginärem, zu einer kraftlosen Fiktion, die nur als Anlaß und Stütze für die Erinnerung eine Daseinsberechtigung hatte. Diese

Erfahrungen erschöpften ihn. Dann machte er einen Spaziergang, um sich von ihnen zu erholen, in der Überzeugung, es tue ihm gut, sich unter die Menge zu mischen, als würde er mit ihr verschmelzen und so diese eigene Identität verlieren, die er jetzt allmählich entdeckte und die ihm fremd und bedrückend war. Dabei versuchte er sich immer unter die gewöhnlichsten und vertrotteltsten Gruppen zu mischen und floh gleichermaßen diejenigen, die, gebildeter und der Schönheit zugänglicher, mit gerunzelter Stirn dem einfältigen Haufen möglichst aus dem Weg gingen, wie diejenigen, die, um nicht mit dem Touristenvolk verwechselt zu werden, zu erkennen gaben, daß die Stadt und ihre Schätze sie einen Deut kümmerten, und eine große Unverfrorenheit vortäuschten und so taten, als fühlten sie sich hier wie zu Hause. Solche lässigen, schlechterzogenen Reisenden, die die andern süffisant anblickten, sich ermächtigt glaubten, weder Schlangen noch Vorrechte zu respektieren, und sich nicht scheuten, in der Öffentlichkeit zu pfeifen oder zu singen, in der Nase zu bohren oder sich zwischen den Beinen oder am Hintern zu kratzen, weckten in ihm eine ganz besonders lebhafte Abneigung. Seine Verachtung für die Gebildeten und Gewandten und die Zuneigung für die Einfältigen hatten nichts mit Originalitätssucht zu tun. Wenn er sich nämlich an seine Kindheit erinnerte, kamen ihm nur entliehene Bilder in den Sinn – Buchillustrationen, Fotografien, Filmszenen, die ihn nachhaltig beeindruckt hatten. Diese Art Erinnerungen verstimmte ihn, denn er erkannte, daß das nichts Erlebtes war, sondern Bilder von Erlebnissen anderer Leute, von ihnen manipuliert, um sie ihm weiterzugeben. Dann glaubte er, nicht wirklich gelebt zu haben, und beneidete die, die selbst solche Visionen und Abenteuer gehabt hatten. Wenn er dann jedoch nachdachte, begriff er schließlich, daß diese Beneideten ebensowenig wirklich erlebt hatten, was sie darstellten. In Wirklichkeit hatten sie, genau wie die Touristen, die nun ihre Kameras auf die Baudenkmäler und Kanäle der Stadt richteten, ebenfalls durch ihre Kameras hindurch gelebt, in einer beschränkten Welt, gefangen von der Technik ihres jeweiligen Berufs. Nun dachte Fábregas, vielleicht sei das Leben so: ein beständiges Hin und Her von Bildern. Vielleicht, sagte er sich, gibt es die Wirklichkeit nur soweit, als jemand sie fotografiert, und im Grunde sind es diese wild gewordenen Touristen, die recht haben. An diesem Punkt angelangt, verwickelten sich seine Gedanken so sehr, daß er ein System suchen mußte, um mit Denken aufhören zu können. Dann ging er jeweils in ein Fitneßcenter, das ihm der Hotelportier empfohlen hatte und wo er Mitglied geworden war. Dort betrieb er Gewichtheben oder unterzog sich rasenden Übungen. Dieses Fitneßcenter war ein elender Ort, wo wild aussehende Typen, Zuhälter und Gelegenheitsdiebe verkehrten, die nicht zauderten, die Taschen der in der Garderobe zurückgebliebenen Kleider zu filzen. Nachdem Fábregas mehrmals Opfer dieser kleinen Diebstähle geworden war, hatte er sich damit abgefunden. Doch diese kurzen Momente der Zerstreuung genügten nicht, um den Überdruß wettzumachen, der ihn die meiste Zeit gefangenhielt.

Was wird aus mir werden, wenn sie nicht zurückkommt? fragte er sich.

Eines Nachmittags verfiel er, um sich abzulenken, auf die Idee, eine Gondelfahrt zu machen, und ohne darauf zu achten, was er tat, zerstreut wie immer, sprang er in eine der an der Hotellandungsbrücke angelegten Gondeln. Als er drin war, sah er, daß er von Blumen umgeben war und daß die Blumen ungewöhnlich angeordnet waren.

»Was hat das zu bedeuten?« fragte er den Gondoliere. »Was machen diese Blumen hier?«

Der Gondoliere sagte ihm, er sei beauftragt worden, die Blumen zu einer Totenwache zu bringen, habe es aber noch nicht getan, weil er gewartet habe, bis noch ein Fahrgast zusteige; so könne er, gestand er, aus der Fahrt doppelten Nutzen ziehen.

»Letztlich ist es der Kundschaft egal, in dieser oder jener Richtung zu fahren«, fügte er hinzu. »Was die Leute wollen, ist, durch die Kanäle gondeln, und genau das werden wir jetzt tun.«

Bevor Fábregas etwas entgegnen konnte, erzählte er ihm von den Ausgaben, denen sich ein Arbeiter mit einer großen Familie wie er jeden Monat gegenübersehe.

»Das läßt mich alles kalt«, rief Fábregas schließlich. »Ich will keine Spazierfahrt inmitten von Totenkränzen machen. Seien Sie so gut und setzen sie mich auf der Stelle wieder an der Landungsbrücke ab.«

Doch der Gondoliere stakte mit wachsender Geschwindigkeit weiter, ohne mit dem Gejammer über sein Schicksal aufzuhören; man sah nur zu deutlich, daß er den Auftrag so rasch wie möglich erledigen wollte. In seiner Empörung war Fábregas versucht, ins Wasser zu springen, aber er sah, daß es braun war, und beschloß, sich in diese neue Erniedrigung zu schicken. Geschieht mir ganz recht, warum habe ich mich in diese touristische Versuchung führen lassen, sagte er sich.

2

So verstrichen die Tage, bis er ihr schließlich zufällig wiederbegegnete.

»Ich dachte nicht, daß Sie noch in Venedig sind«, sagte sie eilig, bevor er ihr einen Vorwurf machen konnte. Dann, ohne ihn zu Wort kommen zu lassen, ging sie stürmisch auf ihn zu, als wollte sie ihn herzlich küssen, zuckte aber unversehens mit einer angewiderten Grimasse zurück.

»Puh!« rief sie. »Wonach zum Teufel riechen denn Sie?«

Im Fitneßcenter, wo er gerade herkam, war er mit einem Ganoven ins Gespräch gekommen, der ebenfalls dort verkehrte und den er zuvor schon ein paarmal in der Garderobe angetroffen hatte. Beim Kämmen hatte ihm der Ganove als Zeichen der Verbindlichkeit sein Kölnisch Wasser angeboten, das einen unerträglichen Lavendelgeruch verströmte, und er hatte unmäßig davon genommen, um nicht unhöflich zu wirken. Nun wandelte er in einer ekelerregenden Parfümwolke.

»Es ist nichts«, sagte er kurz angebunden, fest entschlossen, Erklärungen weder zu geben noch zu fordern.

»Ich wollte Sie nach meiner Rückkehr anrufen«, sagte sie, »doch ich vermutete, Ihre Verpflichtungen hätten Sie wieder nach Barcelona geführt.«

»Es hätte Sie nichts gekostet, diese Vermutung zu überprüfen, indem Sie so oder so im Hotel angerufen hätten.«

»Das stimmt, und ich wollte es noch heute abend tun. Ich bin nämlich erst gestern von Rom zurückgekehrt.«

»Ich dagegen habe mich nicht von hier weggerührt.«

»Und Ihre Geschäfte?«

»Die leite ich telefonisch«, log er. Faktisch war es Riverola, der nun mit seinem stillschweigenden Einverständnis die Firma leitete – umsichtig, aber fantasielos. Auf diese Weise hatte eine gerichtliche Klage von seiten der Gläubiger vermieden werden können, die sich, als sie die Firma in vernünftigen Händen sahen, bereit erklärt hatten, ihre Forderungen zu stunden. Das erzählte ihr Fábregas natürlich nicht. Er hüllte sich in düsteres Schweigen, das jedoch keine Spur von Feindschaft hatte. Eigentlich war das bloße Vorsicht, weil er sich fürchtete, unverhüllt seine Freude zum Ausdruck zu bringen, die sie jeden Moment mit einem einzigen Satz leichthin zerstören konnte. So kamen sie zum Hoteleingang. Dort nahm seine Angst noch zu. Einmal hatte er in einem Artikel gelesen, gewisse vorsintflutliche Reptilien bezögen ihre ganze Energie aus dem Sonnenlicht und versteinerten bei Einbruch der Nacht gleichsam; jetzt hatte er das Gefühl, nur ihre Anwesenheit erhalte ihn am Leben. Wenn sie geht, dachte er, werde ich zu einer stinkenden Statue. Sie streckte ihm die Hand hin.

»Ich habe Sie noch gar nicht gefragt, wie es Ihnen in Rom ergangen ist«, sagte er unbeholfen.

»Tun Sie's nicht«, antwortete sie mit einem Ausdruck, der ihm verächtlich vorkam.

Er sah sie zügig davonschreiten, als hätte sie es schon bei ihrer Begegnung eilig gehabt und als wäre es für sie ein unangenehmer Umweg gewesen, ihn zum Hoteleingang zu begleiten. Wenigstens weiß ich jetzt, woran ich bin, dachte er; vielleicht ist es besser gewesen so. Doch während er sich das sagte, drehte sich ihm der Kopf, und er glaubte zu ersticken, als wäre die Luft um ihn herum abgesaugt worden oder mißachteten die Lungen seinen Willen zu atmen. Er wollte ihr folgen, doch es war schon zu spät – rasch wurde ihm klar, daß er sie in dieser Menge nie finden würde. Unfähig, draußen auf der Straße zu bleiben, aber ebenso, sich allein mit seinen Gedanken zurückzuziehen, beschloß er, eine Weile in die Hotelbar zu gehen.

Bis dahin hatte er diese Bar noch nie aufgesucht. Hotelbars waren ihm immer als reizlose und deprimierende Orte erschienen. Diese hier war beides zugleich und staubig obendrein. Von ihren wenigen Tischen war im Moment nur einer besetzt, und zwar von fünf Männern, die sich leise unterhielten. Fábregas setzte sich an den Nebentisch und bestellte einen Kognak. Am einen Ende der Bar stand ein kleines Holzpodium mit einem Stutzflügel darauf, an dem zur Zeit niemand saß. Die Stille im Raum wurde nur vom Gemurmel der fünf Männer und vom sporadischen Schlurfen der Schlappen des Kellners unterbrochen, eines hageren, buckligen, schäbig gekleideten Mannes von überaus schroffem Benehmen, der insgesamt eher einem Küster ähnlich sah als einem Ober. Rasch bemerkte Fábregas, daß die fünf Männer am Nebentisch französisch sprachen, obwohl dies ganz offensichtlich von keinem die Muttersprache war. Dieser belanglose Umstand weckte seine Neugier, die von den aufgeschnappten Gesprächsfetzen und den nach und nach genossenen Kognaks angestachelt wurde und ihn dazu brachte, aufzustehen, an den Tisch der fünf Männer zu treten und sie höflich, aber ohne Umschweife zu fragen, wer sie seien und welche Angelegenheit sie hierhergeführt habe. Die fünf antworteten freundlich, was sie in diesem Moment besprächen, sei etwas so Verzwicktes und weit Zurückliegendes, daß allein schon die Quintessenz viel Zeit beanspruchen würde.

»Zeit ist das einzige, wovon ich mehr als genug habe«, sagte er.

»Das reicht nicht. Sie müßten auch Interesse und Geduld aufbringen«, sagte einer der Männer.

Nun bemerkte er, daß die fünf sehr alt waren und daß jeder aus einem andern Land zu stammen schien.

»Vor allem«, begann einer von ihnen, »müssen wir Sie darum bitten, absolut für sich zu behalten, was wir Ihnen erzählen werden, da es aus vielen Gründen, die Sie sicherlich selbst billigen, angezeigt ist, daß niemand von unserer Anwesenheit hier erfährt.«

Fábregas beteuerte mehrmals seine Diskretion, und derselbe Mann, der ihm Verschwiegenheit ans Herz gelegt hatte, enthüllte ihm, er sei Kardinal Vida, Sondergesandter Seiner Heiligkeit des Papstes und also in dieser Begegnung Vertreter der Kirche von Rom. Die andern vier vertraten die jakobitische Kirche, die armenische Kirche, die malabarische Kirche und das Katholikat von Etschmiadsin. Es sei nicht das erste Mal, daß sie zusammensäßen, erläuterte der Kardinal; eigentlich gebe es solche Zusammenkünfte wie die jetzige, immer in absolutestem Inkognito und mit nur vorläufigem Charakter durchgeführt, seit auf dem Zweiten Vatikanischen Konzil die Notwendigkeit offenbar geworden sei, eine Annäherung zwischen den Kirchen zu suchen. Von da an sei er periodisch mit diesen vier Mitgliedern der monophysitischen Kirche zusammengekommen, ohne daß für den Moment ihre Kontakte und Verhandlungen irgendein Ergebnis gezeitigt hätten, erklärte Kardinal Vida mit resigniertem Unterton. Manchmal glaubten die Vertreter der verschiedenen Parteien schon, den Ansatz zu einer Verständigung gefunden zu haben und vage die Formel zu erkennen, die ihnen mit der Zeit erlauben sollte, Differenzen kleiner werden zu lassen und Standpunkte anzunähern, doch dann zerfließe alles in nichts, fügte er kummervoll hinzu. Immer gelangte man an einen Punkt, wo der unüberwindbare Kern ihrer Gegensätze deutlich wurde. Dann verschoben sie in gemeinsamem Einverständnis die Verhandlungen *sine die.* Es vergingen jedoch nicht viele Monate, ohne daß einer von ihnen, nachdem er über das Problem nachgedacht hatte und nun glaubte, eine neue vertretbare Formel gefunden zu haben, die andern zusammentrommelte und die aufgeschobene Unterhaltung dort wiederaufgenommen wurde, wo sie sie abgebrochen hatten. So ging das schon zwanzig Jahre – eine lange Zeit angesichts der Hoffnungen auf Eintracht, die der Pontifex maximus und die gesamte Christenheit seinerzeit gehegt hatten, aber ein Nichts im Vergleich zu den fünfzehn Jahrhunderten, die die beinahe irrtümlich und ohne irgendwelche Böswilligkeit in der ersten Hälfte des fünften Jahrhunderts entstandene Kontroverse schon andauerte. Tatsächlich, sagte Kardinal Vida, verfielen, nachdem Nestorius die Einheit der Person Christi nicht anerkannt hatte, diejenigen, die diese Häresie bekämpften, in die gegenteilige, indem sie nämlich nicht anerkannten, daß es in Christus zwei wirklich verschiedene Naturen gebe: eine göttliche und eine menschliche. Die Irrlehre fand bald einen glühenden Verteidiger in

Eutyches, dem Archimandriten eines nahe bei Konstantinopel gelegenen Klosters, und dieser seinerseits wieder in seinem Schützling Chrysaphios, einem Eunuchen, der kurz zuvor auf dubiosem Weg an die Macht gekommen war. Auf der im Jahr 448 in der genannten Stadt durchgeführten Synode wurde Eutyches vom Patriarchen Flabianos verurteilt und abgesetzt, wonach Flabianos in der Absicht, seine Verurteilung auf die ganze christliche Welt auszudehnen, nach Rom ging. Doch Eutyches war ihm zuvorgekommen: Als Flabianos endlich bei Papst Leo dem Großen Gehör fand, hatte Eutyches schon die Unterstützung Theodosius' II., des Kaisers von Byzanz, gewonnen. Es folgten Konzile und päpstliche Lehrschreiben, doch da hatte der Samen der Zwietracht schon tiefe Wurzeln geschlagen. Das Problem wurde nur noch komplizierter, als der Kaiser von Byzanz eingriff, der einerseits den logischen Widerwillen jedes christlichen Fürsten gegen eine zersetzende Idee empfand, aber gleichzeitig nicht umhin konnte, sich von einer Form autochthoner Religion angezogen zu fühlen, die das Byzantinische Reich über kurz oder lang zur Abspaltung von Rom führen mußte, indem sie es vom letzten Band befreite, das es noch an die alte Hauptstadt knüpfte: von der Unterordnung unter den Papst. Doch den Kaisern war nicht bewußt, daß sie, indem sie sich mit den Ketzern verbündeten, den Geist Satans in ihr eigenes Haus einließen. Bald wurde der Monophysitismus zu einem nicht mehr wegzudenkenden Element in den vielen blutigen Palastrevolutionen, wenn nicht zu deren einzigem Beweggrund. Es war an der Tagesordnung, daß ein Kaiser öffentlich der Ketzerei anhing und sämtliche Mittel des Staats ihrer Verbreitung dienstbar machte und daß sein unmittelbarer Nachfolger dieselben Mittel dazu verwandte, sie auszurotten und diejenigen zu beseitigen, die, vom Thron ermuntert, mit glühendem Eifer missioniert hatten. Viele Tote waren zu beklagen.

»Aber keine Vergewaltigung«, sagte der Patriarch von Alexandrien, der rechts neben Kardinal Vida saß.

»Das ist richtig: keine Vergewaltigung«, mußte dieser aufrichtigerweise beipflichten.

Derjenige, der eben das Wort ergriffen hatte, nutzte die Stimmung, um die Erklärung aus einem für die von ihm vertretene Partei günstigeren Blickwinkel fortzuführen. Das gelang ihm aber nur zum Teil, denn obwohl er der jüngste der fünf war, machte ein Sprachfehler oder ein schlecht gefertigtes Gebiß seine Worte beinahe unverständlich. Immerhin wurde Fábregas soviel klar: daß nach einer der entschiedenen Unterstützung Kaiserin Eudokias, der Witwe Theodosius' II., zu verdankenden monophysitischen Blüte- und Expansionszeit Jahre der Verfolgung kamen, insbesondere unter der Fuchtel von Kaiser Julian traurigen Angedenkens. Dieser gottlose Kaiser, entschlossen, die Reform an der Wurzel zu packen, hatte seine Angriffe auf die monophysitischen Bischöfe konzentriert, damit nach deren Verschwinden in Zukunft keine neuen Priester derselben Lehre mehr geweiht werden könnten. Doch dieser Plan ließ sich nicht völlig durchführen, und zwar dank des Muts, der Geschicklichkeit und Unbeugsamkeit von Bischof Jakobus Baradaeus oder Baradai, der, die Nachstellungen des Kaisers fliehend, auf seinen mühseligen Reisen unablässig Priester und Bischöfe geweiht hatte. So hatte sich die monophysitische Kirche, weit davon entfernt, führerlos und ohne Oberhirt zu sein, bis nach Syrien, Mesopotamien und Kurdistan durchgesetzt, wo sie in Erinnerung an ihren Verbreiter noch immer unter dem Namen jakobitische Kirche überdauerte.

Diese kurze, ohne den geringsten Anflug von Aggressivität erfolgte Darlegung wurde sogleich und mit unerwarteter Heftigkeit vom Patriarchen von Jerusalem beantwortet, was Fábregas sehr überraschte, worauf Kardinal Vida, als er es bemerkte – und da die beiden Streitenden in der Hitze der Diskussion alsbald in die ihnen offensichtlich geläufige griechische Sprache zurückfielen –, die Liebenswürdigkeit hatte, ihm halblaut zu erklären, die monophysitische Kirche bilde im Gegensatz zu dem, was er, Fábregas, vielleicht angenommen habe, in Glaubensfragen keine einheitliche Front wie die katholische; vielmehr gebe es in ihrem Schoß nicht wenige Parteien und Meinungsverschiedenheiten, die zum Teil schon Jahrhunderte zurückreichten und deren erbittertsten eine eben diejenige sei, die nun die beiden Theologen aneinandergeraten lasse, nämlich ob der Körper Christi vergänglich sei oder nicht. Diejenigen, die der Meinung waren, Christi Körper sei im Grab tatsächlich der Verwesung unterworfen gewesen, wurden Putrefaktionisten, Phthartolatren oder, nach Severos von Antiochia, Severianer genannt und ihre Gegenspieler Phantasiasten, Aphthartodoketen oder Julianisten, da Julianos von Halikarnassos ihr höchster Beschützer gewesen war. Letztere verteidigten nicht nur die These, der Körper Christi sei unvergänglich, sondern auch leidensunfähig, wie es der Göttlichkeit entspricht, was nach Meinung der andern aus der Leidensgeschichte eine Simulation oder Parodie und letzten Endes einen Hohn machte. Deshalb stritten sie sich jetzt so erhitzt.

»Aber sind diese Dinge heutzutage nicht alle etwas überholt?« fragte Fábregas.

»Oh, nicht im geringsten«, sagte Kardinal Vida. »Erstens ist für den, der an Gott glaubt, nichts, was mit diesem zu tun hat, belanglos oder verliert an Aktualität, mag sich die Welt auch noch so ändern; zweitens leiten sich von diesen scheinbar spekulativen Fragestellungen andere ab, die in der Praxis außerordentlich bedeutsam sind, wie etwa, um nur ein Beispiel zu nennen, die Mysterien bezüglich der Heiligen Jungfrau; und drittens, da der Mensch genau nach dem Vorbild Gottes geschaffen wurde, betrifft alles, was Gottes Natur betrifft, auch die des Menschen, für die jene notwendiger und einziger Bezugspunkt ist, so daß Monophysit, Nestorianer oder Katholik zu sein auch bedeutet, vom Menschen und der Welt eine je radikal andere Vorstellung zu haben.«

3

Von diesem Moment an vermochte Fábregas der Argumentation des Kardinals kaum mehr zu folgen. Wegen der Kognaks fühlte er sich munter und körperlich leicht, aber unfähig, zu verstehen, was man zu ihm sagte, oder seine Aufmerksamkeit auf irgend etwas zu konzentrieren; Zeit und Raum kamen ihm dehnbar vor. Er war sich darüber im klaren, daß er die Männer, die ihn freundlicherweise in ihrem Kreis aufgenommen und an ihren Angelegenheiten hatten teilnehmen lassen, nun nicht plötzlich und ohne Vorwand verlassen konnte, doch sosehr er sich auch den Kopf zerbrach, es fiel ihm nichts Plausibles ein. Schließlich murmelte er etwas, stand ganz vorsichtig auf, um nicht den Tisch mitsamt allen Gläsern darauf umzustoßen, und ging zur Herrentoilette. Dort goß er sich mehrmals kaltes Wasser ins Gesicht, bis er sich nüchterner fühlte oder doch zumindest eher in der Lage, sich elegant aus der Affäre zu ziehen. Ich werde ihnen sagen, daß ich sehr müde bin, daß ich morgen ganz früh aufstehen muß und mich überdies etwas unpäßlich fühle, sagte er sich. Als er jedoch aus der Toilette kam und in die Bar zurückging, sah er sich einem unerwarteten Bild gegenüber, das seine Absichten vollkommen durchkreuzte. Nun schienen sich die beiden hohen Geistlichen, die er in heftigem Streit zurückgelassen hatte, ausgesöhnt oder doch für den Moment ihre feindselige Haltung aufgegeben zu haben, um mit den andern beiden gemeinsame Sache zu machen und vereint auf

Kardinal Vida loszugehen, dessen Gesicht dunkelviolett vor Zorn war, wie Fábregas beim Nähertreten sah. Obwohl er den Mund wie ein Fisch an der Luft auf- und zuklappte, kam kein einziger artikulierter Laut heraus. In diesem Moment, und um das Ganze noch zu verschlimmern, begannen die vier monophysitischen Prälaten davonzufliegen und lächelten dabei selig. Das brachte Kardinal Vida noch mehr in Rage – Stirn- und Halsadern schwollen ihm gefährlich an, und sein Kinn bebte, als zitterte er vor Kälte. Fábregas fürchtete, er werde einen Kollaps erleiden.

»Beruhigen Sie sich doch«, empfahl er ihm.

Der Geistliche schien etwas ruhiger zu werden, als er seine Stimme hörte.

»Immer dasselbe dumme Zeug«, sagte er mit zitternder Stimme. »Wenn sie nicht mehr wissen, was sie auf meine Argumente entgegnen sollen, greifen sie zu diesem Jahrmarktstrick, um mich fertigzumachen. Aber lassen Sie sich nicht beeindrucken. Sie werden gleich sehen, wie ich die Sache im Null Komma nichts erledige. Ober!« rief er mit lauter Stimme, »bringen Sie mir einen Siphon!«

Der Kellner, offensichtlich nicht gewillt, sich in diesen uralten Streit einzumischen, sagte, er habe keinen mehr. Der Kardinal sprang hin und her und versuchte vergeblich, einen seiner Gegner zu fassen zu kriegen.

»Gott wird euch bestrafen, ihr Hanswurste!« schrie er sie an. Einer seiner Hiebe traf irrtümlich Fábregas mitten ins Gesicht. Als dieser die Maulschelle spürte, erwachte er augenblicklich und begriff, daß er den Flug der Monophysiten soeben geträumt hatte.

»Na, endlich auferstehen Sie«, hörte er neben sich.

»Haben Sie mich geschlagen?« fragte er mit kaum hörbarer Stimme.

»Seit zehn Minuten schüttle ich Sie und gebe Ihnen Kopfnüsse – umsonst«, sagte sie.

»Wo bin ich?«

»In Ihrem Zimmer.«

Ein einziger Blick genügte ihm, um ihre Worte zu bestätigen. Über einen Sessel sah er fein säuberlich die Kleider gelegt, die er am Vorabend getragen hatte, wie er sich erinnerte.

»Was tun Sie hier?« fragte er.

»Ich wollte Sie heute morgen abholen, wie ich es früher immer tat, aber der Portier rief Sie eine Stunde lang durchs Haustelefon an, ohne Antwort zu bekommen, und da wir wußten, daß Sie das Hotel nicht verlassen hatten, und befürchteten, es könnte Ihnen etwas zugestoßen sein, beschlossen wir, heraufzukommen, um nachzuschauen. Er hat mit einem Dietrich aufgeschlossen, und ich hab' ihn weggeschickt, als ich sah, in welchem Zustand Sie sich befanden.«

»Nun, mir wäre es lieber gewesen, er hätte mich in dieser Verfassung gesehen und nicht Sie.«

»Was ist Ihnen zugestoßen?«

»Ich habe nicht die leisteste Ahnung, obwohl ich vermutlich ein Glas zuviel getrunken habe. Ich weiß nicht einmal, wer mich hierhergebracht und ins Bett gelegt hat.«

»Barmherzige Seelen. Geht es Ihnen schlecht? Soll ich einen Arzt rufen?«

»Nein, danke. Es geht mir scheußlich, aber ich glaube, ich kann mich aufrichten und ohne Hilfe weiterleben. Ich werde eine Dusche nehmen – das wird mir guttun. Wenn Sie wollen, können Sie unten auf mich warten.«

»Nein, ich werde hierbleiben, um Sie aufzulesen, wenn Sie fallen und sich das Genick brechen.«

»Lassen Sie Ihren Unmut nicht an meiner Hilflosigkeit aus«, murmelte er, während er, das Bettuch um sich, ins Badezimmer ging. Dort ließ er sich zuerst in ein lauwarmes Bad gleiten und nahm dann stoisch eine kalte Dusche. Schließlich schlang er sich das Badetuch um die Hüfte und ging quer durchs Zimmer in den Ankleideraum. Sie wartete, auf der Sessellehne sitzend.

»Ich dachte nicht, daß Sie so muskulös wären«, sagte sie, als er vorbeiging.

»Ich habe in letzter Zeit Hanteln gestemmt«, antwortete er aus dem Ankleideraum.

»Hm!« sagte sie.

Sie gingen in die Lounge hinunter, und Fábregas fragte den Hotelangestellten, ob sie noch rechtzeitig fürs Frühstück kämen, was der Angestellte verneinte; augenblicklich sei das Restaurant für Gäste geschlossen und würde erst zum Mittagessen wieder geöffnet. Wenn sie es wünschten, könnten sie sich jedoch auf die Hotelterrasse setzen, dort sei der Barservice ununterbrochen in Betrieb.

Sie nahmen an einem Tisch neben der Brüstung Platz. Ein Schirm schützte sie vor der Sonne, jedoch nicht vor ihrer Spiegelung im Kanalwasser. Blickte man in die Ferne, so sah man Dunst über der Stadt liegen. Fábregas bestellte beim Ober, der sie bedienen kam, eine Flasche sehr kalten Weißwein.

»Bringen Sie mir auch zwei Aspirin.«

»Sollten Sie nicht etwas Handfestes essen?« fragte sie, als der Ober gegangen war.

»Später. Jetzt könnte ich nicht.«

Manchmal fuhr auf dem Kanal ein Schiff vorbei, dicht bei ihnen; dann schauten die Insassen sie neugierig an.

»Gestern abend hatte ich eine seltsame Begegnung und dann einen höchst merkwürdigen Traum«, sagte er. So gedachte er ihr den Grund für seinen Zustand zu erklären, doch gleich bemerkte er, daß sie seinen Worten nicht die geringste Aufmerksamkeit schenkte. In seinem abgestumpften Zustand erschienen ihm die ganz einfachen Gedanken überaus klar. Seit sie von Rom zurück ist, ist sie nicht mehr dieselbe, dachte er. Jetzt zum Beispiel, wie sie so ins Leere starrt, wirkt sie wie blöde.

»Wo wollten Sie mich heute hinführen?« fragte er endlich, um sie aus ihrer Geistesabwesenheit herauszuholen.

»Zu einem venezianischen Palazzo.« Sie riß ihre Augen aus dem Verschwommenen los und schaute ihn mit dem rätselhaften Blick an, der ihn so sehr verwirrte. »Glauben Sie, Sie sind in der Verfassung, ihn zu besuchen?«

»Wenn er sich nicht bewegt, ja.«

»Er hat sich sechshundert Jahre lang nicht bewegt.«

»Hm!«

4

Eine Gondel setzte sie am Fuß einer steilen Treppe ab, die ein samtiger Moosteppich sehr glitschig machte. An der seitlichen Mauer hing ein rostgeröteter Metallring. Das in der Biegung eines engen Kanals gelegene Anwesen, an den das Sonnenlicht nie hingelangte, hatte etwas Unheimliches. Hier schillerte das Wasser bleifarben und roch nach einer Mischung aus verendeten Mollusken, Fisch und Teer. Als die Gondel sie auf der Rampe der Landungsbrücke zurückließ, spürte Fábregas einen Schauer den Rücken hinunterlaufen.

»Sind Sie sicher, daß man uns aufmachen wird?« fragte er. Er glaubte nicht im Ernst, daß jemand in diesem alten Kasten hausen sollte.

»Natürlich – was für eine Frage!« Sie betätigte mehrmals den schweren Türklopfer.

Beidseits des Eingangs stand je ein Steinkoloß mit einem kleinen Balkon auf den Schultern. Die beiden Statuen waren sehr schmutzig: rußgeschwärzt und voller Taubenmist. Der Stein zeigte Löcher und Risse, und an einigen Stellen schien jemand aus nächster Nähe mehrere Schrotladungen auf die Riesen abgefeuert zu haben. Einem von ihnen waren überdies die Nase und am Kinn mehrere

Splitter abgebrochen. Trotz allem sahen sie noch immer eher bedrohlich als prunkvoll aus.

»Was für Kerle!« sagte er.

»Sagen Sie nicht, daß sie Ihnen angst machen.«

»Ich werd's Ihnen nicht sagen, aber es ist so.«

»Wie absurd!«

»Wer zum Teufel wohnt denn in diesem düsteren Palazzo?«

»Ich.«

»Nanu! Darauf war ich wirklich nicht gefaßt.«

Eine rundliche, weißhaarige Frau in einer Perkalschürze, die ihr bis zu den Knöcheln reichte, machte die Tür auf. Dabei zauste der Durchzug ihre Locken.

»Heute morgen sind Sie weggegangen, ohne zu frühstücken«, sagte sie, kaum erblickte sie Maria Clara. »Eben habe ich den Tee und die Kringel auf dem Küchentisch gefunden.«

Sie war eine alte Dienstmagd, deren Horizont die Grenzen des Hauses und ihre Pflichten nicht überschritt.

»Ich bringe einen Besucher mit.« Maria Clara deutete mit dem Kopf auf Fábregas. Die alte Magd blickte ihn befremdet an, als hätte sie seine Anwesenheit erst mit Maria Claras Worten bemerkt.

»Wissen das Ihre Eltern?« fragte sie sichtlich alarmiert.

»Ich habe ihnen nichts gesagt. Benachrichtige sie; wir werden in der Vorhalle warten. Geh schon.«

Die Vorhalle hatte kahle, abgeblätterte Wände und war überdacht von einem Oberlicht, dem mehrere Scheiben fehlten; durch diese Öffnungen konnte man den Himmel sehen. Im Winkel zwischen dem Oberlicht und den Balken schliefen mehrere Fledermäuse, den Kopf in die Flügel gehüllt. Sich ihre Lethargie zunutze machend, huschte eine Maus durch die Halle. Maria Clara schien diese Tiere nicht wahrzunehmen, oder wenn sie es tat, war sie so an sie gewöhnt – wie auch an die beiden Steinriesen vor dem

Eingang –, daß sie weder die einen noch die andern für erwähnenswert hielt. Die Magd kam zurück und sagte, wenn sie wollten, könnten sie eintreten.

»Was macht Papa?«

»Er ist im Arbeitszimmer, mit seinen Papieren.«

»Angezogen?«

»Noch nicht.«

»Und Mama?«

»Ruht sich in ihrem Zimmer aus. Sie hat keine gute Nacht hinter sich. Ich habe gehört, wie sie Dr. Pingpong anrief.«

Sie betraten eine lange, gerade Galerie, niedrig und eng, die in regelmäßigen Abständen von anscheinend identischen Quergalerien unterbrochen wurde. Dieser Abschnitt des Palazzos glich einem Dachsbau. Eigentlich hätten sie den Palazzo vom hinteren Teil her betreten, erklärte sie ihm, und näherten sich jetzt dem sogenannt vornehmen Teil. Die dem Hauptgebäude im 18. Jahrhundert angefügten Galerien seien absichtlich auf so verworrene, beunruhigende Weise konzipiert worden, um Fremde von ihrer Benutzung abzuschrecken und den Bewohnern des Palazzos Flucht und Begegnung zu ermöglichen. Doch nun sei dieser gewundene Eingang in der Praxis der einzige Zugang zum Palazzo geworden, da die Hauptfassade einzustürzen drohe und die große Halle mit einem Gefüge von Balken und dicken Holzleisten habe abgestützt werden müssen, was sie unbegehbar mache. Im übrigen sei der sogenannt vornehme, spätgotische Teil des Palazzos zu einem guten Teil des Jahres kalt und feucht und immer äußerst unbequem, so daß sich das Familienleben ganz im neuen Teil abspiele, dem im 18. Jahrhundert angebauten. Nun benötige der Palazzo schon wieder dringend eine Renovierung.

Während sie sich unterhielten, waren sie in einen quadratischen Saal mit sehr hoher Decke gelangt, der durch ein anderes Oberlicht – ähnlich dem in der Vorhalle, in Gegensatz zu jenem jedoch unbeschädigt, aber so schmutzig, daß es kaum das Tageslicht durchließ – von der Mittagssonne etwas Helligkeit bekam.

»Wo sind wir?« fragte Fábregas.

»Im sogenannten Musiksalon.«

Umsonst suchte er irgendein Musikinstrument, das diese Bezeichnung gerechtfertigt hätte, und sah nur ein paar einfache, für die Dimensionen des Saals lächerlich kleine Möbelstücke, die beliebig an die Wände gestellt und in dieser Dunkelheit kaum zu erkennen waren. Doch ohne ihm Zeit zu lassen, eine Erläuterung zu erbitten oder seine Verwunderung auszudrücken, war Maria Clara bereits am andern Ende des Saals angelangt, wo sie mit den Knöcheln sanft an eine Tür geklopft, diese Tür, nachdem sie eine offenbar befriedigende Antwort erhalten hatte, geöffnet und, den Kopf hineinstreckend, mit lebhafter Stimme ihre Anwesenheit und die eines Besuchers angekündigt hatte. Dann wandte sie sich zu Fábregas um und forderte ihn auf, in den Raum zu treten, der etwas kleiner war als der sogenannte Musiksalon und viel besser beleuchtet, da das Licht durch einige auf einen Platz gehende rechtwinklige Fenster eindrang. Von diesem Platz her hörte man nun Kinderstimmen. Eine Pendeluhr schlug die Stunde. Fábregas sah, daß die Zimmerdecke eine sanfte Wölbung bildete, wo auf einem etwas gebrochenen, verblaßten Gemälde eine nackte Frau dargestellt war, die sich auf einem Damast zurücklehnte, welcher sich über Decke und Wand ausbreitete und an der Basis aufgerollt war, als sei er echt. Dieses scharlachrote Tuch, auf dem der blasse nackte Frauenkörper eine statische, trauerfeierhafte Fleischeslust zu symbolisieren schien, vermochte nicht einen Moment lang den Eindruck von Wirklichkeit zu wecken. Auf den himmelblauen Grund der Wölbung waren neben die nackte Frau auch zwei kleine Engel oder Cupidos gemalt, von denen einer über der Frau einen Korb mit Blütenblättern ausleerte, während der andere an einem lautenähnlichen Instrument zupfte. Die beiden machten eine Miene frühreifer Schlauheit, die jedoch ohne jeden Zauber und unverschämt wirkte. Dieser Raum hätte vor Zeiten das Gemach einer Kurtisane sein können, dachte Fábregas. Jetzt aber war das Gemach offensichtlich zu einem Arbeitszimmer umfunktioniert worden, in dem ein überdimensionierter Metallaktenschrank, eine elektrische Schreibmaschine auf einem Metallwägelchen und ein mit Papieren übersäter Schreibtisch standen. Fieberhaft beförderte ein Mann Papiere vom Tisch in den Aktenschrank und vom Aktenschrank auf den Tisch. Er schien jedoch dem, was er tat, nicht die geringste Aufmerksamkeit zu schenken, als erschöpfte sich seine Arbeit in Wirklichkeit in dieser Tätigkeit selbst, ungeachtet ihres Inhalts. Erst als sie neben ihm standen und Maria Clara das Wort an ihn richtete, unterbrach er sein Hin und Her, um die beiden verwirrt ins Auge zu fassen.

»Papa, ich habe jemand mitgebracht, der das Haus besichtigen möchte.«

Fábregas streckte ihm die Hand hin, die der andere, bevor er sie drückte, eine Weile verdutzt betrachtete, als überraschte ihn dieses unbedeutende Ritual. Dann ließ er plötzlich eine etwas bestürzte Herzlichkeit erkennen.

»Verzeihen Sie, daß ich Sie so empfange«, stammelte er, »aber ich mußte unbedingt ein paar eilige Dinge erledigen. Fühlen Sie sich wie zu Hause.«

Als Fábregas den eigenartigen Akzent seines Gegenübers bemerkte, kam ihm in den Sinn, daß Maria Clara erzählt hatte, ihr Vater sei Amerikaner. Nun mußte dieser Mann knapp fünfzig sein. Er war großgewachsen, kräftig und hatte grobe Gesichtszüge, was auf den ersten Blick zu seinem verdatterten Ausdruck und schüchternen Benehmen in merkwürdigem Gegensatz stand.

»Ich möchte Sie nicht in Ihrer Arbeit stören oder Ihnen sonstwie lästig fallen«, sagte Fábregas.

»Mißverstehen Sie bitte meine Worte nicht«, sagte der andere hastig. »Ihre Anwesenheit stört mich in keiner Weise. Ich wollte nur meinen Aufzug entschuldigen und daß ich Sie nicht persönlich empfangen habe, als mir Ihr Kommen gemeldet wurde. Offen gesagt bin ich heute vormittag sehr beschäftigt, sehr beschäftigt.«

Nach diesen Worten wandte er sich wieder seiner Arbeit zu – er zupfte Papiere aus dem Aktenschrank und legte sie auf den Tisch; dann machte er das Umgekehrte mit ebensoviel Energie und präzisen Bewegungen wie Mangel an Überlegung. Als Fábregas sah, wie er die Operation wiederholte, glaubte er zu bemerken, daß eines dieser Papiere mehrmals von einem Möbelstück zum andern wanderte, ohne daß der Ortswechsel irgendeine Folge gehabt hätte. Maria Claras Vater trug einen grauen Pyjama aus plüschähnlichem Stoff, der an den Enden der Ärmel und Hosenbeine elastisch war, um an Handgelenken und Knöcheln nicht zu verrutschen. Infolge häufigen Waschens oder eines Irrtums beim Kauf saß der Pyjama seinem Träger so eng, daß sich dessen Gesäßbacken und Genitalien erbarmungslos abzeichneten. An den Füßen trug er als Hausschuhe völlig willkürlich geschnittene Sandalen.

»Sie sind also am Palazzo interessiert«, sagte er, ohne das Tempo seiner Tätigkeit zu verlangsamen.

»Ein bemerkenswertes Gebäude«, antwortete Fábregas ausweichend.

»In der Tat. Ich nehme an, meine Tochter hat Sie ins Bild gesetzt.«

»Ehrlich gesagt, nein.«

»Und dafür haben wir ihr die bestmögliche Ausbildung bezahlt!« rief Maria Claras Vater ohne die geringste Verärgerung in der Stimme.

Sie sagte protestierend, vielleicht interessierten den Besucher all diese Details im Moment gar nicht, worauf ihr Vater antwortete, genau dafür und für nichts anderes kämen die Fremden scharenweise nach Venedig.

»Was meinen denn Sie?« fragte sie Fábregas, der nicht genau wußte, was er auf diese Frage antworten sollte, denn Vater und Tochter hatten das Gespräch auf englisch geführt, und er war nicht ganz sicher, ob er den Sinn des Dialogs vollkommen begriffen hatte, da er nur rudimentäre Kenntnisse dieser Sprache besaß.

»Mir ist alles recht«, sagte er. Und ohne daß dieser triviale Satz oder die Umstände, unter denen er ausgesprochen worden war, es gerechtfertigt hätten, fühlte er plötzlich einen großen Frieden über sich kommen, als wäre wirklich alles harmonisch und genau angemessen für ihn. Vielleicht ist es das – daß ich nach dem verhängnisvollen Abend gestern die Wirkung des Aspirins auf meinen Organismus spüre, dachte er.

»Biete unserem Gast wenigstens etwas zu trinken an«, sagte der Vater. »Ich kann ihm nicht die Honneurs machen, solange ich diese verflixte Geschichte nicht zu Ende gebracht habe. Ich vertrete« – er wechselte Sprache und Zuhörer, ohne jedoch den Papierkrieg auch nur einen Moment ruhen zu lassen – »mehrere multinationale Herrenparfümeriefirmen.«

Fábregas sah verstohlen Maria Clara an, in der Hoffnung, sie würde ihm mit ihrer Miene oder einem Augenzwinkern zu verstehen geben, ob er ernst nehmen sollte oder nicht, was dieser Mann da sagte, der einen wahren Gestank verströmte, doch weder ihr Gesicht noch ihr Verhalten ließen etwas erkennen.

»Einstweilen decke ich Venezien und die Lombardei ab, aber sobald ich mir einen PC gekauft habe, werde ich auch die Schweiz und Jugoslawien bearbeiten können. Im Moment schaffe ich das nicht. Früher half mir meine Frau –

bis ihre Gesundheit nachließ, meine ich. Und ab und zu auch Maria Clara, bis sie beschloß, unabhängig zu werden. Ich halte ihr das nicht vor, und Sie dürfen meine Worte auch nicht in diesem Sinn verstehen.« Er warf seiner Tochter einen sehr zärtlichen Blick zu. »In ihrem Alter war ich schon von zu Hause weggegangen und verdiente mir den Lebensunterhalt, so gut es eben ging. Ich erinnere mich noch an die erste Stelle, die ich bekam: Kinoportier. Ich mußte dafür sorgen, daß die vorgewiesenen Eintrittskarten mit Kino, Datum und Vorstellung übereinstimmten, und gleichzeitig aufpassen, daß sich niemand hineinschmuggelte. Natürlich gab es immer irgendwelche Schlaumeier, die sich schließlich doch hineinschmuggelten. Damit will ich aber auch nicht sagen, daß etwas, weil ich es getan habe, nur aus diesem Grund schon gut ist. Nein, im Gegenteil – wenn ich mich an diese Zeiten zurückerinnere, erscheint mir mein Leben als eine Anhäufung von Dummheiten; so will es das Alter. Was möchten Sie trinken?«

»Irgendeine Erfrischung, wenn es keine Umstände macht.«

»Nicht im geringsten. Meine Tochter wird sie Ihnen herzlich gern holen. Ich würde selbst gehen, aber ich kann nicht. Heute vormittag bin ich sehr beschäftigt. Aber ich will Ihnen sagen, wie wir die Zeit ausfüllen, bis sie zurückkommt: Ich werde Ihnen alles über diesen Palazzo erzählen, und Sie hören zu.«

5

»Sie müssen wissen«, begann Maria Claras Vater, als sie allein waren, »daß in diesem Palazzo – allerdings nicht in dem Teil, wo wir uns jetzt befinden, der nachträglich an ihn angebaut wurde, in Stil und Absicht sehr anders und, wie ich dem Gemälde, das diese Decke schmückt, und weiteren vergleichbaren entnehme, für etwas undurchsichtige Dinge oder jedenfalls *non sanctas*, um es so zu nennen, bestimmt, sondern im alten Teil, den ich Ihnen nachher zeigen werde – bei einer bestimmten Gelegenheit die heilige Marina abstieg, als eine Krankheit sie in Venedig festhielt.« Beim Sprechen hatte er aufgehört, die Papiere von einem Haufen auf den andern zu legen, die ihn nach eigenem Eingeständnis so sehr beschäftigten, war um den Tisch herumgegangen und hatte sich zerstreut neben das Fenster gestellt. »Wie Sie wissen, war diese Heilige nach einer weltlichen Enttäuschung als Mann verkleidet in ein Mönchskloster eingetreten, ein in jener Zeit keineswegs einmaliger Fall. Zu ihren Lebzeiten entdeckte niemand den Betrug, ja die Heilige wurde sogar zum Abt des Klosters gewählt, ein Amt, das sie während drei Jahrzehnten vorbildlich ausübte. Als sie nach Venedig kam, in einer zu ihrem Amt gehörenden Mission, war sie schon in vorgerücktem Alter und genoß einen weitverbreiteten Ruf als weiser und tugendhafter Mann. Um zu vertuschen, daß sie eine Frau war, trug sie einen langen Bart aus Putzwolle, den sie mit Drähten an den Ohren befestigte. Wenn sie lachte, was sie andauernd tat, denn ihre gute Laune angesichts jeglicher Umstände, widriger wie günstiger, war sprichwörtlich, rutschte ihr der künstliche Bart zur Stirn hoch, blieb dort wie ein Mützenschirm hängen und gab so ihr bartloses Gesicht preis, bis sie ihn selbst wieder an seinen Ort hinunterzupfte, was insgesamt, muß man dazu sagen, in jener glaubensdurchdrungenen, von Wundern und Grillen der Heiligen bestimmten Epoche niemanden überraschte. Möglicherweise im Zusammenhang mit dem Aufenthalt der Heiligen im Palazzo, damals im Besitz der Familie, die ihn erbaut hatte und von der ich Ihnen gleich erzählen werde, und mit der ehrerbietigen Behandlung, die ihr hier sicherlich zuteil wurde, geruhte Seine Heiligkeit der Papst, als sie, einige Jahre später, starb und ihre sterblichen Überreste, wie es damals frommer Brauch war, verteilt wurden, besagter Familie einen Knochen zu schicken, wodurch der Palazzo in den Augen der Stadt oder, was dasselbe ist, der *Signoria*, sozusagen *legitimiert* wurde. Als ihn die Heilige mit ihrer Anwesenheit beehrte, war der Palazzo knapp hundert Jahre alt. Nahezu am Ende seines Abenteurerlebens hatte ihn ein Seefahrer französischer oder katalanischer Herkunft errichten lassen, der in den zeitgenössischen Dokumenten Ser Alberigo Pastoret genannt wird und der ... Ach, wie schön! Da kommen schon die Getränke!« rief er, als er seine Tochter mit einem Tablett in den Händen eintreten sah. Auf dem Tablett klingelten vier randvolle Gläser mit einer trüben Flüssigkeit. »Was bringst du uns, mein Kind?« Hastig löste er sich vom Fenster und nahm eilig wieder zwischen Tisch und Aktenschrank Platz. »Ach, *vinetto piccolo!* Köstlich und dieser Tageszeit wirklich angemessen. Aber wir sind doch drei, Kind, weshalb hast du vier Gläser gebracht?«

»Dr. Pingpong ist gekommen«, sagte sie.

»Ach, schau an ...« Ihr Vater errötete sichtbar. Dann nahm er eins der Gläser und schnüffelte mit beträchtlicher Befriedigung an seinem Inhalt. »Nun, wir brauchen überhaupt nicht auf ihn zu warten, meinen Sie nicht auch? Er wird sich schon zu uns gesellen, sobald es seine Aufgaben erlauben. Laßt uns trinken.« Er ging mit dem Beispiel voran und stieß danach einen langen Seufzer aus. »Mmh! Wie gut, nicht wahr?«

»Wirklich köstlich«, antwortete Fábregas, an den die Frage gerichtet war, doch insgeheim fand er das Getränk ziemlich fad. »Aber Sie wollten mir erzählen ...«

»Nanu! Das stimmt – was für ein Gedächtnis! Mitten im Gespräch verliere ich den Faden ... Früher passierte mir das nicht, glauben Sie mir. Erst jetzt, wo ich älter werde. Nie hätte ich nach Venedig kommen dürfen.«

»Papa, bitte …«

»Kind«, sagte er nach einer Pause, in der er mehrere Papiere aus dem Aktenschrank nahm und auf dem Tisch stapelte, »vielleicht wäre es angezeigt, du würdest nachschauen, ob deine Mutter oder der Doktor etwas brauchen …«

Maria Clara ging wortlos hinaus und ließ ihr Glas unberührt auf einer Tischecke stehen. Sowie sie gegangen war, trat ihr Vater eilig wieder neben das Fenster.

»Wie ich Ihnen sagte«, fuhr er in etwas ruhigerem Ton fort und schaute dabei unverwandt den zu dieser Stunde auf dem Platz spielenden Kindern zu, »war Ser Alberigo Pastoret, in andern Dokumenten auch Alberigo Cacaforte genannt, ein Seefahrer unbekannter Herkunft im Dienste der Serenissima. 1314 stach er in einer zweimastigen Galeere mit neun Riemen auf jeder Breitseite, bestückt mit einer Bombarde und zwei Falkonetten, in See. Mehrere Jahrfünfte lang befuhr er den Persischen Golf, das Rote Meer und das verrufene Horn von Afrika, kaufte und verkaufte Waren und öffnete dem Reich Handelswege. Von seinen Abenteuern und Entdeckungen hinterließ er knappe Berichte, manchmal nicht frei von Übertreibungen. Einmal behauptet er, mit eigenen Augen den Vogel Roch gesehen, ein andermal, auf einem Markt in Somalia fliegende Teppiche gefunden zu haben, um deren Erwerb er sich umsonst bemühte. Andere Schilderungen dagegen sind glaubhaft, ja prosaisch, wie die folgende. –

Im Frühjahr 1320 oder 1321 erreichte Pastoret mit seiner Galeere eine Insel im Indischen Ozean, die damals von Kopfjägern bewohnt war. Nachdem die Kontakte geknüpft waren, nicht ohne Risiko, boten ihm die Eingeborenen eine dieser wilden Trophäen an, die er, seinen natürlichen Widerwillen überwindend, nach tüchtigem Feilschen, wie es in der Gegend üblich war, erwarb, um diesen Leuten zu zeigen, daß jeder Gegenstand des Handels auch ein Gegenstand seines Interesses war. Endlich geruhte ihn der örtliche Stammeshäuptling zu empfangen, nachdem er lobende Worte über ihn vernommen hatte. ›Man hat mir berichtet, Sie hätten einen Kopf gekauft‹, sagte er, als sie sich gegenüberstanden. ›So ist es, Majestät‹, antwortete Pastoret. ›Gestatten Sie mir, ihn zu sehen‹, sagte der Häuptling. Als Pastoret ihm den Kopf zeigte, lachte der Häuptling herzlich und sagte: ›Man hat Sie übers Ohr gehauen.‹ – ›Wie denn das?‹ fragte Pastoret. ›Dieser Kopf hat nicht den geringsten Wert‹, erklärte ihm der Häuptling. ›Nur die Köpfe von Leuten, die vorher erdrosselt worden sind, haben einen Wert, denn bei einem guten Kopf muß die geschwollene Zunge heraushängen; kommen Sie, ich zeige Ihnen meine Sammlung.‹ So gewann er sein Vertrauen und konnte zu einem Spottpreis Gewürznelken, Zimt und andere Spezereien kaufen; er wurde reich und konnte sich in schon vorgerücktem Alter für seinen Lebensabend nach Venedig zurückziehen, wo er sich diesen Palazzo erbaute. Auf seinen Reisen hatte er so viele Schweinereien gesehen, daß in seinem Palazzo alles möglichst vornehm, schön und luxuriös sein mußte. Im Fundament ließ er den Kopf und andere Schauerlichkeiten einmauern, die er ebenfalls erworben hatte, damit die Eingeborenen sähen, daß er ein guter Käufer war, und glaubten, sie könnten ihn leicht betrügen.

Ohne es zu wissen, hatte er aber von seinen Reisen auch eine verborgene Krankheit mitgeschleppt, die ihn unter den Boden brachte, kaum war der Palazzo seiner Träume fertig, so daß die Behörden den Palazzo und seine Bewohner in Quarantäne legten. Dies und der Umstand, daß Pastoret ein Emporkömmling gewesen war, brachten Familie und Palazzo in Verfemung, bis ihm, wie ich Ihnen zuvor erzählte, die Reliquie der heiligen Marina wieder Anerkennung zuteil werden ließ ... Hem, hem ...« rief er, als er seine Tochter wieder hereinkommen sah, diesmal in Begleitung eines Mannes, der, wie Fábregas annahm, Dr. Pingpong sein mußte.

Nichts im Aussehen des Arztes rechtfertigte den Schrecken, den offenbar allein schon seine Anwesenheit dem Vater und der Tochter einjagte. Ein schwach wiegender Gang und ein dunkles Stöckchen, auf das er sich ab und zu leicht stützte, verliehen seiner sonst höchst durchschnittlichen Figur Eleganz und Autorität. Er war ein winziger, etwas rundlicher Fünfziger mit kleinen, jovialen Gesichtszügen, sehr adrett gekleidet. Fábregas hatte das flüchtige Gefühl, diesen Mann früher schon einmal gesehen zu haben. Nun irritierte ihn sein Erscheinen, ohne daß er sich den Grund dafür erklären konnte. Er fühlte sich müde von all diesen Besuchen und wäre am liebsten gleich gegangen – nur ihre Gesellschaft hinderte ihn daran, es rücksichtslos zu tun. In den Augen des Doktors, die dieser auf ihn heftete, als sie einander vorgestellt wurden, glaubte er eine Mischung aus Scharfsinn und Unverschämtheit zu erkennen. Möglicherweise kann er ahnen, was ich jetzt gerade denke, dachte er, aber möglicherweise ist das auch nur einstudiertes Berufsverhalten, das darauf abzielt, das Vertrauen seiner Patienten zu festigen, als wollte er mit diesem Blick sagen: Es liegt in meinen Händen, Ihnen Ihre Gesundheit wiederzugeben – pah, was für ein Unsinn! Der Doktor trank sein Glas *Graspia* aus, das man für ihn reserviert hatte. Dann reichte er Maria Clara einen Zettel.

»Sie haben ihr andere Medikamente verschrieben«, sagte sie.

»Man muß eben ausprobieren«, antwortete der Arzt. »Unter Umständen ...«

Maria Claras Vater errötete wieder, bis Kopf und Hals dunkelviolett wurden und der Doktor zu einer eingehenden Erklärung mit vielen Wiederholungen ansetzte über die Art und Weise, wie der Kranken die Arzneien verabreicht werden mußten, wie oft und in welcher Dosierung.

Gelangweilt ließ Fábregas seinen Blick durchs Arbeitszimmer schweifen.

Als er an die Decke schaute, bemerkte er, daß zwischen den ans Gewölbe gemalten bösen Engelchen und dem Doktor eine nicht zu leugnende Ähnlichkeit bestand. Dieselben kindlich-perversen Züge, dachte er, und dieselbe unerträglich süffisante Miene.

»Ich muß gehen«, sagte er plötzlich, beinahe gegen seinen Willen, aber unfähig, weiter auszuharren.

Sie sah ihn verärgert an und sagte:

»Ich wußte nicht, daß Sie eine Verabredung hatten. Hätten Sie mir's gesagt, hätte ich Sie nicht so weit weggeführt.«

»Nein, mir ist nur eben in den Sinn gekommen, daß ich unbedingt einen Anruf machen muß.«

»Den können Sie von hier aus machen.«

»Das hieße Ihre Gastfreundschaft mißbrauchen... Und außerdem«, fügte er hinzu, um dieser lauen Entschuldigung etwas Nachdruck zu verleihen, »muß ich die Nummer in meinem Adreßbuch nachschlagen, das ich in meiner Zerstreuung im Hotel gelassen habe ...«

»Schon gut, wir wollen Sie nicht gegen Ihren Willen zurückhalten. Wenn Sie eine Sekunde warten, bis ich mit dem Doktor fertig bin, begleite ich Sie zur Tür.«

»Laß nur, ich werde ihn selbst begleiten, damit er nicht noch mehr Zeit verliert, als wir ihm schon gestohlen haben«, sagte ihr Vater unvermutet und ließ seine angebliche Arbeit erneut liegen.

Fábregas begann zu protestieren, doch der andere tat, als hörte er es nicht; es war zu deutlich, daß er sich diesen Vorwand nur zu gern zunutze machte, um der Gesellschaft des Doktors zu entkommen, die ihn offensichtlich verwirrte. Fábregas sah sich in seiner eigenen Schlinge gefangen – nun mußte er sich von Maria Clara trennen, ohne sich wieder verabredet zu haben.

»Kann ich Sie nachher sehen?« fragte er, sich nicht um die anwesenden Zeugen kümmernd.

Sie hatte ihre Verärgerung zu verbergen versucht, indem sie die Rezepte des Arztes las, errötete nun ihrerseits, hob den Kopf und warf ihm von oben herab einen Blick zu.

»Ich wüßte nicht, wie.«

»Ich kann auf Sie warten ..., wenn Sie mir sagen, wo.«

Aus dem Augenwinkel bemerkte er, daß der Doktor diese Unterhaltung mit zynischer Miene beobachtete, als gestattete ihm sein Scharfsinn, in dieser Auseinandersetzung das Muster einer Strategie zu erkennen, deren Komplexität sie den Streitenden selbst unverständlich machte. Nur der Vater, der in den Tischschubladen kramte, schien von den Vorgängen im Arbeitszimmer überhaupt nichts mitzubekommen.

»Ach«, rief er plötzlich und zeigte den Anwesenden eine Taschenlampe, »da hab' ich sie schon.«

»Vielleicht sollte ich im Hotel anrufen, bevor ich gehe, damit man mir ein Taxi schickt«, sagte Fábregas, der nicht gewillt war, das Haus zu verlassen, bevor er ihr die förmliche Zustimmung zu einer Verabredung entlockt hatte.

»Nicht nötig«, sagte der Vater lebhaft. »Wir gehen auf den Platz hinaus; von dort können Sie zu Fuß gehen, wenn Ihr Hotel nicht weit ist, oder den Vaporetto nehmen. Alles ist sehr gut angegeben, Sie brauchen nur den Wegweisern zu folgen und werden sich nicht verlaufen.«

»Also«, sagte Fábregas, »werde ich Sie wiedersehen?«

»Möglich«, murmelte sie, als föchte sie in diesem Moment einen Kampf mit sich aus. »Aber jetzt muß ich mich um den Doktor kümmern. Entschuldigen Sie.«

Der Arzt gab ihm mit einer Herzlichkeit die Hand, auf die er gewollt frostig antwortete. Ohne jeden Zweifel hat er dieses erste Scharmützel gegen mich gewonnen, dachte er, denn offensichtlich herrscht zwischen uns offener

Krieg, sowenig ich auch im Moment den Grund weiß und was auf dem Spiel steht. Aber ich darf mich nicht so leicht geschlagen geben. Wenn sie der Anlaß für unsere Rivalität ist, was ich bezweifle, dann habe ich jetzt viele Trümpfe in der Hand. Ich weiß nun, wo sie wohnt, und kann sie jeden Tag besuchen kommen, wenn nötig zu jeder Zeit. In solche Grübeleien versunken, folgte er den Schritten des Vaters, der in einen Korridor getreten war, dessen Ende eine Wand ohne Öffnungen zu sein schien.

6

Ein feuchter Luftzug wehte durch die Räume, die sie durchquerten: leere Vorzimmer und riesige Säle, in denen ein paar antiquarische Möbel gestrandet waren. In der Ferne hörte man einen Zug pfeifen. Fábregas erkundigte sich, ob dies der alte Teil des Palazzos sei, was sein Begleiter verneinte.

»Der alte Teil ist ein reiner Trümmerhaufen, Sie werden schon sehen. Dieser dagegen, obwohl ziemlich schadhaft, ist noch annehmbar. Mal schauen, ob das Licht funktioniert und ich Ihnen den Empfangssalon zeigen kann ... Bleiben Sie hier, damit Sie nicht straucheln und sich weh tun ... Wo ist bloß dieser Schalter? Hier ist's dunkler als in einem Affenarsch!«

Seit die beiden das Arbeitszimmer verlassen hatten, war er geschwätzig, ja fröhlich geworden. Er wußte, daß er einen schwachen Charakter hatte und also unfähig war, seinem Leben ins Auge zu blicken und es auf umfassende Weise in die Hand zu nehmen, aber da er kein Mann der Verzweiflung oder des melodramatischen Auftritts war, nutzte er jede sich bietende Gelegenheit, um sich flüchtig zu amüsieren; diese einem Leben voller Fehlschläge, Erniedrigungen und Verdruß abgetrotzten Minuten der Zerstreuung hatten für ihn den berauschenden Geschmack von Freiheit, die er um so mehr schätzte, als er wußte, daß sie zufällig und nicht zu verlängern war.

»Jetzt, da uns niemand hört«, sagte er, während er umsonst auf einen Schalter drückte, der knackte, ohne daß eine Wirkung sichtbar wurde, »muß ich Ihnen gestehen, daß ich nicht einen einzigen Tag in diesem Saustall leben würde, wenn's nach mir ginge. Es gibt nichts Unbequemeres als Paläste – groß, langweilig und ohne Existenzberechtigung.« Er war ins Dunkel getaucht, wo seine Stimme einen etwas metallischen Ton bekam, als spräche er aus einer andern Dimension. »Hier irgendwo müßte noch ein Schalter sein... Ich bin nicht Europäer, wie meine Tochter Ihnen vielleicht erzählt hat, obwohl meine Familie... Hoppla, Vorsicht vor dieser Unebenheit! ...obwohl meine Familie polnischen und, noch weiter zurück, venezianischen Ursprungs war. Aber schon vor mehreren Generationen ließen wir uns in den Vereinigten Staaten nieder, wo wir immer gut und ziemlich wohlhabend lebten. Der Familienname, das werden Sie wissen, ist Dolabella, wie der gleichnamige Maler, anscheinend unser Vorfahr; aber dort kannte man uns immer unter dem einfacheren Namen Dolly. Bis ich mit vierundzwanzig Jahren hierherkam, nannten mich alle Charlie Dolly. Dolabella oder Dolly ist eigentlich der Name meiner Mutter, den ich annahm, als ich volljährig wurde. Meine Eltern trennten sich, als ich fünf war ...«

Inzwischen war es ihm gelungen, ein Licht anzumachen. Sie befanden sich nun in einem Saal so riesigen Ausmaßes, daß die winzige Birne an der Decke die vier Wände nicht zu beleuchten vermochte. Von ihrem Standort aus hatte man das Gefühl, die Dunkelheit reiche ins Unendliche.

»Was brachte Sie dazu, nach Venedig zu kommen, Charlie?« fragte Fábregas.

»Wer das wüßte! Passen Sie auf, ich werde Ihnen etwas erzählen, was ich noch nie jemandem erzählt habe.«

»Schön, aber müssen Sie das unbedingt an diesem ungastlichen Ort tun?«

»Jaja, es muß hier sein«, sagte er emphatisch. »Hören Sie zu: Meine Eltern trennten sich, als ich fünf war. Als Katholiken konnten sie sich nicht scheiden lassen und folglich auch nicht wieder heiraten. Mein Vater verschwand bald aus unserem Leben. Bald stellte er auch seine Geldsendungen ein, und da sprach ihm der Richter das Recht ab, seine Kinder zu besuchen – so wurde er zwei unangenehme Verpflichtungen auf einen Schlag los. Meine Mutter war damals dreißig, und obwohl sie fröhliche Augen, eine helle Haut und ein recht vornehmes Profil hatte, war sie keine auffällige Schönheit. Trotzdem knüpfte sie bald mit einem vermögenden Mann namens Luna eine Beziehung an. Er führte ein kleines, aber blühendes Geschäft als Gebrauchtwagenhändler und war verheiratet. Anscheinend wiegte ihn meine Mutter ursprünglich im Glauben, sie würden zusammen eine kurze, feurige Romanze erleben; in Wirklichkeit schaffte sie es, ihn viele Jahre an sich zu binden, während deren wir auf seine Kosten lebten. Er dachte nie daran, Frau und Kinder zu verlassen; vermutlich verliebte er sich in meine Mutter nicht einmal flüchtig, sondern besuchte uns nur widerwillig und aus Trägheit weiter, wie man eine unumgängliche, lästige Familienpflicht erfüllt. Bei diesen Besuchen bat ihn meine Mutter zum Schluß immer um Geld, um kleine, sorgfältig kalkulierte Summen, die er ihr nicht abschlagen konnte, ohne knausrig zu erscheinen. Zu seiner Ehre muß ich sagen, daß er immer anstandslos gab, worum man ihn bat, bis er eines Tages, nach sechs oder sieben Jahren, auf die Idee kam, oberflächlich auszurechnen, auf wieviel sich dieses lange Geschröpftwerden belaufen hatte. Nun wurde er wütend und schwor, seinen Fuß nicht wieder in dieses Haus zu setzen. Fast einen Monat sahen wir ihn nicht mehr. Dann kam er ohne ein Wort der Erklärung zurück, und alles ging weiter wie früher. Er war ein Mann mit einem guten Herzen, aber cholerisch und autoritär. Manchmal legte er es darauf an, meiner Schwester und mir Disziplin einzubleuen, weil er meinte, wir hätten sie nötig. Aber im Grunde war allein schon seine Gesellschaft eine äußerst mühsame Übung in Disziplin, denn wir mußten unsere ganze Aufmerksamkeit darauf richten, keinen Fehler zu begehen, der ihm als Vorwand gedient hätte, uns fernzubleiben. Nie erhielten wir von ihm die geringste Zuneigung, und er selbst unternahm nichts, um unser Wohlwollen zu erwerben; es waren Jahre der Verstellung und des Kompromisses. Meine Mutter litt noch zusätzlich, da sie wußte, daß sie in einer mit ihren Glaubensüberzeugungen unvereinbaren Situation lebte. Sie ging zwar weiterhin zur Messe, empfing aber die heiligen Sakramente nicht mehr. Schließlich verlor sie bei alledem den Verstand. Nun verabscheuten meine Schwester und ich Mr. Luna, erwarteten aber immer sehnlich seine Besuche, da meine Mutter nur in seiner Gegenwart wieder zu Sinnen kam. In der übrigen Zeit wähnte sie sich die heilige Maria von Ägypten. Sie schnitt, wusch und kämmte sich die ihr bis zu den Knöcheln reichenden Haare nicht mehr, und mehrmals mußten wir sie daran hindern, nackt aus dem Haus zu gehen, nur mit einem Hirtenstab bewaffnet, um zu Fuß ins Heilige Land zu pilgern. Später befiel sie der – übrigens ziemlich verbreitete – Wahn, gewisse Fernsehsender benutzten ihr Bild zu niedrigen Zwecken. Dann schickte sie den Studios Drohbriefe, in denen es hieß, an diesem oder jenem Tag zu dieser oder jener Stunde sei ein Varietéprogramm gesendet worden, in dem sie aufgetreten sei und mit irgendeinem Tier koitiert habe, was sie nie getan habe und auch nie tun würde, außer den Dingen, die sie ab und zu aus reinen Überlebensgründen mit Mr. Luna tun müsse; darüber, das wisse sie genau, fügte sie hinzu, werde sie Gott Rechenschaft abzulegen haben, aber sie sehe keinen Grund, es auch gegenüber den Fernsehzuschauern zu tun; deshalb, schloß sie, erwarte sie vom betreffenden Sender eine schriftliche Entschuldigung und eine Entschädigung, die sich je nach ihrem Gemütszustand auf Hunderttausende von Dollars belaufen konnte. Müßig zu erwähnen, daß diese Briefe immer ohne Antwort und Folgen blieben, da in sämtlichen Fernsehstudios der Welt eine reiche Korrespondenz dieser Art alltäglich ist, was nichts daran änderte, daß sie uns einen dauernden Verdruß bereiteten, von dem wir Mr. Luna natürlich nichts sagen konnten. Im übrigen hatte er sich schließlich an die Routine dieser zusätzlichen Familie so sehr gewöhnt, daß er in seinem Desinteresse nicht bemerkte, wie Mama ihre Strähnen jetzt auf dem Teppich nachschleifte, häufig nichts anderes auf dem Leib trug als eine ungegerbte Haut oder ein Stück um die Hüfte geschlungenes Sackleinen und daß sie ihn seit Monaten Zosimo nannte und als Bischof ansprach.

Als diese Situation langsam unhaltbar wurde, gelang es meiner Schwester, die etwas älter war als ich, sich einen vermögenden Naivling zu angeln. Ich weiß nicht, wo sie ihn aufgegabelt hatte, denn der gesellschaftliche Kreis, in dem wir uns bewegten, war äußerst begrenzt, noch wie sie es anstellte, da sie nie hübsch oder besonders sympathisch war. Natürlich war auch er verheiratet, doch meine Schwester hatte ihm offenbar den Kopf verdreht, denn er ließ sich scheiden, um sie zu heiraten. Mama war sehr unwillig über diese Lösung: Sie glaubte uns eine solide katholische Erziehung beigebracht zu haben und mußte nun mit ansehen, wie ihre Tochter einen geschiedenen Protestanten heiratete. Diese Hochzeit verschlimmerte ihr Leiden. Kaum verheiratet, beschloß das Paar aus diesem und weiteren Gründen und in bester Absicht, eine Luftveränderung vorzunehmen, und der Mann, der in einem multinationalen Unternehmen eine recht wichtige Stellung innehatte, erwirkte eine Versetzung nach England. Der Abschied war schmerzlich. Am Abend vor ihrer Abreise kam meine Schwester nach Hause. Sowie ich mit ihr allein war, schlang sie mir die Arme um den Hals und begann zu weinen. Es war offensichtlich, daß sie diesen Blödmann nur geheiratet hatte, um von zu Hause wegzukommen, und es angesichts der vollendeten Tatsachen nun bereute, einen so wichtigen Schritt getan zu haben. ›Komm mit uns, Charlie‹, bat sie mich. Ich lehnte ab, ohne meine abschlägige Antwort näher zu erklären. Hätte ich ihr gesagt, ich erachte es als meine Pflicht, bei Mama auszuharren, so hätte sie das als Vorwurf aufgefaßt, was es nicht war. Außerdem wäre das, was mich betrifft, eine Lüge gewesen, denn auch ich wartete auf die Gelegenheit, von zu Hause wegzukommen. Wenn ich diese hier nicht ergriff, dann, weil sie mir schlicht nicht paßte.

Wir wohnten in einem Vorstadtviertel, in einem bescheidenen zweistöckigen Häuschen mit einem kleinen Garten, um den sich nie jemand gekümmert hatte und der deshalb allmählich zu einer Mischung aus Urwald und Müllhalde geworden war. Drei Monate nach dem Weggang meiner Schwester zog meine Mutter in den Garten. Mit etwas altem Gerümpel baute sie sich dort eine Hütte und rüstete sich mit einem hölzernen Kruzifix, einem weiß Gott woher stammenden Schädel und einem Gebetbuch aus. Sie ernährte sich von Wurzeln und Insekten und tat Buße. Mr. Luna und ich wußten nicht, was tun; wir brachten ihr Essen und Kleider, was sie ebenso sanft wie bestimmt zurückwies; vom Haus zur Hütte spannten wir ein elektrisches Kabel, damit sie einen Ofen, einen Kocher oder einen Fernseher anschließen konnte, aber von alledem wollte sie nichts wissen. Nur von Zeit zu Zeit bequemte sie sich, mit Mr. Luna oder mir zu sprechen. So verstrichen fast zwei Jahre. Die Winter waren äußerst streng, und manchen Morgen ging ich mit der Befürchtung zu ihr hinaus, sie erfroren oder tot vor Erschöpfung zu finden, aber offenbar erfreute sie sich wirklich einer ausgezeichneten Gesundheit; zwar war sie fast bis aufs Skelett abgemagert, aber nie wurde sie krank oder hörte ich sie jammern. Auch zu langweilen schien sie sich nicht. Eines Tages erzählte sie mir, sie versuche ein Wunder zu wirken, nicht aus Dünkelhaftigkeit, denn es war nicht ihr Bestreben, daß jemand davon erfuhr, sondern als Beweis dafür, daß Gott ihr ihre Verfehlungen vergeben und Seine Gunst gewährt hatte. Wie sie mir sagte, hatte sie die Wunder in vier große Kategorien oder aufsteigende Klassen eingeteilt. Die Gliederung, an die ich mich noch immer erinnere, war folgende: 1) Fortbewegung oder Elevation von kleinen Gegenständen und Heilung von einfachen Leiden wie Verstauchungen, eingewachsenen Nägeln oder Gerstenkörnern; 2) Fortbewegung oder Elevation von mittelgroßen Gegenständen, Heilung von leichten Viruserkrankungen, Verwandlung von analogen Substanzen, wie Wasser in Wein oder Brot in Käse, oder von Tieren gleicher Art, wie Fliegen in Bienen, und kurze Levitation; 3) Fortbewegung oder Elevation von großen Gegenständen, Verwandlung von ungleichen Substanzen oder von Tieren verschiedener Art, Heilung von schweren Krankheiten und verlängerte Levitation; 4) unkörperliche Translation in Zeit oder Raum, Fortbewegung oder Elevation von Gebäuden, die Gabe der Zungenrede, Verwandlung von Menschen in Tiere oder umgekehrt, Veränderung von geografischen Gegebenheiten, wie Meeren, Flüssen oder Bergen, Heilung von tödlichen oder angeborenen Krankheiten und sichtbarer Heiligenschein.

Nach diesen beiden Jahren erhielten wir einen Brief meiner Schwester, von der wir ohne Nachricht geblieben waren, seit sie geheiratet hatte und nach England gezogen war. Sie war auf ungewöhnliche Art Witwe geworden: Da sie keine Kinder wollte, zumindest nicht von ihrem Mann, für den sie nur Groll und Verachtung übrig hatte, hatte sie ihn dazu gebracht, sich einer Vasektomieoperation zu unterziehen, in die er nach einigem Bitten eingewilligt hatte und an deren Folgen er, durch die Nachlässigkeit der Chirurgen, die den Eingriff vornahmen, noch auf dem Operationstisch starb – in der Narkose, ohne Schmerz oder Angst zu spüren. Nun sah sich meine Schwester wieder frei, mit einer ansehnlichen Rente plus der Summe, die den Chirurgen von den Gerichten als Entschädigung aufgebrummt worden war. Dem Brief war ein Scheck auf meinen Namen beigefügt. Sie bestimmte nicht, was ich mit dem Geld tun sollte, aber ich erinnerte mich an unseren Abschied und verstand, daß der Scheck nicht der Beginn regelmäßiger Sendungen war, sondern die einmalige Chance, auf die ich immer gewartet hatte. Ich war damals zwanzig. Ich sagte Mr. Luna, ich würde gehen, überließ Mama seiner Obhut und nahm den ersten Autobus nach New York. Kennen Sie New York?«

»Ja«, sagte Fábregas.

»Ich lebte vier Jahre dort. Damals war New York eine rauhe Stadt, die einiges von einem verlangte, aber großzügig. Ich weiß nicht, ob es sich verändert hat. Ich mußte hart kämpfen und viel arbeiten und erdulden, überlebte aber, ohne Hunger zu leiden, wenn auch mit wenig Geld. Ich übte verschiedene Gelegenheitsjobs aus, etwa als Kinoportier, wie ich schon erwähnte, und vor allem als Taxifahrer, was ich immer machte, wenn nichts weniger Mühseliges und Gefährliches zu erhalten war. Ich führte ein unordentliches, ausschweifendes Leben, das ich damals für verwerflich hielt und nach dem ich mich heute sehne. Schließlich befiel mich der Wahn, mein Leben ändern zu müssen – ich dachte, wenn ich so weitermache, nimmt es ein übles Ende mit mir. Im letzten Jahr war es mir gelungen, etwas Geld auf die Seite zu legen; damit reiste ich nach Europa, wo in jener Zeit noch als reicher Mann gelten und gut leben konnte, wer über Dollars verfügte. Bevor Mama wahnsinnig wurde, hatte sie uns immer wieder erzählt, wir stammten von einem berühmten venezianischen Maler ab, dessen Werke laut ihren Worten noch immer die Säle des Dogenpalastes schmückten. Diese Schilderung hatte meine Einbildungskraft entzündet, so daß ich vor allen andern Orten hierherkam. Kurz nach meiner Ankunft lernte ich meine jetzige Frau kennen, und da bin ich noch immer, wie Sie sehen. Nun denke ich manchmal sehnsüchtig an die Vereinigten Staaten, wohin ich seit damals nie wieder gegangen bin. Sogar von jenen schrecklichen Kindheitsjahren bewahre ich mir die eine oder andere angenehme Erinnerung ... Na, sowas! Darf man erfahren, was zum Teufel heute in diesem Hexenhaus los ist?«

7

Dieser Ausruf war auf einen Stromausfall zurückzuführen, der sie in vollkommene Dunkelheit hüllte.

»Vorsicht, rühren Sie sich nicht von der Stelle, ich werde versuchen, die Fensterläden aufzumachen, um das Tageslicht hereinzulassen«, sagte Charlie.

Fábregas hörte seine tappenden Schritte, ab und zu ein Stolpern und immer wieder schmähendes Gemurmel über diesen Palazzo und seine Unannehmlichkeiten. Schließlich lösten sich die Fensterläden krachend aus ihrem Rahmen, wo sie die Nichtbenutzung festgeklemmt hatte, und das Zimmer füllte sich mit dem Tageslicht, soweit die Scheiben es durchsickern ließen. In diesem Moment läuteten die Glocken einer Kirche in der Nähe das Angelus. Das Dämmerlicht war kaum stark genug, um den Schmutz zu durchdringen, der die Scheiben fast vollständig bedeckte, und schien sich dann, im Saal angelangt, vom in der Luft hängenden Staub tragen zu lassen, so daß alles hinfällig und gespenstisch aussah.

»Immer stellt sich diese unangenehme Erscheinung ein, wenn man Waschmaschine und Bügeleisen gleichzeitig einschaltet«, erklärte Charlie, während er eilig seine Pyjamahose in Ordnung brachte, durch deren Latz ihm, als er angestrengt an den Fensterläden gerissen hatte, der Schniepel herausgeflutscht war. »Dabei hab' ich's ihnen schon tausendmal gesagt! Aber glauben Sie, hier hört jemand auf mich?«

Fábregas nutzte die Gelegenheit, um den Raum zu studieren, wo sie sich nun befanden und den Charlie Empfangssalon genannt hatte. Auf den ersten Blick schien er rund zu sein, doch in Wirklichkeit bildete sein Grundriß ein Achteck, in dem schmale, von der Basis bis zum abgrenzenden Kranzgesims auf halber Höhe spiegelbehängte Mauerabschnitte mit breiten abwechselten, in denen die Tür und die Fenster eingefügt oder die mit dunklem Damast tapeziert waren und entlang denen ein Sofa aus vergoldetem Holz und grünem Samt lief. Oberhalb des Kranzgesimses gingen die acht Abschnitte sanft in eine holzgetäfelte Deckenwölbung über. Natürlich hatte sich dieses Holz an mehreren Stellen vom Gewölbe gelöst, wo es nun unförmig herunterhing, oder war durch Hitze oder Feuchtigkeit gesprungen und zeigte jetzt schreckliche Wunden voller Splitter; die Wandverkleidung bestand nur mehr aus zerfetzten und fusseligen, an die Leichentücher von Mumien erinnernden Knäueln, zwischen denen man unregelmäßige Stücke verschimmelter Mauer mit abgeblättertem Putz erkannte; das Sofa hatte mehr als die Hälfte seiner Füße und die Armlehnen eingebüßt, und aus den Rissen, die Zeit und Vernachlässigung im Samt hatten entstehen lassen, quollen verrostete Federn und büschelweise Ziegenhaar und Stroh, die die Kissen füllten; von den Spiegeln war das Quecksilber abgeblättert und der Rand abgesprungen; wo immer es einen Winkel gab, hatten Spinnen ein Geflecht von unglaublich großen, dicken Netzen hineingewoben; wo vorher Lampen gehangen und Kandelaber gestanden hatten, sah man jetzt nur noch Haken und Nägel, abgerissene Kabel und zerbrochene, verkrümmte Bronze- oder Eisenstücke, als wäre der Salon ausgeplündert worden, bevor er in Verfall geriet. Überall roch es penetrant nach Katzen und alter Pisse.

»Sehen Sie«, sagte Charlie plötzlich, nachdem er einen Moment geschwiegen hatte, damit sein Gast den Ort nach Lust und Laune examinieren konnte, »sehen Sie jetzt selbst, was ich Ihnen sagte: so ein Dreck! Doch pscht!« Er hielt sich den Zeigefinger an die Lippen. »Jemand kommt. Sollte es meine Frau sein«, flüsterte er Fábregas, neben den er mit zwei großen Schritten getreten war, ins Ohr, »dann sagen Sie ihr nicht, daß ich über den Palazzo hergezogen bin – sie darf nicht wissen, was ich denke.«

Die beiden starrten auf die Tür, der sich leichte Schritte, ein flackerndes Licht und ein von pfeifenden Atemzügen unterbrochenes Husten näherten. Was ist das denn für eine Komödie? fragte sich Fábregas; wenn ich bei ihr bin, was für mich das einzig Wichtige auf der Welt ist, versteife ich mich aufs Gehen, und jetzt – was habe ich hier zu suchen? Wie soll ich mich vor diesem Trottel und dieser Kranken verhalten? Was werden sie von mir denken? Was hat ihnen wohl ihre Tochter gesagt? Was werden sie sich von mir für ein Bild gemacht haben? Wenn ich doch wenigstens auf vertrautem Boden wäre und nicht in dieser Mausefalle, der ich aus eigenen Kräften nicht entrinnen kann! Schließlich erschien die Gestalt der Kranken im Türrahmen und blieb dort stehen.

»Was machst du denn in diesem Teil des Hauses, meine Liebe?« sagte Charlie hastig, als wäre es für ihn wichtig, in diesem Zusammentreffen die Initiative ergriffen zu haben. »Hat dir der Doktor nicht Bettruhe verordnet?«

»Dabei war ich gerade«, antwortete sie mit musikalischer, aber kaum vernehmbarer Stimme, »als ich ein Getöse hörte, das mich aufschreckte. Ich fürchtete, Diebe wären eingedrungen.«

»Und wenn es tatsächlich so gewesen wärc, was dann? Hättest du sie allein mit deiner Gegenwart in die Flucht geschlagen?« fragte Charlie im Ton gespielter Schelte, als hätte er, zu einer Person mit geringem Urteilsvermögen sprechend, selbst ein kindliches Benehmen angenommen.

Sie gab nicht einmal vor, ihm zuzuhören, sondern studierte aufmerksam Fábregas, mit einer Mischung aus Interesse und Ironie, die ihm unangenehm war, bis er zum Schluß kam, eigentlich sei er der Gegenstand des Interesses und die Ironie betreffe ausschließlich Charlie sowie den unglaubwürdigen Vorwand, mit dem sie eben ihr Kommen gerechtfertigt hatte. Aber noch bevor er seine Hypothese bestätigt sah, verschwand dieser Ausdruck vom Gesicht der Kranken. Nun trübte ihre Züge überhaupt kein Ausdruck mehr. Sie trug einen mandelfarbenen Morgenrock, dessen Saum im Staub auf dem Parkettboden eine unregelmäßige Spur hinterlassen hatte. Ihre Reglosigkeit wurde einzig gestört vom bauschenden Luftzug in den Gewandfalten, die sich jedoch, angesteckt von der Mattigkeit der Kranken, nur äußerst langsam und schwerfällig bewegten, und von den Schatten, welche ihre Züge bestrichen, je nachdem, wie die Kerzenflamme vor ihrer Brust flackerte. Diese plötzliche Ruhe schien jedoch nicht ausschließlich von Schwäche oder Müdigkeit herzurühren, sondern von einer angeborenen oder seit langem vorbedachten Haltung, Äußerung einer zerbrechlichen, aber sehr sicheren Seele, die Fábregas schon bei ihrer Tochter entdeckt zu haben meinte. Im Grunde suchte er bei ihr begierig einen Widerschein ihrer Tochter oder einen

Schlüssel, der es, wenn er bei der einen dechiffriert werden konnte, ihm auch erlauben würde, einige verwirrende Aspekte bei der andern richtig zu deuten. Sogleich gab er jedoch diese ursprüngliche Absicht wieder auf, denn schon immer hatte er sich gegenüber allem für blind gehalten, was der äußere Schein der Leute an Symptomatischem enthüllen mochte. Sonst wäre es mir bei meinen Geschäften und der Liebe ja anders ergangen, dachte er häufig. Jetzt versuchte er die Barriere des Scheins nicht mehr zu überschreiten, sondern nahm den Anschein als das Gegebene – so verfügte er wenigstens über ein sicheres Faktum. Vor allem andern schützte er sich mißtrauisch; um nichts in der Welt verpflichtete er sich zu etwas, ohne vorher eine objektive, glaubwürdige Garantie erhalten zu haben.

Diese statische Situation, in der jeder auf die Initiative des andern zu warten schien, hätte sich endlos hinziehen können, hätte Charlie nicht diplomatisch das Wort ergriffen.

»Ich habe unserem Besucher den Palazzo gezeigt«, sagte er befangen und wie zur Entschuldigung.

Bei diesen Worten, die ihr ein unbegrenztes Feld an Möglichkeiten öffneten, belebte sich die Kranke.

»Charlie hat Ihnen zweifellos schon gesagt, daß das hier der Empfangssalon war«, sagte sie obenhin, verließ dabei die Schwelle und schritt so gemessen auf die Raummitte zu, wie sie es auch getan hätte, wenn in diesem Moment hier tatsächlich einer der Empfänge gegeben worden wäre, für die der Saal bestimmt war. Diese majestätische Fortbewegung rief in Fábregas die lebhafte Vorstellung eines Bildes wach, das sich plötzlich von der Leinwand löst und imaginär durch den Raum der Lebenden zu schreiten beginnt. Doch das Trugbild war nicht stark genug, um weitere Geister zu beschwören, im Gegenteil: Die Gestalt der Kranken machte die Leere und den katastrophalen Zustand des Raums nur noch deutlicher.

»Sie können sich gar nicht vorstellen, was für Abendgesellschaften hier gegeben worden sind«, sagte das Bildnis hochfahrend, aber ohne die Sanftheit von Stimme und Benehmen zu verlieren, »noch all die Dinge, die uns diese Spiegel erzählen könnten, wenn sie zu reden wüßten. Das 18. Jahrhundert..., ein tolles Jahrhundert!«

»Ich habe ihm schon erklärt«, meldete sich Charlie zu Wort und wurde auf der Stelle von den ruhigen Augen der Kranken niedergeschmettert, »daß dieser Teil des Palazzos jetzt ein wenig vernachlässigt ist.«

»Jeder Palazzo braucht eine andauernde Restaurierung und eine Pflege, die wir uns leider Gottes nicht so leisten können, wie wir sollten«, sagte sie. »Nur ganz selten einmal...«

»Für mich ist das alles von großem Interesse«, sagte Fábregas.

»Dann kommen Sie, profitieren wir von dem bißchen Licht, das uns noch bleibt«, sagte sie. Und zu ihrem Mann: »Charlie, Liebling, sei ein Engel – geh voraus und öffne die Fensterläden, damit wir etwas sehen.«

Sie blies die Kerze aus und gab sie ihrem Mann. Sowie er sie in den Händen hielt, bot die Kranke Fábregas ihren Arm und begann langsam in die Dunkelheit hineinzuschreiten. Charlie ging ihnen voraus, Fensterläden öffnend und schließend und hinter sich Staubwolken aufwirbelnd, die dann, wie durchtränkt vom karamelfarbenen Dämmerlicht, in der Luft hängenblieben. So kamen sie, ohne sich in einem von ihnen aufzuhalten, durch weitere Räume, die ebenso verwahrlost und trist waren wie der eben verlassene. Überall gab es Spinnen, Kakerlaken und Holzwürmer. Nichts von alledem schien die Kranke zu berühren; sie mußte sich daran gewöhnt haben, ihr Haus so zu sehen, oder hatte seinem langsamen Verfall beigewohnt und dabei nicht bemerkt, in welchen Zustand die Dinge allmählich geraten waren. Sie selbst war schlampig gekleidet, wandelte aber nun durch diese Verwüstung, als wäre der Palazzo eben erst von all den Menschen geräumt worden, die darin ihre Jahre des Glanzes erlebt hatten. Wo nur Schmutz und Einsamkeit waren, sah sie einen Eßsaal, einen Salon, ein Toilettenzimmer, ein Bad, kurz, alle Räumlichkeiten eines großen Anwesens, wie es das hier vor langer Zeit selbst gewesen sein mußte.

»Dieser Teil des Palazzos«, sagte sie, »wurde, wie Ihnen mein Mann sicher erzählt hat, im 18. Jahrhundert erbaut. Der erste Palazzo, den wir Ihnen jetzt nicht zeigen können, da dort im Moment gebaut wird, wurde im 14. Jahrhundert von einem reichen Kaufmann errichtet ...«

»Diese Geschichte habe ich ihm doch schon erzählt«, sagte Charlie, der sich nun wieder zu ihnen gesellte und die Erzählung seiner Frau unterbrach. Und um Fábregas' Erinnerung aufzufrischen, fügte er hinzu: »Dieser Seefahrer, von dem ich Ihnen erzählte, der den Wilden Köpfe abkaufte.«

»Von welchen Köpfen sprichst du, Charlie?« rief die Kranke und verzog angewidert das Gesicht. »Hier hat nie jemand einen Kopf gekauft oder dergleichen. Wie kommt dir bloß ein solcher Quatsch in den Sinn?«

»Na, na, deswegen braucht man sich nicht zu schämen.« Charlie blinzelte Fábregas zu. »Jedes große Vermögen hat einen ähnlichen Ursprung, und niemand ziert sich dabei.«

Bei dieser Unterhaltung gelangten sie wieder ins Arbeitszimmer, wo sie vor einer Weile losgezogen waren und Maria Clara in Gesellschaft des Doktors zurückgelassen hatten. Jetzt aber war keine Spur von ihnen zu sehen. Die letzten Sonnenstrahlen drangen waagerecht durch die Fenster. Die Kranke ließ sich in einen Sessel fallen und bedeutete Fábregas, neben ihr Platz zu nehmen. Nachdem er sich gesetzt hatte, tat Charlie es ihm gleich, schlug die Beine übereinander, stützte den Ellbogen aufs Knie und das Kinn in die Hand und nahm eine aufmerksame Haltung an, als wüßte er, daß ihnen nun eine überaus interessante Geschichte erzählt würde. Die Kranke schloß halb die Augen, seufzte zweimal tief und kummervoll und setzte zu folgender Erzählung an.

8

»Wie ich Ihnen sagte«, begann die Kranke, »wurde dieser Palazzo ursprünglich im 14. Jahrhundert von einem Reisenden erbaut. Dann, als Venedig im 16. Jahrhundert das Handelsmonopol zwischen Ost und West verlor, was die Familie Pastoret an den Bettelstab brachte, erwarben ihn die Rocas, eine alte Familie – jedoch ohne Erbadel –, die, der Regierung der Serenissima dienend, in Ämtern von großer Verantwortung reich geworden war.

Mitte des 18. Jahrhunderts begann Giuseppe Roca, der jahrelang den Botschafterposten Venedigs in Konstantinopel innegehabt hatte, mit den Arbeiten zur Erweiterung des Palazzos, die wieder eingestellt wurden, als er 1763 nach langer Krankheit starb. Seine einzige Nachkommenschaft bestand in einer Tochter namens Cecilia, die damals fünfzehn und von außerordentlicher Schönheit war. Schon als kleines Mädchen hatte sie eine starke Neigung zum frommen Leben und zur geistigen Einkehr gezeigt, so daß niemand daran zweifelte, daß sie nach dem Tode ihres Vaters, den sie in seinen letzten Jahren mit beispielhafter Selbstlosigkeit gepflegt hatte, ins Kloster eintreten würde, weshalb sich sämtliche Orden Venedigs, die in ihr die Erbin eines beträchtlichen Vermögens sahen, um ihre Gottergebenheit und Schenkung stritten. Doch sie war taub für die unablässigen Anträge in dieser Richtung. Immer war sie so wortkarg gewesen, daß viele dachten, sie habe ein Schweigegelübde abgelegt. Nur im Morgengrauen sah man sie aus dem Hause gehen, wenn sie, in Begleitung ihrer alten Amme und von Kopf bis Fuß in ein härenes, übelriechendes dunkles Gewand gehüllt, in die Peterskirche zur Messe ging. In der Kirche drängte sich die Menge um den Altar, denn nur dort konnte man flüchtig ihre himmlischen Züge betrachten, wenn sie für einen Moment den Schleier lüftete, um die heilige Hostie zu empfangen. Womit sie sonst ihre Stunden verbrachte, wußte niemand.

An einem Winterabend, als Cecilia in ihrem Gemach die lauretanische Litanei betete, wurde mit dem Türklopfer fünfmal ans Tor des Palazzos geschlagen. Die Amme eilte hin und sah einen vermummten Mann im Eingang stehen. ›Sagt, wer seid Ihr und was wünscht Ihr?‹ – ›Ich begehre mit der Hausherrin zu sprechen‹, antwortete der Vermummte. ›Geht hin und sagt ihr, mein Name ist Fiasco: sie erwartet mich.‹ Nicht ohne Argwohn hieß ihn die Amme eintreten; dann unterrichtete sie Cecilia von seinem Kommen, die auf der Stelle ihre Andacht unterbrach und ihn mit ausgesuchter Höflichkeit empfing. ›Hier könnt Ihr den Kragen zurückschlagen‹, sagte sie, ›niemand sieht uns.‹ Dann bedeutete sie der Amme, sie allein zu lassen. Eine Stunde später verließ der geheimnisvolle Vermummte Gemach und Palazzo. Zitternd und voller Kummer eilte die ergebene Amme zu Cecilia und fand sie in großer Verzweiflung; sie traktierte sich mit den Fäusten die Seiten und schlug die Stirn gegen die Traverse des Betstuhls, daß es krachte; der Schleier über ihrem Gesicht war naß von den Tränen, die ihren wunderschönen Augen entströmten. ›Mein liebstes Kind, was um des Himmels willen ist geschehen?‹ Dabei brach die Amme selbst in Weinen aus. ›Sag, wer war dieser Mann, in dessen Gegenwart ich Schwefel zu riechen meinte?‹ – ›Ach, Lisetta, was soll bloß aus uns werden!‹ stieß die Jungfrau hervor und umarmte die Amme. Auf deren inständiges Bitten hin beruhigte sie sich schließlich und schilderte ihr in knappen Worten den Grund für ihre Bekümmernis.

Entgegen jeder Annahme hatte ihr Signor Roca bei seinem Tod nichts als Schulden hinterlassen, da er das ganze im Laufe seiner Karriere angehäufte Kapital in Umbau und Erweiterung des Palazzos gesteckt und sich später gezwungen gesehen hatte, einen Darlehensgeber aufzusuchen, um die bei der Behandlung seiner überaus schmerzhaften Krankheit entstandenen Auslagen zu bestreiten. Unerbittlich war nun die Frist für die Rückzahlung dieser beträchtlichen Darlehen abgelaufen, und Cecilia wußte nicht, wie sie ihren Verpflichtungen vollständig nachkommen sollte. Insgeheim hatte sie bereits ihre wenigen Wertgegenstände und sogar, ihre Askese vorschützend, mit Ausnahme der widerlichen Überkleider, die sie jetzt gerade bedeckten, ihre gesamten Kleider verkauft, um die Kosten eines dem Rang ihres verstorbenen Vaters angemessenen Begräbnisses zu bestreiten. Nun hatte sie nichts mehr zu verkaufen und keine Verwandten, an die sie sich wenden, oder Freunde, die sie um Hilfe angehen konnte, denn das zurückgezogene Leben, für das sie sich in ihrer Frömmigkeit entschieden hatte, gestattete es ihr nicht, mit jemandem Freundschaft zu schließen; sie war allein auf der Welt und auf Gnade und Ungnade einem herzlosen Wucherer ausgeliefert. Mit Flehen und Wehklagen hatte sie sein steinernes Herz etwas erweichen und ihm eine ganz geringe Fristverlängerung abringen können, nach deren Ablauf sie die Schande erwartete, wenn nicht ein Wunder geschah.

Am Ende dieser Erzählung dachte die ergebene Amme eine Weile nach und sagte dann: ›Und könnten wir nicht den Palazzo verkaufen, mit dem Ertrag des Verkaufs die Schulden zahlen und danach ins Kloster gehen?‹ – ›Niemals!‹ rief Cecilia, während sie sich mit dem Ärmelaufschlag die Tränen trocknete. Als sie diesen plötzlichen

Wandel sah und merkte, wie bestimmt ihr Vorschlag zurückgewiesen wurde, begann die greise Lisetta wieder zu zittern. ›Kind, was hast du vor?‹ fragte sie. ›Die neuerliche Frist läuft in einer Woche ab‹, sagte Cecilia. ›Ich werde beten und mich kasteien, und Gott wird mir beistehen.‹ – ›Und wenn Gott in Seiner göttlichen Weisheit dir Seine Hilfe versagt?‹ fragte die Amme. ›Dann werde ich Seine Vergebung zu erlangen suchen für das, was ich tun muß, um die geforderte Summe zusammenzubringen‹, sagte die Jungfrau.«

Hier unterbrach ein Hustenanfall die Erzählung der Kranken. Als er vorüber war, führte sie sich ein Taschentuch an die Lippen, schaute Fábregas zärtlich an und lächelte ihm entschuldigend zu. Was für eine Komödiantin! dachte er. Mit dem Taschentuch winkte die Kranke ihrem Mann.

»Charlieschätzchen, warum machst du nicht eine Lampe an? Bei dieser Dunkelheit sehe ich ja das Gesicht unseres Gastes gar nicht mehr.«

Ohne sich weiter bitten zu lassen, machte Charlie eilig ein ganz schwaches Licht an und kam dann zu seinem Stuhl zurück, wo er wieder die verzückte Haltung einnahm, in der er dem ersten Teil der Erzählung gefolgt war, welche die Kranke nun fortsetzte.

»In jenen Tagen wurde in Venedig der legendäre Karneval gefeiert, der, wie Sie zweifellos wissen, am Stefanstag begann und bis zum ersten Tag der Fastenzeit dauerte. In diesen Monaten war jede produktive Tätigkeit zweitrangig; Straßen und Plätze waren geschmückt, die Boote bemalt und verziert, so daß sie zu Allegorien voller Sirenen, Tritonen und Meeresungeheuer wurden; jeden Tag gab es Umzüge, Bälle und Mummenschanz, und überall herrschten Verwirrung und Zügellosigkeit. Natürlich wagten sich während dieser gottlosen Lustbarkeiten die anständigen Leute nicht aus ihren Häusern.

In jenem Jahr wurde die Stadt von heftigen Schneefällen heimgesucht, und die Kälte war beißend. Deshalb hatten sich die Maskengruppen passend für warme Kostüme entschieden, Bären, Hühner, Erzengel, Schafböcke oder Vogelscheuchen, und die biblischen und mythologischen Aufmachungen – prächtiger anzuschauen, aber naturgemäß und von ihrer Idee her den atmosphärischen Kräften stärker ausgesetzt – für später im Jahr aufgehoben. Daher war an jenem Tag die Menge, die sich beim Vorbeizug der Karossen drängte, verdutzt, als sie in einer von ihnen den bildschönen Körper sah, den eine Frau (denn der leichte, sich im Wind bauschende Taft verbarg den Blicken keines seiner Attribute) doppelt kühn zur Schau stellte. Nicht einmal in dieser von krankhaftem Schönheitskult besessenen Stadt des Lasters und der Lüsternheit hatte man je so vollendete Formen gesehen, wie man sie jetzt bestaunen durfte. Grabesstille umgab den Vorbeizug dieser Göttin, deren makellose Weiße nur vom Goldglanz ihres Schamhaars und dem Blaßrosa der ihre Brüste krönenden Rosetten gebrochen wurde. Sosehr auch alle rätselten, niemand, nicht einmal der berühmt-berüchtigte Seigneur de Seingalt, der in Venedig anwesende verdorbene, unbarmherzige Giacomo Casanova, von dem es hieß, er könne jede Frauensperson Europas erkennen, wenn man ihm nur ein Stück von ihr oder eine der Gliedmaßen zeige, vermochte zu erahnen, wer diese Göttin war, deren Kopf eine schwarze, am Alabasterhals mit einem Perlenband festgemachte Kapuze verhüllte. Und obwohl Jahr für Jahr Dirnen und Homosexuelle aus aller Welt an Karneval kamen, verwirrte in diesem Moment das Gemüt der Venezianer mehr noch als das Geheimnis um ihre Person die Unverfrorenheit, mit der die Göttin ihre Absichten auf einem am Heck der Karosse hängenden Schild kundtat, auf dem in großen, deutlichen Lettern gemalt stand: ›Ich bin zu haben. Wer mehr wissen will, komme bei Einbruch der Nacht in die Taverne Sankt Kosmus.‹ Das lüsterne, übelgesinnte Publikum konnte kaum ahnen, daß verborgen unter dem dichten, stickigen Futtertuch der Kapuze, welches ihr Gesicht vor Neugier schützte, die Göttin die Litaneien weiterbetete, die am Vorabend der Wucherer mit seinem Kommen unterbrochen hatte, und daß sie sich, wie die Heiligenbilder der Prozessionen, deren heiterer Majestät sie nun ihre Haltung nachzubilden versuchte, vor den lasziven Blicken, die sie wie Stachel auf der Haut spürte, durch den unsichtbaren Mantel der Tugend geschützt fühlte.

Muß ich erwähnen, daß zu der auf dem Werbeschild angegebenen Stunde über hundert bizarr verkleidete Lüstlinge in der Taverne Sankt Kosmus mit Degen und Pistole zu bereinigen suchten, wer von ihnen den Preis gewinnen sollte, den jenes verheißen hatte? Üble Folgen hätte der Vorfall für die Stadt gehabt, wäre nicht endlich in der Taverne eine gütig und zugleich listig aussehende Alte erschienen, die sich, wie sie den Anwesenden mitteilte, an ganz genaue Angaben ihrer Herrin hielt und den Gewinner dieser Auseinandersetzung auswählte. ›Der Preis ist hoch‹, gab sie ihm zu verstehen. Der Auserwählte warf mit einer prahlerischen, unter der Fuchsmaske, mit der er seine Züge verbarg, nicht zu sehenden Grimasse einen Beutel voller Münzen auf die Theke der Taverne. ›Da ist noch eine Bedingung‹, sagte die Alte, nachdem sie den Beutel in ihrer Hand abgewogen hatte. ›Laßt hören, worum es sich handelt‹, sagte der in der Wahl begünstigte Edelmann. ›Ihr dürft keine Fragen stellen.‹ – ›Das ist so üblich.‹ – ›Auch müßt Ihr an den Ort kommen, an den ich Euch führen werde.‹ – ›Wenn nötig zur Höllenpforte.‹ – ›Mit verbundenen Augen‹, fügte die Kupplerin hinzu. ›Das ist viel verlangt‹, antwortete der Beherzte und strich über seinen Degen, ›doch ich vertraue Euch.‹ Eine Gondel setzte sie vor einem Türchen ab, das leise vor ihnen aufging. Im Palazzo wurde der Edelmann durch Zimmer, Gänge und verschlungene Wege in ein geheiztes Gemach geführt. Ein schweres Parfüm betäubte ihn. Er hörte eine weibliche Stimme, so süß wie das Parfüm: ›Ihr könnt schauen.‹ Der Edelmann riß sich die Binde von den Augen. Auf goldbestickten Seidenkissen, die ihr Vater als Souvenir von seinem Aufenthalt in Konstantinopel mitgebracht hatte, ruhte zurückgelehnt die Göttin, nackt, wie er sie selben Tags beim Umzug gesehen hatte, den Kopf noch immer in das schwarze Tuch gehüllt, das ihn nun, wie er ihr allein gegenüberstand, mit Schrecken erfüllte. ›Wer seid Ihr?‹ fragte er, das Versprechen vergessend, das ihm die Alte in der Taverne abgenommen hatte. ›Ihr habt bezahlt, um zu genießen, nicht um zu wissen‹, antwortete die Göttin. ›Alles, was Ihr sehen könnt, ist Euer; was Ihr nicht seht, gehört mir allein. Befriedigt Euch der Handel nicht, so wird Euch das Geld zurückgegeben und Ihr könnt gehen.‹ – ›Der Handel ist gerecht‹, sagte der Edelmann nach einem Moment des Zögerns, benommen von dem, was seine Augen erblickten und was seine Einbildung ihm eingab. ›Erlaubt mir im Gegenzug, meine Maske aufzubehalten‹, sagte er. Mit einer Handbewegung bekundete sie ihre Einwilligung, und er begann sich zu entkleiden, doch auf halbem Wege fühlte er sich abermals eingeschüchtert von dem Geheimnis, das das Abenteuer umgab, und hielt inne. ›Und wenn dieses Tuch in Wirklichkeit ein scheußlichschauerliches Gesicht verhüllte?‹ sagte er plötzlich, unfähig, den Grund für seine Angst zu verschweigen. ›Das werdet Ihr nie erfahren‹, sagte die Göttin, ›denn so habt Ihr mich gewollt, und so werdet Ihr mich haben. Was mein Gesicht anlangt, so mag es schön oder häßlich sein, je nachdem, wie großherzig oder wie schäbig Eure Fantasie ist.‹ – ›Ich sehe, Ihr wißt auf jede Frage eine geschickte Antwort‹, sagte der Edelmann in rauhem Ton, welcher der Jungfrau nahelegte, sich unter diesen Umständen mit

Vorteil weder zu vernünftig noch zu geistreich zu zeigen. So schluckte sie die Antwort hinunter, die sie dem Edelmann hätte geben können, und sich neuerlich zu den Heiligenbildern flüchtend, mit deren Kontemplation sie so viele Stunden verbracht hatte, nahm sie die schweigsame, unterwürfige Haltung ein, die sie von den Altarbildern der Verkündigung gelernt hatte. Als er sie so sah, wollüstig und ihm ausgeliefert, verflogen die letzten Spuren seines Argwohns, und eilig entkleidete er sich ganz. Durch kleine Löcher in der Kapuze schaute die Jungfrau und glaubte ihren Augen nicht zu trauen: Nie bis zu diesem Augenblick hatte ihr der Zufall das Rätsel des männlichen Körpers enthüllt, und ihr Schamgefühl hatte es ihr verwehrt, diesbezüglich auch nur Vermutungen anzustellen. Jetzt, da sie aus so geringer Entfernung den Mordskerl sah, der ihr bestimmt war, konnte sie weder einen Seufzer noch einen Schauer unterdrücken, die beide der Aufmerksamkeit des Edelmanns nicht entgingen. ›Ihr zittert?‹ fragte er. ›Vor Verlangen‹, log sie. Der Edelmann warf sich auf die Göttin. Sogleich glaubte diese sterben zu müssen, doch die Erinnerung an den Lanzenstoß in die Seite des Herrn und die sieben Dolche der Mater Dolorosa half ihr, nicht ohnmächtig zu werden noch zu schreien. Als der Edelmann nach einigen Sekunden neben ihr zusammensackte, kroch sie auf allen vieren zu einer Räucherpfanne, die absichtlich im dunkelsten Winkel des Gemachs stand, und wischte sich dort, während sie vorgab, die Glut wiederaufleben zu lassen, mit einem Tuch das über ihre Schenkel rinnende Blut ab. Dann ging sie zum Edelmann zurück, der, auf dem Rücken in den Kissen liegend, gleichzeitig Atem und Feuer wiederfand. ›Darf man erfahren, was Ihr tut?‹ rief die Jungfrau überrascht. ›Haltet sogleich ein! Hört Ihr nicht? Schon kräht der Hahn – kleidet Euch an und geht.‹ – ›Wie! Gehen, jetzt?‹ klagte der Edelmann. ›Werdet Ihr denn fähig sein, mich so zurückzulassen: aus zweierlei Anlaß wie auf Kohlen?‹ – ›So sehr hat es Euch gefallen?‹ fragte sie mit echter Neugier. Der Edelmann verstand die Frage falsch. ›Ach‹, rief er, sich im Kissenlager halb aufrichtend, ›Ihr seid zugleich zärtlich und eine Kurtisane; Euer Körper bringt einen um den Verstand und beruhigt, Eure Haut entflammt und liebkost wie die Strahlen der Frühlingssonne, und Ihr verströmt den Duft der Blumen, die in ihrem Kelch den köstlichsten Nektar umschließen. Gefallen, sagt Ihr? So wahr ich lebe – sämtliche Dreistärsche ganz Venedigs taugen zusammen nicht die Hälfte von Euch! Doch all das wißt Ihr nur zu gut.‹ Die Jungfrau seufzte erleichtert auf. ›Nein, ich wußte es nicht; ehrlich gesagt war dies das erste Mal. Aber hütet das Geheimnis, und Ihr werdet in diesem Hause immer gut aufgenommen werden. Und nun seid so höflich und zieht Euch an und laßt mich Euch wieder die Binde vor die Augen knoten. Ich bin schrecklich müde.‹ Nachdem der Edelmann gegangen war, half die Amme der Jungfrau die Kapuze abzunehmen und fragte: ›Wie geht es dir, mein armes Kind?‹ Die Jungfrau rieb sich die Augen und gähnte. ›Weißt du was, Lisetta? Ich glaube, wir haben es nicht gar so schlecht gemacht. Hast du die Münzen im Beutel gezählt?‹ – ›Mit fünfen wie diesem wird die Schuld beglichen sein‹, antwortete die Alte. ›Sie wird, Lisetta, sie wird‹, sagte die Göttin leise, als spräche sie mit sich selbst. Dann hielt sie die Amme, die aus dem Zimmer gehen wollte, am Ärmel zurück. ›Hast du ihn in der Taverne ohne Larve gesehen?‹ fragte sie aufgeregt. ›Hast du ihn an seinem Benehmen oder seiner Gewandung identifizieren können? Hat er auf dem Weg hierher etwas Erhellendes gesagt? Wärst du in der Lage, ihn wiederzuerkennen, wenn du ihn noch einmal sähst? Hast du auf den Ausdruck seiner Augen geachtet? So sprich doch!‹ Die Amme schaute die Jungfrau verblüfft an, die ihren Gleichmut wiederfand und übergangslos beifügte: ›Pah!

Sprechen wie jetzt nicht von diesen Dingen. Geh und mach mir den irdenen Krug bereit. Ich muß mich waschen, und wenn wir uns nicht beeilen, kommen wir zu spät zur Messe.«

9

»Ach, entschuldigen Sie«, rief die Kranke an diesem Punkt und legte eine Pause ein. »Es macht mich müde, so lange am Stück zu sprechen. Ich bin es nicht gewohnt, verstehen Sie? Wir haben kaum Besuch, und wegen meiner schlechten Gesundheit gehe ich nie aus dem Haus ... Alles ermüdet mich nach einer Weile: sprechen, lesen, fernsehen; auch stehen, sitzen und liegen; jede Haltung, die ich einnehme, wird schließlich eine wahre Tortur ... Charlieherzchen, wie spät ist es?«

»Sieben Uhr dreißig, meine Liebe.«

»Ach, Charlie! Sieben Uhr dreißig! Könntest du nicht sagen halb acht, wie man immer gesagt hat? Sieben Uhr dreißig sagen nur die ordinären Menschen mit Digitaluhren. Sieben Uhr dreißig, einundzwanzig Uhr zweiundfünfzig ... Gräßlich!«

»Also ich sehe nicht, was an den Digitaluhren schlecht sein soll«, antwortete Charlie bestimmt, aber ohne Schärfe. »Ich liebe es, die genaue Zeit zu wissen. Und ich hasse die alten Uhren, die immer nachgehen, wenn sie nicht überhaupt stehenbleiben. Dieses Haus ist voll von alten Uhren, und es ist unmöglich, einmal zu wissen, wie spät es ist. Ich weiß nicht, ob sie eleganter sind als die andern, aber wenn ich sie nicht ständig aufziehen und die Gewichte hinauf- und hinunterschieben würde, als melkte ich eine Kuh, weißt du, wozu sie gut wären? Um Staub anzusetzen und zu nichts sonst. Ich hasse alte Uhren, und ich hasse alten Kram überhaupt.«

»Ach, Charlie, du bist so dumm!« sagte die Kranke mit matter Stimme. Dann wandte sie sich im selben Tonfall an Fábregas: »Natürlich bleiben Sie zum Abendessen.«

»Wie? Zum Abendessen?« Schon seit zwei Stunden wollte er dieses Haus verlassen.

»Ich weiß, für Sie ist es bestimmt eine absurde Stunde, vor allem als Spanier. Ich bin nie in Spanien gewesen, aber ich weiß, daß man dort die Gewohnheit hat, gegen Mitternacht zu essen. Und wie ich höre, breitet sich diese Gewohnheit allmählich überall aus. Aber wir halten an den traditionellen europäischen Essenszeiten fest. Wenn es Ihnen nichts ausmacht, sich für einmal unseren Gepflogenheiten anzupassen ...«

»Um Gottes willen, das ist es nicht, glauben Sie mir«, sagte er rasch.

»Dann brauchen wir nicht weiter darüber zu sprechen: Sie bleiben.« Die Kranke sprach mit affektiert triumphierender Stimme.

Fábregas willigte ein und erging sich dann in Entschuldigungen für die Umstände, die er bereite, und in Dankesbezeigungen.

»Oh, erwarten Sie keine großen Wunder von unserer Küche. Wir sind Leute mit einfachem Geschmack, und leider wußten wir nicht, daß wir das Vergnügen Ihrer Anwesenheit haben würden.«

»Machen Sie sich darüber nicht die geringsten Sorgen. Ich bin sicher, daß ich mit Vergnügen essen werde, was Sie mir vorsetzen. Aber dafür müssen Sie mir versprechen, die Geschichte fertig zu erzählen, die Sie eben noch offengelassen haben.«

»Sie sind mir einer!«

Inzwischen hatte Charlie mit einem ganz stumpfen Metallglöckchen geläutet, worauf fast unmittelbar, als hätte sie die ganze Zeit vor der Tür gestanden und gewartet, bis sie gerufen würde, dieselbe Dienstmagd erschien, die Fábregas am Nachmittag die Tür zum Palazzo geöffnet hatte. Mit ihr strömte auch der Dampf ins Arbeitszimmer, den siedende Kartoffeln erzeugen. Die Kranke fragte, ob das Essen fertig sei, und gab, nachdem die Frage bejahend, aber ziemlich reserviert beantwortet worden war, Anweisung, einen weiteren Teller auf den Tisch zu stellen.

»Der Herr bleibt zum Essen.« Die Kranke deutete auf Fábregas.

Wieder schaute ihn die Magd so neugierig an wie zuvor, als sie ihn zum erstenmal gesehen hatte. Fábregas stellte fest, daß sie ihn nur beachtete, wenn jemand sie auf seine Gegenwart aufmerksam machte. Jeden Fraß bezeichnen sie als Essen, schien sie nun mit ihrem Blick zu sagen.

»Ich hoffe, es ist genug da für einen mehr«, sagte die Dame des Hauses.

»Ja, es wird schon genug da sein – Signorina Maria Clara kommt nicht zum Essen.«

Die Antwort verschlug Fábregas, der diese lästige und wenig attraktive Einladung nur angenommen hatte, um sie sicher noch einmal zu sehen, die Sprache.

»Sie werden sie entschuldigen müssen«, sagte die Kranke, als die Magd sich zurückgezogen hatte. »Maria Clara ist sehr unabhängig, wie heutzutage alle Mädchen ihres Alters, Sie wissen ja ... Nun, ich hoffe, es macht Ihnen nichts aus, mit uns allein zu speisen ...«

»Keineswegs.«

»Und letztlich wird uns das erlauben, mit der Geschichte unserer Vorfahrin weiterzumachen. Es gibt Dinge, die ich lieber nicht vor Maria Clara erzähle. Auch darin sind wir altmodisch, Charlie und ich. Es ist möglich, daß das Leben für eine junge, ledige Frau gegenwärtig keine Geheimnisse mehr bewahrt, wie es früher der Fall war ... Sicherlich haben ihnen Fernsehen und Kino von selbst die Geheimnisse enthüllt, die uns zu meiner Zeit so sehr quälten und die nur das Leben, schmerzlich und nach und nach ..., ich weiß nicht. Ich weiß bloß, daß ich in meinem eigenen Haus lieber den vertraulichen Charakter einiger Dinge beibehalte. Ich selbst hatte bis zu meiner Heirat mit Charlie nicht vollständig Kenntnis von dieser Geschichte. Zuvor hatte ich natürlich davon gehört. In jenen Jahren, als mein Vater noch lebte, hatten wir sehr oft Besuch, und da ich sehr neugierig war und gern um die Gäste herumstrich, war es nicht zu vermeiden, daß ich im Verlauf dieser Abendgesellschaften, zu denen ganz Venedig erschien, aus da und dort im Vorbeigehen aufgeschnappten Bemerkungen und Gesprächsfetzen meine Schlüsse zog ...«

Ein neuer Hustenanfall zwang die Kranke, ihr Geschwätz wieder zu unterbrechen. Fábregas dachte, wie schon zuvor ein paarmal, es handle sich um eine Kunstpause, um das Interesse an der Erzählung zu steigern oder irgendeines ihrer Details zu unterstreichen, doch diesmal dauerte der Hustenanfall so lange und war für die Kranke offensichtlich so schmerzhaft, daß er seine Zweifel daran hatte, ob es ein Theatercoup war, wie er zuerst meinte. Charlie war ebenfalls hinausgegangen, so daß er nun allein einer Kranken gegenübersaß, die drauf und dran schien, einen Kollaps zu erleiden, und er wußte nicht, was er unter ärztlichem oder menschlichem Gesichtspunkt tun sollte. Um nicht ununterbrochen das Nachluftschnappen der Kranken mitansehen zu müssen, schaute er sich zerstreut um. Seine Augen blieben am Bild mit der nackten Frau und den Engeln hängen, das das Gewölbe des Arbeitszimmers schmückte. Nun bekam diese Malerei, die er zuvor mit abschätzigem Geist beurteilt hatte, eine neue Bedeutung für ihn. Er dachte, dieses Thema und diese Darstellung, obwohl den Gebräuchen und Regeln ihrer Zeit entsprechend, seien nicht zufällig: Zweifellos hatte die Kurtisane, die damals den Palazzo bewohnte und deren Geschichte ihm vor kurzem erzählt worden war, mit der Wahl des Themas zu tun gehabt und wahrscheinlich dem mit dem Werk beauftragten Maler gesessen. Falls das zutraf, war das Gemälde bestimmt nicht zu Beginn ihrer Kokottentätigkeit hergestellt worden, sondern erst später, als die Jahre, die Müdigkeit und der Überdruß an ihrer Kunst in diesem weichen, aschgrauen Fleisch und diesem introvertierten, kalten Blick schon ihre Spuren hinterlassen hatten. Das durch ihre Adern fließende Blut war dasselbe wie das, das nun durch die Adern der Kranken floß, dachte Fábregas: verbrauchtes, ausgezehrtes Blut. Nun fragte er sich, ob die Beimischung von amerikanischem Blut wohl genügt hatte, um Maria Clara aus solcher Dekadenz zu befreien. Aus seinen Überlegungen riß ihn die schwache, undeutliche Stimme der Kranken, begleitet von dem beklemmenden Pfeifen, das den Rissen der Luftröhre zu entweichen schien.

»Verzeihen Sie ...«

»Ich bitte Sie, Signora, entschuldigen Sie sich nicht. Kann ich irgend etwas für Sie tun?«

»Nein, nein ... Schon vorbei ... Nicht weiter schlimm. Beunruhigen Sie sich nicht. Wovon sprachen wir?«

»Von der Geschichte mit den ...«

»... skandalösen Papieren unserer Vorfahrin, in der Tat. Wie ich Ihnen sagte, wußte ich immer, daß sie irgendwo in diesem Haus unter Verschluß gehalten wurden, geschützt durch die stillschweigende Vereinbarung, sie niemandem zugänglich zu machen, solange sie sich in Familienbesitz befänden. Natürlich existierte diesbezüglich kein absolutes Geheimnis; es war unmöglich, damals hier in Venedig etwas geheimzuhalten ... Deshalb hatte ich auch davon gehört ... Doch bis zu meiner Heirat mit Charlie war es mir nicht erlaubt, sie zu lesen ... Charliemäuschen, erinnerst du dich?«

Charlie, der eben ins Arbeitszimmer getreten war, durch eine andere Tür als die, durch die er kurz zuvor hinausgegangen war, lächelte seiner Frau stumpfsinnig und beflissen zu.

»Ja, Liebling? Woran soll ich mich erinnern?« Über dem Arm trug er eine verblichene Strickjacke, von der nicht wenige Zotteln herunterhingen. »Ich hab' dich husten hören und dir ein Jäckchen gebracht, damit dir in dieser Feuchtigkeit nicht kalt wird.«

Er half ihr beim Überziehen des Lumpens und legte dann die rechte Hand auf die Schulter der Kranken, die einen Moment die Wange darauf stützte. Wirklich, dachte Fábregas, als er die Haut der Männerhand und den Teint der Kranken nebeneinander sah, wie bleich sie ist!

»Ich erzählte gerade unserem Freund«, fuhr sie fort, »wie wir zum erstenmal die Memoiren unserer Vorfahrin lasen, du erinnerst dich, nicht wahr, Charlie? Wir waren erst kurz verheiratet ... Eines Abends übergab uns mein Vater nach dem Essen sehr feierlich das Bündel. Dir blinzelte er komplizenhaft zu, und zu mir sagte er: ›Jetzt dürften dich diese Ungezogenheiten nicht mehr überraschen.‹ Ich hatte dir bereits gesagt, worum es sich handelte, aber du mußtest es wieder vergessen haben, denn du machtest ein sehr seltsames Gesicht und wolltest das Bündel an Ort und Stelle öffnen und sogleich mit der Lektüre beginnen, erinnerst du dich? Doch Papa gab dir ein Zeichen, und du warst wie gelähmt und schautest ihn mit offenem Mund an, röter als eine Pfefferschote. Solche Sachen muß man im Schlafzimmer lesen, sagte Papa, und ich ergriff mit einer Hand das Bündel und mit der andern die deine und schleppte dich ins Schlafzimmer. Du wehrtest dich, da du noch immer nichts begriffen hattest; du warst noch zu sehr Amerikaner, um die Eleganz und Nonchalance des alten Europas zu verstehen, nicht wahr, Charlie?«

»Wie? Schon wieder Fleischklößchen?« rief Charlie in diesem Moment, als er die Magd mit einem dampfenden Topf hereinkommen sah, dessen Inhalt sie der Kranken aus einer gewissen Entfernung zeigte, als fürchtete sie, diese könnte nach dem Essen grapschen, in Wirklichkeit aber, um zu verhindern, daß die dicken, stinkenden Schwaden, die aus dem Topf stiegen und sich im Zimmer ausbreiteten, ohne bis an die Decke zu steigen, ihren empfindsamen Geruchssinn verletzten.

»Sie sind angebrannt«, murmelte die Magd mit resignierter Miene, als wäre dieses Mißgeschick im Grunde etwas Alltägliches und als erwartete sie vor allem weder in Wort noch Tat eine Lösung für ihr Problem, die sie auch wirklich nicht erhielt.

Mit halbgeschlossenen Augen bedeutete ihr die Kranke zu gehen, so, wie man mit der Hand eine lästige Mücke verscheucht, ohne sie zu beachten, und als die Magd gegangen war und die Tür hinter sich geschlossen hatte, nahm sie ihre Erinnerungen wieder auf, als hätte deren Unterbrechung mit ihr überhaupt nichts zu tun.

»An jenem Abend lasen wir bis zum Morgengrauen, Charlie, erinnerst du dich? Erst dann löschten wir das Licht. Du standest auf und zogst die Vorhänge zu, die wir offengelassen hatten, um den Mondschein auf dem Kanalwasser zu sehen; du versperrtest den ersten Sonnenstrahlen den Weg und kamst im Dunkeln ins Bett zurück. An diesem Tag gingen wir nicht hinunter zum Frühstück ...«

Die Kranke barg das Gesicht in den Händen, als bedrückte sie auf einmal die Schmach, ein so intimes Ereignis bekanntgegeben zu haben, und verharrte eine Weile mit bedecktem Gesicht, einen erstickten Gutturallaut ausstoßend und in kurzen Abständen die Schultern zuckend, ohne daß ihr Mann und Fábregas daraus schließen konnten, ob sie schluchzte oder wieder vom Husten befallen wurde.

10

Auf Tellern mit angeschlagenen Rändern und einem fleckenübersäten, bekleckerten Tischtuch, so schmierig, daß Teller und Gläser und alles übrige daran kleben blieben, lagerten diejenigen Klößchen, die die Magd ohne ernste Bedenken aus der Katastrophe hatte retten können. Eine braune Soße, dick wie Teer, deckte sie zu und übertünchte so den Geruch nach Angebranntem. Die Serviette, die sich Fábregas an die Lippen führte, roch nach geronnener Milch.

»Machen Sie keine Umstände und greifen Sie ungeniert zu«, ermunterte ihn Charlie, als er sein Zögern sah, das er übertriebener Höflichkeit zuschrieb. »Schauen Sie, es gibt nicht allzuviel, und wer nicht aufpaßt, geht beim zweitenmal leer aus.«

Fábregas begann die einzelnen Stücke seiner Portion mit schartigem, schmierigem Besteck zu zerkleinern. Seit dem Vorabend hatte er nichts mehr gegessen, und allein schon der Anblick dieses Schlangenfraßes verursachte ihm Brechreiz. Glücklicherweise achtete niemand im geringsten auf ihn, wie er sogleich feststellte: Charlie hatte nur Augen fürs Essen und die Kranke nur für Charlie.

»Charlieschnucki, ich bitte dich, mußt du die Klößchen unbedingt im Brot drin essen?« fragte sie, als sie sah, wie ihr Mann ein halbes Brot aushöhlte, indem er die ganze Hand beim einen Ende hineinzwängte und am andern mit dem zusammengedrückten Weißen in der Faust wieder herausschob.

»Na, wenn sie mir doch so schmecken! Das kann dir ja egal sein.«

»Ist mir auch egal, Charlie, aber es ist ordinär. Wie soll ich's dir bloß beibringen?«

»Zu Hause haben wir sie immer so gegessen.«

»Ein Grund mehr also.«

Während dieses Dialogs schaute Charlie Fábregas immer wieder einvernehmlich an; ab und zu tippte er sich mit einem soßenverschmierten Finger an die Schläfe, als wollte er seinem Gast zu verstehen geben, daß nicht alle Anwesenden im Kopf ganz richtig seien. Da er sich nicht im geringsten bemühte, diese Pantomime vor den Augen der Person zu verbergen, die es anging, sah diese sich genötigt, sich gegen die Andeutungen ihres Mannes zu verteidigen.

»Das erste Mal, als ich Charlie zum Abendessen nach Hause mitnahm, gewann Papa einen so ungünstigen Eindruck von ihm, daß er mich noch in seiner Gegenwart davon abzubringen suchte, einen so ungehobelten Kerl zu heiraten«, sagte sie.

»Aber da bin ich«, sagte Charlie, während er mit Hilfe von Gabel und Fingern ein Klößchen nach dem andern in den Brottunnel schob, den er soeben dafür vorbereitet hatte.

»Papa war ein Gentleman – bei Tisch, in seiner Kleidung, in seinem Benehmen ... Nie hörte ich von seinen Lippen ein unflätiges Wort oder einen geschmacklosen oder schrillen oder stichelnden Satz.«

»Passen Sie auf.« Charlie zeigte ihm ein trübes Glasfläschchen. »Ich offeriere Ihnen das Beste dieses Hauses: *Barbecue devil sauce.*«

»Der Name sagt mir nichts.«

»Versuchen Sie sie, und Sie werden das nicht mehr sagen können. Ich mache Sie aber darauf aufmerksam, daß sie scharf ist. Nehmen Sie viel davon, so können Sie mit einem sauberen Rülpser eine Zigarre anzünden. Na, Spaß beiseite, in diesem Haus haben wir immer wundervoll gespeist. Heute läßt das Abendessen freilich zu wünschen übrig, es hat einen kleinen Unfall gegeben. Die Magd, Sie haben sie ja gesehen, ist schon etwas in die Jahre gekommen. Täglich verliert sie mehr Fertigkeiten. Natürlich können wir sie deswegen nicht entlassen. Sie ist seit undenklichen Zeiten hier. Als man den Palazzo erbaute, soll sie schon hier gewesen sein – man soll ihn um sie herum errichtet haben. Das will heißen, das sie sehr alt ist und schon lange Zeit in diesem Hause weilt ... Na, genug geredet. Jetzt heißt es zulangen.« Und er schlug die Zähne mit solcher Inbrunst in das gefüllte Brotrohr, daß aus dem andern Ende ein Klößchen schoß und auf der Tischdecke landete. »Verflixt!« rief er mit vollem Mund, überrascht von diesem physikalischen Phänomen.

Fábregas gab vor zu essen und hütete sich dabei sehr, irrtümlich auch nur eine Spur der aufgetragenen Speise in den Mund zu nehmen. Ganz langsam zerkleinerte er die konsistenten Stücke, verteilte sie über den ganzen Teller und deckte sie mit Soße zu. So gelang es ihm, eine einheitliche Masse herzustellen, die die Magd ohne Anzeichen des Erstaunens zusammen mit den andern Tellern abräumte.

»Den Kaffee nehmen wir im Arbeitszimmer«, sagte die Kranke zur Magd und gab damit zu verstehen, das Essen sei beendet.

»Nein, nein, nichts da mit Kaffee«, sagte Charlie eilig, bevor die Magd hinausging, um die eben erhaltene Anweisung auszuführen. »Kaffee ist nicht gut für dich. Du weißt ja, was dir der Arzt gesagt hat: Nicht einmal riechen am Kaffee. Meinetwegen einen Tee. Auch ich werde Tee trinken. Ich fürchte, ich habe mit der scharfen Soße ein bißchen übertrieben. Ehrlich gesagt war alles so gut, daß es übermenschlich gewesen wäre, der Versuchung zu widerstehen, finden Sie nicht auch?«

»Ein exquisites Essen«, sagte Fábregas.

»Und das ist noch gar nichts. Warten Sie nur, bis meine Frau gesund wird und wieder kochen kann. Sie wird Ihnen eine unvergleichliche Leber à la veneziana machen. Eine tolle Leber!«

»Das glaube ich«, sagte Fábregas.

Im Arbeitszimmer warteten sie schweigend, bis die Magd den Tee brachte. Es war vollständig dunkel geworden, und vom Platz drang kein Laut mehr herauf. Fábregas schaute aus dem Fenster – keine Menschenseele war zu erblicken. In einem Fenster am andern Ende des Platzes flimmerte ein Fernseher. In diesem Moment vermißte er die Geräusche und Lichter des Autoverkehrs. Er seufzte und entfernte sich vom Fenster. Die Kranke bedeutete ihm, sich neben sie zu setzen. Charlie hatte sich in einen Sessel fallen lassen und schien mit weit offenen, an die Decke gehefteten Augen zu schlafen.

»Dieses Arbeitszimmer, wo wir uns jetzt befinden, war seinerzeit das Schlafzimmer meiner berühmten Vorfahrin … Die mit dem Manuskript, Sie wissen schon.«

»Ja.« Plötzlich spürte Fábregas auf seinen Schultern das Gewicht dieses nicht enden wollenden Tages lasten.

»Hier empfing sie ihre Besucher …«, fuhr die Kranke sehr leise fort. »Im Manuskript sind sie alle verzeichnet, ohne ihre Namen oder Ämter zu erwähnen natürlich, aber mit vielen persönlichen Details. Hier kam jeder durch, der damals jemand war in Europa: Prinzen, Prälaten, Politiker, Generäle, Künstler und Bankiers. Die reichsten Männer ihrer Zeit – oder die verwegensten. Aber wissen Sie, was das Merkwürdigste ist?«

»Ja«, wiederholte Fábregas, der nicht darauf achtete, was er hörte. Nun erschien ihm diese Erzählung, die zu Beginn eine gewisse Neugier in ihm geweckt hatte, gemein und plump; er hatte das beinahe körperliche Gefühl, sich beim Zuhören zu erniedrigen, und hätte ihr auf der Stelle ein Ende gesetzt, wenn ihm die passende Art in den Sinn gekommen wäre.

»Sie haben mich nicht verstanden. Ich habe Sie gefragt, ob Sie wüßten, was das Merkwürdigste an dieser ganzen Besucherliste ist.«

»Verzeihung. Nein, ich weiß nicht, was merkwürdig war.«

»Daß keiner dieser Männer je wiedergekommen ist.« Und nach einer Pause fügte sie hinzu: »Worauf führen Sie das zurück?«

»Woher soll ich das wissen?«

»Ich dachte, als Mann könnten Sie mir eine befriedigende Antwort geben.«

»Was für eine Antwort hat Ihnen denn Charlie gegeben?«

Verblüfft schaute sie Charlie an, der, Mund und Augen weit aufgerissen, schnarchte und dabei schrecklich schielte.

»Charlie ist sehr naiv«, sagte sie.

»Sagen Sie das mit Zuneigung oder mit einem gewissen Groll?«

»Manchmal sehe ich ihn schlafen und denke: Wer mag dieser Mann sein?« Seine Frage schien sie nicht gehört zu haben. »Als ich ihn heiratete, liebte ich ihn natürlich nicht. Keine Frau liebt den Mann, den sie heiratet. Aber wissen Sie, was mir passierte? Ich fiel in eine Falle, die haargenau gleich war wie die Falle der Liebe. Ich dachte: Was ich jetzt für ihn empfinde, werde ich immer empfinden, Zärtlichkeit, Interesse, Anziehung ... Natürlich irrte ich mich. Die körperliche Anziehung verschwindet, ohne daß wir wissen, wie. An einem Tag reißt uns die Leidenschaft mit, und am nächsten ist es schon nicht mehr so. Die Dinge geschehen nicht allmählich: Auf einmal sehen wir, daß Wochen und sogar Monate, ohne eine Spur zu hinterlassen, vergangen sind ... Was ist geschehen? fragen wir uns. Wohin ist diese Träumerei, dieses Feuer geraten? Und es gibt keine Antwort. Sie sind natürlich verheiratet.«

»Ich war es.«

Auf einmal fühlte er sich von einer irren Wut gepackt, nicht so sehr, weil man ihn dahingebracht hatte, seine persönliche Situation preiszugeben, aus der er im übrigen kein Geheimnis machte, als wegen der Gewißheit, von dieser Frau manipuliert worden zu sein zu Zwecken, die er nicht kannte. Nun erschien ihm alles, was mit ihm oder sogar, in seiner Gegenwart, mit Dritten gesprochen worden war, wie ein Betrug, inszeniert, um ihn auszuhorchen. Unvermittelt stand er auf.

»Nun, das genügt!« sagte er, ohne sich an jemand Bestimmtes zu wenden. »Ich bin schon allzulang in diesem Haus. Ich gehe jetzt unverzüglich.«

»Hm«, rief Charlie, der in diesem Moment aus seiner Lethargie erwachte, »das Essen hat mich ganz offensichtlich durcheinandergebracht.«

»Ist es erlaubt?« fragte eine Stimme von der Tür her.

»Nanu, welche Überraschung!« sagte die Kranke, sogleich ihre singende Stimme wiederfindend, die Fábregas anfänglich an ihr bemerkt hatte, die dann aber immer mehr zu einer monotonen, unbeherrschten Litanei geworden war. »Ich dachte, Sie wären woanders. Sagen Sie nicht, Sie sind die ganze Zeit über im Haus gewesen.«

»O nein, keine Spur«, antwortete Dr. Pingpong und warf Fábregas von der Seite Blicke zu. Nun zeigte sich auf seinen rundlichen Zügen die Ermüdung des Tages. »Ich bin einige Geschäfte erledigen gegangen und kam, bevor ich mich endgültig in meine Einsamkeit zurückziehe, auf die Idee, schnell hereinzuschauen, um zu sehen, wie es Ihnen geht.« Er hob sein Köfferchen auf Gesichtshöhe, als genügte der Besitz dieses Requisits, um die Richtigkeit seiner Behauptung zu beweisen, oder als befreite der Arztberuf, den das Köfferchen symbolisierte, all seine Taten von jedem Verdacht. »Und auch – warum nicht alles sagen? –, um zu sehen, ob Sie mich zu einer Tasse Kaffee einladen würden, obwohl ich sehe, daß ich ungelegen komme.«

»Wenn Sie damit mich meinen, ich wollte eben gehen«, sagte Fábregas kurz angebunden.

Tatsächlich ging er auf die Tür zu, und da sah er Maria Clara dort stehen, die sogleich zurückschreckte, als wollte sie sich im Halbdunkel des angrenzenden Saals verstekken. Doch die Bewegung erfolgte zu spät, und als ihr das bewußt wurde, vergaß sie ihre ursprüngliche Absicht und beschloß, ihm die Stirn zu bieten.

»So waren also auch Sie die ganze Zeit über hier«, sagte sie.

»Auch ich wollte mich gerade zurückziehen«, kündigte Charlie an und rappelte sich aus seinem Sessel.

»Offenbar war das Haus die ganze Zeit über nicht gerade vereinsamt«, sagte Fábregas mit kaum verhohlener Ironie.

Dr. Pingpong hatte sich in den frei gewordenen Sessel gesetzt und legte der Kranken nun eine aufblasbare Manschette um den Arm, um ihr den Blutdruck zu messen.

»Willst du schon ins Bett, Charlie?« Die Kranke schaute ihren Mann hilflos an, als sollte gleich ein überaus schwerwiegender Eingriff an ihr vorgenommen werden.

»Zufällig haben Ihre Tochter und ich uns vor der Tür getroffen«, sagte der Arzt, ohne daß ihn jemand um eine Rechtfertigung für diese Koinzidenz gebeten hatte. »Sie hat mir aufgemacht; darum haben Sie mich nicht klopfen hören.« Er lachte, als fände er diesen trivialen Umstand urkomisch oder als brächten ihn die Meßwerte zum Lachen, die ihm nun sein Instrumentarium anzeigte.

»Noch nicht, mein Liebling«, sagte Charlie. »Ich muß nur mal eben ein Häufchen setzen.«

»Na, und wie haben wir heute zu Abend gegessen?« fragte der Arzt zur Kranken gewandt, ohne das Zifferblatt seiner Uhr aus den Augen zu lassen; er fühlte der Kranken den Puls und folgte beim Sprechen mit leichtem Kopfwiegen der ruckartigen Bewegung des Sekundenzeigers.

»Ohne Appetit, Doktor, wie immer«, antwortete die Kranke.

Fábregas, der ihren gesegneten Appetit noch vor Augen hatte, fragte sich, ob die Unverschämtheit, mit der sie jetzt log, unbewußt war oder ebenfalls darauf abzielte, ihm irgendeine Botschaft zu vermitteln.

»Sie müssen sich Mühe geben, meine Liebe«, sagte der Arzt.

»Ich tu's ja, Doktor, aber glauben Sie mir, jeder Bissen ist mir die reinste Qual.«

»Lernen Sie von Ihrem Mann, der ist nirgends zimperlich.«

»Schweigen Sie, Doktor, schweigen Sie«, meldete sich Charlie zu Wort, »Sie haben ja keine Ahnung von den Winden, die ich seit einiger Zeit ausstoßen muß.«

»Geh, Charlie, wenn du gehen mußt. Du weißt ja, daß du wegen des Doktors keine Umstände zu machen brauchst ... Aber verabschiede dich von unserem Gast.«

Charlie, eben dabei, das Zimmer zu verlassen, kehrte wieder um und wandte sich der Tür zu, durch die Fábregas schon seit einer ganzen Weile hinausgehen wollte, die Maria Clara aber hartnäckig mit ihrem Körper versperrte, ohne daß diese passive Haltung zu irgend etwas zu führen schien.

»Es war sehr angenehm, Sie kennenzulernen«, sagte Charlie und gab ihm die Hand. »Wann immer Sie wollen – Sie wissen schon.«

»Ganz meinerseits.« Fábregas drückte seine Hand. »Und erlauben Sie mir, daß das nächste Mal ich Sie zum Abendessen in mein Hotel einlade. Ich kann Ihnen zwar kein so opulentes Mahl garantieren, aber mir bleibt keine andere Möglichkeit, Ihre Gastfreundschaft zu erwidern«, sagte er, ohne die Augen von Maria Clara abzuwenden, an die der ironische Ton dieser Höflichkeitsfloskel gerichtet war.

Sogleich errötete sie.

»Es tut mir leid, daß Sie gezwungen waren, einen

Abend mit meinen Eltern zu verbringen«, flüsterte sie so leise, daß nur er es hören konnte.

»Glauben Sie mir, ich hatte nichts Besseres vor«, antwortete er für alle vernehmbar.

»Was ist mit Ihnen?« fragte sie. »Darf ich erfahren, was ich Ihnen getan habe?«

Fábregas schloß die Augen, um sie nicht sehen zu müssen. Zweifellos hat der Doktor sie zu seiner Geliebten gemacht; wahrscheinlich hat dieser Mistkerl sogar in gleicher Weise zu Mutter und Tochter Zugang – wozu sonst diese Farce? Das Gefühl, sich lächerlich zu machen, ließ ihn erröten. Zweifellos hat sie in ebendiesem Haus, nur durch eine einfache Wand von uns getrennt, und während mir ihre Eltern dieses gräßliche Essen aufzwangen, den Heldentaten ihrer Ururgroßmutter nachgeeifert.

»Glauben Sie mir, ich empfinde für Sie eine tiefe Verachtung«, murmelte er, als spräche er zu sich selbst, während er sie am Arm packte, zur Seite schob und in den Raum gelangte, zu dem sie ihm bis jetzt den Eingang versperrt hatte. Sowie er aus dem Arbeitszimmer war, rannte er los.

»Nuttensippe!« rief er im Weglaufen. Die Geräusche seiner hastigen Schritte auf dem Marmor deckten seine Worte zu. In Wirklichkeit hatte der Kontakt seiner Hand mit ihrem Arm genügt, um schlagartig seinen ganzen Zorn verfliegen zu lassen. Nun spürte er, wie das Ungestüm, von dem er besessen war, abzog, so daß in ihm nur noch große Müdigkeit zurückblieb. Wolle Gott, daß sie nicht gehört hat, was ich eben sagte, dachte er, während er, strauchelnd wie ein Betrunkener, weiterrannte. Je weiter er in dieses Labyrinth der leeren Räume eindrang, desto tiefer wurde die Dunkelheit. Schließlich gelangte er an einen Punkt, wo er ohne ernsthafte Gefahr nicht mehr weiter konnte. Als er zurückwich, prallte er gegen die Kante eines Möbelstücks und verletzte sich derart am Schienbein, daß er sich auf den Boden setzen und eine Weile so bleiben mußte, um sich die gequetschte Stelle zu reiben und wieder zu Kräften zu kommen. Nun war keine Spur von Ärger mehr in ihm, außer über sich selbst.

11

Im Dunkeln einen Ausgang suchend, tastete er sich auf allen vieren die Wände entlang und dachte: Nicht zu fassen, wie schwer es ist, aus diesem Haus zu kommen! Ab und zu versuchte er aufzustehen, sackte aber gleich wieder zusammen – einmal versagte ihm das eben gequetschte, dann wieder das unversehrte Bein den Dienst. Schließlich fand er einen Ausgang, aber nur, um in einen andern, identischen Raum zu gelangen. Vielleicht ist so der Tod, dachte er. Er irrte im Dunkeln umher und versuchte, keinen Kandelaber oder sonst einen wackligen Gegenstand mit sich zu reißen. Einmal glaubte er aus einem nahen Raum eine Stimme zu hören und erkannte diejenige Charlies, der *There'll be no teardrops tonight* vor sich hin trällerte; dann wurde die Stimme vom Rauschen des Spülkastens übertönt, der die Latrine überschwemmte. Wenn ich um Hilfe riefe, würde er mich vielleicht hören, dachte er; doch nein, ich darf mich bei dieser Familie, die ich soeben auf nicht mehr gutzumachende Weise beleidigt habe, nicht wieder blicken lassen. Die Scham lastete auf ihm, und lieber wollte er hier an Erschöpfung sterben, als um Hilfe zu rufen. Als jedoch wieder Ruhe eingetreten war, bereute er, daß er nicht doch noch rechtzeitig auf sich aufmerksam gemacht hatte. Nun hatte er das Gefühl, sein ganzes Leben habe sich auf diese Art abgespielt, zwischen Wehrlosigkeit und Stolz. Im Grunde verstand er nicht, wie er bis dahin hatte den Schein wahren können. Nie hatte er sich sicher gefühlt, vor keiner Eventualität. Bei der Arbeit, insbesondere seit der Übernahme der Firma, hatte er immer gedacht, seine Entscheidungen seien willkürlich, ohne irgendeine Basis, die ihnen den Vorzug vor entgegengesetzten oder auch bloß anderen gegeben hätte. Er wußte nicht, weshalb er dies oder jenes tat. War es dann getan, so wartete er mit einer aus Angst und Neugier zusammengesetzten Nervosität auf die Ergebnisse, die unheilvoll oder zufälligerweise auch glücklich sein konnten, aber immer enttäuschend ausfielen, da sie weder das eine noch das andere waren. Oft hatte er den Eindruck, jemand besorge im Schatten seine Geschäfte und seine eigenen Handlungen seien reine Vorstellung. Alles, was ich mache, geschieht ohne Anteilnahme, dachte er dann; es kommt auf eins heraus, ob ich dem Verwaltungsrat die konsolidierte Unternehmensbilanz darlege oder in seiner Gegenwart meine eigene Unterhose verschlinge. Überzeugt, daß in Wirklichkeit niemand im Schatten über ihn wachte, war er zum Schluß gekommen, die Welt bewege sich von allein und all die Pläne der Menschen seien so unnütz wie ihre Träume. Zum größten Teil spielte sich dasselbe auch in der Liebe ab: Weder für die Mißerfolge noch die Erfolge in seinem Gefühlsleben sah er eine Schuld bei sich, und auch seinen jeweiligen Partnerinnen schrieb er Verantwortung weder für die einen noch die andern zu. Die Dinge waren einfach gelaufen, wie sie genausogut auch anders hätten laufen können. Na und? fragte er sich. Noch vor wenigen Monaten hatte es ausgesehen, als führe seine unbegreifliche Abwesenheit zum Bankrott der Firma, doch dank einer günstigen Konjunkturlage ging es ihr jetzt weiterhin recht und schlecht, als würde sie von einem Beharrungsvermögen angetrieben, dem weder richtige Entscheidungen noch Irrtümer etwas anhaben konnten. Am Ende, dachte er, wird sie überleben, und ich werde hier in diesem Labyrinth gestorben sein, voller Staub, Spinnweben und Schmach.

In derlei Gedanken und sich an heimtückischen Konsolen, die keine Füße hatten und also nicht im voraus mit der Hand ertastet werden konnten, den Kopf anschlagend, durchquerte er Raum um Raum, ohne zu wissen, ob ihn diese qualvolle Suche zum Ausgang führte oder ob er immer wieder am selben Ort vorbeikam, ohne es zu merken. Die Dunkelheit war vollkommen und für seine Augen, die sie umsonst zu durchbohren versuchten, so beklemmend, daß er manchmal ganz plötzlich einen gleißenden Schein vor sich zu sehen glaubte, als hätte eben, wenige Schritte von ihm entfernt, ein leuchtendes Wesen Gestalt angenommen, wundersam hier aufgetaucht, nicht um seinem Weg zu leuchten, sondern um ihn einzuschüchtern oder ihn einer großen Offenbarung teilhaftig werden zu lassen. Diese Blitze verflogen so schnell, wie sie erschienen waren, so daß er, wenn sie verschwunden waren, nicht wußte, ob er sie wirklich erlebt hatte oder ob er, von einem bloßen Reiz des Sehnervs auf die Netzhaut ausgehend, einen gar nicht existierenden äußeren Eindruck rekonstruierte. Diese Verwirrung, weit davon entfernt, ihn von seiner eigentlichen Pein abzulenken, kam noch zu ihr hinzu und erfüllte ihn mit neuer Angst. Nie hatte er Furcht vor der Dunkelheit gehabt, nicht einmal als kleiner Junge. Natürlich hatte er sich vor den Gefahren gefürchtet, die ihm in der Dunkelheit verborgen hätten auflauern können, aber nicht vor der Dunkelheit an sich. Er brauchte sich nur zu versichern, daß es keine solchen Gefahren gab, und sogleich verflogen seine Ängste. Dann konnte er unendlich lange im Dunkeln bleiben, ohne daß seine karge Fantasie diese Dunkelheit mit Geistern oder bedrohlichem Getier ausstattete. Jetzt aber schien ihn dieser Gleichmut verlassen zu haben; er fühlte sich von einer panischen Angst erfüllt, über die er sich vergeblich hinwegzusetzen versuchte, indem er sie als Albernheit abtat. Nun glaubte er alle Augenblicke eine schleimig-kalte Berührung auf der Haut oder einen warmen, pestilenzialischen Atem im Nacken zu spüren. Einmal, als er fünf oder sechs Jahre alt gewesen war, hatten ihn seine Eltern zu einem Ausflug aufs Land mitgenommen. Auch andere Leute waren mit dabei gewesen, aber er hatte nie gewußt, wer sie waren, oder hatte es, wenn er es damals gewußt hatte, später wieder vergessen. Dagegen erinnerte er sich lebhaft an die Anwesenheit seines Vaters, der in jener Zeit wenig am Familienleben teilnahm, anscheinend durch andere Angelegenheiten davon ferngehalten, und den er nur gelegentlich und flüchtig, hastig und im Vorbeigehen sah, wie es später auch mit seinem eigenen Sohn geschah. Jetzt aber war es nicht die außergewöhnliche Gesellschaft seines Vaters, an die er sich erinnerte, sondern ein schrecklicher Vorfall während jenes Ausflugs. Eine Frau, die ihm damals sehr alt erschien, die wahrscheinlich aber noch jung war, hatte etwas in ein Gebüsch fallen lassen und gedankenlos sogleich die Hand hineingestreckt, um es wieder herauszuholen. Augenblicklich hatte sie einen Schrei ausgestoßen und die Hand zurückgezogen, um deren Finger sich nun eine kleine, braune Schlange gerollt hatte. Angesichts des lähmenden Entsetzens aller Anwesenden, die ihr in keiner Weise helfen konnten, hatte die Frau zuerst mit heftigen Armbewegungen versucht, die Schlange abzuschütteln und dann, als sie nicht von der Stelle zu bringen war, sie mit der andern Hand wegzureißen. Schließlich hatte sich die Schlange, die sich wahrscheinlich auch gern von dieser irrtümlich umwickelten Hand befreit hätte, wieder ins Gebüsch fallen lassen, und die Frau, bis dahin so tapfer, war ohnmächtig geworden. Während sich die Frauen um sie kümmerten, begannen die Männer die Schlange ganz vorsichtig aufzustöbern, indem sie mit ihren Stöcken auf das Gebüsch einschlugen und deren Metallspitzen hineinsteckten, zweifellos in der Hoffnung, sie mit der daran aufgespießten Schlange wieder herauszuziehen. Doch das Tier mußte sich entweder unter einem Stein in Sicherheit gebracht haben oder unbemerkt geflohen sein, denn die Jagd war nicht von Erfolg gekrönt. Niemand wußte, ob die Schlange giftig war, was das Leben der Frau in ernste Gefahr gebracht hätte, oder ob es sich um ein harmloses Exemplar handelte. Im Dorf, wo der Ausflug begonnen hatte, wurde die Frau von einem örtlichen Arzt untersucht, der sich nicht in der einen oder andern Richtung äußern mochte. An der Frau scheine er kein Anzeichen eines frischen Bisses zu sehen, sagte er, doch könne die Möglichkeit eines sehr oberflächlichen, unsichtbaren, aber gleichwohl tödlichen Bisses nicht ausgeschlossen werden. Diese Schlangen hätten manchmal sehr spitze Zähne und bissen ihre Opfer so schnell und sauber, daß diese gar nicht bemerkten, was geschehen sei, bis sie die ersten Auswirkungen des Giftes zu spüren begännen. Man könne nur hoffen und dem Glück vertrauen. Der Arzt war ein kleiner, beleibter Mann mit kurzem Hals und grauem Bürstenschnitt; er trug einen weißen, sehr sauberen, aber zerknitterten und gestopften Kittel, als kümmerte sich niemand um ihn oder wenn, dann wirksam, aber lieblos. Er sah aus wie ein Witwer und sprach mit der monotonen Stimme eines Mannes, der nicht an Unterhaltungen gewöhnt ist. Dabei gebrauchte er hochtrabende Worte, als wollte er die Anwesenden noch mehr beeindrucken, als sie es ohnehin schon waren. Schließlich hatte die Geschichte glücklich, wenn auch nicht gerade großartig geendet. Mit den Stunden und Tagen hatte der Zustand des Opfers, das sich inzwischen von Ohnmacht und Schrecken erholt hatte, keine Änderung erfahren, so daß sich der Vorfall allmählich auf eine belanglose, ja spaßige Anekdote reduzierte. Jetzt freilich zeigte sich ihm dieser so weit zurückliegende Zwischenfall, den er lange Jahre vergessen zu haben glaubte, in seiner ganzen Lebhaftigkeit, als würden ihn die Protagonisten von einst, in ihrer Mehrheit schon tot, genau in diesem Moment mit aller Präzision ihm zur Lehre neu interpretieren. Was würde ich tun, wenn ich jetzt spürte, wie sich im Schutz der Dunkelheit eine Schlange um meine Hand rollte? fragte er sich mit einem Schauder. Und zugleich gelang es ihm nicht, diese Angst von dem Bild zu trennen, wie jene Frau ohnmächtig zu Boden stürzte, die Röcke durcheinander und alle fünf Finger auf Augenhöhe weit gespreizt.

12

Er wußte nicht bestimmt, wie lange er hier schon verweilte, und gab jede Hoffnung auf, diesem Gefängnis zu entrinnen, als er in geringer Entfernung das Knattern eines Motors hörte. Ohne Zweifel stammte es von einem Boot, was ihm zeigte, daß er sich ganz in der Nähe des Kanals und folglich beim Ausgang befand. Mit letzter Anstrengung gelang es ihm, die Eingangstür zum Palazzo zu finden, sie aufzustoßen und sich auf die von den beiden schmutzigen Steinkolossen beherrschte Landungsbrücke hinauszuschleppen. Hier war er vor mehreren Stunden mit ihr angekommen, in einer ungewissen Absicht, die sich vielleicht erfüllt hatte und vielleicht auch nicht. Erleichtert atmete er auf; jetzt, außerhalb des Labyrinths, erschien ihm alles schön: die glitschigen Steinplatten der Landungsbrücke, das faulige Kanalwasser, sogar die düstere Gesellschaft der beiden strengen, unbeweglichen und ausgewaschenen Kolosse. Doch rasch ging ihm auf, daß seine Lage nur scheinbar besser geworden war. Durch diesen engen, dunklen Kanal verkehrte kein Boot, und obwohl er nicht weit entfernt einen anderen, breiteren sehen konnte, auf dem noch mäßiger Verkehr herrschte, wurde sein Geschrei und Gefuchtel von niemandem beachtet, der ihn hätte abholen können, oder es wurde für die Ungehörigkeiten eines Spinners gehalten. Schließlich, davon überzeugt, daß ihn niemand mitnehmen würde, und nachdem er abermals den Gedanken verworfen hatte, anzuklopfen und um Hilfe zu bitten, setzte er sich auf den Boden und lehnte sich an die Wade eines der Kolosse, darauf gefaßt, wie ein Schiffbrüchiger hier auszuharren, bis der Zufall über sein Schicksal verfügen würde. Der Himmel stand voller Sterne, und eine Weile unterhielt er sich damit, dieses seltene Schauspiel zu betrachten. Einmal, als er noch klein war, hatte jemand versucht, ihn in die Anfänge der Astronomie einzuführen, doch sehr schnell hatte er gemerkt, daß, was anfänglich eine faszinierende Reise zu sein verheißen hatte, in Wirklichkeit eine dürre Wissenschaft ohne Überraschungen war, und bald verlor er das Interesse am Thema. Jetzt, da er keinerlei wissenschaftlichen Bezugspunkt hatte, zeigte sich ihm das Firmament als etwas Vertrautes und Beruhigendes, das nicht das Geringste mit der unsinnigen Erhabenheit zu tun hatte, die man ihm zur Verwirrung des Laien zuschrieb. Glücklicherweise war die Nacht lau. Letztlich ist es hier gar nicht so übel, dachte er. Die Glieder schmerzten ihn, und er fühlte sich schwach, aber keine der beiden Empfindungen war ihm unangenehm. Sein Sinnen war in die Betrachtung des Himmels versunken, und er spürte weder Schläfrigkeit noch Ermüdung, sondern eine Mischung aus körperlicher Schlaffheit und Wahrnehmungsschärfe, die ihn sehr überraschte. Diese verschärfte Wahrnehmung wurde an nichts greifbar, war kein Werkzeug, mit dem er zu seinem Vorteil die Dinge hätte analysieren können, noch ein Vehikel, um zu grundsätzlichen Folgerungen zu gelangen, sondern ein Zustand der Gnade, eine Art seligen Hingerissenseins und letzten Endes eine Verschwendung seiner Geistesgaben.

»Donnerwetter!« rief eine Stimme in seinem Rücken und riß ihn unvermittelt aus seiner Verzückung.

Erschrocken und unwillkürlich beleidigt, daß jemand es gewagt hatte, so seinen schwärmerischen Frieden zu stören, wandte er sich zur Tür um, woher der Ruf gekommen war. In diesem Moment mußte er aussehen wie ein Wahnsinniger oder ein toller Hund, denn Dr. Pingpong wich vorsichtig einige Schritte zurück. Da wurde ihm klar, wie absurd seine Stellung und wie grotesk seine Situation war; er errötete und fand wieder zu seinem Gleichmut.

»Guten Abend, Dr. Pingpong«, sagte er mit milder Höflichkeit. »Eigentlich habe ich nicht damit gerechnet, Sie so bald wiederzusehen.«

»Ich auch nicht, um ehrlich zu sein. Aber sagen Sie, was treiben Sie denn hier zu dieser Stunde?«

»Ich habe darauf gewartet, daß irgendein Boot vorbeikommt, das ich hätte bitten können, mich zum Hotel zu bringen«, antwortete Fábregas, nachdem er vergeblich eine weniger peinliche Erklärung für seine Hilflosigkeit gesucht hatte.

»Aber, mein Lieber, wissen Sie denn nicht, daß hier nie jemand vorbeikommt? Wenn Sie abgeholt werden wollten, weshalb haben Sie nicht telefonisch ein Taxi bestellt?«

»Weil ich fremd bin und niemand so nett war, mir zu sagen, was zu tun war.«

»Ach, schau an. Eigentlich dachte ich, als ich Sie so entschlossen weggehen sah, Sie verfügten über ein eigenes Transportmittel. Wie auch immer, ich habe eben ein Taxi gerufen und werde Sie sehr gern absetzen, wo es für Sie am günstigsten ist.«

»Sehr liebenswürdig, aber ich möchte Sie nicht von Ihrem Weg abbringen.«

»Ich habe keinen bestimmten Weg. Eigentlich wollte ich mich zurückziehen, ich habe heute einen langen, mühseligen Tag gehabt. Aber sagen Sie, sind Sie wirklich die ganze Zeit über hier gewesen? Im Ernst? Und was haben Sie gemacht? Die Sterne angeschaut?« Aus dem an den

Himmel gerichteten Blick seines Gegenübers hatte der Arzt auf das Richtige geschlossen. »Wie merkwürdig! Ich muß Ihnen gestehen, daß mich alles Kosmische schwindlig macht. Früher war das nicht so, aber jetzt, mit diesen populärwissenschaftlichen Programmen, die manchmal im Fernsehen kommen ... Ich weiß nicht. Wußten Sie, daß einige dieser Sterne da oben in Wirklichkeit schon vor Tausenden vor Jahren erloschen, daß wir aber wegen der großen Entfernung noch immer ihr Licht sehen und folglich etwas bewundern, was gar nicht mehr existiert? Das beweist, wie trügerisch die Sinne sind und wie leicht wir betrügen und betrogen werden können. Und dennoch – welche Bedeutung messen wir der Wahrheit bei, nicht wahr?«

Hier unterbrach das Eintreffen eines Motorboots das Geplauder des Arztes, ohne daß Fábregas Zeit fand, für sich zu entscheiden, ob in diesen konventionellen Sätzen eine bestimmte Absicht lag oder ob sie nicht eher darauf abzielten, ein unvermeidliches Zusammensein mit einem Unbekannten erträglicher zu machen. Arztgequassel, sagte er sich, während der andere mit bemerkenswerter, wenn auch bei einem Bewohner dieser Wasserstadt nicht ungewöhnlicher Beweglichkeit an Bord des Bootes sprang. Als ihn der Arzt dazu aufforderte, tat Fábregas es ihm gleich, aber mit sehr viel Mühe.

»Was haben Sie denn?« Dem Expertenauge des Arztes war Fábregas' Ungeschicklichkeit nicht verborgen geblieben. »Sie hinken? Merkwürdig! Vor einer Weile haben Sie noch nicht gehinkt. Rheuma vielleicht?«

»Ich hab' mich eben kräftig gestoßen.«

»Nanu! Soll ich's mir mal ansehen?«

»Nicht nötig, ich hab' mir keinen Knochen gebrochen.«

»Zum Markusplatz bitte«, sagte der Arzt zum Taxibootfahrer. »Morgen werden Sie einen blauen Fleck haben.«

»Ganz bestimmt.«

Am Ziel angekommen, beharrte Fábregas darauf, die Fahrt zu bezahlen, aber der Arzt ließ es nicht zu. Dann gingen sie eine Weile schweigend über den Platz. Zu dieser späten Stunde schlenderten nur noch einige übermüdete Touristengrüppchen umher. Aus den Bars und Cafés drangen fettiger Dunst und Tellergeklapper.

»Kommen Sie«, sagte der Arzt auf einmal und faßte seinen Begleiter unter. »Ich lade Sie zu einem Eis ein, außer Sie hätten irgendeine Verabredung.«

»Hab' ich nicht, aber ich möchte Sie nicht noch mehr ausnutzen«.

»Ich werde Sie zahlen lassen.«

Aus reiner Erschöpfung willigte Fábregas ein und ließ sich vom andern führen, der ihn vertraulich unterhakte und seine übliche Leutseligkeit wiederfand, als hätte er sich plötzlich von seiner Müdigkeit erholt.

»Verlassen wir dieses verkitschte Viertel mit all seinen Pseudocafeterias. Das sind Fallen, um naive Leute zu rupfen, und architektonisch die reinste Betrügerei. Als ich klein war, kurz nach dem Krieg, waren diese Cafés mehr oder weniger so wie jetzt. Dann wurden sie, da die Kundschaft ausblieb, in moderne Bars nach amerikanischem Stil umgewandelt: *self service* und *rock 'n' roll*, Sie verstehen schon. Später kam diese Masse von Einfaltspinseln angerollt, auf der Suche nach altem Plunder, so daß man alles Vorherige eiligst rekonstruieren mußte. Natürlich waren die ursprünglichen Materialien längst verlorengegangen – ausnahmslos alle hatten wir die Holztäfelungen zum Heizen der Wohnungen gebraucht; so mußte man eben improvisieren, wie immer. Mit Fußtritten machten wir ein paar Bretter alt, trimmten Marmorplatten auf alt, und das Ergebnis sehen Sie hier. Das ist eine Stadt der Intrige und des ewigen Pumps. Glauben Sie nichts, was Sie sehen, und schenken Sie dem kein Gehör, was man Ihnen erzählt.

Passen Sie auf, wir gehen hier hinein, das ist ein guter Ort, eine echte venezianische Bar.«

Sie traten in ein langes, schmales, trostloses Lokal. Das Licht der Neonröhren an der Decke spiegelte sich auf den Aluminiumtischen und tauchte die wenigen Gäste, die an ihnen saßen, in Leichenfarbe. In der Luft lag ein beißender, durchdringender Geruch nach Bier, Essig und Urin. Der Spiegel, der vollständig eine der Seitenwände einnahm, war von Fliegen übersät. In Kreide konnte man darauf die Liste der Gewinnummern aus der Ziehung irgendeiner Provinzlotterie lesen. Fábregas und Dr. Pingpong setzten sich fern vom Eingang und nahe bei den Klapptüren zum WC an einen Tisch, wo ein verlassener Regenschirm stand. Der Arzt untersuchte ihn aufmerksam, drehte ihn immer wieder, bog die Stäbchen und hielt sich zuerst den Griff und dann den Stoff vor die Brille und schnüffelte zum Schluß am Beschlag, als suche er dort Fingerabdrücke oder andere Indizien, um das Schicksal zu ergründen, das den Schirm an diesen Tisch geführt hatte. Nach Abschluß der Ermittlungen lehnte er ihn kommentarlos an die Wand.

»Kennen Sie die Familie Dolabella schon lange?« fragte er unversehens.

»Nein, lange nicht.« Dr. Pingpongs unbestimmte Frage erlaubte eine ebenfalls vorsichtige Antwort. Doch der Arzt schien nicht unzufrieden. Vielleicht war diese Frage im Grunde weniger ein Köder als eine Sonde, dachte Fábregas. Und da der andere schwieg, fügte er hinzu: »Tatsächlich habe ich ihren Palazzo heute zum erstenmal besucht, wie mein Unwissen bezüglich des Taxis beweist.«

»Ich meinte nicht das«, sagte der Arzt, ohne ihn anzusehen.

»Was denn dann?«

Der Arzt gab keine Antwort. Eifrig schien er einen Kellner zu suchen, und als er sah, daß keiner von denen im

Lokal in seine Hörweite kam, gab er demjenigen hinter der Theke ein Zeichen, doch der zuckte nur voller Verachtung die Schultern.

»Gegenwärtig läßt die Bedienung in dieser Stadt sehr zu wünschen übrig«, murmelte der Arzt.

»Ich hab' Sie was gefragt, Dr. Pingpong«, insistierte Fábregas.

»Ach ja«, sagte der Arzt eilig, als er in der Stimme seines Gesprächspartners eine leise Ungeduld bemerkte. »Sie ist ein gutes Mädchen.«

»Sie? Wer sie?«

»Maria Clara, wer denn sonst?« Der Arzt wiegte seinen Kopf vor und zurück, als gäbe er ein lange bedachtes Gutachten von sich, und wiederholte: »Sie ist ein gutes Mädchen.«

»Wer zweifelt denn daran?«

»Sie, mein Herr. Nun ja, ihre Eltern, das ist was anderes, das will ich nicht bestreiten. Grundverschieden, könnte man sagen. In welchem Sinn? In mehrerlei Sinn ... Oh, wie schön, endlich beachtet uns hier jemand!« Er deutete mit dem Daumen auf ein übel aussehendes, finsteres Individuum, das mit seiner schmutzigen Schürze eher einem Schlächter als einem Kellner glich und sich stumm neben dem Tisch aufgepflanzt hatte.

Fábregas bestellte ein Fläschchen Mineralwasser ohne Kohlensäure und Dr. Pingpong eine Kugel Vanilleeis.

»Es gehen nur zwei Kugeln«, sagte der Kellner.

»Ich sehe keinen Grund«, antwortete der Arzt.

»Die Portion besteht aus zwei Kugeln.«

»Ich will eine einzige Kugel und habe keine Veranlassung, zu essen, was ich nicht will, oder es wegzuwerfen, und erst recht nicht, es zu bezahlen, vor allem, wenn ich Sie zuvor darauf aufmerksam mache, daß ich es nicht will. Im übrigen ist mir bekannt, daß Eiskugeln nicht zu zweien zusammenkleben, so daß meine Bestellung für Sie keinen

Schaden bedeutet und daher vollkommen vernünftig ist. Also seien Sie so nett und bringen Sie mir genau das, was ich bestellt habe, und kommen Sie mir nicht unverschämt, junger Mann.«

Der Kellner entfernte sich murrend, und der Arzt grinste triumphierend.

»Sie treiben Schindluder mit der Kundschaft, weil sie wissen, daß ihnen niemand die Stirn zu bieten wagt. Heute sind alle von den Terroristen, Verbrechern und Gewerkschaften eingeschüchtert. Jedermann versucht, nur ja nicht aufzufallen und alles zu vermeiden, was als Provokation aufgefaßt werden könnte. Sie denken so: Still, nicht daß man mir noch eine Kugel in den Kopf jagt, bloß weil ich gesagt habe, in der Suppe ist eine Fliege; und sie essen die Suppe und essen die Fliege und fangen im Flug noch drei oder vier weitere Fliegen, die sie lustvoll verschlingen, als wäre es ihr bevorzugter Leckerbissen. Dahin haben uns der Kommunismus und seine Folgen gebracht.«

»Wir sprachen von den Dolabellas.«

»Ihr Vater war ein Gauner«, nahm der Arzt den Faden seines Vortrags wieder auf. »Ich meine den Vater der Mutter, Maria Claras Großvater, der letzte der Rocas – ein hübscher, sympathischer Mann wie wenige, aber ein echt verrückter Kerl. Frauenheld, Spieler, Faulenzer und Pumpgenie. Nie verdiente er eine Lira und verschwendete im Handumdrehen die Reste eines an sich schon dürftigen Familienvermögens. Er war es, der all die Legenden erfand und in Umlauf setzte, die man über den Palazzo noch immer hört: die des Seefahrers, der ihn erbaute, und des Heiligen oder der Heiligen, deren Reliquien nach wie vor in irgendeinem Winkel des Palazzos versteckt sind, in einem goldenen Schrein mit kostbaren Steinen, und darauf warten, daß jemand sie entdeckt. Er war ein Berufsbetrüger und verbreitete diese Lügengeschichten in den Blütejahren, in denen die wohlhabenden Venezianer Familien endlich ihre verfallenen Paläste loswerden konnten und sich in komfortablen Appartements mit ganz niedriger Decke, Einbauschränken und einem guten Heizungssystem installieren konnten. Roca erfand diese Legenden, damit irgendein von seinen Dollars korrumpierter Schwachkopf sich in die Ruine vernarrte, die mehrere aufeinanderfolgende Generationen von Parasiten und Tagedieben erbaut hatten.«

Der Kellner stellte das Gewünschte auf den Tisch und ging wieder.

»Sehen Sie, was habe ich Ihnen gesagt? Eine einzige Kugel. Man muß nur zeigen, daß man Schneid hat. Sich hinstellen und sagen: Von hier rühre ich mich nicht weg. Natürlich macht das niemand; die Leute haben's eilig, denken, es lohnt sich nicht, ist ein Zeitverlust, das Getue ist die paar wenigen Lire nicht wert ... Und so verstoßen wir immer mehr gegen unsere Würde. Wovon sprach ich gerade?«

»Von den Lügen des Großvaters Roca.«

»Genau.« Mit Wonne aß der Arzt sein Eis. »Dann, als seine Tochter etwas älter war« – er wischte sich mit einem Papierdreieck, das als Serviette diente, die Lippen ab –, »brachte er die Ente in Umlauf, es sei ein Manuskript gefunden worden, in dem eine imaginäre Vorfahrin in aller Ausführlichkeit von ihren Liebeleien erzählte. Ein zotiger Schwindel, der seinerzeit sogar eine gewisse Popularität genoß. Bald begannen in der Stadt mehrere Exemplare des angeblichen Manuskripts zu zirkulieren ... Ich erinnere mich, selbst eins in den Händen gehabt zu haben. Eigentlich war es nur ein trister Aufguß der gängigen pornographischen Literatur. Die Ausgangslage war die in solchen Fällen übliche: Eine schöne junge Frau von tadellosem Benehmen sieht sich gezwungen, mit ihren Reizen Geld zu verdienen. Hierauf folgt eine langweilige Serie von Begegnungen, in denen alle Pirouetten und Ungeheuerlichkeiten ausgeführt werden, die in der Fantasie eines Degenerierten oder eines Dummkopfs Platz finden. Es treten mit echten anatomischen Kuriositäten ausgestattete Männer und Frauen auf, und alle sind bereit, jede Albernheit mitzumachen oder mit sich machen zu lassen. Ich erinnere mich, die Lektüre des Manuskripts an einer besonders unappetitlichen Stelle aufgegeben zu haben, wo jemandem eine Ratte an den Hintern genäht wurde oder so etwas. Verflixt, war dieses Eis gut! Ober, bringen Sie mir noch eine Kugel Vanille, seien Sie so gut!«

»Schweifen Sie nicht ab, Dr. Pingpong. Eben haben Sie gesagt, dieser Roca habe die Memoiren einer Kurtisane erfunden, als seine Tochter älter geworden war. Welcher Zusammenhang bestand zwischen dem einen und dem andern?«

13

»Sie müssen nicht unbedingt wörtlich nehmen, was ich Ihnen sage, und ziehen Sie auch keine voreiligen Schlüsse«, fuhr Dr. Pingpong fort, während er heldenmutig die zweite Portion Eis in Angriff nahm, die der Ober schroff und unfreundlich, aber ohne hörbaren Protest auf den Tisch gestellt hatte. »Wir Venezianer sind immer Kaufleute gewesen. Ich habe auch nicht sagen wollen, die Dinge hätten sich zu etwas Schlimmerem ausgewachsen, und niemand sonst hat das gesagt. Sehen Sie: Damals versuchte Italien im Schutz des von den Zeitungen so bezeichneten Marshall-Plans und nicht ohne einen gewissen Erfolg, einer Filmindustrie neues Leben einzuhauchen, die sich in den Jahrzehnten vor dem Krieg stark entwickelt hatte – dank der Protektion unseres Mussolini, eines Filmliebhabers wie der Hitler der Deutschen und wie Ihr Franco –, die der Krieg aber zugrunde gerichtet hatte, wie so vieles andere auch. Zu diesem Zweck und um mit der übermächtigen amerikanischen Filmindustrie konkurrieren zu können, kamen wir auf die Idee, das einzige, was wir hatten, zu kommerzialisieren: einige auffallende Schauspielerinnen, Frauen mit Hintern und Titten, wie sie die wirklich hungrigen Nationen hervorbringen ... Da gab es vor allen Dingen eine, an die Sie sich ganz bestimmt nicht erinnern werden, die seinerzeit aber zu ordentlichem Ruhm gelangte. Sie hieß, wenn mich das Gedächtnis nicht im Stich läßt, Sophia Loren – wirklich ein Rasseweib ... Möglicherweise ist sie bereits gestorben, obwohl ich es nicht hoffe; ich wünsche ihr ein langes, glückliches Leben... Natürlich gab es noch andere Schauspielerinnen mit ganz ähnlichen Eigenschaften, nur kommen mir im Moment ihre Namen nicht in den Sinn ... Nun, dies war eine der Überlebensmöglichkeiten, die wir uns zunutze machten, und nicht die schlechteste. Der Krieg hatte alles auf den Kopf gestellt, und wieder einmal mußten wir uns den neuen Zeiten anpassen; nun kamen auch wir in den Genuß von Demokratie und Liberalismus, und wehe dem, der in diesem Spiel nicht mitzuspielen wußte! Natürlich meinten viele – und meinen es auch heute noch –, die Demokratie bestehe darin, weniger zu arbeiten und mehr zu verdienen. Es waren die Kommunisten, die unter dem Deckmantel der staatsbürgerlichen Rechte der Arbeiterklasse diese Flausen in den Kopf setzten, mit dem Ergebnis, das man nur zu deutlich sieht: täglich Streiks, Sabotage und Roheit, wenn nicht gar Attentate und andere Bluttaten ... Aber Sie interessiert es ja, zu erfahren, ob sich das Mädchen sein Brot in fremden Betten verdiente, und darauf antworte ich Ihnen: vielleicht ja, vielleicht nein. Aber was ich Ihnen auch sagen mag, weshalb sollten Sie mir glauben? Bei solchen Geschichten sind die Tatsachen am allerunsichersten. Die einen wissen etwas und schweigen, die andern wissen nichts und schwatzen drauflos; letztlich sind die, die am meisten zu sagen wüßten, die ersten, die schweigen, und die, die am meisten Dreck schleudern, tun es oft aus Neid oder Bösartigkeit. Daher kann ich Ihnen nichts Bestimmtes sagen. Natürlich, einen Ruf als zimperliche Person hatte das Mädchen nicht gerade, aber was ist schon der Ruf?

Schließlich, ich will die Geschichte nicht in die Länge ziehen, starb Vater Roca plötzlich und unerwartet. Aus Unachtsamkeit hatte er etwas Verdorbenes aus der Dose verzehrt, und das brachte ihn unter den Boden. Seine Leber war schon sehr angegriffen gewesen; mit Schlemmereien hatte er seine Gesundheit zugrunde gerichtet, und als er sie nun brauchte, blieb ihm nicht mehr genug davon, so daß er ins Jenseits reiste. Er war damals sechs- oder siebenundvierzig Jahre alt.

Damit sah sich das Mädchen allein, und ihre Situation änderte sich über Nacht. Zu Lebzeiten ihres Vaters durfte sie als rebellische, etwas unbesonnene Tochter gelten, doch nun, ganz allein auf der Welt, hätte das geringste Zeichen von Leichtfertigkeit genügt, um sie in den Augen der öffentlichen Meinung zu einer Professionellen zu machen. Also mußte sie sich eiligst einen Mann suchen, indem sie vom äußeren Schein der Ehrenhaftigkeit profitierte, den ihr Trauer, Verwaisung und Schutzlosigkeit verliehen. Und genau in diesem Moment hielt es der arme Charlie Dolabella für angezeigt, auf der Bildfläche zu erscheinen. Aus dieser Begegnung konnte ja nur hervorgehen, was Sie selbst festgestellt haben: eine unendliche Folge von Irrtümern und Katastrophen.«

»Und Maria Clara«, sagte Fábregas.

»Vielleicht«, entgegnete der Arzt mit dem Anflug eines Lächelns in den Mundwinkeln.

»Hm«, machte Fábregas, als er es bemerkte.

»Lassen wir das einstweilen und kehren wir zu den Tatsachen zurück, soweit wir wissen, wie sie sich ereignet haben. Charlie kam nach Venedig auf der Suche nach einer Vergangenheit, die nur in der gepeinigten Vorstellung seiner armen Mutter existiert hatte, einer Verrückten, die in der Gummizelle einer öffentlichen Anstalt vegetierte und vielleicht noch immer vegetiert. Ich will nicht sagen, es habe zwischen ihm und dem Dolabella, der in Venedig ein paar Bilder malte und dann nach Krakau emigrierte, keine Verwandtschaftsbeziehung gegeben, doch selbst wenn dem so wäre, was erwartete er denn hier zu finden? Man muß schon naiv sein wie ein Amerikaner, um zu glauben, die Vergangenheit sei ein Fundgegenstand.«

»Sie können aber nicht bestreiten, daß er etwas fand.«

»Was er verdiente: einen Sack voller Lügen«, sagte der Arzt verächtlich. Die Unterbrechung oder der Verlauf seiner eigenen Erzählung schien ihn verdrossen zu haben. Er schlug mit der Faust auf den Tisch, so daß Eisbecher, Teller und Löffel schepperten. Dann schnaubte er, wie um seine Zornesschwaden herauszulassen, und fuhr fort: »Im Grunde war es ein Betrug ohne Absicht, gegenseitig und umfassend. Sie meinte, einen Multimillionär gefunden zu haben, einen echten Petroleumkönig, und er, eine Aristokratin wie im Film. Beide dachten, in ihrem Gegenpart hätten ihre Mittelklasseträume Gestalt angenommen. In Wirklichkeit war sie eine Hure und er ein Taxifahrer. Und das schlimmste: keiner von beiden vermochte seine eigene Herkunft zu verleugnen. Da sie keinerlei Interesse an den Menschen hatten, am Bettelstab und ohne Hoffnung waren, blieben sie bald allein, und als es soweit war, erbarmte sich ihrer nicht einmal mehr der Teufel.«

»Vielleicht liebten sie sich im Grunde doch.«

Dr. Pingpong schaute ihn unverwandt an. Nun wirkten seine Augen noch glasiger als die Brillengläser, über die ab und zu der violette Glanz der Neonröhren flimmerte.

»Sie hätte ihm nie angehören dürfen«, sagte er schließlich sentenziös und sehr leise. Dann strich er sich mit der

Hand über den Mund, wonach auf seinen Lippen wieder das ironische Lächeln lag, das seine Worte bis dahin begleitet hatte. »Erlauben Sie mir außerdem, daß ich als Mann der Wissenschaft anderer Meinung bin in bezug auf das, was Sie Liebe nennen.«

»Es soll Leute geben, die daran sterben.«

»Eher solche, die sich an dieses Hirngespinst klammern, wenn sie merken, daß sie an kruderen Dingen sterben. Aber lassen wir auch das – es ist etwas Abstraktes, ein akademisches Problem, das uns zu einer end- und gegenstandslosen Diskussion führen könnte. Ich erzähle Ihnen, was war, und dann bereiten Sie es für sich so auf, wie es Ihnen am meisten zusagt, ja?«

»Ich weiß nicht, ob mich die Tatsachen so sehr interessieren.«

»Es gibt nichts anderes. Ich erzähle Ihnen, was war. Charlie und sie heirateten. Sie war schon im Zustand fortgeschrittener Schwangerschaft, was die Zeremonie zum Hohn machte und viele Empfindlichkeiten verletzte. Mit diesem absurden Akt verflog alle Illusion und Hoffnung. Über Nacht, sozusagen im Nu, wurden die beiden zu dem, wozu sie unglücklicherweise bestimmt waren – Charlie zu einem aufgedunsenen, behaarten Hampelmann und sie zu einer eingebildeten Kranken.«

»Die Sie aber dennoch so behandeln, als wäre sie es wirklich.«

»Als wäre sie was? Krank? Und wer sagt, daß es nicht so ist?«

»Sie selbst haben eben gesagt, es sei eine eingebildete Krankheit«, rief Fábregas. »Ich erfinde doch Ihre Worte nicht. Warum legen Sie es darauf an, mir ständig zu widersprechen, Dr. Pingpong?«

»Und Sie, warum legen Sie es darauf an, mich bei diesem lächerlichen Namen zu nennen? Ich heiße nicht Dr. Pingpong! Woher haben Sie diesen grotesken, ja erniedrigenden Namen? Mein richtiger Name ist Scamarlan, Dr. Scamarlan. Aber lassen wir das. Ich will Ihnen einen haarsträubenden Fall erzählen, mit dem ich mich auseinandersetzen mußte, kaum hatte ich meine Arztlaufbahn begonnen. Hören Sie.«

In diesem Moment begannen die Gäste in der Bar ihre Zeche zu bezahlen und hinauszugehen, als würden sie alle zusammen von einem stillschweigenden Ruf in Bewegung versetzt. Als Fábregas sie so dastehen sah, bemerkte er, daß viele von ihnen Berufskleidung trugen; sie waren Köche, Kellner und Angestellte in den Restaurants, Cafés und Hotels der Nachbarschaft und kamen in ihrer Freizeit in die Bar, bevor sie sich für diesen Tag zurückzogen. Als sie nun sahen, daß er Tourist war, schauten ihn einige von ihnen unfreundlich oder verärgert an; andere dagegen erkannten Dr. Pingpong, den sie respektvoll grüßten, und übertrugen diesen Respekt aus Ehrerbietung für ihn auch auf seinen Begleiter.

»Eines Tages befand ich mich in meiner Praxis, die ich eben eröffnet hatte, denn ich hatte wie gesagt kurz zuvor mit der Ausübung der Medizin begonnen, als mich ein junger, gesund und intelligent aussehender Mann aufsuchte und sagte, er benötige meine Dienste, da es ihm seit einiger Zeit überhaupt nicht gut gehe«, erzählte Dr. Pingpong, nachdem er den letzten Gast, der die Bar verließ, gegrüßt hatte. »Wie in solchen Fällen vorgeschrieben, bat ich ihn, mir die Symptome seines Leidens möglichst exakt zu beschreiben, doch er konnte mir nur ungenaue Antworten geben: Müdigkeit, Appetitlosigkeit, Mutlosigkeit und ein allgemeines Unwohlsein, das in keinem bestimmten Schmerz zum Ausdruck kam oder irgendwo in seinem Organismus angesiedelt war. Ich untersuchte ihn ausführlich, ohne daraus einen Schluß ziehen zu können, und fragte ihn, ob er kürzlich irgendeinen großen Verdruß erlebt habe, der sich auf seinen körperlichen Zustand hätte auswirken können, ob er Probleme bei seiner Arbeit habe, ob sein Privatleben zufriedenstellend sei und so weiter, und er antwortete, nichts habe ihn in letzter Zeit ungewöhnlich beunruhigt, er sei zufrieden mit seiner Arbeit, bei der ihm alle eine glänzende Zukunft voraussagten, und vor etwas weniger als einem Jahr habe er sich glücklich mit einer Frau verheiratet, die er liebe und von der auch er mit Sicherheit geliebt zu werden glaube. Angesichts dessen beschränkte ich mich darauf, ihm zu empfehlen – nicht allzu streng –, das Rauchen aufzugeben, mäßig zu essen und zu trinken und etwas Sport zu treiben, und sagte ihm, wenn sich sein Zustand nicht verbessere, solle er mich in vierzehn Tagen wieder aufsuchen. Damit ließ ich ihn ziehen; eine Woche später war er tot. Auch wenn ich ihn strenggenommen nicht als einen meiner Patienten betrachten konnte, fühlte ich mich, kaum kam mir die Nachricht von seinem Tod zu Ohren, doch verpflichtet, das Trauerhaus aufzusuchen, wo ich seine Frau in einem Zustand so nervöser Aufregung vorfand, daß ich ihr sogleich ein Beruhigungsmittel verabreichen mußte. Die Leiche des Mannes, bei der Familienangehörige, Freunde, Kollegen und Nachbarn Trauerwache hielten, zeigte keinerlei Symptome von Abmagerung. In der Sterbeurkunde, die ich auf Bitten der Familie unterzeichnete, gab ich als mutmaßliche Todesursache Herzstillstand an. Entgegen meinen Befürchtungen schien kein Angehöriger des Toten geneigt, dieses Unglück meiner Unerfahrenheit oder Nachlässigkeit anzulasten. Bei den Trauerfeierlichkeiten wurde ich darum gebeten, einen Ehrenplatz einzunehmen, neben der Witwe, die sich mehrmals auf meinen Arm stützen mußte, um nicht vor Schwäche hinzufallen.

Einen Monat später, da mir dieser Fall noch immer keine Ruhe ließ, weil ich ihn mit meinen Kenntnissen nicht zufriedenstellend erklären konnte, legte ich ihn ausführlichst einer Gruppe von Kollegen dar, mit denen ich mich ab und zu im *Grill* des ehemaligen Hotels Ambassador am Stammtisch traf. Einer der Teilnehmer, ein Gerichtsarzt, brach, nachdem er sich meine Schilderung angehört hatte, in schallendes Gelächter aus, wie es diese Spezialärzte oft tun, vielleicht um so in gewisser Weise gegen die etwas unheimliche Atmosphäre anzukämpfen, in der sie sich bewegen. Ich fragte ihn nach dem Grund für seine Heiterkeit, und er antwortete, dieser Fall biete seiner Meinung nach nicht die geringste Schwierigkeit und mein armer Patient sei, wenn ich es denn wissen wolle, ohne jeden Zweifel vergiftet worden. Zunächst glaubte ich, er wolle mich auf den Arm nehmen, aber er versicherte, es ernst zu meinen. ›Ihr würdet versteinern, wenn ihr wüßtet, wie viele Männer täglich von ihren Frauen vergiftet werden, vor allem im ersten Ehejahr.‹ Obwohl selbst verheiratet, kugelte er sich schier vor Lachen.

Später bestätigten einzelne Hinweise von hier und dort die Behauptung meines Kollegen und Stammtischfreundes immer mehr. Tatsächlich verließ die Witwe meines Patienten wenige Wochen nach der Beerdigung unerwartet Venedig, nachdem sie den der Lebensversicherung ihres verstorbenen Mannes entsprechenden Betrag erhalten hatte. Jemand sagte, er habe sie später in der Schweiz gesehen, verheiratet mit einem Verwandten des Verstorbenen, dessen Frau wiederum zufälligerweise ein Jahr vor diesem und unter sehr ähnlichen Umständen gestorben war. Natürlich bewiesen diese Tatsachen nichts, und es konnte keine Rede sein, die Polizei davon zu unterrichten. Eine so späte Exhumierung der beiden Leichen hätte schwerlich zu einer Spur führen können, und anderseits waren die Schuldigen, falls sie es wirklich waren, vorsichtig genug gewesen, sich dem Zugriff der Justiz zu entziehen.

Warum ich Ihnen diesen Fall erzähle? Um Ihnen zu beweisen, daß sich die Anwendung der Medizin, im Gegensatz zu derjenigen jeder andern Wissenschaft, nicht allein auf das beschränken darf, was ihr eigentlicher Gegenstand ist, also auf die Störungen des Organismus, und daß der gute Arzt nicht der ist, der treffende Diagnosen stellt, sondern derjenige, der, egal mit welcher Methode, seine Patienten möglichst lange am Leben erhalten kann. Krankheiten, auch die schwersten, sind nur einer der vielen Feinde des Lebens. So wäre beispielsweise jemand, dem es gelänge, ein Flugzeugunglück oder einen Schiffbruch zu verhindern, der bessere Arzt als einer, der sein ganzes Leben dem Studium und der Anwendung der konventionellen Medizin gewidmet hätte. Können Sie meiner Argumentation folgen?«

»Ja«, sagte Fábregas, »und ich bin damit nicht einverstanden, obwohl ich diese Diskrepanz im Moment nicht angemessen zu begründen wüßte.«

Dr. Pingpong lächelte herablassend.

»Es ist nur natürlich, daß Sie befremdet, was ich Ihnen sage«, entgegnete er milde. »Sicherlich denken Sie, das Leben bestehe im tadellosen Funktionieren der Körperorgane, nicht wahr?«

»Nun ... ja«, gab Fábregas nach kurzem Überlegen zu. »Das denke ich.«

»Das ist nur natürlich. Aber denken Sie auch an folgendes: daß der Mensch seit ältesten Zeiten geglaubt hat, das Leben sei etwas anderes als der Körper – ein Hauch, ein Atem von außen, etwas Geschenktes, Ewiges. Ist das etwa nicht richtiger und in jedem Fall wissenschaftlicher, als das Geheimnis des Lebens dem mechanischen Funktionieren von einem Dutzend Weichteilen zuzuschreiben? Ich bitte Sie! Man muß schon von fast allem keine Ahnung haben, um so beschränkte Urteile auszusprechen. Sind Sie einmal bei einer Autopsie dabeigewesen?«

»Nein – und ich habe es auch nicht vor.«

»Das merkt man. Niemand, der je eine Leber, ein Herz oder eine Milz in der Hand gehabt hat, kann nachher noch glauben, das Leben drehe sich um so gewöhnliche, elementare Dinge. Natürlich meinen die, die von all dem nichts wissen, die Medizin habe sich darauf zu beschränken, über das reibungslose Funktionieren derart läppischer Gebilde zu wachen. Quatsch!«

»Regen Sie sich nicht wieder auf. Ich weiß tatsächlich nichts von diesen Problemen, und ich glaube auch nicht, daß dies der richtige Moment ist, mich in sie einzuführen. Wir unterhielten uns über andere Dinge – bitte sprechen Sie wieder davon.«

Dr. Pingpong schaute seinen Opponenten scharf an, aber dann wurde der cholerische Glanz seiner Augen schwächer wie ein sich entfernendes Licht, bis nur noch ein ruhiger, müder und etwas bestürzter Blick da war.

»Wie denn, darf man seine Argumente nicht mehr heftig verfechten?« fragte er im zerknirschten Ton dessen, der es als unverdientes Mißgeschick betrachtet, unerwartet bei einem Fehler ertappt worden zu sein. »Schließlich und endlich waren Sie es, der mir eben vorgeworfen hat, meine Berufspflichten nicht zu erfüllen ...«

»Ich habe nur gesagt ...«

»Und in einem Ton, den ich bedaure.«

»Das war nicht meine Absicht. Vielleicht habe ich mich schlecht ausgedrückt ...«

»Wir alle lassen uns manchmal von der Ungeduld mitreißen«, sagte Dr. Pingpong versöhnlich. »Sie wollten, daß ich von den Dolabellas weitererzähle, obwohl das Thema, das ich zur Sprache brachte, sehr viel interessanter ist ... oder vielleicht auch nicht. Passen Sie auf, ich werde es in zwei Worten zusammenfassen. Sie, die den armen Charlie umgarnt zu haben glaubte, war letztlich das Opfer eines Betrugs. Wer ist im Grunde bemitleidenswerter? Und was soll ich Ihnen über ihre Krankheiten sagen? Natürlich sind sie nicht wirklich, aber was geschähe, wenn man sie nicht behandelte? Wer gibt uns die Gewißheit, daß sie in diesem Fall nicht auf ein Weiterleben verzichten würde? Was hält uns letzten Endes am Leben? Das habe ich Sie vor einem Moment gefragt, aber Sie wollten die Frage ja nicht einmal hören.«

»Sie wissen offenbar sehr genau, was mich interessiert, Doktor.«

»Es ist schon seit einer Weile geschlossen.« Dr. Pingpong stand auf. »Wir hatten uns darauf geeinigt, daß Sie mich einladen, also bezahlen Sie, während ich die Toilette aufsuche.«

Tatsächlich war das Lokal leer, und nachdem der einzige verbleibende Angestellte die Stühle zu zwei wackligen Türmen gestapelt hatte, wartete er mit verschränkten Armen neben der halb heruntergelassenen Metalljalousie. Fábregas gab ihm ein Zeichen. Es war derselbe Kellner, der sie bedient hatte; nun hatte er sich die Schürze und sogar das Hemd ausgezogen und es durch ein blaues T-Shirt ersetzt. Dazu trug er eine kleine Baskenmütze, die seine Ohren wie Henkel erscheinen ließ. Fábregas bezahlte die Zeche und gab ein großzügiges Trinkgeld.

»Entschuldigen Sie die Unannehmlichkeit«, sagte er.

»Jeden Abend dieselbe Geschichte.« Der Kellner deutete auf die WC-Tür. »Zuerst macht er Stunk, und dann ißt er schließlich doch beide Kugeln.«

»Und was ist daran so schlimm?«

»Und warum zum Teufel muß er immer seinen Dickschädel durchsetzen?«

14

Als er mit seinen Gedanken wieder allein war, hatte er den Eindruck, die zufälligen Worte des Kellners seien wie von der Vorsehung diktiert worden. Jetzt, in Dr. Pingpongs Abwesenheit, tat es ihm leid, daß er in dessen Begleitung eingewilligt hatte. Zum Hunger und zur Müdigkeit gesellte sich nun noch das unbehagliche Gefühl, gegen seinen Willen Boden preisgegeben zu haben. In der Hoffnung, von seinem Gesprächspartner eine Auskunft zu erhalten, die ihm dieser ganz offensichtlich nicht zu geben bereit war, hatte er sich schließlich einem Mann gegenüber geöffnet, von dem er höchstens Illoyalität erwarten durfte, falls Maria Clara, wie alle Indizien, vor allem Verhalten, Worte und Ausflüchte Dr. Pingpongs, zu bestätigen schienen, tatsächlich seine Geliebte war. Nun war er sicher, in den Händen dieses listigen Fuchses nur ein Spielzeug gewesen zu sein; er stellte sich vor, wie der Arzt in diesem Augenblick aus der Situation Bilanz zog, sich zum Erfolg seiner Spitzfindigkeiten gratulierte und in der Abgeschiedenheit der Toilette schallend lachte, sich mit beiden Händen an der Schüssel festklammernd und vor Freude mit den Beinen in der Luft strampelnd. Trotzdem fragte sich Fábregas unablässig, welche Absicht der Arzt wohl wirklich verfolgte und wohin er ihn bringen wollte, welche Botschaft diese offensichtlich absurden Exkurse hatten und was er mit seinen vorgeblichen Vertraulichkeiten und Tratschereien anzudeuten beabsichtigt hatte. Wollte er ihm vielleicht mit seinen anstößigen Geschichten zu verstehen geben, alle Mitglieder der Familie Dolabella seien zu haben? Wirkte der Arzt als Vermittler in einer Transaktion, die vor Monaten unter guten Vorzeichen eingeleitet worden, aber bis zur Stunde noch nicht abgeschlossen war, weil unangebrachte Gefühle zu einer Verwirrung geführt hatten?

»Blasen wir zum Rückzug«, sagte der Arzt und erschreckte mit seinem Kommen Fábregas, der, in seinen Grübeleien versunken, für einen Moment den Ort, an dem er sich befand, und den Grund für seine Anwesenheit vergessen hatte. »Ich habe einen ziemlich bewegten Tag gehabt, und mittlerweile wirken auch Sie nicht mehr sehr munter. Kommen Sie, ich begleite Sie zum Hotel.«

»Machen Sie bitte keine Umstände.«

»Es wird mir als Spaziergang dienen.«

Der plötzliche Haß, den Fábregas empfand, ließ ihn innerlich kochen, und nur sein äußerst geschwächter Zustand verhinderte, daß es gewaltsam aus ihm herausbrach. Bisweilen verflog jedoch sein Groll plötzlich und grundlos wieder, und er schaute diesen lächerlichen, eitlen Mann mit unerklärlicher Zärtlichkeit an. Dann verstärkte die Überzeugung, Dr. Pingpong erhalte von ihr unverdientermaßen all das, worauf wegen der überwältigenden Größe seiner Liebe gerechterweise er Anspruch zu haben glaubte, seine Wertschätzung für ihn nur noch mehr, statt seinen Haß zu schüren. In solchen Momenten spürte er den fast unwiderstehlichen Wunsch, ihn zu umarmen, mit Geschenken zu überhäufen und alles für ihn zu tun. Gleichzeitig mußten ihn diese kopflosen Regungen, in denen ebensoviel Großherzigkeit wie Dummheit lag, irritieren. Und so flammte im Handumdrehen seine Erbitterung nur noch heftiger auf. Dieses Hin und Her der Gefühlsaufwallungen, von dem sein Benehmen nichts erkennen ließ, löste in ihm übermäßige Beklemmung aus; das Herz klopfte ihm so stark, daß er im Hirn deutlich das Echo jedes Schlages wahrnehmen konnte. Die Beine drohten ihm zu versagen, und als sie auf die Straße hinaustraten, glaubte er einen Moment lang, seine Sicht sei getrübt. In Wirklichkeit hatte sich die Stadt, während sie in der Bar saßen, mit einem Nebel bedeckt, der so niedrig war, daß er aus dem Untergrund zu kommen schien. Die wenigen Passanten, die zu dieser Stunde noch unterwegs waren, steckten bis zu den Hüften vollkommen im Nebel, so daß der Unterkörper für die andern und sogar für sie selbst unsichtbar war. Etwas weiter oben wurde der Nebel dünner und ließ einen dichten Wald von gekrümmten, undeutlichen Säulen erkennen, die je höher, desto unauflöslicher mit der Dunkelheit verschmolzen. Ängstlich bewegte sich Fábregas durch diese substanzlose Masse, deren Fetzen seinen Augen seltsame, bedrohliche Gestalten vorzugaukeln schienen, Andeutungen von Skeletten und Wesen aus dem Jenseits, die dem Fußgänger auflauerten, ihm Zeichen gaben und ihn von den Ecken und Kolonnaden her narrten. Wie ein Blinder hatte er Dr. Pingpong die Hand auf die Schulter gelegt, der mit seinem Stock den Boden abtastete und ihn führte. An den Laternen, die sich entlang den Kanalufern aneinanderreihten, hingen trübe, bernsteinartige Lichttrauben, die weder Nebel noch Dunkelheit durchdrangen. Einmal spürte er an den Füßen ein leichtes, flüchtiges Gewicht – vielleicht eine Katze oder Ratte. So gelangten sie zum Hoteleingang. Dort gab ihm Dr. Pingpong die Hand, und als Fábregas sie drückte, hielt er dessen Hand kräftig fest, während er ihm starr in die Augen schaute, als könnte er dort den Schlüssel zu einem Geheimnis entdecken.

»Ich weiß nicht, ob diese Begegnung zu etwas gut war«, sagte Dr. Pingpong nach einer Weile.

»Vielleicht haben wir von verschiedenen Dingen gesprochen.«

»Vielleicht.« Der Arzt ließ seine Hand los.

»Gute Nacht, Doktor, und vielen Dank für Ihre Begleitung.« Mit Mühe stieg Fábregas die drei Stufen zur Drehtür hoch. Schon seit einer Weile hielt der Nachtportier, da er einen Gast kommen sah, die Tür in Bewegung, in der Erwartung, dieser entschließe sich endlich einzutreten. Bei jeder Drehung blieb ein Nebelfetzen zwischen den Türflügeln hängen und wurde auf diesem Weg in die Lounge befördert, in deren Halbdunkel er einige Momente schwebte wie ein subalterner Geist.

»Warten Sie!« sagte Dr. Pingpong plötzlich. »Falls wir uns jetzt endgültig trennen müssen, stillen Sie zuvor wenigstens meine Neugier. Hinsichtlich Maria Claras ...«

»Ja, was ist hinsichtlich Maria Claras?« Fábregas blieb so dicht an der Drehtür stehen, daß ihn die Gummikante eines der Flügel am Gesicht streifte.

»Nichts«, antwortete der Arzt, eingeschüchtert vom Groll, ja der Wut, die er aus Fábregas' Stimme heraushören konnte. »Sagen Sie mir nur, weshalb Sie sie heute abend so willkürlich beleidigt haben.«

Fábregas stieg die Stufen wieder hinunter, um den andern zu schlagen, wenn es seine inzwischen vollständig geschwundenen Kräfte erlaubten. Bis zu den Hüften im Nebel steckend, hätte Dr. Pingpongs winzige Gestalt lächerlich aussehen können, hätte dieser seltsam vom entfernten Licht der Straßenlaternen getränkte Nebel seinen Kopf nicht wie in einen Heiligenschein gehüllt, was seinen Zügen einen Widerschein gab, der aus seiner gleichmütigen, unerschrockenen Seele zu kommen schien. Dieses unerwartete Bild der Tapferkeit beeindruckte Fábregas, so daß er abrupt, aber friedfertig vor ihm stehenblieb.

»Was denken denn Sie?« fragte er kurz angebunden.

»Nun«, antwortete der Arzt unsicher, »ich habe da eine Theorie ... Aber ich weiß nicht, ob Sie sie hören wollen oder ob ich sie Ihnen wirklich sagen soll.«

»Reden Sie nicht um den heißen Brei herum. Was ist das für eine Idee?«

»Daß Sie sich so benehmen, weil Sie krank sind.«

»Wie? Ich krank? Was für ein Unsinn!«

»Ich sagte ja schon, es ist nur eine Vermutung.«

»Kommen Sie, Dr. Pingpong, drücken Sie sich nicht. Was für eine Art Krankheit meinen Sie?«

»Oh, das müssen Sie mir sagen.«

»Ich? Sie sind doch der Arzt!«

»Was hat das denn zu besagen?« antwortete Dr. Pingpong mit einem ungeduldigen Unterton. »Glauben Sie denn, wir Ärzte wissen alles? Seien Sie doch nicht kindisch! Wir tappen im dunkeln und treffen unser Ziel nur gelegentlich ... Nein, nein, *Sie* müssen wissen, wo Sie der Schuh drückt.«

»Ich weiß nicht, ob ich Ihrer Ehrlichkeit trauen darf.«

»Schön – ich sehe, jetzt bin ich es, den Sie beleidigen wollen«, antwortete der Arzt mit einer Ruhe, die nicht zu seinem Charakter passen wollte. »Tun Sie, was Ihnen beliebt. Ich habe Ihnen gesagt, was ich zu sagen hatte. Falls Sie auf mich hören wollen, so passen Sie gut auf sich auf oder, noch besser, lassen Sie sich möglichst rasch und gründlich untersuchen. Gute Nacht.«

Ohne eine Antwort abzuwarten, machte Dr. Pingpong kehrt, entfernte sich einige Schritte vom Hotel und wurde vom Nebel verschluckt, bevor Fábregas reagieren konnte. Da er die eben ausgestoßene Beleidigung bereute, die in Wahrheit, wie er wohl wußte, nichts mit der persönlichen Ethik des Arztes zu tun hatte, an dessen Rechtschaffenheit zu zweifeln er nicht den geringsten Grund hatte, dachte er zuerst daran, ihm nachzugehen und ihn um Entschuldigung zu bitten, doch rasch wurde ihm klar, daß das unter den herrschenden atmosphärischen Bedingungen nicht möglich war. Beschämt über sein Ungestüm, stieg er die Stufen zum Hotel wieder hoch, stieß die Drehtür auf, von der sich der Nachtportier diskret entfernt hatte, um nicht in einen Streit hineingezogen zu werden, der sich vor seinen Augen zusammenzubrauen schien, und trat in die Lounge. Dort erwartete ihn der Portier hinter dem Empfangstisch und gab ihm mit der einen Hand den Zimmerschlüssel und mit der andern einen zusammengefalteten Zettel.

»Eine junge Frau ist heute abend, oder, um genau zu sein, gestern abend, vorbeigekommen und hat für den Herrn diese Nachricht hinterlassen.«

Er war ein junger Mann mit affektiertem Gehabe und geschwollener Ausdrucksweise; eine beginnende Fettleibigkeit nahm seinen überaus korrekten Zügen und ein

Ausdruck selbstgefälliger Dummheit seinen Augen jeden Charme.

»Eine junge Frau?« fragte Fábregas verwirrt.

»Die übliche.« Und um seinen vermeintlichen Mangel an Respekt wiedergutzumachen, fügte der Portier errötend hinzu: »Ich meine die, deren sich der Herr normalerweise bedient.«

»Nicht möglich. Wann war sie hier?«

»Ich kann den Herrn nicht genau unterrichten, da ich in dieser Zeit nicht Dienst hatte, aber als ich meinen Kollegen von der vorangehenden Schicht ablöste, sagte er mir, falls der Herr frage, die Signorina sei im Verlauf des Nachmittags und Abends mehrmals gekommen, um nach dem Herrn zu fragen, bis sie schließlich von ihrem Vorhaben, Sie zu sehen, ablassen mußte, und da hinterließ sie diese Nachricht.«

»Ah«, rief Fábregas, nahm Schlüssel und Zettel aus den Händen des Nachtportiers entgegen und ging auf den Aufzug zu, ohne auch nur gute Nacht zu wünschen. »Dann ...«

In seinem Zimmer warf er sich angekleidet aufs Bett und starrte entgeistert an die Decke, weder körperlich noch geistig imstande, den Inhalt des Zettels zu lesen, der ihm eben ausgehändigt worden war.

»Dann stimmte es also«, wiederholte er halblaut, als ginge es darum, einem imaginären Zuhörer den Knäuel an zufälligen, falsch verstandenen Ereignissen zu entwirren, die zu seiner momentanen Lage geführt hatten. »Sie war am Nachmittag wirklich nicht mit Dr. Pingpong zusammen, den sie tatsächlich vor der Tür zum Palazzo traf, als die beiden von ihren jeweiligen Aufgaben dahin zurückkehrten. Im Gegenteil, da sie annahm, mein Besuch im Palazzo würde kurz ausfallen, und da ich ihr gesagt hatte, ich möchte sie danach sehen, ohne Ort oder Stunde des Treffens anzugeben, suchte sie mich im Hotel auf, weil sie dachte, ich sei hierher zurückgekehrt. Und ich, der ich den Pikierten spielte, verletzte sie auf widerwärtige Art. Wie ist das nur peinlich! Ich liebe sie wie ein Verrückter, und sie fühlt offensichtlich nicht dasselbe für mich; und trotzdem habe ich von ihr, seit wir uns kennen, nur Zeichen von Zuneigung und Beständigkeit erhalten, während ich nicht einen Moment davon abgelassen habe, sie schlecht zu behandeln. Fluch über meine Arroganz und Niederträchtigkeit!«

15

Um nicht ganz in Verzweiflung zu geraten, was er unmittelbar kommen sah, beschloß er, den Rest der Nacht zu nutzen, um sich die Ereignisse des Tages noch einmal zu vergegenwärtigen, im Vertrauen darauf, in ihnen irgendeine Lücke zu entdecken, in der zumindest ein Versuch der Erklärung oder Entschuldigung Raum fände; doch auch die wiederholte minuziöse Überprüfung ließ in seiner Seele keine Hoffnung aufkeimen. Endlich beschloß er, die Angelegenheit für verloren zu geben. Letzten Endes, sagte er sich, war alles zu einem solchen Ausgang verurteilt. Dieser Gedanke gab ihm ein Gefühl der Erleichterung und ermunterte ihn, sämtliche Lichter im Zimmer anzuzünden, Schränke und Schubladen weit aufzureißen und sich so enthusiastisch ans Packen zu machen, daß die Gäste in den angrenzenden Zimmern, von diesem Radau jäh aus dem Schlaf gerissen, an die Wände zu hämmern und lauthals zu protestieren begannen. Dieser Ruf nach Ordnung machte ihm plötzlich deutlich, wie absurd sein Tun war, so daß er auf der Stelle davon abließ. Ohne sich die Mühe zu nehmen, die über Möbel und Boden verstreuten Wäschestücke und andern Gegenstände einzusammeln oder Schränke und Schubladen zu schließen, löschte er die Lichter, legte sich wieder aufs Bett und harrte eine Weile dort aus, bis ihm aus der Brust ein so heftiges Schluchzen in die Kehle stieg, daß er einen Moment lang an seinem Leid zu ersticken glaubte. Dann erholte er sich langsam, bis er einen Zustand vollkommener Gefühllosigkeit erreichte und nicht einmal mehr die Berührung seines Körpers mit der Bettdecke spürte. Als schwebte ich, dachte er, schwerelos wie jene Astronauten, die früher in den Filmberichten zu sehen waren. Nun rührte ihn die Erinnerung an diese weiß Gott von wem gedrehten Szenen in engen, mit Rohren, Handrädern und Kurbeln vollgestopften Raumschiffen, in denen man immer einen Mann im Trikot in der Luft langsame Akrobatikkunststücke ausführen sah, während ein anderer in identischer Kleidung friedlich und ungezwungen an der Decke sitzend etwas las und ein dritter mit weitaufgerissenem Mund und komisch perplexen Bewegungen umsonst einen Pudding zu verzehren trachtete, der, offensichtlich mit eigenem Willen, eigenem Antrieb und mit Böswilligkeit ausgestattet, nach oben entfloh, als wäre all das die Hauptaufgabe der Raumfahrten oder zumindest, als verschmähten es diese zweifellos verwegenen Männer, die über außerordentliche wissenschaftliche Kenntnisse verfügten und durch und durch ernst waren, aber Söhne einer Epoche, in der Erfindungen immer auch eine vergnügliche Seite aufzuweisen hatten, von Zeit zu Zeit nicht, den Clown oder Jongleur zu spielen. An den schulfreien Tagen nahm ihn seine Mutter regelmäßig in diese Kinovorstellungen mit, die er nie enttäuscht oder unzufrieden verließ, als wären sie eigens dazu ersonnen, genau seine Wünsche und Erwartungen zu erfüllen. Als er nun an diese den Filmen vorangehenden Wochenschauen zurückdachte, die er doppelt genoß, in der Überzeugung, sie seien wenn auch höchst interessant, so doch bloßes Vorspiel zu einem noch viel interessanteren Film, fragte er sich, ob der Grund für dieses Glück oder die Erinnerung daran nicht in Wirklichkeit in der Erinnerung an seine Mutter lag. Jetzt wenigstens war es so, auch wenn sie ihn nicht mit Zärtlichkeitsbeweisen überhäufte, sondern ruhig und schweigsam war, den Blick anderswohin gerichtet, aber neben ihm sitzend, damit sie da wäre, wenn er sie brauchte. Vielleicht deshalb hatte es damals für ihn nichts dem Kino Vergleichbares und keinen wundervolleren Ort als einen Kinosaal gegeben. Jetzt freilich war es anders: Er ließ Monate, ja über ein Jahr verstreichen, ohne einen solchen Saal zu betreten, und wenn er es tat, dann nicht von einem besonderen Interesse getrieben, sondern um bequem ein paar Stunden totzuschlagen; dabei kamen ihm die Säle immer verlottert, leer, fast unheimlich vor. Solche selten besuchten Vorstellungen hinterließen in ihm ein bitteres Gefühl, als hätte er sich selbst betrogen oder verraten.

Solche Dinge gingen ihm durch den Kopf, als ihn ein plötzlicher, wie von einer äußeren Triebkraft geschickter Gedanke in die Gegenwart zurückholte. Donnerwetter! sagte er sich. Verwirrung, Schmach und Mutlosigkeit hatten ihn bis dahin die Nachricht vergessen lassen, die sie am Vorabend dem Hotelangestellten übergeben hatte und die nun durch den Nachtportier in seine Hände gelangt war. Bis zu diesem Moment hatte er als selbstverständlich angenommen, sie beschränke sich darauf, ihre wiederholten, ergebnislosen Versuche, ihn anzutreffen, zu protokollieren, aber er hatte keinerlei Garantie, daß es tatsächlich nur das war und sonst nichts. Sich im Bett aufrichtend, tastete er nach dem Schalter der Nachttischlampe, und da er ihn in seiner Nervosität im Dunkeln nicht finden konnte, zog er eine Streichholzschachtel aus der Jackeninnentasche, zündete eines an, und nachdem er den Zettel gefunden und auseinandergefaltet hatte, las er im schwachen Licht seinen Inhalt so begierig, daß er den Worten vorerst keinen Sinn abgewinnen konnte. Schließlich mußte er das

Streichholz ausblasen und ein neues anzünden, und nach dieser mechanischen Handlung ruhiger geworden, las er folgendes:

»Wo stecken Sie bloß? Ich suche Sie schon den ganzen Nachmittag. Gehen Sie mir aus dem Weg? Bitte tun Sie das nicht – ich brauche Sie dringend.«

Er kam wieder zur Besonnenheit, und mit Hilfe eines dritten Streichholzes fand er den Schalter der Nachttischlampe und konnte nun in Ruhe mehrmals die Nachricht lesen, bis er in der Annahme, ihre Bedeutung korrekt und ohne Ungewißheit begriffen zu haben, die Lampe ausknipste, aufstand und zum Fenster ging, wo er die Jalousie vollkommen hochzog, um die Nachtluft einzuatmen. Der Nebel hatte sich verzogen, und das Licht der Straßenlaternen spiegelte sich auf dem feuchten Pflaster und im stillen Kanalwasser. Nun lag eine ganz dünne Dunstdecke wie ein Zelt über der Stadt, durch die man gedämpft und weit entfernt den Glanz einiger Sterne sehen konnte. Morgen werde ich sie ganz bestimmt aufsuchen, dachte er; wenn sie mich braucht, wie sie sagt, wird keine Entschuldigung vonnöten sein, aber ich werde sie ihr gleichwohl geben. In diesem Augenblick sauste eine Sternschnuppe über den Himmel, deren sehr schwaches, kurzes Licht, als es den Nebel durchdrang, von diesem zurückgehalten und stark vergrößert wurde, so daß er einen Moment lang glaubte, einen noch namenlosen Kometen zu sehen, dessen Glanz sich bis zum Horizont über den Himmel ausbreitete und vor seinen Augen die ganze Stadt erscheinen ließ. Dann erlosch das Licht langsam, und die Stadt war in Silber getaucht, bis jedes einzelne Haus seinen Schatten auf das angrenzende warf und die Dunkelheit wieder alles zudeckte. Obwohl er nie abergläubisch gewesen war, glaubte Fábregas, gewisse Übereinstimmungen oder Zufallsfügungen böten der Vorstellungskraft ein einfaches, deutliches Abbild des Seelenzustandes der Person, die sie betrachte, so daß sie sagen konnte: Aha, so fühle ich mich also in diesem Moment wirklich. Gestärkt durch diese Interpretation des eben verfolgten Schauspiels, ließ er die Jalousie herunter, ging ins Bett zurück und schlief ein.

Als er aufwachte, erinnerte er sich an die ungewöhnliche Erscheinung und fragte sich, ob sie nicht nur in seinen Träumen stattgefunden habe. Wieder ging er zum Fenster und zog die Jalousie hoch; es war noch nicht hell. Eine Weile betrachtete er im Zwielicht die Stadt, die seinen Augen einige Stunden zuvor von jenem eigens dazu aus dem Unendlichen gekommenen Glanz erhellt worden war. Jetzt war alles unverändert, aber heiterer und ohne Geheimnis. Die durchs Fenster eindringende Morgenbrise, die die verbrauchte Luft im Zimmer auffrischte, wehte den Zettel vom Nachttisch auf den Teppich. Fábregas hob ihn auf und las ihn erneut, voller Angst, auch seinen Inhalt bloß geträumt zu haben. Dann, in dieser Hinsicht beruhigt, duschte er sich, zog sich eilig an und ging in die Lounge hinunter, wo der Nachtportier eben im Aufbruch war. Ohne die hoteleigene Uniform mit ihren Schnüren und Litzen sah er gewöhnlicher aus als in der Nacht zuvor. Auch spiegelte sich auf seinem Gesicht die Müdigkeit so vieler zwischen Wachen, kurzen Nickerchen und Auffahren verbrachter Stunden. Fábregas fragte ihn, ob er in der Nacht einen Kometen gesehen habe, was der Portier kurz angebunden verneinte. Nach dem Eindruck, den er vom Zwischenfall vor der Hoteltreppe erhalten hatte und den Fábregas mit ein paar liebenswürdigen Sätzen und einem Trinkgeld zu zerstreuen nicht den Takt gehabt hatte, schien er nicht sehr bereit, mit ihm außerhalb seiner Dienststunden ein Gespräch anzuknüpfen. So verstand es Fábregas und ließ ihn gehen. Dann trat er selbst auf die Straße hinaus.

DRITTER TEIL

I

Bald wurde ihm klar, daß es nicht leicht sein würde, allein zum Dolabella-Palazzo zu finden. Am Vortag, von Maria Clara dorthin geführt, hatte er nicht auf die Adresse geachtet, die sie dem Gondoliere genannt hatte; wie immer, wenn sie zusammenwaren, hatte er seine Aufmerksamkeit nicht einen Augenblick von ihr abwenden können. Dann, spätabends, hatte ihn der Haß auf Dr. Pingpong erneut daran gehindert, auf den Weg zu achten. Jetzt erinnerte er sich an kein einziges Detail, das ihm als Anhaltspunkt hätte dienen können. Nachdem er eine Weile erfolglos umhergeirrt war, sah er in einer Kneipe eine Gruppe Gondolieri beim Frühstück sitzen, die auf morgendliche Kundschaft warteten, und erkundigte sich, ob sie zufälligerweise einen heruntergekommenen Palazzo kennten, dessen Hintereingang von zwei Riesenstatuen gesäumt sei, worauf die Gondolieri antworteten, in Venedig gebe es dutzendweise Gebäude, auf die diese Beschreibung zutreffe. Der Tag versprach heiß und feucht zu werden, und der Dunst machte die Luft stickig und schwer zu atmen. Fábregas unterhielt sich eine Weile mit den Gondolieri und heuerte dann einen von ihnen an, der sich anerbot, ihn so lange durch die Kanäle zu fahren, bis der gesuchte Palazzo gefunden sei. Am Mittag hatte die Tour noch zu keinem Ergebnis geführt, und der Gondoliere erklärte, er müsse das Boot nun seinem Partner überlassen, mit dem er Schiff, Arbeit und Gewinn teile.

»Aber nicht die Frau«, wie er scherzend hinzufügte.

An der Mole, wo die Ablösung stattfand, schloß Fábregas mit dem neuen Gondoliere denselben Handel ab, doch als er nach einer Stunde einsehen mußte, daß der ihn an dieselben Orte führte, an denen er vormittags schon vorbeigekommen war, ließ er sich, erschöpft von der Hitze und der Enge in der Gondel überdrüssig, unterwegs irgendwo absetzen. Selbst die hartnäckigsten Touristen waren aus den Straßen verschwunden und warteten, bis die Dämmerung die Schwüle etwas milderte. Nun spazierte Fábregas durch die menschenleere Stadt und machte ab und zu in einer Bar halt, um Wasser, Bier, Limonade oder sonst eine Erfrischung zu trinken und für den Moment seinen Durst zu stillen. Dann ging er weiter, und das jeweilige Getränk trieb ihm den Schweiß aus den Poren. An diesem Tag hatte er nichts gegessen, aber allein die Vorstellung, etwas Festes zu sich zu nehmen, verursachte ihm Übelkeit. Gegen Abend kam ihm plötzlich der Gedanke, vielleicht sei sie wieder zum Hotel gegangen, in der Hoffnung, ihn dort zu finden, wo er sich vor der Hitze schütze. Das brachte ihn vollkommen durcheinander. Zum Glück kam er in diesem Moment eben an einem freien Taxiboot vorbei und ließ sich unverzüglich zum Hotel fahren. An der Rezeption wurde ihm folgende Nachricht übergeben: »Ich sehe, Sie gehen mir noch immer aus dem Weg. Was habe ich Ihnen getan?« Er bat den Angestellten um Papier und Schreibzeug und kritzelte folgende Nachricht: »Ich mache mich wieder auf die Suche nach Ihnen und kehre gegen neun zurück. Warten Sie im Hotel auf mich, und kommen Sie nicht auf den Gedanken wegzugehen.«

»Wenn sie wiederkommt, geben Sie ihr diese Nachricht und lassen Sie sie nicht fort – es ist wichtig.« Er gab dem Angestellten den Zettel und ein großzügiges Trinkgeld.

»Wäre es nicht besser, der Herr würde in aller Ruhe hier auf sie warten?« Als der Angestellte sah, daß sein Vorschlag Fábregas die Sprache zu verschlagen schien, fügte er eilig hinzu: »Entschuldigen Sie meine Einmischung, aber der Herr sieht nicht gut aus.«

»Hier zu bleiben wird mich nicht viel besser aussehen lassen.«

»Gehen Sie auf Ihr Zimmer, nehmen Sie ein Bad und entspannen Sie sich. Ich werde Ihnen einen Masseur schikken. An Tagen wie heute gibt es nichts Besseres als ein Bad und eine gute Massage«, sagte der Angestellte unbeirrt.

»Ein andermal.«

Als er das Hotel wieder verließ, dämmerte es bereits, und in der Angst, einen Tag ungenutzt verstreichen zu lassen, hatten die Touristen erneut Straßen und Plätze überschwemmt, bereit, der Hitze und Feuchtigkeit zu trotzen. Diesmal werde ich mit System vorgehen, sagte er sich. In einer Buchhandlung erstand er sich einen Reiseführer mit schwarz-rot-gelbem Plastikeinband, mit dessen Hilfe er sämtliche aufgelisteten Paläste aufsuchen und dabei jeden einzelnen abhaken wollte. Den Führer in der Tasche, ging er eine Weile durch die Straßen und zog ihn dann auf dem großen Platz vor dem Dogenpalast, wo früher die öffentlichen Hinrichtungen stattgefunden hatten, hervor, um ihn zu konsultieren. Erst jetzt merkte er, daß er in seiner Zerstreutheit einen Fremdenführer auf deutsch gekauft hatte, eine Sprache, von der er fast nichts wußte. Trotzdem ließen sich die Pläne und Karten gebrauchen, solange er nicht Gelegenheit hatte, einen andern zu kaufen. Wegen des anhaltenden Dunstes war das Licht für einen Sommerabend spärlich, so daß er die Pläne nur mit Mühe entziffern konnte. Nach einer Weile angestrengten Schauens begann er doppelt zu sehen. Das hat mir grade noch gefehlt, dachte er. Mit Püffen ging eine Touristengruppe an ihm vorüber; bei einem der Stöße fiel ihm der Führer aus der Hand und wurde von der Horde zertrampelt. Nun drängten alle im Lauf des Tages genossenen Getränke wieder aus ihm heraus. Zuerst wollte er ans Wasser gehen, weil es ihm hygienischer erschien, sich dort zu übergeben als mitten auf der Straße, doch dann unterließ er es, weil er befürchtete, auszurutschen und ins Wasser zu fallen. Alles, bloß nicht das Wasser, dachte er. Dann nahm er all seine Kraft zusammen und brachte es fertig, inmitten des Touristenschwarms den Dogenpalast zu betreten. Dort suchte er vergeblich nach den Toiletten. Hastig stiegen die Leute die Treppen hinauf und hinunter, da es spät wurde und der Palast für die Besucher in Kürze geschlossen werden sollte. Er wich Bettlern und Halunken aus, die ihn mit den verschiedensten Angeboten bedrängten, und betrat aufs Geratewohl einen Saal, wo sich nur wenige Leute befanden. Da die Fenster hermetisch verriegelt waren, herrschte eine solche Hitze darin, daß er ohnmächtig zu werden glaubte. Doch im letzten Augenblick zog ein ziemlich großes Bild seine Aufmerksamkeit auf sich. Es war *Der Doge und die Prokuratoren beim Anbeten der Hostie* jenes Tommaso Dolabella, von dem Maria Clara und ihr Vater abzustammen glaubten. Mehrmals hatte sie ihn schon in diesen Saal geführt, um ihm das Werk ihres mutmaßlichen Vorfahren zu zeigen, doch er hatte das Bild angeschaut, ohne es wirklich zu sehen. Hätte ihn nach diesen Besuchen jemand gefragt, was es darstelle, er hätte keine Antwort gewußt. Jetzt aber spürte er den lebhaften Drang, es peinlich genau zu studieren, um es seinem Gedächtnis ein für allemal einzuprägen, so, als machte er sich zu einer langen Reise auf und wollte die Erinnerung an dieses Bild als einziges Gepäck mitnehmen. Doch es zeigte seinen Augen nichts als eine Ansammlung von Flecken ohne Form und Sinn. In der Zuversicht, aus der Nähe würde er es besser sehen, ging er strauchelnd durch den Saal, bis er so nahe an der Leinwand stand, daß einige der Besucher befürchteten, er wolle sich an ihr vergreifen, und sich neben ihn stellten, um ihn daran zu hindern, wahrscheinlich, weil sie nicht den Eindruck hatten, er sehe besonders gefährlich aus. Er machte eine Handbewegung, die beschwichtigend sein und ihnen zu verstehen geben sollte, daß er keine zerstörerischen Absichten hege. Eigentlich wollte er ja nur den Namen des Malers entziffern, der auch der ihre war – da verlor er das Bewußtsein. Sogleich hielten ihn mehrere Hände fest. Er starrte diese Hände an, denn er hatte bemerkt, daß sie alle grünlich oder gelblich waren, wie der Bauch gewisser Reptilien. Niemand hat eine solche Haut, dachte er; sie müssen Handschuhe aus irgendeinem synthetischen Material tragen. Aber als er wieder aufschaute, sah er, daß auch das ganze Bild in derselben ungesunden Farbe gehalten war. Nun ging ihm auf, daß es sein Blick war, der von einem Tüll dieser Farbe verschleiert war.

2

Als er aufwachte, erblickte er einen jungen, freundlich aussehenden Mann mit rötlichem Haar und Bart, der ihn skeptisch beobachtete. Nichts tat ihm weh, und er hatte das Gefühl, sein Körper sei leicht und der Kopf klar, als erwachte er sanft aus einem erquickenden Schlaf. Beim Versuch, sich aufzurichten, sah er, daß er lediglich eine Art Hemd aus nicht sehr feinem, pastellblauem Stoff trug, das aber sauber und gebügelt, am Rücken offen und mit Bändern um den Nacken geknotet war. Wenn ich aufstehe, wird man meinen Hintern sehen, dachte er, aber was soll's? Seine Absicht bemerkend, machte der junge Mann mit dem rötlichen Bart eine mahnende Handbewegung, die bedeuten sollte: Bleiben Sie liegen. Fábregas gehorchte eher aus Schwäche als aus Respekt vor diesem Mann, den je gesehen zu haben er sich nicht erinnern konnte.

»Sind Sie der Masseur?« fragte er.

Der junge Mann mit dem rötlichen Bart lächelte eine Weile wortlos, als wäge er die Antwort auf diese Frage sorgfältig ab. Schließlich sagte er:

»Nein.«

Nun merkte Fábregas, daß er sich weder in seinem noch in einem ähnlichen Zimmer des Hotels befand, sondern in einem engen Raum ohne Fenster oder sichtbare Öffnungen nach außen, ausgenommen undurchsichtige Glasflächen und eine Tür mit Holzrahmen.

»Wo bin ich?«

»In San Babila«, antwortete der junge Mann mit dem rötlichen Bart.

»Ich bin Atheist«, protestierte Fábregas.

»Kein Grund zur Sorge – wir beten kein Responsorium für Sie. San Babila ist eine Poliklinik.«

»Was ist geschehen? Bin ich ohnmächtig geworden?«

Der junge Mann schaute in einem Heft nach und nickte dann.

»Ah ja, ich erinnere mich. Und bevor ich ohnmächtig wurde, habe ich mich da übergeben?«

»Weiß ich nicht; ich war nicht dabei, aber laut diesem Bericht hat man Ihnen nach Ihrem Eintritt in die Klinik den Magen gespült, was darauf hinzuweisen scheint, daß Sie sich nicht übergeben haben, falls Ihnen das Sorge macht.«

»Und meine Kleider?«

»Hatten Sie nicht bei sich, als man Sie hierherbrachte.«

»Wollen Sie damit sagen, daß man sie mir ausgezogen hat?«

»Die haben Sie sich eher selber ausgezogen. Laut Bericht haben Sie nackt einen Saal des Dogenpalasts betreten. Anscheinend ist weiter nichts geschehen, denn die Polizei hat kein Protokoll aufgenommen, und es ist auch keine Anzeige erstattet worden. Bei der derzeitigen Hitze ist bestimmt mehr als einer auf diese Idee gekommen.«

»Hören Sie, ich bin nicht verrückt.«

»Mir ist das egal, ob Sie es sind oder nicht, ich bin kein Psychiater. Erinnern Sie sich wirklich nicht daran, daß Sie ohnmächtig geworden sind?«

»Nein.«

»Was gibt es sonst noch, woran Sie sich nicht erinnern?«

»An alles andere erinnere ich mich perfekt.«

»Wie ist Ihr Name?«

»Charlie.«

»Charlie und wie noch?«

»Charlie und nichts sonst.«

»Hm. Haben Sie Familie? Frau, Begleiterin, Freundin, Sekretärin?«

»Nein, mitnichten.«

»Reisen Sie allein?«

»Ja.«

»Wo logieren Sie?«

»Das könnte ich Ihnen im Moment nicht sagen. In einem Hotel?«

»Das müssen *Sie* mir sagen. Welches Hotel?«

»Ich erinnere mich nicht an seinen Namen.«

»Wie ist es? Ein Luxushotel? Ein Mittelklassehotel, eine Pension?«

»Teuer. Ein teures Hotel.«

»Um so besser für Sie. Sind Sie Argentinier?«

»Spanier.«

»Mögen Sie Stierkämpfe?«

»Was soll diese Albernheit?«

»Ich bin Arzt und beobachte Ihre Reaktionen. Haben Sie das noch nicht mitbekommen?«

»Ich brauche keinen Arzt.«

»Sie ziehen sich in aller Öffentlichkeit aus, werden ohnmächtig, leiden an Amnesie und behaupten, keinen Arzt zu brauchen – wer von uns beiden sagt nun Albernheiten, Charlie?«

»Ich will, daß mein Privatarzt kommt.«

»Aus Spanien? Meinen Sie, er kommt, sobald wir ihn anrufen?«

»Hier habe ich auch einen Privatarzt.«

»Hier? Wo hier?«

»In dieser Stadt.«

»Wie heißt diese Stadt?«

»Venedig.«

»Na, das ist ja schon was. Wie heißt Ihr Arzt in Venedig?«

»Dr. Pingpong.«

»Kommen Sie, Charlie, das ist ein lächerlicher Name. In Venedig gibt es keinen Arzt, der so heißt. Wie viele Finger sehen Sie hier?«

»Drei.«

»Sehr gut. Schauen Sie dieses Bildchen an der Wand da an. Was stellt es dar?«

»Einen großen Mann mit Bart. Ihr Porträt?«

»Nein, nicht doch. Es ist ein Bild von San Babila, dem Anachoreten, dem diese Poliklinik geweiht wurde. Wenn Sie mir versprechen, ruhig zu sein, während ich Ihnen den Puls messe, werde ich Ihnen seine Geschichte erzählen.«

»Ich mache Sie darauf aufmerksam, daß mir San Babila scheißegal ist.«

»Um so schlimmer für Sie; dann werden Sie sie eben nicht erfahren. Na los, machen Sie den Mund auf, schließen Sie ihn wieder und halten Sie das Thermometer fest; spucken Sie's nicht aus, und verschlucken Sie's auch nicht. Strecken Sie den Arm aus, ich will Ihnen den Blutdruck messen. Beantworten Sie unterdessen meine Fragen, indem Sie nicken oder den Kopf schütteln. Versuchen Sie nicht zu sprechen, sonst fällt Ihnen das Thermometer aus dem Mund. Verstanden? Sehr gut. Sind Sie Diabetiker? Hat es in Ihrer Familie Diabetiker gegeben? Wie können Sie sagen, es hat in Ihrer Familie Diabetiker gegeben oder nicht, wenn Sie sich nicht einmal an Ihren eigenen Namen erinnern? Sprechen Sie nicht! Ich habe Ihnen gesagt, Sie sollen nicht sprechen. Nur ja oder nein. Rauchen Sie? Trinken Sie viel? Haben Sie sich früher schon einmal irgendwo in der Öffentlichkeit ausgezogen? Glauben Sie, jemand verfolgt Sie? Träumen Sie oft? Gut, schon fertig. Die Temperatur ist normal, aber Sie haben einen etwas instabilen Blutdruck und einen zu schnellen Puls. Grundsätzlich scheint mir, Sie sind gesund, aber ich möchte Sie für den Rest der Nacht unter Beobachtung haben.«

»Wie? Für den Rest der Nacht? Wie spät ist es denn?«

»Halb zwölf.«

»Heiliger Himmel, ich hatte um neun eine unaufschiebbare Verabredung!«

»Ich fürchte, die haben Sie bereits aufgeschoben, aber es freut mich, zu sehen, daß Sie sich an Ihre Verabredungen erinnern.«

»Eben ist mir auch der Name meines Hotels eingefallen: Grandhotel Moro. Rufen Sie im Hotel an, dort wird man Ihnen Auskunft über mich geben.«

»Im Grandhotel Moro nennen Sie sich auch einfach Charlie?«

»Nein ... Was ist mit meinen Ausweispapieren geschehen?«

»Die sind bestimmt in den Kleidern geblieben. An Ihren Namen erinnern Sie sich noch immer nicht, was?«

»Ich habe ihn auf der Zungenspitze.«

»Mit der Zungenspitze kommt man nicht sehr weit. Legen Sie sich hin und versuchen Sie zu schlafen. Wenn Sie sehen, daß es nicht geht, klingeln Sie nach der Schwester und bitten sie um ein Schlafmittel. Sagen Sie ihr, ich hätte es Ihnen verschrieben. Leider kann ich nicht länger bei Ihnen bleiben. Den Leuten macht es Spaß, sich den Schädel einzuschlagen, und zur Zeit ist die Klinik überfüllt. Ich komme morgen früh wieder, bevor die Tagschicht antritt.

Dann werden wir ja sehen, wie's diesem Gedächtnis geht. Einverstanden?«

»Nein. Ich will auf der Stelle hier weg.«

»Ihr Kopf ist nicht so stabil, wie Sie meinen. Hören Sie auf mich, und Sie werden es nicht bereuen.«

»Sagen Sie, Doktor, wenn die Polizei keine Anzeige gegen mich erstattet hat, kann ich dann gegen meinen Willen festgehalten werden?«

Der Arzt mit dem rötlichen Bart zuckte die Schultern.

»Tun Sie, was Sie wollen«, murmelte er mit niedergeschlagenem Unterton. »Aber kommen Sie morgen nach fünf Uhr, damit wir sehen, wie es Ihnen geht. Natürlich kann ich Sie auch nicht dazu zwingen, wenn Sie nicht wollen. Sie müssen wissen, was gut für Sie ist.«

Während des Sprechens füllte er ein Formular aus. Danach riß er das Original von der Kopie und gab es Fábregas.

»Hier. Beim Hinausgehen übergeben Sie diesen Zettel der Schwester am Empfangstisch in der Eingangshalle. Sie wird Ihnen sagen, wie Sie in Ihr Hotel zurückkommen.«

Wie ihm der Arzt mit dem rötlichen Bart angekündigt hatte, stand in der Eingangshalle ein Empfangstisch, doch die diensttuende Schwester war abwesend, als Fábregas vorsprechen wollte. Als er sah, daß die große Uhr in der Halle gleich auf zwölf stehen würde, ließ er den Zettel auf dem Tisch liegen und trat auf die Straße hinaus. Dort bereute er, nicht gelesen zu haben, was der Arzt mit dem rötlichen Bart über seinen körperlichen und geistigen Zustand aufgeschrieben hatte. Ich weiß wirklich nicht, wo mir der Kopf steht, dachte er; ich muß etwas auf mich aufpassen, wenn's nicht ein schlimmes Ende nehmen soll. Er bemerkte, wie die Passanten verstohlen seine verschrobene Gewandung ansahen, und sagte sich, es sei unklug, zu lange an derselben Stelle auszuharren. Raschen Schrittes, aber ziellos entfernte er sich, mehr darauf achtend, daß ihm der Wind nicht die Hemdschöße hob und so seine Schamteile den Blicken preisgab, als einen Weg zum Hotel zu finden. Sowie er, in der Gewißheit, sich erneut verirrt zu haben, endlich stehenblieb, trat ein fetter Mann auf ihn zu, der ihm schon ein ganzes Stück gefolgt war.

»Kommen Sie mit mir.« Er nahm Fábregas entschlossen am Arm. »Wir gehen zusammen ins Hotel zurück.«

»Woher wissen Sie, wo ich wohne?« fragte Fábregas und ließ sich von dem Unbekannten führen.

»Im Grandhotel Moro, ja?« Und freundlich lächelnd fügte der Fette hinzu: »Ich wohne auch dort.«

»Aber ich kenne Sie gar nicht.«

»Auch daran ist nichts Geheimnisvolles. Wir haben uns ein paarmal im Hotelrestaurant beim Frühstück getroffen. Von daher kenne ich Sie, auch wenn Sie mich nicht kennen – vielleicht weil Sie auffälliger sind als ich oder weil ich besser beobachte als Sie. Geht es Ihnen gut?«

»Ausgezeichnet, vielen Dank. Was meine Kleidung betrifft ...«

»Wir haben alle mal einen schlechten Tag«, unterbrach ihn der Fette freundlich.

Der Nachtportier des Hotels verzog das Gesicht, als er Fábregas in diesem Aufzug in der Lounge erscheinen sah, doch der Fette beruhigte ihn, indem er ihm einige Worte zuflüsterte und verstohlen einen Geldschein in die Tasche der Uniformjacke steckte. Vor Fábregas' Zimmertür tauschten sie einige Höflichkeitsfloskeln aus, bis der Fette mit dem Hinweis, beiden werde es guttun, sich von den Ermüdungen des Tages auszuruhen, in Richtung Aufzug davonging. Fábregas trat in sein Zimmer, ging zum Bett, ohne auch nur Licht zu machen, und legte sich gleich hin. Der Fette hat recht, dachte er; ich bin wirklich erschöpft. Und als wäre dessen Routinesatz der eigentliche Anlaß für seine Müdigkeit gewesen, schlief er ein, kaum hatte er ihn noch einmal gedacht.

3

Er wähnte sich auf dem Deck eines Schiffs, die Arme auf die Reling gestützt und das Meer betrachtend. Als er sich in seine Kabine zurückziehen wollte, hielt ihn der fette Mann, der sich vor einem Augenblick zu ihm gesellt hatte, am Arm zurück und bat ihn inständig zu bleiben, da sie in Kürze die Insel und ihre berühmte Kirche sehen würden, worauf er antwortete, er wisse nicht, welche Insel oder Kirche der Fette meine, der ihm nun mit väterlichem Lächeln vorhielt, den Reiseführer nicht aufmerksam gelesen zu haben, und sich bestürzt zeigte, als Fábregas ihm erzählte, er habe den seinen verloren. Heutzutage, sagte er, ist reisen ohne guten Führer dasselbe wie nackt reisen. Darauf hätte Fábregas gern geantwortet, gerade am Vorabend sei eine ziemlich große Nudistengruppe an Bord dieses Postdampfers gekommen und habe den Vormittag damit zugebracht, im Schwimmbecken herumzuplanschen und barfuß bis zum Kopf Volleyball zu spielen, doch er unterließ es, weil er sich auf einmal daran erinnerte, wie angesichts dieses ungewöhnlichen Schauspiels einige der Fahrgäste beschlossen hatten, dem Beispiel der Nudisten zu folgen, und sich ihnen, an Ort und Stelle sämtliche Kleider ausziehend, unter lautem Geschrei und Gelächter angeschlossen hatten und wie ausgerechnet die Gattin des Fetten, die diesen auf seiner Geschäftsreise begleitete, in Abwesenheit ihres Mannes, der am Vormittag in seiner Kabine bleiben wollte, um noch einige Dokumente für seine Arbeit durchzusehen, eine der begeistertsten Befürworterinnen der Idee, wenn nicht gar die Anstifterin dazu gewesen war. Deshalb bat er den Fetten nur, ihm zu sagen, was das für eine Insel sei, worauf der andere antwortete, es sei die Insel, auf der San Babila der Anachoret gelebt habe und gestorben sei. Und was ist daran so interessant? wollte er wissen, worauf der andere sagte, das hänge vom Glauben und der Frömmigkeit jedes einzelnen ab, und sogleich beifügte, er persönlich halte sich für einen Atheisten oder zumindest einen Agnostiker und sehe in den Wunder- und Mysteriengeschichten bestenfalls rein poetische Legenden und schlechtestenfalls einen beklagenswerten Aberglauben, aber dennoch habe er von diesen Dingen reiche Kenntnis durch seine Frau, die fromm, ja frömmlerisch sei und eine eifrige Leserin von Heiligengeschichten. Fábregas, der die Frau des Fetten am Vorabend in einem dunklen Winkel des Decks in den Armen eines Matrosen überrascht hatte, dem sie wonnevoll die Zunge ins Ohr steckte, während sie mit dem Schenkel zwischen seinen Beinen rieb, verkniff es sich, seine Verwunderung zum Ausdruck zu bringen, die die Worte des andern in ihm hervorriefen, welcher ihm nichtsahnend berichtete, was ihm seine Frau über San Babila berichtet hatte, daß er nämlich in seiner Jugend ein schmucker Mann mit ausschweifenden Sitten gewesen sei, bis er, verliebt in eine schöne, tugendhafte junge Frau und von dieser verschmäht – oder sie in der Blüte ihrer Jahre von der berühmten Pest dahingerafft –, sein Vorleben verwünscht und beschlossen hatte, Anachoret zu werden. Dazu war er an die venezianische Küste gereist, denn er stammte aus dem Hinterland, und hatte dort einen Matrosen, der gerade sein Boot herrichtete, gebeten, ihn zu einer kleinen, unfruchtbaren, mehrere Meilen vor der Küste liegenden Insel zu bringen. Der Matrose hatte ihm gesagt, auf dieser Insel gedeihe kein Kraut und es gebe nicht einmal Insekten, von denen er sich ernähren könne, denn sie sei eigentlich bloß ein Haufen Fels und Steine, worauf der Anachoret mit den Worten geantwortet hatte: Es steht in Gottes Hand. Nach zwei Tagen war ein Wal auf der Insel aufgelaufen und bald gestorben, da sein mächtiger Körper auf dem Strand festsaß. Wohl wissend, daß es im Adriatischen Meer niemals Wale gegeben hatte, sah der Anachoret hierin die Hand des Allmächtigen. Er ließ das Meerwasser verdunsten und kam so zu Salz, mit dem er den Wal einpökelte, so daß er sich von diesem Vorrat fünfzig Jahre lang ernähren konnte. Mit dem Skelett des Wals, das immer mehr freilag, je weiter der Anachoret das Fleisch verzehrte, begann er eine Kirche zu bauen. Mit einem Steinstichel arbeitete er in jeden Knochen Szenen aus Leben und Leidensgeschichte Christi, aus dem Marienleben, der Apostelgeschichte und der Apokalypse. Die Schiffe, die an der Insel vorbeikamen, sahen die in der Sonne leuchtende Kirche wachsen, aber da sie um ihre Entstehung wußten, wagten sie nicht, sich der Insel zu nähern, um die Abgeschiedenheit des Anachoreten nicht zu stören. Eines Tages war die Kirche schließlich vollendet. Auf dem Dach stand ein Kreuz aus Walfischbarten. Als die Seeleute und Fischer, die diese Route befuhren, sahen, daß die Kirche fertig war, wußten sie, daß auch der Anachoret seine Mission vollbracht hatte, und legten an, um seinen Leichnam nach Venedig zu bringen, wo für seine Beerdigung seit langem alles vorbereitet war. Obwohl sich der Anachoret so viele Jahre ausschließlich von gepökeltem Wal ernährt hatte, verströmte sein Leichnam einen köstlichen Duft.

Nachdem er die Geschichte beendet hatte, sagte der Fette, er habe einen Knoten im Hals bekommen wie immer, wenn er Gelegenheit habe, sie zum besten zu geben; ohne daß er einen Grund nennen könne, habe ihn diese Geschichte der Entsagung und Ausdauer stets gerührt. Heute gebe es keine solchen Männer mehr, schloß er. Mehr aus Höflichkeit als aus Überzeugung pflichtete Fábregas bei. Schon seit einer Weile war seine Aufmerksamkeit durch das Kommen der Frau des Fetten abgelenkt worden, die, mit allen Zeichen äußerster Diskretion und großen Respekts, dessen Erzählung nicht zu unterbrechen gewagt und sich schweigend und reglos etwas abseits gehalten hatte, in einer bescheidenen Haltung, die in Fábregas einen sehr braven Eindruck erweckte, obwohl er, ohne sich ganz sicher zu sein, jedesmal wenn ein Windstoß das Sommerkleid der Frau lüftete, zu bemerken glaubte, daß sie darunter keine Unterwäsche trug. Diese undeutlichen Anzeichen und der Verdacht, trotz ihres sittsamen Aussehens begünstige sie mit ihrer Stellung und Körperhaltung die Beihilfe des Windes, erregten ihn so, daß er nicht wußte, wie er das vor den Augen des Fetten verbergen sollte, welcher glücklicherweise nicht das Geringste von den Tändeleien zu bemerken schien, die sich vor seiner Nase abspielten. Vom ersten Moment an, als er sie erblickt hatte, war in Fábregas eine Leidenschaft für diese Frau entflammt, von der ihn nichts mehr trennen zu können schien. Er fragte sich, was die Frau getan hatte, um ihn derart in Unruhe zu versetzen, was es an ihr Besonderes gebe und wer sie wohl sei, denn obwohl er kaum Gelegenheit gehabt hatte, ihr Gesicht aufmerksam zu studieren – sei es wegen der blendenden Helligkeit des Himmels, sei es wegen des Kontrasts zwischen dieser Helligkeit und dem Schatten der Hütte, sei es schließlich wegen ihrer rötlichen Haare, die ihr Gesicht zum Teil bedeckten, wenn der Wind darin spielte –, kam es ihm nicht unbekannt vor. Nun brachte ihn die Summe dieser undeutlich ausgemachten, seinen Augen aber nie ganz preisgegebenen Züge durcheinander bis zum Wahnsinnn.

So verharrten die drei eine Weile schweigend, indem sie vorgaben, auf dem Meer nach der Insel Ausschau zu halten, bis der Fette plötzlich und unerwartet ankündigte, er müsse auf der Stelle gehen, und gestand, die durch die Erwartung hervorgerufene Nervosität habe in ihm das dringende Bedürfnis geweckt zu urinieren, was er auf der Toilette seiner Kabine zu tun gedenke, wobei er die Gelegenheit nutzen wolle, um gleich noch ein Fernglas zu holen, das er eigens für die Überfahrt erstanden, bis dahin aber vergessen habe. Kaum hatte ihnen der Fette den Rükken gekehrt, gab die Frau alle Verstellung auf und hieß Fábregas mit eindringlicher Stimme, ihr zu folgen. Als sie an ihm vorbeiging, stieg ihm ein durchdringendes, warmes Parfüm in die Nase, das ihn an Äther erinnerte. Durch eine Luke kletterten sie in den Gang hinunter, an dessen Seiten sich die Kabinentüren aneinanderreihten. Zu dieser Stunde befand sich niemand auf dem Gang; alles war still, schattig und frisch. Auch seine Kabine lag in goldenem Halbschatten; das im Wasser reflektierte Sonnenlicht drang durch die Ritzen der Jalousie und flimmerte fröhlich an der Decke. Jetzt tat es ihm leid, die Kabine, die man ihm ohne zu fragen zugeteilt hatte, ergeben akzeptiert zu haben – sie war so eng, daß das Bett an der Seite kaum einen schmalen Gang frei ließ, so daß man mit dem Rükken die Wand berührte. Anfänglich hatte ihm diese Enge zugesagt; vom Bett aus konnte er das Meer sehen, und er brauchte nur den Arm auszustrecken, um die Hand auf den Rand des Bullauges legen zu können. Nun demütigten ihn diese Kleinigkeiten. Doch sie schien die Enge der Kabine nicht beachtet zu haben: sie war ganz Lüsternheit und Glut; mit entrücktem Blick schlang sie ihm die Arme um den Hals und flüsterte obszöne und anstößige Worte. Nun wurde ihm klar, wer sie war; dieses lange getönte Haar, diese ordinäre Dauerwelle, diese falschen Wimpern und dieses geschmacklose Make-up hätten ihn bis dahin abgelenkt, sagte er zu ihr. Sie stieß ein vulgäres Lachen aus, als schmeichelten ihr diese beleidigenden Bemerkungen über ihr Aussehen. Ihre Erniedrigung kenne keine Grenzen, sagte sie angeberisch. Und gleich darauf erzählte sie ihm, als Opfer einer Reihe von falschen Versprechungen, die aufzuzählen jetzt nicht der Moment sei, habe sie sich gezwungen gesehen, den Fetten zu heiraten, für den sie nichts als Widerwillen empfinde, der mit der Zeit noch gewachsen sei. An seiner Seite sei sie jedoch gezwungen, sich untadelig zu benehmen, was alle, sogar Fábregas, getäuscht habe, denn unter dem Mantel von Sanftheit, den er sich in der Öffentlichkeit gebe, verberge ihr Mann einen grausamen, perversen Charakter. Der Fette sei in Wirklichkeit ein gewalttätiger und höchst gefährlicher Feuerkopf, wenn ihn die Eifersucht packe. Nur die seltenen gemeinsamen Reisen verschafften ihr Gelegenheit, ihrer Hemmungslosigkeit freien Lauf zu lassen. Da sagte er, letzteres habe er nicht verstanden, da nach seinen Begriffen doch gerade auf Reisen das fortgesetzte Zusammenleben es noch schwieriger mache, die Kontrolle des Menschen zu umgehen, mit dem man reise, worauf sie entgegnete, in ihrem speziellen Fall treffe das genaue Gegenteil zu, denn ihr Mann reise nur aus beruflichen Gründen und denke dabei an nichts anderes als ans Geld. Trotzdem müßten sie sich beeilen, denn sogar unter den günstigen Umständen, die sie eben beschrieben habe, könne ein längeres Wegbleiben den Argwohn des Fetten wecken. Kaum hatte sie diese wie eine Warnung klingenden Worte ausgesprochen, wurde an die Kabinentür gehämmert. Er sei es, sagte sie und umarmte ihn mit einer Kraft, die aus dem Schrecken geboren schien. Sie waren verloren. Beide erwogen für einen Moment, sich durchs Bullauge ins Meer zu werfen, fanden es aber undurchführbar. Das Hämmern an der Tür wurde stärker und war jetzt von drohenden Rufen begleitet. Nun schlug sie vor, ihre Leidenschaft auszuleben und sich gegenseitig zu beglücken, solange die Scharniere Widerstand leisteten, doch obwohl Fábregas ihren Vorschlag heroisch fand und deshalb gern ausgeführt hätte, hatte er nicht den Mut dazu, so daß er sie, taub gegenüber ihren Bitten und unempfindlich für die Wollust, die sie mit allen Mitteln auf ihn zu übertragen suchte, nachdem sie sich eigenhändig das Kleid zerrissen hatte, von sich stieß und Anstalten machte, vom Bett zu springen.

Da merkte er, daß tatsächlich jemand an die Zimmertür hämmerte.

4

»Sie!« rief er, als er sie im Hotelflur stehen sah.

Sie war die letzte, die er hier anzutreffen erwartete, und jetzt, in ihrer Gegenwart, verwünschte er die Hast, mit der er aufgemacht hatte. Die Gemütsverwirrung, bei der sein Traum zugleich Ursache und Wirkung gewesen war, hatte sich noch nicht gelegt; nun vermischten sich in seiner Seele die zwei antithetischen Bilder, die er von ihr hatte: das wirkliche und das geträumte. Letzteres wirkte noch immer in einer erregten Reaktion nach, die sich nicht übersehen ließ, solange er das blaue Klinikhemd trug. Sie zeigte jedoch keinerlei Befremden oder Überraschung, entweder aus Unachtsamkeit oder aus Taktgefühl.

»Es tut mir sehr leid, Sie geweckt zu haben«, sagte sie ungezwungen.

»Oh, keineswegs. Ich bin es, der sich dafür zu entschuldigen hat, Ihnen so aufgemacht zu haben ... Aber kommen Sie doch bitte herein, bleiben Sie nicht im Flur stehen.« Wie betäubt trat er zur Seite.

»Geht es Ihnen gut?« Sie trat ein und schaute ihn mit einem Anflug von Ungeduld im Blick flüchtig an.

»Ja«, murmelte er. Und Gegenstand und Grund der Frage durcheinanderbringend, fügte er zerknirscht hinzu: »Ich habe nämlich einen merkwürdigen Traum gehabt.«

Kaum hatte er das gesagt, errötete er lebhaft.

»Zum Glück«, sagte sie, nun ihrerseits seine Antwort falsch interpretierend. »Ich fürchtete schon, es sei Ihnen etwas zugestoßen ... Ich hab' Sie mindestens eine halbe Stunde lang durchs Haustelefon angerufen. Dann, da Sie nicht antworteten und sich nicht im Restaurant oder einem andern Raum des Hotels befanden und auch nicht ausgegangen waren, entschloß ich mich, heraufzukommen und an Ihre Tür zu hämmern. Haben Sie das Telefon wirklich nicht gehört?«

»Nein. Und die Tür auch nicht. Ich fürchte, Sie haben lange hämmern müssen.«

»Hämmern und rufen. Es war ziemlich lustig: Mehrere Gäste haben den Kopf auf den Gang herausgestreckt, weil sie dachten, Zeugen eines Ehestreits zu werden. Waren nicht Sie es, der sich über Schlaflosigkeit beklagte?«

Er mochte ihr nicht sagen, was er dachte: daß man ihm in der Klinik nach der Magenspülung sicherlich ein Beruhigungs- oder Betäubungsmittel verabreicht hatte. Sie schien jedoch die Frage bereits wieder vergessen zu haben. Nun ging sie unbefangen im Zimmer auf und ab und schaute sich alles neugierig an, ohne jedoch etwas zu berühren. Als er sie so umhergehen sah, schämte sich Fábregas, ihr im Traum ein ordinäres Aussehen und verderbtes Benehmen verliehen zu haben. Nun fragte er sich, ob der Traum nicht vielleicht die Schlußfolgerung nahelege, daß er sie sich in seiner Fantasie nur zu eigen machen konnte, wenn er sie moralisch erniedrigte. Glücklicherweise ahnt sie nichts, dachte er erleichtert. Der Widerhall eines Donners in der Ferne riß ihn aus seiner Gedankenversunkenheit.

»Anscheinend gibt es ein Gewitter.« Sie schaute aus dem Fenster und betrachtete den dunklen, bedrohlichen Himmel. Fábregas knipste alle Lichter im Zimmer an, um die trübe Stimmung zu bannen, die es erfüllte. Aber im Traum, dachte er gegen seinen Willen weiter, waren ihre Lippen frisch und wohlschmeckend. »Es war absehbar, daß die erstickende Hitze gestern und heute zwangsläufig in ein Gewitter münden würde.« Sie wandte sich um und schaute ihn an; noch immer stand er neben der Tür. »Und dieses aufreizende Kleidungsstück?« fragte sie plötzlich.

»Oh …« Er war nicht imstande, eine halbwegs glaubhafte Erklärung zu erfinden, anderseits entschlossen, ihr nichts von dem bedauerlichen Zwischenfall im Dogenpalast zu erzählen.

»Ich muß Ihnen etwas gestehen«, sagte sie. »Als ich Sie kennenlernte, dachte ich, Sie würden immer in gestreiften Seidenpyjamas schlafen ... Ich weiß nicht, weshalb, aber ich nahm an, Sie seien diese Art Mann. Doch vorgestern schliefen Sie angezogen und heute im Oberhemd. Ich glaube, Sie führen ein sehr interessantes Nachtleben. Eines Tages werden Sie mir davon erzählen.«

In diesem Moment hatte Fábregas den Eindruck, ihre Heiterkeit sei gespielt. Wieder war ein Donnerschlag zu hören, diesmal näher. Vom Traum blieb in seiner Seele nur noch ein Rest Melancholie zurück. Er öffnete den Schrank und zog einen Winterhausmantel an, der ihn sogleich übermäßig zum Schwitzen brachte.

»Ich habe Hunger«, sagte er. »Haben Sie gefrühstückt?« Und als sie verneinte: »Was meinen Sie, wenn ich Frühstück für zwei aufs Zimmer bestellte?«

»Eine großartige Idee«, sagte sie ohne offenkundige Begeisterung.

Sollte es möglich sein, daß sie mir vorbehaltlos verziehen hat? dachte Fábregas, während er telefonisch die Bestellung aufgab. Andernfalls – was geht hier vor? Wenn dieser Besuch nicht eine radikale Wende in unserer Beziehung einleitet, wie läßt er sich dann erklären? Ach, ihre Nachrichten, ich tue noch immer alles, um ihre Nachrichten zu vergessen.

»Sagen Sie, was kann ich für Sie tun?« fragte er.

Sein ernster Ton und das mönchische Aussehen, das ihm der Hausmantel gab, schienen sie einzuschüchtern. Bevor sie antwortete, zögerte sie einen Augenblick, als würde die Form ihrer Antwort Fábregas' Reaktion entscheidend beeinflussen. Schließlich machte sie den Mund auf, aber bevor sie auch nur ein Wort sagte, schloß sie ihn wieder. Dann, als sie sah, wie er sie anstarrte, rief sie:

»Lassen Sie mich! Weshalb schauen Sie mich so an? Ich verstehe Sie nicht, Sie machen mir angst!«

Dann lehnte sie sich ans Fensterbrett und barg das Gesicht in den Händen. Ihr Körper schüttelte sich vom Schluchzen oder von Krämpfen. Fábregas war verwirrt. Wie einfach trotz allem das Erleben der Träume ist, dachte er; in der Wirklichkeit dagegen gibt es nichts als Fragen und Ungewißheiten.

»Ist Ihnen etwas? Womit habe ich Sie verärgert?«

Ihr Körper schüttelte sich nicht mehr, aber sie behielt die Hände vor dem Gesicht.

»Kümmern Sie sich nicht um mich.« Ihre Stimme war heiser und stockend. »Ich bin sehr nervös. Auch ich habe diese Nacht einen seltsamen Traum gehabt. Einen Traum, der mich traurig gemacht hat.«

»Wirklich? Und was haben Sie geträumt? Etwas, was auf einem Schiff auf hoher See geschah?«

»Nein, überhaupt nicht, warum?«

»Einfach so. Mein Traum spielte auf einem Schiff, und ich dachte, vielleicht hätte es eine Übereinstimmung gegeben. Wollen Sie mir Ihren Traum nicht erzählen?«

»Nein.« Sie nahm die Hände vom Gesicht. »Erzählen Sie mir Ihren.«

Obwohl er sah, daß ihre Augen vom Weinen gerötet waren und daß ihr zwei Tränen über die Wangen flossen, konnte er nicht umhin, bei ihrem Vorschlag zu lächeln.

»Das ist im Moment nicht möglich. Warum weinen Sie?«

»Kann ich mich setzen?«

»Was für eine Frage! Selbstverständlich.«

Sie ließ sich in einen Sessel fallen. Die neue Haltung brachte sie wieder zum Weinen, aber diesmal ruhig.

»Auf der ganzen Welt kann ich nur auf Sie rechnen.«

»Dann erstaunt es mich allerdings nicht, daß Sie weinen müssen.«

»Machen Sie sich nicht lustig über mich, und ziehen Sie das nicht ins Lächerliche.«

»Ins Lächerliche?« sagte er langsam und ließ seinen Blick auf ihr ruhen, als wollte er das Bild verewigen, das sie ihm darbot: allein, traurig, wehrlos, in einem ärmellosen, blumenbedruckten Sommerkleid, das ihr ein kindlich-argloses Aussehen gab. Alles an ihr kam ihm schillernd vor; das sonst kastanienbraune Haar erschien ihm nun golden; einen Moment zuvor, als sie sich ans Fensterbrett lehnte, hatte er gedacht: Wie groß sie ist! Wie schlank! Jetzt aber, im Sessel versunken, wirkte sie ganz klein und gedrungen. Er begriff, daß er nie müde würde, sie anzuschauen. »Aber nicht doch!« rief er.

Der Regen trommelte nun an die Jalousien.

»Sie müssen mir unbedingt Geld leihen«, sagte sie unversehens, in einem drängenden Ton, der zum Ausdruck brachte, daß sie sich endlich entschlossen hatte, einen schwierigen Schritt zu tun. »Natürlich werde ich es Ihnen zurückzahlen.«

»Daran habe ich nicht den geringsten Zweifel«, fiel er ihr ins Wort. »Wieviel wollen Sie?«

Sie schaute ihn überrascht an; sicherlich hatte sie sich mehrere Antworten auf ihr Ansinnen vorgestellt, aber nicht den reservierten Unternehmerton, den er automatisch angeschlagen hatte. Angesichts ihrer Reaktion wiederholte er die Frage mit sanfter, beruhigender Stimme.

»Wieviel Geld brauchen Sie? Sagen Sie's mir ohne Furcht.«

»Viel.«

»Wenn Sie es wirklich brauchen ...«

»Ach, allerdings.«

»Na, dann nennen Sie diese unselige Summe.«

»Zwei ... zwei Millionen«, stammelte sie.

»Sie gehören Ihnen«, sagte er rasch. »Aber zwei Millionen was?«

»Lire natürlich.«

Fábregas nahm den Hörer ab und gab der Hotelverwaltung den Auftrag, ihm diese Summe sogleich in einem Umschlag aufs Zimmer zu schicken. Als er einhängte, war sie aufgestanden und wieder zum Fenster gegangen, wo sie durch die Ritzen der Jalousie zuschaute, wie es regnete. So hatte sie ihr Gesicht von Fábregas abgewandt, dem in diesem Augenblick klar wurde, daß sie das Geld brauchte, um wieder von Venedig wegzugehen. Da das nicht zu ändern ist, dachte er rasch, wäre es absurd, ihr eine Szene zu machen; nein, sie darf nichts merken, alles muß weitergehen wie bisher; ich werde dann schon sehen, was ich tue.

»Sehen Sie, wie leicht es gewesen ist?«

»Wenn ich Sie nun statt um zwei Millionen Lire um zwei Millionen Dollar gebeten hätte, hätten Sie sie mir auch gegeben?«

»Nicht so schnell und nicht in bar, aber ich hätte sie Ihnen auch gegeben.« Sogleich dachte er, wie aufgeblasen und erlogen diese Antwort sei. Nie hatte er ihr genau gesagt, was er machte oder woher das Geld kam, das er vor ihren Augen absolut bedenkenlos verschwendete. Es war nur logisch, daß sie, wenn sie so sah, wie er sich monatelang nicht um seine Geschäfte zu kümmern brauchte und soviel Geld ausgab, vermutete, er verfüge über unerschöpfliche Rücklagen oder komme auf undurchsichtige Weise zu Gewinn. Höchstwahrscheinlich ist ihr das aber alles vollkommen egal, sagte er sich. »Ich bin freilich nicht so reich, wie Sie wohl annehmen.«

»Ich habe Ihnen schon gesagt, daß ich's Ihnen ...«, begann sie, doch da er erriet, was sie sagen wollte, gebot er ihr mit einer Handbewegung zu schweigen. Für den Augenblick gehorchte sie; dann fuhr sie fort: »Glauben Sie nicht, ich wüßte Ihre Liebenswürdigkeit und Ihr Vertrauen nicht zu schätzen, nur weil ich Sie für reich halte. Es ist mir peinlich, noch mehr zu sagen, aber ich vertraue darauf, daß Sie mich verstehen.«

Nun goß es in Strömen. Sie wandte sich vom Fenster ab,

ging in die Mitte des Zimmers und stützte sich mit einer Hand auf den Schreibtisch. Er sah ihr unbeirrt zu, mit ruhiger, erwartungsloser Neugier.

»Um Gottes willen, schauen Sie mich nicht so an«, sagte sie. »Ich weiß ganz genau, was Sie denken.«

Brüsk fuhr sie mit der andern Hand an den Träger des Kleides und ließ sie unbeweglich dort liegen. Er lächelte. Er hatte nicht auf diese impulsive Bewegung geachtet, sondern auf die Worte davor – eine Redewendung, die er im Laufe seines Lebens in ähnlichen Situationen öfter gehört hatte. Jetzt erinnerte er sich wieder an seinen Traum und dachte, wie falsch der Satz in dieser Situation doch sei. Da wurde an die Tür geklopft.

»Da bringt man schon das Geld. Sie werden gleich gehen können.«

Bedächtig ging er zur Tür, sah aber verblüfft einen Kellner ins Zimmer treten, der ein Wägelchen mit einem Tablett und zwei Frühstücksgedecken vor sich herschob. Als er sich von seiner Enttäuschung erholt hatte, sagte er dem Kellner, wo er das Wägelchen hinstellen solle. Der Ober stand noch eine Weile in Erwartung eines Trinkgeldes herum, ging dann und schloß hinter sich leise die Tür. Auf dem Wägelchen stand ein hoher, schlanker Krug aus Murano-Glas mit einer roten Rose.

Nachdem der Kellner gegangen war, sagte Fábregas, da er ihm kein Trinkgeld gegeben hatte: »Gestern abend habe ich alles Taschengeld verloren. Und auch die Ausweispapiere. Heute werde ich den Verlust ganz bestimmt melden.«

»Das tut mir leid. Wie ist es denn geschehen?«

»Pah, eine Dummheit, an der ich ganz allein die Schuld trage.« Er deutete auf das Frühstückswägelchen. »Möchten Sie etwas?«

Sie schüttelte den Kopf.

»Entschuldigen Sie bitte, was ich eben gesagt habe«,

sagte sie nach einer Weile. »Ich schäme mich. Glauben Sie nicht, ich mache alles leichtsinnig oder ohne an die Folgen zu denken. So handle ich nie, aber möglicherweise vermuten Sie das noch immer, obwohl Sie mich gut kennen – daß ich unüberlegt vorgehe; eigentlich wäre es gar kein Fehlurteil, wenn Sie das dächten, denn meine Handlungen scheinen wirklich nicht der Logik oder einer Regel zu gehorchen, und es ist tatsächlich so. Letztlich weiß ich nicht, was tun oder wohin gehen ... Das heißt aber nicht, daß ich nicht denke; im Gegenteil, meine ganze Verwirrung rührt daher, daß ich zuviel denke. Angesichts des Zweifels und der Ungewißheit tue ich gar nichts anderes als denken. Ich denke auch, das Denken führt nirgendwohin, es ist eine unsinnige Art zu leben. Ich weiß, daß nur das Handeln zum Handeln führt, daß nur das Handeln die Dinge ändern oder eine Änderung einleiten kann. Mit Denken setzt man die Welt nicht in Bewegung, im Gegenteil, das Denken bringt alles ins Stocken. Ich denke wirklich, was ich gerade gesagt habe, aber es bringt nichts – es zu denken bringt nichts. Ich hasse mich, und ich schäme mich meiner Apathie. Wenn ich an mich denke, daran, was ich bin und was ich tue, mag ich mich nicht; die Bilanz ist immer negativ. Ich hasse mich wirklich. Wahrscheinlich ist letzten Endes niemand mit seinem eigenen Verhalten zufrieden, mag niemand sich selbst; aber ich kann nicht glauben, daß es jemand gibt, der so uneins ist mit allem wie ich. Manchmal frage ich mich, wie es überhaupt ein so großes Gefälle geben kann wie das zwischen dem, was ich sein und gewesen sein möchte, und dem, was ich wirklich bin. Läge es in meiner Hand, mein Leben zu ändern, ich würde alles ändern: mein Wesen, meine Gefühle, meine Vergangenheit, das Milieu, in dem ich mich bewege, die Erziehung, die ich bekommen habe – Sie sehen, alles. Ich weiß aber auch, daß man das nicht kann, daß es dumm ist, so zu denken, ein Mittel, um sich der Realität nicht stellen zu müssen, und vor allem eine verwerfliche, schädliche Form von Egoismus. Was Sie betrifft, so habe ich immer ...«

»Schweigen Sie; sagen Sie nicht noch mehr Dummheiten.« Immer, und in diesem Fall ganz besonders, war es für ihn ärgerlich und peinlich gewesen, sich die Geständnisse anzuhören, die die Leute unter gewissen Umständen ablegen zu müssen meinten. Wie er jedesmal, wenn er in diese Lage kam, festgestellt hatte, entsprangen sie nicht so sehr der Aufrichtigkeit als vielmehr einer Art Wahn, waren das Resultat einer vergifteten Seele, einer tiefen Verwirrung und einer Erregung, die sich nicht in der Erhellung der Wahrheit Erleichterung suchte, sondern in der schamlosen Erniedrigung in den Augen dessen, der sie empfing. Jetzt fragte er sich, ob dieses unnötige Geständnis nicht ein Mittel war, sich die Dankbarkeit zu ersparen, oder das Vorspiel zu einer weiteren Hingabe. Pah, was tut's zur Sache? sagte er sich, ich werde nicht zulassen, daß so etwas meine Geste herabsetzt. »In Wirklichkeit sprechen Sie so, weil Sie noch sehr jung sind«, sagte er, um die Dinge wieder zurechtzurücken. »Damit will ich nicht sagen, daß sich die Menschen im Verlauf der Jahre mit ihrer eigenen Natur aussöhnen; was mich betrifft, so denke ich heute noch dasselbe wie früher, dasselbe, was ich immer gedacht habe; etwas, was sich nicht sehr von dem unterscheidet, was Sie eben sehr allgemein ausgedrückt haben. Jedoch glaube ich« – er gab nicht zu erkennen, daß er den verärgerten Ausdruck bemerkte, mit dem sie seine Worte aufnahm –, »daß Sie früher oder später diese Einstellung nicht mehr als schuldhaft und egoistisch ansehen werden. Dann werden Sie sicher denken, das Einverständnis sei zu spät gekommen, aber auch das stimmt nicht, denn nichts kommt zu spät, wenn wir im gegebenen Moment noch allen nötigen Mut zusammennehmen können, um uns dem Leben zu stellen. Ich spreche nicht vom Glück, sondern von einer Gemütsverfassung, die nicht beurteilt werden kann, die unerklärlich ist. Im Gegensatz zu dem, was Sie zu wollen behaupten, spreche ich nicht in diesen Begriffen zu Ihnen, in der Hoffnung, Sie könnten mich verstehen. Vorhin haben Sie gesagt, Sie wüßten, was ich denke, aber das war nicht die Wahrheit. Weder wissen Sie, was ich denke, noch weiß ich, was Sie denken. Niemand weiß, was die andern denken. Wir können höchstens auf die unmittelbaren Beweggründe gewisser Handlungen schließen, und auch das nicht mit Gewißheit. Glauben Sie mir, es lohnt sich nicht, sich graue Haare wachsen zu lassen oder unnütz zu leiden. Ein zweites Mal zu leben kann Ihnen niemand bieten. Was mich betrifft, so weiß ich nicht, was Sie sagen wollten, als ich mir erlaubt habe, Sie zu unterbrechen, aber was es auch gewesen sein mag, sagen Sie es nicht.« Als er sah, daß sie die Stirn runzelte, den Arm hob und den Mund aufmachte, unterbrach er sie erneut mit einer Bewegung, die keine Widerrede duldete; es war wichtig für ihn, sie daran zu hindern, ihr Angebot zu verdeutlichen, angenommen, das war ihre Absicht. Jedenfalls bin ich es, der zu fordern, und nicht sie, die etwas anzubieten hat, dachte er. »Was mich betrifft, lassen Sie mich dort, wo Sie mich angetroffen haben, versuchen Sie nicht, etwas aus mir zu machen, was ich nicht bin, aber auch nicht, mich zu vergessen, als hätte es mich nie gegeben. Und denken Sie daran, wenn es in meiner Hand läge, an Ihnen etwas von dem zu ändern, was Sie so aufbringt, ich würde es nicht tun. Sie sehen also, wie unzuträglich meine Gesellschaft für Sie ist.«

Er verstummte, als wieder an die Tür geklopft wurde. Diesmal aber, dachte er erleichtert. Er hatte drauflosgeschwatzt, ohne sich um die Bedeutung seiner Worte zu kümmern, nur in der Absicht, sie nicht weiter leiden zu lassen. In der Tür stand ein dunkelgekleideter Mann mit pomadisiertem Haar. Fábregas konnte sich nicht erinnern, ihn schon vorher einmal gesehen zu haben. In der

Hand trug er einige Formulare und im Jackettaufschlag eine Gardenie. Er gab Fábregas die Formulare, damit er seine Unterschrift unter sie setze, und als diese Formalität erledigt war, zog er aus der Jackettinnentasche einen länglichen Umschlag, dessen Inhalt die Falze zu sprengen drohte, und tauschte ihn gegen die Formulare. Alle seine Bewegungen geschahen wie von selbst, wie alle absolut präzisen Bewegungen. Als er gegangen war, lächelte Fábregas eine Weile. Nun hatte er den Umschlag mit dem Geld in der Hand, das sie anscheinend dringend brauchte. Er konnte sie fragen, was sie mit diesem Geld tun wollte. Eigentlich kann sie damit vieles machen, wenn sie einmal darüber verfügt, dachte er, aber im Moment, da es noch mir gehört, bin ich es, der die Rechte ausüben kann, die eine so übertriebene Summe verleiht. Jetzt war ihm die Vorstellung plötzlich zuwider, sich bis dahin ritterlich und freundlich benommen zu haben. Nun stürmten schreckliche, verworfene Gedanken auf ihn ein, die zu seinem vorherigen Verhalten und zu seinem Hausmantel in Widerspruch standen. Etwas Abscheuliches zu tun wäre das beste für beide, dachte er; nur eine niederträchtige Tat könnte in diesem Moment unsere Beziehung wieder normalisieren, sie der Wahrheit anpassen und eine natürliche, offene Entwicklung ermöglichen. In diesem Augenblick knallte ein Blitz wie ein Peitschenhieb, und fast gleichzeitig ließ ein Donnerschlag das Haus erzittern. Auf dem Wägelchen klirrten die Gläser. Als das Echo des Donners verklungen war, hörte der Regen, der bis dahin immer heftiger geworden war, plötzlich vollkommen auf, und zwischen den dicken Wolken drängte die Sonne hervor und zauberte einen glänzenden Streifen unter die Jalousie. Als wäre dieser Wechsel ein vereinbartes Zeichen gewesen, nahm sie ihre Hand vom Schreibtisch, wo sie die ganze Zeit über eine Stütze gesucht zu haben schien, und schritt entschlossen auf die Tür zu. Als sie an ihm vorbeikam, schaute sie ihn nicht einmal von der Seite an. Auch verlangsamte sie ihren Schritt nicht, als sie den Umschlag entgegennahm. Bei der Tür angelangt, riß sie sie auf, ging hinaus und knallte sie wieder zu. Obwohl er wußte, daß sie nicht zurückkommen würde, wartete Fábregas ein paar Sekunden, ehe er sich den Mantel und das Hemd auszog, das er in den Papierkorb warf. Als er rasiert, geduscht und mit Kölnisch Wasser bespritzt aus dem Bad kam, betrachtete er einen Moment lang auf dem Wägelchen das Frühstück für zwei. Es zu bestellen war die erste und letzte Handlung ihres gemeinsamen Lebens gewesen; ein bescheidener Versuch, dachte er ohne Traurigkeit.

5

Als er die breite Treppe zur Lounge hinunterstieg, fühlte er sich zufrieden, ja beinahe fröhlich. Er trug einen kobaltblauen Leinenanzug, der ihm besonders gefiel und den er sich deshalb für außergewöhnliche Gelegenheiten aufsparte. Dafür, daß ich so wenig gesprächig bin, habe ich es wirklich ganz gut gemacht, dachte er, als er an den eben gehaltenen Vortrag zurückdachte. Bis dahin hatte er für Beredsamkeit und jegliche Form von Charme beim Sprechen immer nur Verachtung übriggehabt, weil er sie für provinzlerisches Beiwerk hielt, jedem zugänglich, der es suchte. Er war immer bemüht, sich in alltäglichen Worten und kurzen, einfachen Sätzen auszudrücken, die er durch kleine Pausen und Hüsteln voneinander trennte. Er fand es elegant, sich zu verhaspeln und zu stammeln. Diese Sprechweise flößte Respekt ein im Handelsmilieu, wo er sich immer bewegt hatte und wo Redegewandtheit dazu führen konnte, daß die Geschäfte manchmal in ein ansteckendes Komödiantentum abglitten, das auf die Dauer nur dem Ungehemmtesten Vorteile brachte.

Als er am Eingang des Speisesaals vorbeikam, sah er an einem der Tische den fetten Mann, der in der Annahme, Fábregas wäre es nicht sehr lieb, an die Ereignisse des Vorabends erinnert zu werden, so tat, als hätte er ihn nicht bemerkt. Fábregas ging jedoch auf ihn zu und bedankte sich für das, was der andere so uneigennützig getan hatte.

»Heute du, morgen ich, wie man so sagt«, antwortete der Fette leichthin. »Wollen Sie sich nicht setzen? Haben Sie schon gefrühstückt?«

»Ich frühstücke nicht, aber wenn Sie allein sind und ich Sie nicht störe, setze ich mich fünf Minuten.«

Der Fette versicherte ihm, er erwarte niemanden und Fábregas' Gesellschaft sei ihm sehr angenehm, da er bis zum Mittag nichts zu tun habe und bei dieser Hitze und dem unsicheren Wetter auch keine Lust zum Herumbummeln verspüre.

»In der Tat, ein gewaltiger Platzregen heute früh, aber die Temperatur ist deswegen nicht gefallen, dafür hat die Luftfeuchtigkeit noch zugenommen«, sagte Fábregas.

»Sie haben ganz recht. Und es ist nicht einmal sicher, daß nicht wieder das Chaos hereinbricht. Zum Glück ist's im Hotel hübsch kühl und angenehm.«

Ein Kellner trat an den Tisch, um Fábregas zu fragen, ob er zum Frühstück Tee oder Kaffee wünsche, worauf er antwortete, er wolle nur eine Tasse Kaffee. Der Kellner machte ihn darauf aufmerksam, zu dieser Stunde werde im Restaurant nur komplettes Frühstück serviert, und legte ihm nahe, in die Bar zu gehen, wenn er bloß einen Kaffee wolle, doch Fábregas erinnerte sich an Dr. Pingpongs männliche Haltung in einer vergleichbaren Situation und sagte, er unterhalte sich mit dem Fetten, der Kellner solle ihm genau das bringen, was er bestellt habe. Dieser zog sich kommentarlos zurück, brachte aber nach sehr kurzer Zeit ein Tablett mit einem kompletten Frühstück und stellte es mit herausfordernder Miene auf den Tisch.

»Das ist bereits das dritte Frühstück, das ich heute bezahle und nicht anrühre«, sagte Fábregas, als der Ober gegangen war.

»Sie scheinen sehr frugal zu leben«, sagte der Fette. »Ich dagegen stehe immer mit einem Mordshunger auf. Ich glaube, ich könnte einen ganzen Wal vertilgen. Außerdem« – er bemerkte das Lächeln nicht, mit dem Fábregas diesen Ausdruck quittiert hatte – »wäre es angesichts dessen, was das Zimmer kostet und daß das Frühstück im Preis inbegriffen ist, ein Verbrechen, auch nur eine einzige Krume auf dem Teller zu lassen.«

»Aus Ihren Worten schließe ich, daß Sie auf eigene Kosten reisen.« Fábregas schob dem Fetten das Tablett hin, der das Angebot annahm, sich die noch auf seinen Knien liegende Serviette um den Hals knüpfte und sich geradezu ungestüm über die Speisen hermachte.

»Teils, teils.« Er hörte beim Sprechen nicht auf zu kauen. »Eigentlich reise ich auf Kosten einer Firma, deren einziger Teilhaber ich bin.«

»Na gut, dann können Sie trotzdem die Auslagen für diese Reise abziehen.«

Als der Fette das hörte, stieß er einen langen Seufzer aus.

»Ach, mein Freund, leider ist es nicht die Ausgabenseite, die an Auszehrung leidet, sondern die der Einnahmen.«

Und sogleich erklärte er Fábregas, er sei Filmproduzent und halte sich wegen des Filmfestivals in Venedig auf, das jedes Jahr hier stattfinde. Eigentlich sei es seine Absicht, mit allen Mitteln zu erreichen, daß die Festivalorganisatoren einen Film in die Auswahl nähmen, in den er eine große Summe gesteckt habe und dessen kommerzielles Ergebnis, bis dahin offen gestanden enttäuschend, ihn in den Ruin zu führen drohe. Die Publizität nach einer möglichen Auswahl würde zweifellos bewirken, daß der Film wieder Aufwind bekäme, aber einstweilen sei die Antwort der Organisatoren auf sein Drängeln wenig begeistert, wenn nicht kühl ausgefallen.

»Tatsächlich ist der Film eine Katastrophe«, gestand er nach einer Pause ein.

»Und was werden Sie tun, wenn sich Ihre Befürchtungen am Ende bestätigen? Ich meine, wenn der Film nun nicht ins Festival kommt?«

»Was ich tun werde? Nun, was soll ich wohl tun? Neu anfangen, wie ich's schon so oft getan habe!«

»Ach, dann wäre das nicht Ihr erster Mißerfolg?«

»Mein erster Mißerfolg?« wiederholte der Fette ironisch. »Wo denken Sie hin! Meine sämtlichen Filme waren ein Riesenreinfall. Heute sind das fast alle Filme. Schauen Sie, in diesen Tagen wird die Stadt von Produzenten überschwemmt, die sich in genau derselben Lage befinden wie ich. In den Hotelzimmern stapeln sich die Filmrollen zu Tausenden und wollen in die Auswahl kommen. Nur einige wenige wird es treffen, und von diesen bekommt nur ein einziger den Goldenen Löwen. Und nicht einmal das ist eine Erfolgsgarantie. Die Filmindustrie hat keine Zukunft. Der Film ist zum Aussterben verurteilt, aber sein Beharrungsvermögen ist groß, es steckt noch immer viel Geld drin, und daher ist es so schwer, dem Kreislauf ein Ende zu setzen ...« Nachdenklich führte er den leeren Kaffeelöffel zum Mund und leckte eine Weile daran. Dann deutete er mit ihm auf die Lounge. »Haben Sie nicht bemerkt, daß sich diese Lounge zu bestimmten Stunden mit jungen Mädchen füllt, die sich hier drängeln, ohne zu wissen, was tun oder wohin sich wenden? Sie alle wollen Stars werden. Höchstens hat die eine oder andere von ihnen einen Schauspielkurs besucht; die meisten schielen, machen ein Getue, wenn sie sich vor eine Kamera stellen, und können nicht einmal ihren eigenen Namen so aussprechen, daß man's versteht. Alle haben ein appetitliches Äußeres und den Kopf voller Illusionen. Für ein vages Versprechen wäre jede von ihnen bereit, sich einem heruntergekommenen Allerweltstyp wie mir in die Arme zu werfen, und wozu? Um dann einen oder zwei Filme zu machen und danach in traurigste Vergessenheit zu geraten. Das ist es, was die Kinoindustrie noch am Leben erhält: die unbezwingbare Fantasie der Leute. Wohlgemerkt, ich bin sicher nicht der, der diesen armen Dingern etwas vorwirft. Wir alle haben mehr oder weniger stark ihre Illusionen geteilt. Der einzige Unterschied besteht darin, daß wir hellsichtiger oder skeptischer oder feiger waren. Und ist es denn in Anbetracht dessen, was uns das Leben letzten Endes beschert, nicht besser, sich etwas albern zu benehmen und Hirngespinsten nachzujagen?«

Die ernüchterten Überlegungen des Fetten ließen Fábregas wieder an Maria Clara denken. Ja, wieviel besser wäre es doch für sie, jede Spur von Vorsicht über Bord zu werfen und ihren Impulsen ohne Wenn und Aber zu folgen, sagte er sich.

»Ich verstehe, was Sie meinen. Was ich jedoch nicht verstehe, ist, warum Sie noch immer in einer Welt ausharren, an die Sie nicht mehr glauben und die Ihnen obendrein keinen Gewinn bringt.«

»Was für eine Frage!« Der Produzent lachte mit einer Spur von Bitterkeit. »Ich stecke noch immer in diesem widerlichen Geschäft, weil ich ruiniert bin, und wenn man ruiniert ist, ist die einzige Möglichkeit, den endgültigen Zusammenbruch zu vermeiden, die, daß man sich weiterruiniert. Das ist ein seltsames, aber unwiderlegbares wirtschaftliches Gesetz. Niemand kennt die Grenzen des Ruins, nur die, die aus Angst oder Müdigkeit stehenbleiben. Durch den Ruin kann man, wie durch den Kosmos, immer weiterreisen, ohne je an ein Ende zu gelangen. Ich weiß das, weil ich einmal einen Science-fiction-Film zu diesem Thema produziert habe. Er hieß *Reise zu den*

Grenzen des Kosmos oder so ähnlich. Sie brauchen nicht so zu tun, als erinnerten Sie sich an den Titel oder als hätten sie ihn gesehen – niemand hat ihn gesehen, nach den Einnahmen zu schließen. Mit dem, was allein die Spezialeffekte kosteten, hätte man das Hungerproblem in Äthiopien lösen können. Dann tat ihn die Kritik mit zwei sarkastischen Sätzen ab, und wir konnten ihn uns in den Hintern stecken. Um die Schulden zu tilgen, mußte ich einen Wahnsinnskredit aufnehmen, den mir die Banken nicht gewährt hätten, wenn ich ihnen nicht gesagt hätte, er sei für eine noch viel teurere Superproduktion als die vorherige bestimmt. Und so habe ich bereits sechsundvierzig Filme produziert, einer mieser als der andere.«

Der Fette schwieg, und Fábregas mochte ihn nicht stören, da er begriff, daß er in seine Gedanken versunken war. Schließlich lächelte der Fette wohlwollend, als hätte er sich nach ernsthafter Beurteilung seiner selbst dafür entschieden, sich von all seiner Schuld freizusprechen.

»Hören Sie nicht auf das, was ich sage. Ich falle Ihnen da grundlos auf den Wecker. In Wirklichkeit ist mein Leben der Film, und wenn ich manchmal giftig werde, dann, weil ich sehe, wie er in den letzten Zügen liegt, und dabei weiß, daß ich nichts dagegen tun kann. Man muß sich den Tatsachen beugen, Fernsehen und Video haben das Rennen gemacht. Alles hat erst begonnen, und der Prozeß ist nicht umkehrbar. Ebenfalls logisch, schließlich leben wir in andern Zeiten. Aber schauen Sie, einmal hatte ich eine Freundin, die ich dann nicht heiratete. Eigentlich dauerte unsere Affäre nur sehr kurz, höchstens ein paar Wochen. Dann kamen andere, und schließlich lernte ich meine jetzige Frau kennen. Wir sind ein zufriedenes Ehepaar und haben drei Kinder; ich würde sagen, im Rahmen des Möglichen sind wir glücklich gewesen. Vor zwei Jahren haben wir unsere Silberhochzeit gefeiert ... Aber diese andere, die Freundin, von der ich sprach, die ich dann nicht geheiratet habe ... Nun, eines Abends holte sie mir in einem Erstaufführungskino einen von der Palme ... Sie wissen schon, was ich meine ... Wir sahen *Johnny Guitar*. Ich weiß nicht, warum der Film sie zu dieser großherzigen Geste angeregt haben mag – es muß das Lied gewesen sein. Ich weiß nicht. Jedenfalls erinnere ich mich heute nicht mehr an ihr Gesicht und auch nicht an ihren Familiennamen, nur an ihren Vornamen, und selbst dazu muß ich mich wirklich anstrengen. Aber wenn mich jemand fragte, welcher Moment meines Lebens in der Erinnerung am meisten Zärtlichkeit in mir weckt, ich glaube, ich würde ohne Umschweife sagen: jene Abendvorstellung.«

6

Als wäre das morgendliche Gewitter das erwartete Zeichen für sein Ende gewesen, verlor der Sommer von diesem Tag an endgültig seinen Glanz. Nun war es schon am frühen Morgen bewölkt, und erst gegen Abend, kurz vor Sonnenuntergang, lichteten sich die Wolken und schien eine Weile die Sonne. Ein Regenschauer folgte dem andern, und wenn es dunkel wurde, erhob sich ein feuchtkalter Nordwind, der die Eigenschaft hatte, kläglich und unheilvoll zu heulen. Andere Male dagegen, wenn der Wind von Süden kam, herrschte eine erstickende, klebrige Hitze; dann stieg Dampf aus dem Pflaster, das Wasser stank, und die Konturen zerflossen im Dunst.

Fábregas verließ das Hotel nicht für eine Minute. Zwar langweilte er sich dort, fand aber keinen Grund auszugehen. Um die Stunden totzuschlagen, versuchte er es mit Fernsehen, doch die Sendungen, die er sich ansah, kamen ihm so befremdlich vor, als wären sie für eine andere Art von Menschen ausgedacht, für naivere und ruhigere, die an Politik, Sport, am Leben des Nächsten und am Geld mehr interessiert waren. Nach einigen Tagen kam er zum Schluß, er sei einfach nicht in der Lage, zu verstehen und zu schätzen, was da vor seinen Augen dargelegt wurde, solange er nicht die Illusionen, Interessen und Vorlieben der Zuschauer teilte und somit ihrem Bund angehörte. Eigentlich hatte er für diesen Zeitvertreib nie das Interesse aufgebracht, das er in seiner Umgebung immer festgestellt hatte. Nur während einer gewissen Zeit, bevor Farbe, technische Perfektionierung und Vielfalt es zugrunde richteten und nachdem sein Erscheinen gerade einen radikalen Wandel in Wesen und Lebensform der Menschen bewirkt hatte, hatte er für das Fernsehen Neugier verspürt. Nun erinnerte er sich besonders an ein wöchentliches Varietéprogramm, das, sei es wegen seines Bekanntheitsgrades, sei es wegen des Sendetages oder aus sonst einem Grund, immer eine erkleckliche Zuschauerzahl vor dem Apparat vereinte: sämtliche Familienmitglieder, die Hausangestellten und einige Nachbarn, die aus wirtschaftlichen Erwägungen, aus Unentschlossenheit, Apathie oder warum auch immer noch kein eigenes Gerät gekauft hatten. Diese Sendung war so abgeschmackt, ihr Inhalt so blödsinnig und ihr Showmaster und ihre Stars so hinfällig, daß es in gewisser Hinsicht schon wieder faszinierend war, sie anzusehen – wie eine Liturgie, die sich unbeholfen und geheimnisvoll abwickelte –, insbesondere wenn die Übertragung aus atmosphärischen Gründen mangelhaft war und eine Art Aschenregen die ganze Szene verschleierte oder wenn die Personen verschwommen zu sehen waren oder ihr eigenes Bild wie Schattenfächer verdoppelten. An solchen Abenden, als man noch hingebungsvoll fernsah, wäre es niemandem eingefallen, Licht zu machen. Dann beleuchtete nur der irisierende Schimmer der Mattscheibe den Halbkreis der aufmerksamen, schweigsamen Zuschauer, die es nie gewagt hätten, die Augen davon abzuwenden. Hätten sie es dennoch getan, so hätten sie die Anwesenden als marmornen Chor gesehen, wie Statuen eines Pantheons. So stellte sich Fábregas nun manchmal ein mögliches Wiedererscheinen seiner Eltern vor, nachdem sie unwiderruflich gegangen waren: in diesem selben Schimmer, in dieser Unbeweglichkeit und Sanftheit, im intimsten Winkel des Wohnzimmers.

In den ersten Septembertagen hörte es auf zu regnen, und die Wolken verschwanden endgültig. Nun tauchte die Sonne die Stadt in ein weiches Licht, das bereits den Herbst ankündigte; es war nicht mehr heiß, und die Abende riefen allmählich nach warmer Kleidung. Mit dem Ende der Sommersaison ging auch der Touristenzustrom deutlich zurück. Doch Fábregas blieb weiterhin in seinem Zimmer. Er hatte sich an seinen Fernseher ein Wiedergabegerät für Videokassetten anschließen lassen und legte einen Film nach dem andern ein, nur gerade mit der Unterbrechung, die nötig war, um in einem Videoclub bei der San-Samuele-Kirche, wo seinerzeit Casanova getauft worden war, einen Posten Filme gegen einen andern auszutauschen. Diese unerbittliche Zurückgezogenheit hatte eine entnervende, ungesunde Bewegungslosigkeit zur Folge, die er anfänglich damit wettzumachen versuchte, daß er seine regelmäßigen Besuche im Fitneßcenter wiederaufnahm, wo er einige Monate zuvor fleißig und gern hingegangen war; doch kurz nach seiner Rückkehr bemerkte er zum erstenmal das zugleich trübe und zotige Milieu dort und trat wieder aus. Da er trotzdem nicht auf Leibesübungen verzichten mochte, die er als wohltuend für Gesundheit und Nerven ansah, kaufte er sich in einem Sportartikelgeschäft ein Paar Hanteln, mit denen er sich in seinem Zimmer rund um die Uhr abquälte, während er sich ohne die geringste Aufmerksamkeit die im Videoclub gemieteten Filme ansah. Wenn ihm plötzlich sein Filmrepertoire ausging, mit dem er sich eingedeckt hatte, eilte er, um nicht seine gymnastischen Übungen unterbrechen, sie aber auch nicht vor einem beängstigend blinden Bildschirm fortsetzen zu müssen, in den Videoclub und schleppte dabei eine Metallstange mit, an deren Enden er je eine massive Kugel von bis zu dreißig Kilo Gewicht befestigt hatte. Die Leute, die ihm über den Weg liefen, schauten ihn befremdet und mißtrauisch an. Ohne es zu wissen, kam er in der Stadt allmählich in den Ruf eines leicht bekloppten, aber gefährlichen Kauzes. Im übrigen war ihm jedoch die Meinung der andern unwichtig geworden. Jetzt hatte er keine weiteren zwischenmenschlichen Kontakte mehr als dann, wenn seine schwankende Stimmungslage es erlaubte und er mit dem Inhaber des Videoclubs plauderte, einem Herrn fortgeschrittenen Alters, den alle respektvoll Don Modesto nannten.

Dieser Mann, mit dem Fábregas schließlich bis zu einem gewissen Grad eine Freundschaftsbeziehung anknüpfte, hatte im selben Laden, den er jetzt führte, eine – nach seinen eigenen Worten zu schließen – sehr erlesene Buchhandlung gehabt, die er vor einigen Jahren aus Überlebensgründen in einen Videoclub umgewandelt hatte. Er hielt sich für einen Intellektuellen alter Schule, verachtete die sogenannte visuelle Kultur und beklagte sich bitter darüber, daß er seine Überzeugungen und Liebhabereien gerade am Ende seines aktiven Lebens hatte verraten müssen.

»Nie habe ich Glück gehabt«, sagte er eines Tages zu Fábregas, während dieser, die Stange mit den Hantelkugeln an den Ladentisch gelehnt, die Gestelle durchging und eine Plastiktüte mit den Filmen füllte, die er herauszog, ohne einen Katalog beizuziehen oder den Titeln die geringste Aufmerksamkeit zu schenken.

Don Modesto war das jüngste von zehn Geschwistern. Als er sieben oder acht Jahre alt war, beschloß sein Vater, von der Not gezwungen, mit Frau und Kindern nach Amerika auszuwandern. Von der ganzen Familie war Don

Modesto der einzige, der nicht dazu kam, amerikanischen Boden zu betreten. Auf der Ozeanüberfahrt zog er sich eine Krankheit zu, die ihn daran hinderte, das Schiff zu verlassen, wo ihn die amerikanischen Gesundheitsbehörden festhielten, bis es erneut in See stechen mußte und mit Don Modesto an Bord, dessen Krankheitssymptome bis dahin nicht zurückgegangen waren, wieder Richtung Italien auslief.

»Ich war sehr krank, so sehr, daß niemand mehr daran glaubte, ich würde den sicheren Hafen erreichen.«

Eines Nachmittags begannen der Arzt und der Kapitän des Schiffs, im Glauben, er sei ohne Bewußtsein oder schlafe, in seiner Gegenwart darüber zu debattieren, welche Vorkehrungen ergriffen werden müßten, wenn es zu dem von allen erwarteten Ausgang käme. Dem Kapitän bereitete es Sorgen, daß das Opfer minderjährig war, doch der Arzt, abgehärteter in solchen Auseinandersetzungen, antwortete, angesichts der Unmöglichkeit, sich mit der Familie in Verbindung zu setzen, werde es das beste sein, auf die übliche Weise vorzugehen und die Leiche loszuwerden, indem man sie ins Meer werfe.

»Ich, der ich alles gehört hatte, dachte, sie würden mich über Bord schmeißen, um aus mir Futter für die Haie zu machen, deren Flossen ich dem Kielwasser des Schiffs mit unheimlicher Geduld hatte folgen sehen, als ahnten sie, daß ihre Ausdauer früher oder später belohnt würde. Natürlich konnte ich mir in diesem Alter nicht einmal den Gedanken an den eigenen Tod vorstellen.«

Don Modesto war ein gebildeter Mann, und da er in Venedig verliebt war, erzählte er gern und jedem, der ihm zuhören mochte, die Wechselfälle seiner Geschichte.

»Auf der ganzen Welt hat es keine gewiefteren Leute als die Venezianer gegeben«, sagte er oft. »Soll ich Ihnen erzählen, wie sie einst reich geworden sind? Passen Sie auf. Ursprünglich hatte das Geld weder für die Leute noch die

Regierungen den Wert, den wir ihm heute beimessen. Die Alten waren der Ansicht, es sei nur dazu da, ausgegeben zu werden. Dann kamen die Venezianer, die cleverer waren als die andern, und beschlossen, Geld könne man auch anhäufen und geschickt handhaben. Da diese Idee von der übrigen Welt noch nicht geteilt wurde, war es den Venezianern ein leichtes, sich fremdes Geld anzueignen, und so wurde Venedig reich.«

»Auf diese Art«, sagte er an einem andern Tag, den Faden der Erzählung dort wiederaufnehmend, wo er sie unterbrochen hatte, »schwangen sich die Kaufleute hier zur herrschenden Klasse auf. Es konnte gar nicht anders ablaufen. Die Klasse, der die praktische Ordnung der Gemeinschaft obliegt, zwingt ihr schließlich auch die moralische Ordnung auf. Andernorts geschah das mit den Soldaten, hier, wie ich sagte, mit den Kaufleuten. Schlecht daran war, daß sie, sowie sie einmal aufgestiegen waren, auf den Gedanken verfielen, ein System, mit dem sie gute Ergebnisse erzielt hatten, sei nicht nur ein gutes, sondern das einzig mögliche System. Und das brachte sie wiederum auf den Gedanken, was für sie gut war und ihnen zusagte, sei zwangsläufig das, was zu sein habe. Logischerweise zogen sie sich mit dieser Einstellung den Haß und das Ressentiment der übrigen Bevölkerung zu. Nun errichtete die *Signoria* in der Republik ein Terror- und Unterdrückungsregime. Die Geheimpolizei hatte alles unter Kontrolle, und so verfielen die Bürger, um der Überwachung zu entgehen, darauf, an sämtlichen Tagen des Jahres Masken zu tragen.«

Während der ehemalige Buchhändler sprach, füllte Fábregas seine Tüte mit Filmen. Don Modesto wurde wütend, als er sah, wie unmäßig er diese konsumierte.

»Sehen Sie denn nicht, daß Ihnen bei dem ganzen Schund, den Sie da mitnehmen, keine Zeit mehr bleibt, etwas anderes zu tun?« Und da Fábregas antwortete, selbst wenn ihm Zeit bliebe, würde er ohnehin nichts zu tun haben, fügte er bitter hinzu: »Offensichtlich ist die heutige Jugend der Welt abtrünnig geworden. Wer keine Drogen nimmt, stumpft sonstwie ab. Wie trostlos!«

In seiner Jugend habe er in den Reihen der Faschisten gekämpft. Nun bedauere er zwar den Krieg, in den all das gemündet war, nehme aber keinen Abstand davon, sich zu einer Weltanschauung bekannt zu haben, die ihm besser erschienen war als Gottlosigkeit und Gleichgültigkeit.

»Damals hatten wir wenigstens ein Ideal«, sagte er.

7

Ende September lernte Fábregas Madame Gestring kennen.

Nicht aus Geselligkeit, sondern um seinen von vielen Stunden Video und Gymnastik müde gewordenen Augen und Muskeln etwas Ruhe zu gönnen, war er in die Hotelbar hinuntergegangen, wo er sich zu seiner Überraschung einer Gruppe von Herren im Gesellschaftsanzug gegenübersah, die eine Dame umschwärmten und unaufhörlich mit Aufmerksamkeiten und gespreizten Phrasen überhäuften. Neugierig geworden, fragte er den Kellner, wer diese Gecken seien, worauf dieser eine Reihe von Namen aufsagte.

»Berühmte, reiche Leute«, fügte er sogleich hinzu, als er sah, daß dieses Namensverzeichnis Fábregas nicht beeindruckte. »Begabte Leute auch.«

»Und deshalb sind sie im Frack?«

»O nein, mein Herr. Heute hat im Fenice eine Galavorstellung stattgefunden.«

»Ah, ich verstehe. Und die Dame?«

»Nanu! Ist es möglich, daß der Herr Madame Gestring nicht kennt?«

Fábregas trank seinen Kognak aus und bestellte einen zweiten; während er, an der Bar lehnend, langsam an ihm nippte, studierte er ausführlich diese außergewöhnliche Dame. Ja, sagte er sich, zweifellos ist sie aufregend, aber weshalb? Ist sie schön? Ohne Zweifel. Apart? Ebenfalls. Wirklich zwei seltene Qualitäten, und noch seltener beide in einer einzigen Person vereint. Wie alt mag sie sein? So wie ich? Vielleicht älter, ich weiß nicht; diese förmliche Kleidung und solcher Schmuck lassen eine Frau manchmal älter aussehen, als sie ist. Natürlich sind ihre Bewegungen nicht jungmädchenhaft, aber diese Art zu lachen ist es manchmal. Was mag sie wohl sein? Ledig ist sie natürlich nicht – solche Frauen kommen nie ledig in dieses Alter. Was also? Witwe? Geschieden? Ist ja egal. Und diese Laffen da bei ihr, was die wohl suchen? Da es doch so viele sind, was erwarten sie von ihr? Vielleicht nichts, dachte er.

»Und sagen Sie«, fragte er den Kellner, »diese Dame, wohnt sie im Hotel?«

»Oh, das kann ich Ihnen nicht mit Bestimmtheit sagen. Wahrscheinlich aber schon. Jedes Jahr zu dieser Zeit beehrt uns Madame Gestring mit ihrem Besuch. Ich hoffe, sie ist uns dieses Jahr nicht untreu geworden.«

Fábregas wollte noch weiterfragen, doch einstweilen unterbrach ein anschwellendes Gemurmel das Gespräch und lenkte ihre Aufmerksamkeit wieder auf die Gruppe. Nun baten die Herren die Dame um eine Gunst, die sie ihnen zu erweisen sich aber sträubte.

»Bitte verlassen Sie uns nicht so – spielen Sie uns etwas«, hörte er die Herren sagen.

»Ja haben Sie denn noch nicht genug gehabt für heute?« protestierte sie.

Sie bohrten so lange weiter, bis ihr Widerstand gebrochen war. Mit übertrieben resignierten Bewegungen zog sie sich die Atlashandschuhe aus, legte sie über eine Sessellehne und setzte sich an den Stutzflügel hinten in der Bar.

»Was soll ich Ihnen denn spielen?« fragte sie die Herren von dort aus, ohne ihnen den Kopf zuzuwenden, den sie schon über die Tasten gebeugt hatte.

Die Herren äußerten ihre Vorlieben. Einige nannten Chopin, andere Schubert oder Brahms. Schließlich einigten sie sich darauf, die Wahl ihr zu überlassen. Nun begann die Dame unverzüglich ein Stück zu spielen, das Fábregas noch nie zuvor gehört hatte – keineswegs ungewöhnlich, da er kein Musikliebhaber war.

Madame Gestrings Vortrag wurde mit tosendem Applaus gefeiert. Sie machte Anstalten aufzustehen, aber die Herren baten sie weiterzuspielen. Sie spielte noch ein Stück und dann, den Bitten der Herren willfahrend, ein drittes, worauf sie den Flügel verließ, sich wieder zu der Gruppe gesellte und die Herren ihrerseits bat, sie nun allein zu lassen, da sie müde sei und sich zurückziehen wolle. Die Herren küßten ihr in abgezirkelter Reihenfolge die Hand und verließen dann gemeinsam die Bar. Doch statt sich wie angekündigt zurückzuziehen, als sie endlich allein war, trat sie entschlossenen Schrittes an die Theke und bestellte ein Bier. Nachdem der Ober es ihr hingestellt hatte, nahm sie einen langen Zug und wandte sich dann an Fábregas, der sie unverhohlen beobachtete.

»Wie hat es Ihnen gefallen?« fragte sie, während sie ihn mit ihren Blicken offen, aber ohne Anzüglichkeit musterte.

»Oh, natürlich ... außerordentlich, wirklich außerordentlich«, stammelte er unbeholfen, übermannt von einer plötzlichen Scheu, die ihm sogar das Atmen schwer machte. Das muß das Parfüm sein, dachte er, oder der Glanz der Edelsteine ihrer Halskette. Von nahem wirkte sie jünger, und ihr Ausdruck, der ihm zuvor eher streng und bestimmt erschienen war, hatte auf einmal eine ansteckende Lebhaftigkeit angenommen. Ihr Charme ist überwältigend, dachte er, tatsächlich eine verführerische

Frau. Aber da ist etwas Besonderes, was mich durcheinanderbringt. Was mag es sein? »Sind Sie Berufspianistin?« fragte er nach einer Weile.

Sie zögerte etwas mit der Antwort. Dann sagte sie, das sei sie gewesen, kurz nach ihrer Heirat habe sie sich aber dazu entschlossen, aufs Klavier zu verzichten. Nun spiele sie täglich zu ihrer eigenen Befriedigung und gelegentlich auch für Freunde, wie an diesem Abend.

Fábregas, der langsam seine Selbstbeherrschung wiedergewonnen hatte, beglückwünschte sie zu ihrer Darbietung und sich selbst, zufälligerweise diesem Ereignis beigewohnt zu haben.

»Und haben Sie Ihren Entschluß später nicht bereut?«

Sie antwortete, manchmal habe sie Heimweh nach dem Künstlerleben, aber nie nach dem Podium, das sie immer nur mit einer äußerst mühseligen, lästigen Willensanstrengung betreten habe. Auch freue sie sich, dem Wanderleben ein Ende gesetzt zu haben.

»Ich hatte Hotels und Flughäfen satt. Und Sie, was machen Sie?«

Fábregas kratzte sich eine Weile am Kopf, ehe er antwortete.

»Ich werde es Ihnen sagen, aber Sie werden es mir nicht glauben. Vor einiger Zeit hatte ich in Barcelona eine Firma, aber eines schönen Tages passierte mir dasselbe wie Ihnen, nur umgekehrt: Ich kriegte das seßhafte Leben satt. Jetzt weiß ich nicht, was aus der Firma geworden ist. Ich kümmere mich nicht mehr um sie. Sie wird wohl weiterbestehen, denn ich erhalte regelmäßig Geld.«

»Sagen Sie das nicht mit so zerknirschter Miene«, antwortete sie. »Auch ich mache nichts Produktives und habe deswegen nie die geringsten Gewissensbisse verspürt.«

Sie trank ihr Bier aus und wischte sich mit einer Papierserviette die Lippen ab. Fábregas konnte nicht umhin, auszusprechen, was er in diesem Moment dachte.

»Selbst die allergewöhnlichsten Bewegungen sind bezaubernd, wenn Sie sie machen, Madame Gestring.«

Hierauf erklärte sie ihm, ihr Mann gehöre dem Vereinigten Generalstab der Nato an. Zur Zeit befinde er sich in Washington, wo er an einer Tagung teilnehme, an der sich vielleicht die Zukunft Europas entscheide. Aufgrund dieser Tagungen verschöben sich auf dem Globus Kriegsschiffe und ganze Panzerdivisionen. Sie habe von der Gelegenheit profitiert, um eine Eskapade zu machen.

»Venedig macht mich wahnsinnig. Sind Sie schon viele Tage hier?«

»Mehrere Monate. Ich habe den Überblick verloren.«

»Nicht schlecht für jemand, der das seßhafte Leben haßt. Und womit verbringen Sie Ihre Zeit, Herr ...?«

»Fábregas.«

»Womit verbringen Sie Ihre Zeit, Herr Fábregas?«

»Mit Videoansehen.«

»Wie bitte?«

»Sie haben schon richtig gehört. Ich schließe mich im Hotelzimmer ein und sehe mir unablässig Videos an.«

»Allein?«

»Ja.«

»Würden Sie mit mir eine Ausnahme machen?« fragte sie unversehens. »Würden Sie mich auf Ihr Zimmer einladen, ein Video anzusehen?«

»Aber selbstverständlich, das wird mir ein besonderes Vergnügen sein«, antwortete Fábregas überrascht.

Kaum hatten sie das Zimmer betreten, bat sie ihn lebhaft darum, die Tür abzuschließen und der Hotelrezeption strikte Anweisung zu geben, niemand heraufzulassen und keinen Anruf für sie durchzugeben. Obwohl die Tagung, an der ihr Mann teilnehme, bestimmt noch mehrere Tage dauern werde, sei die Möglichkeit nicht auszuschließen, daß ihr Mann unter irgendeinem Vorwand davongehe und unerwartet in Venedig auftauche, erklärte sie, nachdem

Fábregas ihren Bitten nachgekommen war. Zwar habe er bis dahin so etwas noch nie getan, doch sei es keinesfalls überflüssig, Vorsichtsmaßnahmen zu ergreifen. Ihre Worte oder wenigstens deren Ton ließen nicht die geringste Unruhe durchschimmern; ihre Anweisungen schienen eher ihrem praktischen Sinn zu entspringen und zu besagen: Ich will kein Drama. Ihre ganzen Bewegungen zeugten von einem ausgeprägten Selbstbewußtsein, das Fábregas der Gewohnheit zuschrieb. Wahrscheinlich sind diese Eskapaden etwas Normales in ihrem Leben, sagte er sich. Als er jedoch ihren Arm berührte, bemerkte er, daß die Haut von kalten Schweißperlen übersät war.

»Soll ich die Fensterläden schließen?« fragte er.

Mit einem Anflug von Beunruhigung in der Stimme verneinte sie, als könnten sie beide ersticken, wenn er den Vorschlag ausführte.

»Waren wir nicht gekommen, um Videos anzuschauen?« Sie hatte ihre Natürlichkeit oder zumindest ihre Ungezwungenheit wiedergefunden.

»Verzeihen Sie. Was möchten Sie sehen?« Er deutete auf den Stapel Schachteln auf der Kommode, wo auch der Fernseher samt Zubehör stand.

»Irgend etwas, was die Würde einer Dame nicht verletzt. Wozu dient denn dieses lange, imposante Gerät?«

»Um Gewicht zu stemmen. Versuchen Sie es nicht zu heben, Sie könnten sich verletzen.«

»Keine Bange, ich stütze Gewichte gut, und ich werd's Ihnen zeigen, wenn Sie mir beim Ausziehen dieses verflixten Abendkleides helfen, das mich schon seit Stunden beinahe erdrückt.«

Er half ihr, die Häkchen zu lösen, die das Kleid hinten zusammenhielten, welches sie nach vollbrachter Operation mit einem Schütteln des Körpers auf den Teppich gleiten ließ, wo es sich ihr wie ein Ring um die Füße legte. Mit einem äußerst vorsichtigen Schritt zurück trat sie aus diesem Ring hinaus, als fürchtete sie, mit dem Schuhabsatz den Stoff des Kleides zu beschädigen oder als legte sie mit dem Herausschlüpfen aus diesem protzigen, unbequemen Kostüm gleichzeitig und etwas feierlich eine heuchlerische Haltung ab. Nun trug sie nur noch einen kurzen Unterrock und ein karmesinrotes Seiden- und Spitzenmieder, das ihre Figur betonte.

»Löschen Sie das Licht«, befahl sie, ergriff mit beiden Händen die Metallstange und riß mit allen Kräften daran, während er auf den Hauptschalter drückte und so das Zimmer in Halbdunkel tauchte.

Mit gewaltiger Anstrengung schaffte sie es, die Gewichte auf die Höhe des Schlüsselbeins zu heben; sie verschnaufte einen Moment, gab dann, beide Füße in den Teppich stemmend, leicht den Körper vorbeugend und die Zähne zusammenbeißend, einen heftigen Ruck und straffte beide Arme über dem Kopf. Dabei quoll der Busen fast über den Rand des Mieders, auf dessen Seide sich nun der schillernde Glanz des Fernsehers brach.

»Jetzt bloß nicht loslassen, sonst werden Sie vom Gewicht erschlagen«, schrie Fábregas und stellte sich hinter sie. »Beugen Sie langsam das rechte Bein ... So. Ich trage jetzt das Gewicht ... Sehen Sie? Fertig. Sie können loslassen. Treten Sie zurück. Uff!«

Mit vereinten Kräften hatten sie die Hantel schließlich relativ sanft auf den Boden gelegt. Sie zitterte sichtlich, konnte aber trotzdem ein herausforderndes Lächeln andeuten.

»Sie haben gezeigt, daß Sie's schaffen, Madame Gestring, aber versuchen Sie's nicht wieder«, tadelte sie Fábregas.

»Was wäre geschehen, wenn du nicht hier gewesen wärst, um mir zu helfen?«

»Nichts. Wenn ich nicht hier gewesen wäre, hättest du dich nicht so lächerlich benommen und Gewicht zu stemmen versucht.« Er hatte bemerkt, daß der Wechsel zum Du kein Ausdruck von Intimität war, sondern eher von sportlicher Kameradschaft.

»Zank mich nicht aus, mein Schatz.« Sie strich ihm mit der Handfläche über die Wange. Diese herablassende Liebkosung parodierte die affektierte Geste einer Dame von Adel, die solcherart die Dienste eines Gassenjungen zu belohnen meint. Er runzelte die Stirn, und sie brach in Lachen aus. »Vergessen wir diesen absurden Zwischenfall.« Leichtfüßig ging sie aufs Bad zu und blieb unter der Tür stehen, um zu rufen: »Liebling, während ich mich dusche, sag doch, man soll uns eine Flasche Champagner und eine *assiette de petits fours* heraufbringen ... Nein, noch besser Belugakaviar ... Und kalte Puterstreifchen mit Mayonnaise und Cornichons. Ich falle beinahe um ...! Und auch etwas für dich, worauf du gerade Lust hast ... Ich kenne deinen Geschmack noch nicht, aber ich will, daß du bei Kräften bist – heute nacht muß der Körper eine große Leistung erbringen.«

8

Plötzlich erwachte er, als hätte ihm jemand schlagartig den Schlaf aus den Augen gerissen. Er tastete nach Madame Gestring neben sich, fand aber nur ein wirres Kleiderknäuel und die Cornichons, mit denen sie gespielt hatten. Sollte sie gegangen sein? dachte er halb irritiert und halb erleichtert; aber nein doch, ihre Kleider sind ja noch da. Das Zimmer war in ganz schwaches Licht getaucht, in dem die Möbel verschwommene, aber seltsam helle Formen zeigten, als wären sie eben dabei überrascht worden, wie sie zu Materie wurden. Da erblickte er ihre vom Fenster eingerahmte Silhouette. Ein Schauer lief ihm über den Körper. Sie wird sich erkälten, dachte er. Er mochte aber nicht zum Schrank gehen und den Morgenmantel holen, um die Stille nicht zu durchbrechen, die der Morgendämmerung vorausging, und trat, die Bettdecke hinter sich herschleifend, zu ihr und hüllte sie ein, ohne daß sie die geringste Bewegung machte. Nun war er es, der, nackt vor dem Fenster, Gefahr lief, sich eine Erkältung zu holen.

»Was denkst du?« flüsterte er.

»Ich hätte diese Schumann-Variationen nicht spielen sollen.« Sie sprach wie zu sich selbst.

»Und deshalb kannst du nicht schlafen?«

Sie zuckte die Schultern und sah ihn mit rätselhaftem Blick an. Sogleich erkannte er Ausdruck und Blick und erschauerte. Das war es also, was mich an ihr anzog und verwirrte, dachte er – dasselbe Geheimnis, dieselbe unüberbrückbare Distanz.

»Das macht angst, nicht?« sagte sie, ohne zu präzisieren, ob sie mit dieser Angst auf irgendeinen konkreten Umstand, die Natur ihrer Gedanken, das Dämmerlicht oder das dunkle, unter dem Fenster vorbeifließende Wasser anspielte. Er glaubte zu verstehen, daß diese Frage nicht an ihn gerichtet war, oder zumindest, daß die einzig mögliche Antwort darauf war, weiterhin zu schweigen, was er auch tat, obwohl er mit den Zähnen klapperte.

»Da mein Vater, der Witwer war und Bahnhofsvorsteher«, sagte sie nach einer Pause, »denen Gehör geschenkt hatte, die in meiner Kindheit prophezeiten, ich würde dereinst eine schöne Frau werden, wie es anscheinend meine Mutter gewesen war, an die ich keinerlei Erinnerung habe, da sie kurz nach meiner Geburt starb, beschloß er, als ich ins schulpflichtige Alter kam und ohne auf die enormen wirtschaftlichen Opfer zu achten, die sein Entschluß mit sich bringen mußte, mich in ein Mädcheninternat zu schicken, das damals der Klarissenorden in der Nähe von Karlsbad führte und wo mir, wie er glaubte, eine sorgfältige Erziehung zuteil würde, welche es mir zusammen mit meiner hypothetischen Schönheit später erlauben sollte, die gesellschaftlichen Grenzen zu überschreiten, die mir das Los bei meiner Geburt gesetzt hatte. Natürlich konnte er nicht wissen, daß dieses Internat, das einst Zöglinge aus der Creme der deutschen Gesellschaft aufgenommen hatte, in den letzten Jahren im Niedergang war, da der Krieg die religiöse Gemeinschaft, die es leitete, dezimiert hatte, ohne daß sie in den schrecklichen Jahren nach der Niederlage die Abgänge mit neuen geistlichen Kräften ersetzen konnte, so daß sich bei meinem Eintritt ins Internat ein knappes Dutzend Achtzigjährige in die Verwaltung teilen mußte und alles drunter und drüber ging. Zu allem Überfluß waren diese alten Frauen in den letzten Kriegstagen auch noch ausnahmslos von den sowjetischen Truppen vergewaltigt worden. Dieser grauenvolle Akt, in vorgerücktem Alter geschehen und, um das Unglück vollzumachen, inmitten von Altarkerzen, Lilien und Stickereien vollzogen, hatte den Nönnchen ein unsagbares Trauma verursacht. Nun rann der einen ein endloser Speichelfaden aus dem Mundwinkel, eine andere brach zu allen Tages- und Nachtstunden in unbegründetes Geheul aus, und eine dritte hatte eine so schreckliche Angst vor ihrem eigenen Körper davongetragen, daß sie sich nicht mehr um die unumgänglichsten Forderungen der Hygiene kümmerte, und so weiter. Ihrer geringen Zahl, ihres Alters und ihrer psychischen Verfassung wegen unfähig geworden, der Ausbildung ihrer Schülerinnen voll und ganz nachzukommen, hatten sich die armen Nonnen gezwungen gesehen, weltliche Lehrer anzustellen, wo sie sich gerade gefunden hatten. Diese Lehrer, mehrheitlich Wehrmachtdeserteure, Kriegsversehrte oder auch einfach Kriminelle, die beim Fall des Reiches aus den Gefängnissen geflohen waren, hatten, obwohl sich gegenseitig hassend und andauernd miteinander im Streit liegend, ihre Kräfte vereint, um hinter dem Rücken der Nonnen das Internat in ein regelrechtes Bordell zu verwandeln. Da wurde nichts anderes gemacht als Schnaps getrunken, Würfel und Karten gespielt, die kleinen Mädchen geschändet und Abend für Abend blasphemische und ausschweifende Lieder angestimmt! Aber eigentlich wollte ich dir gar nicht das erzählen.«

Sie legte ihm die Hand auf die Brust und lächelte ihn an, als könnten dieses Lächeln und diese Geste im voraus die Wendung entschuldigen, die sie nun ihrer Erzählung geben wollte, oder auch nur, daß sie sie zu dieser Stunde und an diesem ungeeigneten Ort in die Länge zog. Nun bemerkte sie, daß er zitterte.

»Aber was machst du hier ganz nackt? Willst du dich erkälten?« rief sie, als hätte sie erst jetzt gesehen, daß er nichts anhatte und fror. »Los, komm, wickle dich in die Decke ... Oder noch besser, geh ins Bett zurück und deck dich gut zu. Ich komme sogleich ... Sobald ich fertigerzählt habe, was ich vorhin eigentlich erzählen wollte, als ich auf Abwege geriet ... Mein Gott, bist du ein seltsamer Mann! Was mag es bloß sein, daß ich nur seltsame Männer treffe ...? Paß auf, einmal lernte ich vor einigen Jahren in einem Hotel in Lugano einen Typ kennen ... Nein, ich sehe, was du jetzt denkst ... Ich lernte ihn nicht so kennen wie heute dich. Wart's ab. Eines Abends saß ich im Restaurant dieses Hotels beim Essen, als ein verschroben, aber keineswegs beunruhigend aussehender Mann an meinen Tisch trat, mich höflich grüßte und sagte, er wohne ebenfalls seit einigen Tagen im Hotel und habe mich vor ein paar Stunden kommen sehen, allein, im Taxi. Ich antwortete ihm die Wahrheit, daß ich nämlich auf meinen Mann wartete, der zu mir stoßen würde, sobald es ihm seine Geschäfte erlaubten. Damit sagten wir uns auf Wiedersehen. Am folgenden Morgen händigte man mir an der Rezeption ein Paket mit einer Nachricht aus. Die Nachricht stammte von dem Mann, der mich am Vorabend im

Restaurant angesprochen hatte und eben abgereist war, wie man mir sagte. ›Sie sind die Person, die ich immer gesucht habe, um ihr mein Tagebuch anzuvertrauen‹, hieß es in der Mitteilung. ›Lesen Sie es, und tun Sie damit, was Sie für angemessen halten.‹ Ich machte das Paket auf und sah, daß es ein ziemlich dickes, in Leinen gebundenes Buch enthielt. Auf der ersten Seite stand ein Eintrag folgenden Wortlauts: ›Montag, 7. Es gießt in Strömen. Ich wage nicht auszugehen. Bin sehr nervös.‹ Die restlichen Seiten waren weiß. Findest du das nicht seltsam?«

»Doch, sehr seltsam«, sagte er vom Bett aus. »Aber was wolltest du mir denn eigentlich erzählen?«

Sie wandte den Blick ab, als erforschte sie nun den Horizont. Der Himmel war indigoblau geworden, und ein rosiger Glanz schien ihr Gesicht rot zu überziehen.

»Nichts, unbedeutendes Zeug.«

Sie ließ die Decke zu Boden fallen und lief zum Bett, wo sie sich vollkommen unter die Bettwäsche verkroch. Nach einer Weile stand sie wieder auf, trank ein Glas Wasser, kam ins Bett zurück und sprach weiter.

»Ins Internat, das ich vorhin erwähnte, kam jeden Freitag ein Benediktinermönch, um uns im Fach Religion zu unterrichten. Er war ein junger Mann, aber der Krieg und seine Folgen hatten an ihm ihre Spuren hinterlassen. Da er ein Opfer der Auszehrung war, erstaunte es nicht, daß er seine Abhandlungen immer wieder unterbrechen mußte, um ein Taschentuch an die Lippen zu führen, das er blutbefleckt wieder einsteckte. Dieser arme Mönch, in den viele von uns verliebt waren, dessen geringe Energie ihn aber zu einem leichten Ziel für unsere Streiche machte, erzählte uns jeweils, um bei uns Schülerinnen eine gewisse Disziplin aufrechtzuerhalten, Heiligengeschichten, die er aus den Schriften des heiligen Hieronymus oder des Eusebius von Caesarea hatte und in denen sich seiner Meinung nach das Erbauliche mit dem Unterhaltenden verband.

Eine dieser Geschichten, die über dreißig Jahre in meiner Erinnerung haften geblieben ist, wollte ich dir erzählen.

Der heilige Hilarion wurde in Kappadozien geboren, im Schoß einer begüterten Familie. Mit fünfzehn Jahren nach Alexandrien geschickt, um dort sein Rhetorikstudium zu beenden, lernte er den heiligen Kyrillos kennen, konvertierte zum Christentum, zog sich in die Wüste zurück, meditierte und betete, ging wieder nach Kappadozien, widmete sich dem Predigen, wurde zum Bischof ernannt, wirkte Wunder. Die Minerva-Priester – Minerva war die Schutzgottheit der Stadt, in der der heilige Hilarion seinen Sitz hatte – waren neidisch auf die Bekehrungen, die er bewirkte, und gedemütigt durch die Leichtigkeit, mit denen der Heilige ihre Argumente widerlegte, und denunzierten ihn beim Präfekten Sulpitius, der ihn verhaften und in Ketten vorführen ließ. Man hat mir gesagt, du machst dich überall über unsere Religion lustig, sagte der Präfekt zum Heiligen, als dieser vor ihm stand. Als einzige Antwort schüttelte der heilige Hilarion die Arme, und die Ketten, in die er geschlagen war, zerbrachen wie Glas. Hm, sagte Präfekt Sulpitius, wir werden ja sehen, ob dein Glaube oder meine Autorität mehr ausrichtet. Auf seinen Befehl hin wurde der heilige Hilarion in ein unterirdisches Verlies geführt, wo man ihn auf eine Folterbank band und ihm die Knochen ausrenkte, mit Zangen Fingernägel und Zähne ausriß, mit Haken das Fleisch zerfetzte, brennende Scheite an die Lenden legte und ihn dann erneut der Folter unterzog. Schließlich ließ ihn Präfekt Sulpitius, überzeugt, der Glaube des Heiligen müsse sich abgeschwächt haben, wieder vorführen. Ist dir noch immer zum Lachen zumute? fragte er ihn. Der heilige Hilarion brach in lautes Gelächter aus. Da sahen alle, daß ihm Fingernägel und Zähne nachgewachsen und keine sichtbaren Spuren von der Folter zurückgeblieben waren, der man ihn unterworfen hatte. Der Präfekt gab Anweisung, ihm an Ort und Stelle hundert Peitschenhiebe zu verabreichen, doch die Peitschen verwandelten sich den Folterknechten, die sie schwangen, zu Schlangen und wanden sich ihnen wie Spangen um die Handgelenke, bissen sie und spritzten ihnen ihr Gift ein, so daß sie, Speichel spuckend und Minerva verfluchend, weil sie sie vor diesem tödlichen Zauber nicht zu schützen gewußt hatte, auf der Stelle starben. Sogleich ließ Präfekt Sulpitius einen hungrigen Löwen herbeischaffen, doch als das Tier neben dem heiligen Hilarion stand, stellte es sich auf die Hinterbeine, öffnete den Schlund und stimmte mit kräftigem Bariton das *Gloria patris* an, um dann, nachdem Sulpitius angeordnet hatte, es in seinen Käfig zurückzubringen, mit seinen Pranken und Reißzähnen auf die Soldaten loszugehen, die den Befehl ausführen wollten, und unter ihnen ein großes Gemetzel anzurichten, bis die Legionäre nach langem Kampf den Löwen mit der Lanze niederstechen konnten. Nach dem Zwischenfall mit dem Löwen befahl Präfekt Sulpitius den Bogenschützen, auf den heiligen Hilarion anzulegen, doch bevor ihn die Pfeile berührten, beschrieben sie in der Luft einen Halbkreis und durchbohrten den Hals der Schützen, die sie abgeschossen hatten und die im Augenblick des Todes bekannten, jener Gott, gegen den sie kämpften, sei mächtiger als Minerva persönlich. Hierauf ließ Präfekt Sulpitius von einem Katapult aus einen riesigen, schweren Stein auf den heiligen Hilarion schleudern, doch der Stein wurde von seinem Ziel weggetrieben und prallte an die Säulen, die den Tempel der Göttin trugen, so daß er einstürzte und deren Bildnis, die Priester, die sie verehrten, und die dort versammelte Menge unter sich begrub. Nun stieg Präfekt Sulpitius von seinem Sessel, zog sein Schwert aus der Scheide und schlug dem Heiligen Hände, Arme, Beine und zum Schluß den Kopf ab, der vom Boden aus zu Sulpitius sagte: In einem Augenblick werde ich in den Genuß des Paradieses kommen, und du wirst ewig in der Hölle brennen, du Niete. Danach schlug er sein letztes, gewaltigstes Lachen an und verstummte für immer.«

Nachdem sie die Geschichte vom Präfekten Sulpitius und dem heiligen Hilarion beendet hatte, umarmte Fábregas sie schweigend, aber zärtlich, da er, anders, als es ihm vor Zeiten in ähnlichen Situationen ergangen war, nun begriff, was die eben erzählte Geschichte für die Frau an seiner Seite bedeutete.

Während ihres Aufenthalts in Venedig sah er Madame Gestring nie länger als fünfzehn oder zwanzig Minuten hintereinander schlafen. Tagsüber hatte sie tausend Beschäftigungen auszuführen. Sehr zeitig stürzte sie sich auf die Straße. Dann besuchte sie Ausstellungen oder Kunstgalerien oder fuhr von einem Stadtende ans andere, um noch einmal ein Gemälde, ein Gebäude oder einen Ort zu bewundern, die sie früher schon mit besonderem Gefallen besichtigt hatte. Auch suchte sie verschiedene ausgewählte Geschäfte auf. Am Mittag kam sie paketbeladen ins Hotel zurück und ging direkt aufs Zimmer von Fábregas, der ihre Abwesenheit genutzt hatte, um in wohltuenden Schlaf zu sinken. Während sie ihm ihre Anschaffungen zeigte, erzählte sie ihm, was sie gesehen hatte. Unter den Einkäufen befand sich immer irgendein Geschenk für ihn. Dann ließen sie sich ein leichtes Mittagessen aufs Zimmer servieren, zu dessen Einnahme sie gleichzeitig, wie sie es von den Affen des Basler Zoos gelernt haben wollte, unzüchtige Handlungen vornahmen, worauf sie ihn gleich wieder verließ, da sie in Venedig viele Leute kannte und Besuche erwidern oder andern Verpflichtungen verschiedenster Art entsprechen mußte. Wenn es dunkel wurde, kam sie erneut im Hotel vorbei, badete und machte sich für den Abend zurecht, denn immer war sie zu einem Essen oder einer Vorstellung, wenn nicht gar zu beidem eingeladen.

Punkt Mitternacht postierte sich Fábregas an der Theke der Hotelbar, um sie kommen zu sehen. Kurz nach eins hielt sie strahlend, juwelengeschmückt, magnetisch, geschmeidig, fröhlich, kokett und kraftstrotzend in der Bar Einzug, als hätte sie die längste Zeit nichts anderes getan als ausgeruht. Immer wurde sie von ihrer üblichen Gekkengefolgschaft begleitet. In diesem winzigen Raum wurden die Champagnerflaschen mit dem Lärm von Schüssen entkorkt. Auf das Geschrei und die Toasts folgten die Bitten, denen sie ohne Begeisterung, aber gutwillig nachkam. Dann interpretierte sie, vielleicht zu Ehren Fábregas', dessen Anwesenheit sie scheinbar nie bemerkte, die Schumann-Variationen, die in der ersten Nacht den Beginn ihrer Beziehung begünstigt hatten. Wie schön sie ist! Wie aufreizend! dachte er; man muß schon ein Idiot sein, um ihretwegen nicht den Verstand zu verlieren. Und diese ungestüme Musik, die ihr immer wieder Kummer bereitet und sie traurig stimmt, warum versteift sie sich wohl darauf, sie Nacht für Nacht zu spielen? Einmal, mit ihr allein im Zimmer, hatte er es gewagt, sie danach zu fragen, doch sie hatte ihm keine Antwort geben wollen oder können, sondern war vielmehr wütend auf ihn geworden. Fábregas, ihre plötzlichen Stimmungsschwankungen gewohnt, fürchtete sich nicht vor ihnen, hütete sich aber auch, sie mit seinem Benehmen oder seinen Worten zu provozieren – um nichts in der Welt wollte er eine Beziehung trüben, von der er wußte, daß sie in Kürze enden mußte. Lieber bewunderte er sie im stillen. Diese Bewunderung war jedoch nicht blind; er hatte nur wenig Zeit gebraucht, um die Grenzen und Schwächen dieser Frau einzuschätzen, die keine zu haben und eine unendliche Vitalität zu besitzen schien. Als Junge hatte auch er geglaubt, seine Mutter verfüge über einen dauernden, unerschöpflichen Energievorrat, der beträchtlich mit der Apathie der übrigen Familienmitglieder kontrastierte. Es sah aus, als hätten diese ihre jeweiligen Energien zusammengelegt und beschlossen, die Summe seiner Mutter anzuvertrauen, damit sie sie auf die bestmögliche Art verwalte. In Wirklichkeit war sie immer das schwächste, unentschlossenste Familienmitglied gewesen, dasjenige, das, mit der geringsten Macht ausgestattet, die meisten Zuständigkeiten auf sich vereint hatte. Auf die Dauer war dieses in Falschheit und Zweckmäßigkeit verankerte System schließlich zu einem System der Unterdrückung geworden; die Autorität war zu Tyrannei degeneriert, und der von dieser Autorität aufgezwungene unsinnige Gehorsam hatte allmählich die Stimmung von allen untergraben und den individuellen Untergang jedes einzelnen gefördert. Nun wollte er nichts mehr von derartigen Situationen wissen. Lieber hörte er ihr in den ruhigen Augenblicken zu, wenn sie wie immer am Fenster stand, vor der kühlen Nachtluft manchmal durch Fábregas' Morgenmantel, manchmal durch ihren Schulterschal aus Brokat geschützt. Sie war ihm dankbar für sein Schweigen und er ihr für ihre Anwesenheit, denn obwohl er sich mitunter nach der verlorenen Einsamkeit sehnte, wußte er im Grunde, daß die Alternative zur Gesellschaft dieser Frau Langeweile und Schlaflosigkeit waren. Er glaubte nicht, daß er sie liebte; in ihrer Abwesenheit vergaß er ihre persönlichen Wesensmerkmale und ihre Physiognomie. Es fiel ihm jedoch schwer, die Erinnerung an ihre Stimme, ihren besonderen Geruch und ihre natürliche Wärme abzuschütteln. Erwachte er ohne sie, so spürte er noch immer ihre fiebrige und trockene Berührung, die von derselben langsamen, unerbittlichen Verbrennung zu stammen schien, die auch den Edelsteinen einen ganz eigenen Glanz verlieh, wenn sie sie auf der Haut trug. Schließlich kam sie eines Tages zu einer ungewöhnlichen Nachmittagsstunde auf sein Zimmer, um ihm unter der Tür mit knappen Worten zu eröffnen, ihr Mann sei eben eingetroffen. Er erfrische sich gerade im Zimmer, das sie von nun an beide teilen würden; ohne ein weiteres Wort ging sie davon.

9

Neuerlich seinem Schicksal überlassen, nahm er die periodischen Gänge in den Videoclub wieder auf, bis ihm Mitte Oktober dessen Inhaber mitteilte, er habe sich entschlossen, ihn abzutreten und sich vom Geschäft zurückzuziehen. Nie habe ihm die Vorstellung gefallen, einen Videoclub zu führen, und mit wenigen Ausnahmen auch das Publikum nicht, das den seinen aufgesucht habe; außerdem verursache ihm dieses Geschäft, theoretisch ohne jede Komplikation, in der Praxis andauerndes Kopfzerbrechen wegen der Unzuverlässigkeit einiger Vertreter und der Anpöbeleien von seiten rücksichtsloser Kunden. Er sei schon älter und sehe keinen Grund, seine Pensionierung aufzuschieben, die er jetzt, solange ihm Gott die Gesundheit erhalte, noch genießen könne, wenn auch bescheiden.

»Ja und ich? Was soll aus mir werden, Don Modesto?«

»Werden Sie Mitglied eines andern Videoclubs. An jeder Ecke gibt es einen.«

»Oh, das ist nicht dasselbe. Ich habe mich an diesen gewöhnt.«

»Alle sind gleich, aber wenn Ihnen das Schicksal schon diese Chance gibt, hören Sie auf mich: Lassen Sie die Finger von den Videos und gehen Sie auf die Straße, schließen Sie Freundschaften, lernen Sie die Venezianer verstehen.«

»Mich interessieren die Venezianer nicht. Wenn mich die Menschen interessieren würden, hätte ich Barcelona nicht verlassen.«

»Dann schauen Sie sich die Schönheiten Venedigs an. Auf der ganzen Welt gibt es keine Stadt wie diese.«

»Das habe ich doch schon getan!«

»Dann tun Sie es wieder«, tadelte ihn Don Modesto. »Oder glauben Sie etwa, die Schönheit ist wie ein Kuchen, der kleiner wird, je mehr man davon ißt? Ich bitte Sie, Sie verwechseln das Schöne mit dem ewig Neuen. Seien Sie nicht dumm – in der Betrachtung der Schönheit kann man immer weiterkommen, das ist nur eine Frage des Wollens. Machen Sie die Probe aufs Exempel, und Sie werden sehen, wie dankbar Sie mir für meinen Rat sind. Verlieren Sie keine Zeit: Leben Sie Ihr Leben und denken Sie nach, und wenn sie dann noch immer Zeit übrig haben, lesen Sie. Das ist die Empfehlung eines alten Mannes.«

Im Gegensatz zu dem, was ihm Don Modesto vorhergesagt hatte, ließ die Befolgung seiner Ratschläge in Fábregas bloß die ehemalige Unruhe wieder aufleben. Nun wanderte er erneut ziel- und rastlos umher. Da er unfähig war, sich auf das Entwerfen eines Plans und noch weniger auf dessen Durchführung zu konzentrieren, wurden seine Spaziergänge zu Irrwegen, die ihn, halb zufällig, halb aus Neigung, immer an die verlassensten, unheimlichsten Orte führten. Mit Vorliebe ging er durch so enge Gassen, daß er gleichzeitig die Hauswände zu beiden Seiten berühren konnte, ohne auch nur die Arme ganz ausstrecken zu müssen. Diese Gassen, in die noch nie die Sonne eingedrungen war und deren Mauern daher von der Feuchtigkeit zerfressen waren, erinnerten ihn an die Innenhöfe der Häuser, wo er als Junge gewohnt hatte. Ein großer Teil seiner Kindheit war ihm unbemerkt zerronnen, indem er gelangweilt diese Innenhöfe betrachtet und ihren Geräuschen gelauscht hatte. Nach solchen Spaziergängen kehrte er ins Hotel zurück und erkundigte sich, ob irgendein Brief für ihn gekommen sei. Ohne zu wissen, weshalb, wartete er sehnlichst auf einen langen, erhellenden Brief von Madame Gestring. Er hatte die Vorstellung entwikkelt, Madame Gestring habe intuitiv eine Wahrheit über ihn erfaßt, deren Enthüllung ihm helfen würde, den verlorenen Weg wiederzufinden. Es wollte ihm nicht in den Kopf, in ihren gemeinsam verbrachten Tagen und Nächten hätte sie möglicherweise nur in sich selbst hineinlauschen können. Sie wird mir sagen, wo mein Übel wurzelt, dachte er, denn von allem, was ich bin, verstehe ich nichts, sosehr ich mir auch den Kopf zerbreche. Ich weiß, daß alles von meinem Wesen herrührt, aber was ist dieses Wesen? fragte er sich verwirrt. Was er auch tat, es gelang ihm nicht, sich als die Summe von Eigenschaften zu sehen, deren Mischung seine Identität ausmachen sollte. Für sich selbst war er nur ein Mensch, den diese Eigenschaften, von außen kommend wie Invasoren von einer andern Galaxis, zufällig zu ihrem Schlachtfeld erkoren hatten. Er stellte sich vor, Mut und Feigheit, Schäbigkeit und Altruismus, Beharrlichkeit und Nachlässigkeit führten untereinander einen wilden Kampf um seine Seele, und je nachdem, wer aus diesem Streit als Sieger hervorging, fiel später sein Verhalten aus. Diese absurde Vorstellung war vermutlich darauf zurückzuführen, daß er vorher noch nie über solche Dinge nachgedacht hatte. Er war es schon zu sehr gewohnt, Herr seiner Meinungen zu sein, als daß er sie noch hätte in Zweifel ziehen können. Zwar wußte er, daß diese Idee von seiner Identität unhaltbar war, doch er vermochte keine andere zu entwickeln. Eines Tages sah er in der Santa-Pace-Kirche ein mittelalterliches Altarbild, das seine diesbezüglichen Vorstellungen klar zu bestätigen schien. An einem nackten Mann zerrten ein Engel und ein Teufel, die ihn an den Armen gepackt hielten. Der Engel wollte ihn in den Himmel ziehen, wo die Heilige Dreifaltigkeit und alle Engel und Seligen auf ihn warteten; der Teufel dagegen versuchte mit ihm zur Hölle zu fahren, wo ihn andere behaarte und schielende Teufel mit langen Ohren anfeuerten und zwischen Flammen und halbverbrannten Scheiten herumhopsten. Der Mann, der beinahe entzweigerissen wurde und unfähig war, der einen oder andern Gruppe seine Unterstützung anzubieten, schaute sprachlos geradeaus. Wer hat mich bloß in diesen Streit hineingerissen? schien er fragen zu wollen.

Ohne den Zeitvertreib der Videos wurden ihm die schlaflosen Stunden zur endlosen Qual. Bevor er sich zu Bett legte, zog er seinen Aufenthalt in der Hotelbar so lange hinaus, bis ihm der Kellner zu verstehen gab, die Sperrstunde sei gekommen. Dann machte er sich widerwillig auf den Weg zu seinem Zimmer, als warte dort eine Strafe auf ihn, aber gleichzeitig auch mit einem gewissen Aufatmen, da die bedrückende Atmosphäre der geschmacklosen leeren Bar in seiner Seele die noch immer lebendige Erinnerung an Madame Gestring wiederaufflammen ließ, deren Abwesenheit ihm hier, am Schauplatz ihrer beider Verschwörung, noch offenkundiger und schmerzhafter wurde. Nun erinnerte er sich an die Abende, da sie, scheinbar nur für ihre Bewunderer anwesend, die nicht in ihre Beziehung eingeweiht waren, so tat, als sähe sie ihn nicht, und die Erinnerung an dieses verheißungsvolle Hinauszögern stimmte ihn traurig. Wenn er dann endlich schlief, verfolgten ihn Alpträume. In der Wiederholung keineswegs erträglicher, sondern eher noch beängstigender, zeigten sie verschiedene Gesichter. Manchmal wähnte er sich, ohne zu wissen wie, in eine kriegerische Handlung oder eine ähnliche Episode verstrickt, die mit größter Gewalt und immer an einem engen, unzugänglichen, düsteren Ort ausgetragen wurde. Dort erschreckten ihn die Detonationen, die plötzlichen Schreie der von Schüssen Getroffenen, die Angst, von den Kugeln durchlöchert zu werden, und alles stürzte ihn in einen Paroxysmus, aus dem er schweißgebadet erwachte. Dann bedrückte ihn im Gegensatz dazu gerade die Stille seines Zimmers, und er glaubte, in einem versiegelten, mit Wasser gefüllten Tank erwacht zu sein, in den er mit gefesselten Händen und ohne Fluchtmöglichkeit hineingetaucht worden war. Nun mußte er seine ganze Energie zusammennehmen, aus dem Bett springen, ins Bad laufen, sich in der Dusche kaltes Wasser über Körper und Kopf laufen lassen und naß ans Fenster treten, das er in Voraussicht solcher Möglichkeiten jede Nacht weit offenstehen ließ. Erst dort, wo vor einiger Zeit Madame Gestring mit ihren Beklemmungen gerungen hatte, fand er nun Trost für die seinen. Andere Male waren die Alpträume subtiler, beunruhigender; sie waren still, und die Angst, die sie prägte, war keinem besonderen Umstand zuzuschreiben oder die Folge eines konkreten Anlasses. Diese Alpträume, die in ein langsames Erwachen ohne Schrecken mündeten, erfüllten seine Seele mit verzagter Unruhe und einem Gefühl der Bedrohung, das er noch viele Stunden, wenn nicht den ganzen Tag, mit sich herumtrug und mit keinem Mittel loswerden konnte. Die Alpträume dieser Art fürchtete er am meisten, doch er wußte nicht, wie er sie bannen konnte. Er schickte sich darein, daß die kurzen Momente, in denen er Schlaf fand, ihn gleichzeitig erregten und leiden machten, und versuchte später dem Ursprung dieser ungesunden Fantasiegebilde auf den Grund zu gehen, aber natürlich konnte er die Träume nicht wirklich begreifen, und das entnervte ihn.

Mitte November hatte sich die Schlaflosigkeit auf seine körperliche Verfassung ausgewirkt, und er konnte keine gymnastischen Übungen mehr machen. Nun ruhten die Hanteln im Badezimmer. Manchmal ergriff er die leichteste unter ihnen und versuchte sie zu heben, doch sogleich mußte er sie wieder hinlegen; so konnte er das Tempo seiner Schwächung verfolgen. Noch immer hatte er keine Nachricht von Madame Gestring und auch nicht von Maria Clara. Nur Riverola rief ihn mit einiger Regelmäßigkeit an und hielt ihn über den Gang der Geschäfte auf dem laufenden. Durch ihn erfuhr er, daß sein ehemaliger

Schwiegervater, der auf weitreichende, ihm einst von Fábregas persönlich erteilte Vollmachten pochte, mit ausdrücklicher Einwilligung aller Geschäftsteilhaber die Firma einer – möglicherweise ausländischen – Holdinggesellschaft mit unklarer Zielsetzung verkauft hatte. Um Prozesse zu vermeiden, war man übereingekommen, Fábregas im Verwaltungsrat der neuen Firma zu belassen, wenn auch jeglicher Verpflichtung enthoben, und ihm ein würdiges Gehalt festzusetzen, das einstweilen seine Ausgaben deckte. Die Muttergesellschaft hatte sich persönlich verpflichtet, ihm dieses Gehalt allmonatlich auf eine Bank in Venedig oder in einer andern Stadt zu überweisen, sollte er irgendwann beschließen, den Wohnort zu wechseln. Natürlich behielt sich der Verwaltungsrat das Recht vor, das Gehalt mitsamt der Funktion, aus der es sich ableitete, zu stornieren, wenn die Umstände es ratsam erscheinen ließen oder der Verwaltungsrat selbst es mit einfacher Mehrheit beschloß. Damit wollte sich die Firma sein Stillschweigen kaufen. Diese Operation, dem Anschein nach einfach, in Wirklichkeit aber voller Hindernisse, Windungen und Haken, war äußerst schleppend durchgeführt worden, und ihre Schlußergebnisse wurden ihm in mehreren zaudernden, widersprüchlichen Gesprächen mitgeteilt, die ihn in Verwirrung stürzten, bis ihm klar wurde, daß sich die Urheber des Manövers vor seiner Reaktion fürchteten oder doch zumindest vor den juristischen Komplikationen, die sich aus ihr hätten ergeben können, und daß sie aus diesem Grund so vorsichtig und verschleiernd handelten und damit aus einem Geschäft, dem er gutwillig und unverzüglich zugestimmt hätte, wenn jemand den Mut aufgebracht hätte, ihn ohne Umschweife um seine Einwilligung zu bitten, eine Verschwörung machten. Solch ängstliches Vorgehen verdeutlichte ihm noch das Ungewisse seiner Situation.

»Diese Pfründe ist ein Betrug«, sagte er Riverola in einem der letzten Telefongespräche, die sie führten. »In ein paar Monaten wird irgendein Controller entdecken, daß ich eine überflüssige Ausgabe bin, und dem Verwaltungsrat ein Memorandum schicken, so daß dieser, unverständliche Berechnungen ins Feld führend, beschließen wird, auf mich zu verzichten.«

Am andern Ende der Leitung vernahm er ein Kichern, das ihm töricht erschien.

»Du bist sehr altväterisch«, sagte der Anwalt, als er sich ausgekichert hatte. »Letztlich ist alles eine Sache des Programms, das man dem Computer eingegeben hat. Bist du Teil dieses Programms, dann wirst du dein Geld bekommen, was auch geschieht und selbst nach zweihundert Jahren noch.«

»Und du? Bist du auch Teil dieses Programms?« fragte Fábregas, der das Kichern des Anwalts mit der eben gehörten Erklärung in Zusammenhang brachte.

»Nein, ich habe bereits meinen Rücktritt eingereicht. Ich war nie für den Verkauf und habe immer gesagt, das ganze Geschäft ist ein Betrug. Nun werde ich bestimmt nicht gegen meine Überzeugung handeln.«

»Ach, Riverola, wer von beiden ist denn nun altväterisch? Sobald du die Firma verläßt, werde ich keine drei Monate mehr auf der Gehaltsliste bleiben, Computer hin oder her.«

»Deine Sache«, sagte der Anwalt.

Nun wechselten die heiteren Tage mit bewölkten oder regnerischen ab, und die Temperaturen waren empfindlich gesunken. Wenn er spazierenging, sah er die Stadt wieder wie vor Monaten, am Tag seiner Ankunft. Damals hatte er das Gefühl gehabt, etwas Wichtiges müßte ihm hier offenbar werden, wenn er es nur zu suchen wüßte. Während der ganzen Monate hatte er sich unbewußt an diese Erwartung geklammert und auf eine Botschaft gewartet, deren nicht voraussagbare Zeichen er zu entschlüsseln in der Lage sein mußte. Jetzt aber hatte sich seine Einstellung geändert; er dachte, die Enthüllung könne in jedem beliebigen Moment stattfinden, ihr Inhalt aber, was immer es sein möge, würde ihn kalt lassen. Weit davon entfernt, in allem eine Bedeutung zu suchen, ging er allem aus dem Weg, was eine solche Bedeutung, und wäre es auch nur eine symbolische, offenbaren konnte.

Ende November nahmen die Regenfälle zu, so daß er sich wieder in sein Hotelzimmer zurückzog, wo er die Fenster schloß, sich ins Bett legte und wartete, daß es aufklaren würde. Als Kind hatte er gern im Bett dem Regen zugehört und jeweils den Überschlag des Lakens bis zum Kinn hochgezogen, während ihm der an die Balkonfenster prasselnde Regen ein Gefühl des Wohlbehagens vermittelte. Das hatte sich mit den Jahren allmählich verloren. Nun hatte das unfreundliche Geräusch des Regens vor dem Fenster für ihn etwas unheilvoll Trostloses.

10

Anfang Dezember hörte es vollständig auf zu regnen, und die Sonne schien wieder, aber noch mehrere Tage lang standen die Straßen unter Wasser, so daß er ein weiteres Mal Gummistiefel anziehen mußte, um das Hotel überhaupt verlassen zu können. Das erinnerte ihn lebhaft an die Umstände, unter denen er vor Monaten Maria Clara kennengelernt hatte. In solche Gedanken versunken, folgte er ohne weitere Absicht demselben Weg, der damals am Anfang ihrer Begegnung gestanden hatte. Dieses Verhalten erschien sogar ihm selbst so kindisch, daß er schon umkehren wollte, als er am gegenüberliegenden Rand des Kanals, dem er entlangging, flüchtig ihre Silhouette zu sehen glaubte. Sollte es möglich sein, daß sich die Dinge auf so melodramatische Art ereignen? dachte er.

Um sie auf sich aufmerksam zu machen, schrie er hinüber, doch mit seinem Schrei scheuchte er nur eine Schar Tauben am Kanalufer auf. Ihr Durcheinanderwirbeln genügte, um ihn Maria Clara aus den Augen verlieren zu lassen – nachdem sich die Tauben wieder gesetzt hatten, konnte er sie nicht mehr ausmachen. Durch Pfützen ging er denselben Weg zurück, um den zwischen ihnen liegenden Kanal auf einer Metallbrücke zu überqueren, über die er vorher gekommen war, wie er sich erinnerte. Auf der andern Seite angelangt, stürmte er auf die Ecke zu, um die sie aller Wahrscheinlichkeit nach gebogen war, und von dort aus glaubte er in der Ferne ihren schwarzen Lackregenmantel zu erkennen. Doch so rasch er auch rannte, er vermochte den Abstand zwischen sich und ihr nicht zu verringern, und schließlich verlor er ihre Spur ganz. Entweder ist das alles eine Halluzination gewesen, sagte er sich, oder sie muß in irgendeiner Tür verschwunden sein, aber in welcher? Vor einem Haus sah er eine Frau in Trauerkleidung auf einem derben weißen Holzstuhl mit Geflecht sitzen. Als er zu ihr trat, um sie zu fragen, ob sie eine junge Frau in schwarzem Regenmantel hatte vorbeigehen sehen, stellte er fest, daß sie giftgrüne, beinahe phosphoreszierende Wasserstiefel trug, die sie skurril aussehen ließen, dank denen er sich aber erinnerte, daß das die Alte war, die ihnen praktische Hinweise gegeben hatte, als sie am Tag ihrer ersten Begegnung eine Kirche in der Nähe besichtigen wollten. Merkwürdige Übereinstimmungen! dachte er. Die Alte schaute ihn offenen Mundes an, als er stumm und verwirrt vor ihr stand. Schließlich erkundigte er sich, ob sich hier in der Nähe nicht eine Kirche mit alten Fresken befinde, was die Alte bejahte. Mit dem Finger deutete sie auf die Tür eines Hauses in der Nähe, das von diesem Winkel aus gesehen nicht wie eine Kirche aussah.

»Klopfen Sie dort an, und der Herr Pfarrer wird sich Ihrer annehmen, wenn er kann«, sagte die Alte und fügte dann unvermittelt hinzu: »Offensichtlich haben Ihnen die Gemälde letztes Mal gefallen.«

»Wie? Sie erinnern sich an mich?«

»Mit den Jahren wird mein Gedächtnis zwar allmählich schlechter, aber nie vergesse ich ein Gesicht, das nicht.«

»Aber bei all den Touristen sehen Sie doch jeden Monat mehrere tausend neue Gesichter.«

»Ja, aber vergessen tu' ich keins von ihnen, selbst nach fünfzig Jahren nicht.«

»Dann werden Sie sich auch an die junge Frau erinnern, die mich damals begleitete, als Sie mich zum erstenmal sahen.«

»Ich würde sie wiedererkennen, wenn ich sie sähe, ganz sicher. Aber mich an sie zu erinnern, das ist etwas anderes. Nein, ich glaube nicht, daß ich dazu in der Lage wäre.«

»Dann haben Sie sie also seit jenem Tag nicht wiedergesehen?«

»Das kann ich Ihnen nicht sagen. Jetzt erinnere ich mich nicht, sie gesehen zu haben, aber was ich Ihnen sagen kann, ist das: daß, wenn ich sie gesehen hätte, ich sie auch wiedererkannt hätte.«

Diese überzeugte Behauptung schien die Alte mit den grünen Stiefeln jedoch in ein Meer der Verwirrung zu stürzen. Fábregas verabschiedete sich von ihr und ging auf die Kirchentür zu. Sollte sie, von Erinnerungen getrieben, die Idee gehabt haben, eben heute wieder an diesen Ort zu kommen? fragte er sich und antwortete sich dann mit einem Rest an Vernunft: Ach wo!

Er drückte gegen die Kirchentür und sah, daß sie nicht verschlossen war, wie er anfänglich gemeint hatte, so daß er, ohne sich anzumelden, in den dunklen Vorraum trat, wo sich ein Dutzend Leute um eine junge Frau geschart hatten und sich schweigend deren Erläuterungen anhörten.

»Ich bleibe jetzt hier«, sagte die junge Frau am Ende

ihrer Ausführungen, »und der Herr Pfarrer wird Ihnen die Fresken zeigen, von denen ich Ihnen gerade gesprochen habe. Der Mann hat schon ein gewisses Alter, er ist sehr fromm, aber etwas schwer von Kapee …« Bei diesen Worten tippte sie sich leicht mit dem Zeigefinger an die Schläfe und verzog gleichzeitig die Lippen zu einer schrecklichen Grimasse und schielte dazu, als wolle sie ihrer Zuhörerschaft einen Vorgeschmack auf die erheiternde Szene geben, die ihnen die Beschränktheit des Pfarrers gleich bescheren würde; so gab sie ihrem bis dahin unauffälligen, ausdruckslosen Gesicht einen neuen Charakter, nicht frei von sexuellem Reiz. Die Touristen um sie herum reagierten ausgelassen auf diese unverhoffte Auflockerung einer sich als langweilig abzeichnenden Besichtigung. Sie betrachteten diese Reise als Selbstzweck, von dessen vollem Genuß solche Besichtigungen sie nur ablenkten, gegen die sie sich jedoch nicht wehren konnten. Nun wollten sie diese Verpflichtung bloß so schnell wie möglich hinter sich bringen und dann ins Hotel zurückkehren, um all die belanglosen Histörchen durchzukäuen, die später ihren kostbarsten Erinnerungsschatz bilden sollten. »Sie brauchen sich nicht anzuhören, was er Ihnen erzählt«, fuhr die junge Führerin fort, nachdem sie ihren normalen Gesichtsausdruck wiederhergestellt hatte, »aber tun Sie wenigstens so, als paßten Sie auf, und lachen Sie bitte nicht.«

Kaum war sie verstummt, trat der Pfarrer in den Vorraum und wurde von allgemeinem, kaum unterdrücktem Gelächter begrüßt. Ohne darauf zu achten, bedeutete er der Gruppe, ihm zu folgen.

»Bleiben Sie beisammen«, sagte er, wobei er sich speziell an Fábregas wandte, der etwas abseits stand. »In der Kirche ist es ein klein wenig dunkel, und Sie könnten sich an den Betstühlen stoßen.«

Fábregas erinnerte sich an diese Worte, die derselbe Geistliche am selben Ort und im selben Ton an Maria

Clara und ihn gerichtet hatte. Die Vorstellung, daß der Geistliche während der ganzen Monate, in denen er selbst sich vollkommen verändert hatte, täglich denselben trokkenen Hinweis wiederholt hatte, ließ ihn erschauern.

Vor den Altarstufen hieß der Pfarrer die Gruppe stehenbleiben und ging voraus, um das Türchen zu öffnen, das von der Kirche in den Raum mit den byzantinischen Fresken führte. Nachdem er auf den Schalter gedrückt und die Glühbirne zum Leuchten gebracht hatte, gab er der Gruppe das Zeichen zum Eintreten. Fábregas folgte ihm dicht auf dem Fuß und sah sich unvermittelt den zehn strengen Gestalten gegenüber, vor denen er sich jetzt vorkam, als wäre er vor Gericht zitiert. Nun entdeckte er, daß die zehn an die Wände gemalten Figuren nicht nur einander erstaunlich glichen, wie ihm schon bei seinem ersten Besuch aufgefallen war, sondern alle zehn ihm selbst. Da ging ihm auf, daß diese Gesichter, die er anfänglich für unbeholfene Darstellungen der männlichen Physiognomie gehalten hatte, in Wirklichkeit mit leichten Varianten das Gesicht des Leidens repräsentierten. Er erinnerte sich an den Blick, den er vor einem Jahr im Badezimmerspiegel überrascht und dessen Bedeutung er damals so falsch und eingebildet interpretiert hatte. Nun hatte sich der Kreis geschlossen, es bestand kein Grund zur Eile mehr, dachte er. Lebhaft wünschte er sich, diesen Raum zu verlassen, doch er wartete, bis der Geistliche die abgedroschene Geschichte von der wundersamen Überführung des heiligen Markus nach Venedig zu Ende erzählt hatte, auf die er nicht achtete und auch nicht zu achten vorgab, im Unterschied zu den Touristen, die sich nicht um den boshaften Rat der jungen Führerin kümmerten und der Schilderung des Abenteuers hingebungsvoll zu lauschen schienen. Eine Person löste sich aber aus der Gruppe und trat leise zu Fábregas. Es war eine schon bejahrte, seltsam als Mann verkleidete Frau oder ein alter, sehr weibischer Geck. Die

Schminke, mit der er seine Backenknochen frisch aussehen lassen wollte, war gesprungen und bildete nun zusammen mit den tiefen, von der Stirn zum Kinn laufenden Falten ein Netz von Linien.

»Es geht mir schlecht«, murmelte er Fábregas ins Ohr.

Dieser sah, daß seine Zunge erdbeerfarben war.

»Ich kann nichts für Sie tun«, antwortete er kurz angebunden. »Lassen Sie sich von einem Arzt untersuchen.«

»Ich bin schon zu sämtlichen Spezialisten gegangen.«

»Ich kann nichts für Sie tun«, wiederholte Fábregas herrisch, ohne jedoch die Stimme zu erheben.

»Doch.« Der andere entfernte sich.

Beim Verlassen des Raums mit den Gemälden blieb Fábregas wieder zurück. Bevor er den Vorraum betrat, überreichte er dem Geistlichen eine angemessene Summe.

»Eine Schenkung.«

Der Geistliche bedankte sich und gab ihm ein Heiligenbild. Als Fábregas in den Vorraum kam, gelangten die letzten Mitglieder der Gruppe eben auf die Straße, wo sie durcheinanderschrien und sich gegenseitig laute Witze erzählten. Nur die zweideutige Person, die ihn kurz zuvor um Beistand ersucht hatte, blieb etwas abseits von ihren Kollegen stehen und wandte die Augen nicht von Fábregas. Um diesem lästigen Blick auszuweichen, begann er mit höchster Aufmerksamkeit das eben erhaltene Heiligenbild zu studieren. Auf der Vorderseite war ein von einem Löwen und einem Zebra flankierter Schwarzer mit Soutane und Kardinalshut abgebildet: der selige Trulaway, Ordinarius *in partibus infidelium* von Basutoland in der zweiten Hälfte des letzten Jahrhunderts. Sein Übertritt zu einem bei seinen Leuten unpopulären Glauben und das Bemühen, die weltlichen Überzeugungen und Riten der Basuten zu bekämpfen, hatten ihn zu lebenslänglichem Exil in Grenoble gezwungen, wo ihn eine quälende, standhaft und resigniert ertragene Krankheit im Jahr des

Heils 1930 die Seele aushauchen ließ. Nachträglich hatten einige durch seine Fürsprache erzielte Wunderheilungen – oder zumindest unerklärliche Heilungen – 1976 zu seiner Seligsprechung geführt. Beim Lesen dieser Vita mußte Fábregas unwillkürlich lächeln. Ach, murmelte er, während er das Bild in die Tasche steckte, auch ihr spürt also die Notwendigkeit, euch zu erneuern. Aber es ist unnütz, fügte er für sich selbst hinzu, während er sich langsam auf den Rückweg zum Hotel machte. Alles ist unnütz.

Kaum war er jedoch wieder beim Kanal, an dessen Rand er Maria Clara zu sehen geglaubt hatte, hörte er, als käme sie aus dem Wasser, eine Stimme laut schreiend nach ihm rufen. Am Ufer neben ihm hielt ein Boot an, dessen Insasse aufstand, wodurch sein Kopf auf die Höhe von Fábregas' Knien reichte.

»Donnerwetter!« rief der, als er den andern erkannte. »Dr. Pingpong! Was für eine Häufung von Zufällen!«

»Zufällen? Was denn? Sind Sie etwa nicht auf dem Weg zum Dolabella-Palazzo?«

»Nein. Um ehrlich zu sein, habe ich seit Jahrhunderten nichts mehr von dieser Familie gehört. Aber Sie fahren dorthin, und offenbar in aller Eile. Ist etwas Schlimmes geschehen?«

»O nein, was soll denn geschehen sein?« brummte der Arzt und verzog das Gesicht, als würde sein eigener Ruf in Mitleidenschaft gezogen, wenn man an der Gesundheit seiner Patienten zweifelte. »Man sieht nur zu gut, daß Sie nicht darauf geachtet haben, was heute für ein Tag ist«, fuhr er mit noch immer gerunzelter Stirn fort. »Na, ist ja egal. Steigen Sie ein, und wir fahren gemeinsam.«

Durch die Kanäle kurvend, gelangten sie nach einer Weile vor die Landungsbrücke an der rückwärtigen Fassade des Palazzo, deren düstere Tür die zwei Steinkolosse bewachten. Nun waren an der winzigen Brücke mehrere Boote vertäut.

»Potztausend!« murmelte Dr. Pingpong, als er die Boote sah. »Da müssen schon alle hier sein. Wenn ich etwas hasse, ist es, mich dadurch auszuzeichnen, daß ich zu spät zu Verabredungen komme. Und ganz besonders bei diesen Leuten ...«

»Aber worum geht es denn, Doktor? Was tun wir hier?«

»Los, los, glauben Sie, wir können unsere Zeit mit Erklärungen verschwenden?« Der Arzt sprang vom Boot auf die Stufen der Landungsbrücke, seine Worte mit heftigen Gebärden des Tadels begleitend, als wäre Fábregas' Frage der einzige Grund für seine Verspätung. Deshalb insistierte Fábregas nicht weiter, sondern folgte dem Arzt gehorsam und holte ihn in dem Moment ein, wo er, ohne sich die Mühe genommen zu haben, den Türklopfer zu betätigen, das Portal aufstieß und in die finstere Vorhalle trat. Dort wartete er nicht auf seinen Begleiter, sondern steuerte auf die Gänge zu, die, wie sich Fábregas von seinem ersten und einzigen Besuch im Palazzo her erinnerte, zu dessen bewohntem Teil führten, den Dr. Pingpong jedoch entschlossen und mit unvermindert raschem Schritt durchquerte. Fábregas folgte ihm dicht auf den Fersen, da er sich daran erinnerte, wie er sich in diesem Labyrinth verirrt und wie erniedrigt er sich nach diesem Mißgeschick gefühlt hatte. Schließlich ging die Verfolgung vor einer zweiflügeligen Tür zu Ende, die Dr. Pingpong weit aufstieß.

11

Nachdem sie die Schwelle überschritten hatten, standen sie in einem Raum, den Fábregas sogleich wiedererkannte: Es war der achteckige Saal, in dem er sich vor Monaten, allein mit Charlie, dessen Lebensgeschichte hatte anhören müssen und den Charlie hochtrabend Empfangssalon genannt hatte, eine Bezeichnung, die ihm damals lächerlich erschienen war, die nun aber bestätigt wurde von einer beträchtlichen Anzahl älterer Paare, welche Arm in Arm darin umherspazierten, in konzentrischen Kreisen, als schlenderten sie durch ein Foyer. Wo zum Donnerwetter bin ich da gelandet? dachte er. Eine aufmerksamere Prüfung dieser Versammlung erlaubte ihm die Feststellung, daß, was er zunächst als müßiges Umherirren zur Überbrückung einer Pause angesehen hatte, in Wirklichkeit ein von einem alten Protokoll diktiertes Ritual war, daß also diese festlich gekleideten Menschen hier einen bedeutenden, feierlichen Akt vollzogen. Noch einmal mußte er sein Urteil korrigieren. Nun schienen das Gemurmel der zurückhaltenden Gespräche und das Licht der Kandelaber, das sich in den dunklen Höhlungen der abblätternden Spiegel reflektierte, um dann ein fahles Flimmern auf die üppigen Kleider und Geschmeide der Damen, auf die Komturkreuze und Orden der Cutaways der Herren, auf die Silbertressen und Brustschnüre ihrer Uniformen, die Perlmutter- und Spitzenfächer, die Helmbüsche der Zweispitze und Sturmhauben zu werfen und schließlich im staubigen, verschossenen Samt der Kissen und im schmutzigen Damast der Tapisserie hängenzubleiben, dem Saal ein schäbiges und vergängliches, aber nicht würdeloses Leben voller Melancholie einzuhauchen.

»Teufel, Teufel, was für eine Freude, Sie wieder bei uns zu haben«, sagte eine Stimme und riß ihn aus der Verwirrung, in die ihn diese Feststellung gestürzt hatte.

»Charlie ...«, murmelte Fábregas, als er sich umwandte und das fröhliche Gesicht des Hausherrn sah, in dessen Augen er echte Zuneigung lesen konnte. Nun trug Charlie einen dunklen Anzug und um den Hals ein Seidenband mit einem Kreuz aus Gold und rotem Email, das Fábregas nicht identifizieren konnte.

»Sie machen sich rar, mein Freund, Sie machen sich rar... O nein« – mit einer Handbewegung schnitt er die Entschuldigung ab, die Fábregas offensichtlich vorbringen wollte –, »Sie brauchen mir nichts zu sagen. Ich weiß ganz genau, wie beschäftigt Sie sind ... So ist es doch, nicht wahr? Meine Frau und ich haben Sie in liebevoller Erinnerung – nur das wollte ich sagen. Meine Frau wäre entzückt, Sie wiederzusehen, wenn sie unter uns weilte, da bin ich ganz sicher. Leider hat sie sich wie üblich schon frühmorgens unpäßlich gefühlt. Sie wissen ja, wie delikat ihre Gesundheit ist. Sie bat mich, die Honneurs zu machen und allen zu sagen, sie würde später auch noch hereinschauen, wenn ihre Kräfte es erlaubten. Ehrlich gesagt, denke ich, sie wird nicht lange auf sich warten lassen, da ja auch Dr. Pingpong schon gekommen ist.« Er deutete eine sarkastische Grimasse an. »Aber sprechen wir doch von Ihnen. Wie geht es Ihnen? Wie laufen die Geschäfte?«

»Alles in bester Ordnung, Charlie, alles in bester Ordnung. Aber sagen Sie, all diese aufgedonnerten Leute, wer sind sie, und was tun sie hier?«

»Ach, ich sehe, Sie kennen eine der wesentlichsten Traditionen unserer Stadt nicht ...« Charlie riß Augen und Mund weit auf, ohne jedoch seine Stimme zu heben. »Kommen Sie mit, ich werde Sie ins Bild setzen und Ihnen, wenn Sie es wünschen, diese Leute vorstellen, die distinguiertesten der Venezianer Gesellschaft, unsere echte Aristokratie.«

»Soviel ich verstanden habe, war Venedig eine Republik von Kaufleuten«, sagte Fábregas ironisch.

»Ja«, antwortete Charlie, ohne sich aus der Ruhe bringen zu lassen, »und auch von bedeutenden Militärs, Künstlern und Gelehrten. Sehen Sie den Mann dort mit dem weißen Bart und der Hornbrille, der so magistral aussieht? Nun, kraft seiner Abstammung ist er dalmatinischer Prinz, da Dalmatien, wie Sie ja wissen, jahrhundertelang

Venedig angegliedert war, genau wie Kroatien und ein guter Teil des Byzantinischen Reiches, in dessen Dienst viele Venezianer sich auf rechtmäßige Weise Adelstitel erwarben, ebenso wie in den Kreuzzügen, an denen wir uns beteiligten. Und schauen Sie dort, schauen Sie sich diesen hochgewachsenen Herrn neben der kleinen Dame im grünen Kleid an, sehen Sie nicht die Abzeichen auf seiner Brust? Komtur des Ordens vom Heiligen Grab, wie finden Sie das? Und der dort, der beim Gehen die Hüften schwingt und ein strohfarbenes Toupet trägt? Wer würde nur vom Sehen her sagen, daß er in direkter Linie von Ludwig dem Heiligen abstammt, dem Franzosenkönig? Und was soll ich Ihnen erst über jene Dame mit der schlanken Taille, dem Alabasterhals und dem freizügigen Dekolleté sagen, in deren Adern noch das Blut der Paläologen fließt? Ach, mein Freund, wieviel der Ehre! Wieviel der Ehre!«

»Das will ich nicht bestreiten, Charlie, aber was zum Teufel tun all diese Stücke aus der Mottenkiste hier?«

»Einen altehrwürdigen Brauch lebendig erhalten ...« Und in verändertem Ton fügte er plötzlich hinzu: »Ach, schau an, da ist ja meine Frau! Was hab' ich Ihnen gesagt? Sicherlich hat ihr gleich einer gesagt, daß dieser Pfau gekommen ist.« Mit dem Daumen deutete er auf Dr. Pingpong, der im selben Salon stand, etwas von ihnen entfernt.

Damit beschäftigt, alle Anwesenden umständlich zu begrüßen, ließ die Kranke, die ein ebenso auffälliges wie antiquiertes Seiden- und Organdykleid trug, eine Weile verstreichen, ehe sie sich an Fábregas wandte.

»Danke, daß Sie gekommen sind!« Sie drückte ihm beide Hände zugleich.

»Darf ich Ihnen sagen, daß Sie prächtig aussehen und daß Ihnen dieses Kleid fantastisch steht?« antwortete Fábregas.

»Haben Sie den Salon gesehen? Scheint er nicht ein anderer zu sein?« Die Kranke, die das Kompliment des Gastes mit einem Verziehen des Mundes entgegennahm, spielte darauf an, was sie ihm vor Monaten bei seinem Besuch im Palazzo gesagt hatte. »Ach, hätten Sie ihn doch vor Jahren sehen können, zu Lebzeiten meines seligen Vaters! In jener glücklichen Zeit war immer alles so wie heute... Jeden Tag derselbe Glanz, derselbc Trubel ... Ich erinnere mich, daß hier, in dem Teil, wo wir uns jetzt befinden, ein Flügel stand, der seit Menschengedenken der Familie gehörte. Als junges Mädchen wurde meine Großmutter neben ihm porträtiert. Aber über Nacht verschwand er. Und noch immer kann ich mir nicht erklären, wie so etwas geschehen konnte, denn ein Flügel verschwindet nicht einfach mir nichts, dir nichts, nicht einmal in so einem Kasten wie diesem hier. Aber Tatsache ist, daß er über Nacht verschwand, wie ich eben sagte, und sosehr wir ihn auch suchten, er ist nicht wieder aufgetaucht, nicht wahr, Charlie?«

»Genau, wie du sagst, mein Schatz«, bekräftigte Charlie zerstreut, aber mit sehr fester Stimme.

»Es war ein unersetzlicher Verlust«, fuhr die Kranke mit etwas zitternden Lippen fort, »nicht so sehr wegen seines materiellen Werts, obwohl der groß war, sondern wegen seines Gefühlswerts ... Wie viele sensible Hände haben doch darauf gespielt! Wie viele Emotionen haben seine Saiten schwingen lassen!«

»Mein Häschen«, schaltete sich Charlie ein, eine Pause in der bewegten Erzählung der Kranken nutzend, »sollten wir unseren Gästen nicht eine kleine Erfrischung anbieten? Ich weiß ja nicht, wie's ihnen geht, aber mir knurren ohrenbetäubend die Eingeweide.«

»Charlie, du hast vielleicht Einfälle! Wie soll ich mich in meinem Zustand um irgend etwas kümmern?« sagte sie ungeduldig. »Wirklich, ich weiß nicht, was dieser Mann denkt. Er ist ein guter Kerl wie kein zweiter, aber sonst ein richtiges Stück Holz, wie schon mein Vater sehr treffend am ersten Tag sagte, als ich ihn mit nach Hause nahm.«

»Soviel ich verstand, war Ihr Vater doch schon gestorben, als Sie und Charlie sich kennenlernten«, sagte Fábregas, der sich daran erinnerte, was ihm Dr. Pingpong diesbezüglich erzählt hatte.

»Möglich, daß ich die Person verwechsle.« Die Kranke ging ihrem Gast nicht in die Schlinge. »In jenen Zeiten hatte ich so viele Bewerber ...« Sie blinzelte ihm schelmisch zu. »Hab' ich Ihnen schon erzählt, daß in der Kurie des Vatikans mehr als nur ein paar sitzen, die mir seinerzeit den Hof machten ... und daß mir der eine oder andere, ich muß es schamvoll gestehen, keineswegs gleichgültig war ...? Aber nein, das wäre eine zu lange Geschichte«, sagte sie nach einer Pause, in der sie offensichtlich ihren Erinnerungen nachhing. »Wovon sprach ich? Ach ja, jene Zeiten! Damals war das Haus immer voller Gäste, mit denen sich Papi die Einsamkeit erträglicher machte. Berühmte Persönlichkeiten. Mehrmals mußte ich ihm dabei helfen, Ernest Hemingway betrunken zu Bett zu bringen; C. G. Jung und Wassily Kandinsky führten hier lange Streitgespräche, und auch jetzt brauch' ich bloß die Augen zu schließen, um wieder zu sehen, wie Artur Rubinstein durch diesen Salon spazierte, mit seinem Taft-Hauskittel und den goldenen Saffianleder-Pantoffeln. Ich war noch sehr klein und spielte regelmäßig Klavier. Müßig zu erwähnen, daß meine Fähigkeiten ganz rudimentär waren. Mein Vater hatte darauf bestanden, daß ich eine gewisse musikalische Ausbildung bekäme, wie sie unserer Stellung entsprach, und ich befolgte nur seine Anordnungen. Dann deponierte Rubinstein, der hörte, wie ich eine Tonleiter andeutete oder eine einfache Melodie zu klimpern versuchte, ganz vorsichtig sein Champagnerglas und die Zigarettenspitze, die er immer in den Händen hielt, auf einer Konsole und sagte lächelnd zu mir: *C'est pas comme ça, ma fille, c'est pas comme ça*; und mich auf die Knie nehmend und mein Plüschbärchen und meine *poupée de chiffon* beiseite schiebend, korrigierte er meine fehlerhaften Bewegungen oder meine Haltung. Ach, dann überschwemmte Musik meine Lungen, und Musik strömte mir durch die Adern und ließ mein Blut schneller zirkulieren! Später gerieten sich Rubinstein und mein Vater wegen einer Weibergeschichte, wozu beide einen Hang hatten, in die Haare, und wir sahen ihn nie wieder. Nun haben uns Hemingway, Jung, Kandinsky, Rubinstein und Papa verlassen, der Flügel ist verschwunden, sogar dieser Palazzo hier zerfällt unerbittlich, und nur ich bin noch da, alt und krank, um die Erinnerung an dieses Wunderwerk zu bewahren. Ich weiß genau, daß das, was ich da erzähle, absurde Dinge sind, wie sie zu einer Frau von geringer Lebenserfahrung passen. Natürlich ist die Musik eine vergängliche Kunst, es gehört zu ihrem Wesen, flüchtig zu sein. Aber es ist genau diese Vorstellung von Schöpfung und dauerndem Vergessen, was mich erschreckt – die Vorstellung unserer eigenen Nichtigkeit. Dann, wenn ich in solche düsteren Überlegungen verfalle, frage ich mich immer ...«

Was die Kranke eben sagen wollte, wurde durch das Hinzutreten Charlies unterbrochen, der zwischen den Leuten durch den Salon gestolpert kam und dabei ständig den Inhalt des Kartontabletts in seinen Händen gefährdete.

»Wollen Sie nicht ein Käsetörtchen versuchen? Sie schmecken himmlisch!« Stolz zeigte er das Tablett, als hätte er die fettigen Teighäufchen selbst gemacht.

»Charlie war schon immer ein Ausbund an Diskretion und Takt«, sagte die Kranke.

12

Nach und nach und mit schwülstigen Worten verabschiedeten sich die Paare von den Gastgebern. Die Herren verbeugten sich so tief, daß Rücken und Unterleib einen rechten Winkel bildeten; die Damen knieten auf dem verschmutzten Saalboden nieder; dabei klingelten ihre Goldkolliers und Perlenketten, und die Ausschnitte klafften so weit, daß man die warm und süßlich wie Moschus riechenden Brustwarzen sehen konnte. Alle hatten für die Gastgeber lobende und dankende Worte bereit: »Eine köstliche Vesper; eine sehr geschmackvolle Einrichtung.«

Um diese Formalitäten mit seiner Gegenwart nicht zu stören, hatte sich Fábregas in einen Winkel zurückgezogen, wo sich kurz darauf Dr. Pingpong zu ihm gesellte.

»Jedes Jahr derselbe Pomp«, hörte er ihn murmeln, »aber jedes Jahr hängen die Busen tiefer.«

Bei dieser Bemerkung wurde ihm erst bewußt, daß an dem Empfang, welcher Natur er auch sein mochte, keine jungen Leute teilgenommen hatten. Noch eine Tradition, die erlischt, dachte er, das ewige Lied. Sein ganzes Leben lang hatte er das letzte Röcheln von abklingenden, aussterbenden Traditionen verfolgt – offensichtlich war es sein Los, in einer Übergangsepoche zu leben. Jetzt aber fragte er sich, ob dieser Übergang nicht vielleicht ein Dauerzustand der Dinge sei und das, was alle aus Trägheit Tradition nannten, etwas ganz Gewöhnliches, Belangloses, das sich, war es einmal am Ende seiner Brauchbarkeit angelangt, im Einklang mit seiner Natur zu zersetzen begann, so daß diese Zersetzung dann zu seiner Daseinsberechtigung gehörte, als weiteres Zeichen ebendieser Nützlichkeit. Nun betrachtete er all die alten Drachen, die sich in den trüben Salonspiegeln reflektierten, sich grüßten und sich in dieser fiktiven Unendlichkeit entfernten, und sagte sich unwillkürlich: So muß es sein.

Bei diesen Überlegungen verlor er das Zeitgefühl und gewann es erst wieder, nachdem sich der letzte Zeremoniengast aus dem Salon zurückgezogen hatte, so daß die Stille nun einzig vom pfeifenden Atmen der Kranken durchbrochen wurde.

»Mut, mein Täubchen, es ist ja schon alles vorbei«, flüsterte Charlie seiner Frau ins Ohr.

»Halt mich fest, Charlie«, antwortete diese auf seinen Zuspruch. »Ich kriege keine Luft, die Knochen wollen mich nicht mehr tragen, und mein Blick umwölkt sich.«

»Ich wußte doch, daß das wieder so endet«, brummte Dr. Pingpong, während er sich leichten Schrittes vor die Kranke stellte und sie genau in dem Moment um die Taille faßte, wo sie zu Boden sank, als hätte unversehens eine unsichtbare Hand die Seile durchgeschnitten, die sie von oben festhielten.

»Charlie, glotzen Sie doch nicht so, helfen Sie mir!« sagte der Arzt. »Sehen Sie denn nicht, daß meine Kräfte nicht ausreichen? Na also, nehmen Sie sie an den Knöcheln. Nicht so, Mensch, mit Zartgefühl. Wann werden Sie endlich kein Cowboy mehr sein?«

»Ich bin kein Cowboy«, antwortete Charlie empört. »Mein ganzes Leben lang habe ich keine Kuh gesehen, bevor ich nach Italien kam. Ich wurde in einem Industrievorort geboren, und sogar das Fleisch, das wir aßen, kam aus Dosen.«

»Schon gut, Charlie«, antwortete der Arzt herablassend. »Darüber unterhalten wir uns ein andermal. Jetzt helfen Sie mir, Ihre Frau zu Bett zu bringen, wenn Sie einverstanden sind. Ja, Charlie, Sie voran. Los.«

Unter dem Gewicht der Kranken taumelnd, verließen die beiden Männer den Saal und damit Fábregas, der fürchtete, die Lage noch zu verschlimmern, wenn er dem Zug folgte. Er beschloß zu bleiben, wo er wenn schon keine Hilfe, so doch auch keine Behinderung darstellte.

Aber als er jetzt in diesem Raum wieder allein war, bereute er seine Zurückhaltung. Offenbar hat das Schicksal entschieden, daß ich in diesem Haus untergehen muß, sagte er sich. Da er um jeden Preis von hier wegkommen wollte, schritt er durch die Tür, die Charlie und der Arzt beim Hinausgehen hatten offenstehen lassen, und gelangte so auf einen dunklen Gang, von wo eine Treppe ausging, an deren oberem Ende eine bläuliche Helligkeit zu sehen war, wie sie eine Lampe mit Tüllschirm verbreitet. Schon schickte er sich an, die Treppe hochzusteigen, als ein Geräusch von dort, wo er hin wollte, seine Schritte bremste. Es wurde immer deutlicher, wenn auch nicht lauter. Nun vernahm Fábregas, reglos am Fuß der Treppe stehend, eine menschliche Stimme, schwach und klagend, die ein unverständliches Wort zu wiederholen schien, vielleicht in einer Fremdsprache. Hu, was ist das denn? fragte er sich mit einigem Schrecken, denn ohne zu wissen, warum, war er überzeugt, einem übernatürlichen oder zumindest unerklärlichen Vorgang beizuwohnen. So harrte er einige Sekunden aus; dann verstummte die Stimme plötzlich, und oben an der Treppe erschien ein Mann in einer Taft-Hausjacke, der in den Händen ein Champagnerglas und eine lange silberne Zigarettenspitze trug. Zweifellos war diese Gestalt eine Vision, denn von seinem Standort aus konnte Fábregas durch sie hindurch noch immer die Stufen sehen, als sie herunterzusteigen begann. Doch gerade die Durchsichtigkeit der Gestalt beruhigte ihn. Es gibt nicht den geringsten Grund, anzunehmen, es sei ein Gespenst, sagte er sich, eher schon irgendein Betrug. Gespenster sind nicht durchsichtig; das meinen wir mittlerweile nur, weil sie im Film immer so dargestellt werden, aber genaugenommen ist das nur ein technischer Trick mit überlagerten Bildern, ein ganz einfacher Spezialeffekt. Trotzdem wollte er in den Salon zurückgehen, wo er hinter sich die Tür zur Treppe zumachte.

Seine Überlegungen hatten ihn nur bedingt beruhigt. Nun glaubte er auf dem Grund der Saalspiegel einige sehr dicke, heitere, in scharlachrote Stoffe gehüllte Männer zu sehen, die ihm zuwinkten und dann in der Überzeugung, seine Aufmerksamkeit auf sich gelenkt zu haben, die Hände falteten, einen Ausdruck der Sammlung annahmen und beteten oder zu beten vorgaben. Was sie mir wohl sagen wollen? fragte er sich; vielleicht soll ich mich ihrem Gebet anschließen, aber wie? Ich habe nie gebetet, höchstens als kleiner Junge auswendig gelernte Litaneien nachgesprochen, ohne eine Vorstellung von ihrer Bedeutung zu haben, aber das war kein Beten ... oder vielleicht doch, sagte er sich. Er schloß die Augen und fuhr sich mit den Händen übers Gesicht. Vielleicht bin das ich, sagte er sich, vielleicht funktioniert etwas nicht richtig in meinem Kopf. Als er die Augen wieder aufmachte, waren die Erscheinungen verschwunden. Ich muß so rasch wie möglich dieses Haus verlassen, sagte er sich. Ach, wie viele Türen mag dieser verflixte Salon haben? Sieben? Sechs? Neun? Es war nicht herauszufinden. Die eingefügten Spiegel hinderten ihn, richtig zu zählen. Endlich machte er eine Tür auf. Dabei hatte er Angst, es könnte wieder diejenige sein, die zur Treppe hinausführte, welche die Erscheinung inzwischen sicherlich ganz heruntergekommen war, doch er hatte Glück, nichts dergleichen geschah. Nun befand er sich in einem Saal neben dem Salon, in dem genausowenig Möbel standen wie in diesem, außer einem mit rotem Damast bezogenen und von mehreren dicken Kerzen beleuchteten Altartisch, über dem sich eine mit Papierblumen ausgekleidete Mauernische öffnete. In der Nische sah er das Standbild einer ganz jungen Frau von ernster, erstarrter Schönheit in einer weißen Tunika und einem blauen, mit einem Band gegürteten Umhang, der zu beiden Seiten des Standbilds bis auf den Boden reichte und nur Gesicht, Hände und Fußspitzen freiließ. An einem

Drahtring über dem Kopf waren kreisförmig zwölf Blechsterne befestigt. Angesichts des Standbilds spürte Fábregas, wie ihn Erschöpfung befiel. Sämtliche dieser Begegnung vorangegangenen Seltsamkeiten hatten nicht genügt, um ihn auf diese letzte Vision vorzubereiten. Er heftete die Augen auf das Gesicht des Standbilds, das seinen Blick mit einem leichten Kopfneigen beantwortete, um dann wieder zu erstarren.

»Wollen Sie noch ewig so stehenbleiben?« fragte Fábregas, der nach langem Schweigen die Sprache wiedergefunden hatte.

»Ist niemand mehr da?« fragte sie.

»Nur ich.«

»Dann helfen Sie mir von der Nische herunter. Ich möchte die Blumen nicht kaputtmachen.«

Er hielt ihr die Hand hin; die ihren waren kalt wie Marmor und Backen, Stirn und Kinn rußgeschwärzt vom Kerzenrauch. Die Flecken betonten ihre Blässe noch.

»Als ich Sie sah, dachte ich ...«, begann er.

»Sagen Sie's nicht.«

»...Sie hätten sich in etwas Immaterielles verwandelt, unerreichbar für uns alle, wollte ich sagen. Was haben Sie da oben auf diesem Ding gemacht? Wie lange stehen Sie schon so da, reglos und wie eine Statue? Wozu diese ganze Vorstellung?«

»Was weiß denn ich!« rief sie schlechtgelaunt und stampfte mit dem nackten Fuß auf den Boden. »Glauben Sie, ich habe jetzt noch Lust, ausgefragt zu werden?«

Doch sogleich, noch bevor er etwas erwidern konnte, änderte sie ihren Ton und fuhr fort:

»Begleiten Sie mich bitte auf einem Spaziergang – ich bin überall ganz starr, und die Kälte steckt mir in den Knochen.«

»Sollten Sie sich nicht etwas überziehen?«

»Zuerst werde ich mir ein wenig Bewegung verschaffen,

um die Blutzirkulation wieder in Gang zu setzen, und dann ein Bad nehmen, falls es in diesem gottverlassenen Kasten irgendwo warmes Wasser gibt.« Dann, als schämte sie sich ihrer Worte, fügte sie hinzu: »Ich weiß nicht, weshalb ich so rede. In meinem Alter sollte ich ja längst einen Weg gefunden haben, die Situation meiner Familie zu verbessern, oder wenn nicht, dann wenigstens, mich von ihr loszumachen. Aber ich bin noch immer da, weder rebellisch noch artig, nur unnütz und wehleidig.«

»Fangen Sie jetzt nicht an, sich zu quälen, sondern erzählen Sie mir, was Sie in der Mauernische gemacht haben.«

»Nichts, dasselbe wie immer – eine alte Tradition aufrechterhalten, die am Aussterben ist.« Sie hakte ihn unter und zwang ihn, seine Schritte den ihren anzupassen. Dann, im Salon, in den sie nun gelangt waren, auf und ab gehend, erzählte sie ihm folgende Geschichte. »Seit unzähligen Jahrhunderten war es in Venedig Brauch, das Fest der Unbefleckten Empfängnis mit einer Prozession zu feiern. Natürlich wurde das Dogma von der Unbefleckten Empfängnis erst Mitte letzten Jahrhunderts verkündet, doch der Glaube daran gehörte schon immer wesentlich zum Christentum. Eigentlich ging es immer darum, die Jungfrau zu ehren, weshalb zu Frühlingsbeginn (das Fest war noch nicht auf den 8. Dezember verschoben worden) ein tugendhaftes, schönes junges Mädchen in Tunika und Umhang gekleidet, mit Sternen gekrönt und hoch auf den Schultern in einer Sänfte durch die Straßen getragen wurde; die Sänfte war mit Schwertlilien, Olivenzweigen und Weizengarben geschmückt, die, in dieser Reihenfolge, Reinheit, Weisheit und Fruchtbarkeit symbolisierten. Sie war barfuß und trug auf den Füßen zwei Rosen. Unter dem verlogenen Vorwand, Frauen dürften sich an keinerlei religiöser Zeremonie beteiligen, verbot später der Klerus, daß eine Jungfrau die Muttergottes verkörpere, und ließ sie durch einen jungen Priester oder einen Diakon ersetzen. Ich brauche Ihnen ja nicht zu sagen, worauf das Ganze hinauslief. Mittlerweile war Venedig zu einer Tyrannenrepublik geworden, die nichts als ihre Sicherheit im Sinn hatte; die Geheimpolizei und die dauernden Denunziationen hatten einen unerträglichen Zustand der Unterdrückung zur Folge, so daß man jede Gelegenheit, diese Spannung und Disziplin vorübergehend etwas aufzulockern, beim Schopfe packte, und zwar geradezu frevelhaft. Die Prozession artete bald in ein äußerst abgeschmacktes Schauspiel aus. Die Männer kleideten sich als Frauen, beschmierten sich das Gesicht mit Schminke, streiften mit Obszönitäten auf den Lippen durch die Stadt, legten das zotigste Benehmen an den Tag und ahmten mit großer Überzeugungskraft die Geburtswehen und -phasen nach. Die Frauen zogen Männerkleider an, trugen falsche Bärte und Schnurrbärte, tranken maßlos Schnaps, fluchten und lästerten mit rauher Stimme, gaben sich wie Zuhälter, zogen unter dem nichtigsten Vorwand das Schwert und griffen mit Wort und Tat die ehrbaren Frauen an, die sich dem Hexensabbat nicht angeschlossen hatten. Alte, als Tauben verkleidete Geistliche tanzten Fandango mit Novizen, die sie gezwungen hatten, sich als Cherubim zu verkleiden. Auf den Plätzen wurden Stiere, Schweine und Hunde aufs brutalste und blutrünstigste zu Tode gehetzt. Natürlich beteiligte sich nicht die gesamte Bevölkerung an diesem Spektakel. Die meisten zogen sich in ihre Häuser zurück, wo sich jeweils mehrere Familien teils nach Verwandtschaft, teils nach Stand zusammentaten und der Unbefleckten Empfängnis weiterhin auf die alte Art Ehre erwiesen. Dann, als Kirche und Staat gemeinsam einschritten, um den gewalttätigen Übergriffen des Pöbels Einhalt zu gebieten, setzte sich die Tradition unverbrüchlich hinter den Palastmauern fort. Später wurde das Fest auf das heutige Datum verschoben und dadurch stillschweigend an den Beginn der Weihnachtszeit. In genau festgelegter Reihenfolge obliegt es einer Familie des alten, nach und nach heruntergekommenen Aristokratenzirkels, die Abendveranstaltung zu organisieren, an der Sie eben teilgenommen haben. Es ist unumgänglicher Brauch, daß sich eine junge Frau aus der Veranstalterfamilie so kleidet, wie Sie jetzt mich sehen, außer im sehr seltenen Fall, daß keine Person des richtigen Alters oder Geschlechts vorhanden ist oder daß sie, wenn es sie gibt, nicht die nötigen Bedingungen erfüllt, um die Rolle zu übernehmen, sei es wegen ihres Aussehens, sei es aus andern Gründen; dann wäre es zulässig, daß ein Mitglied der Dienstbotenschaft oder sogar eine eigens dazu angestellte Person deren Platz einnimmt. Ebenso ist es Brauch, daß die Geladenen unter dem Vorwand, dem Bildnis der Jungfrau eine Schenkung anzubieten, bescheidene Geldsummen beisteuern, die zusammengenommen der Gastgeberfamilie im betreffenden Jahr ein wenig aus der Verlegenheit helfen. Dagegen ist es nicht Brauch, daß diese die Geladenen mit so billigen, alten Törtchen bewirtet, wie sie mein Vater vorhin angeboten hat. Kommen Sie, ich bin genug gegangen, und so viele Stunden zu stehen hat mich müde gemacht. Setzen wir uns.«

»Ich möchte nicht, daß Sie sich erkälten.«

»Keine Angst, diese Stoffe halten einen schön warm.« Sie setzte sich auf eins der Sofas im Salon, zog die Beine an und deckte sich die Füße mit dem Saum des Umhangs zu, der jetzt nach dem Spaziergang voller Schmutzspuren war. Dann sagte sie im selben lockeren Ton wie vorher: »Es ist auch möglich, daß das, was ich Ihnen erzählt habe, reine Legende ist, daß der Brauch der gegenseitigen Besuche und der Verkleidung Mitte des letzten Jahrhunderts von den der heiligen Jungfrau Maria sehr ergebenen Österreichern eingeführt wurde und dann bei der Aristokratie leichten Eingang fand, die sehr viel eher als das einfache Volk mit den kaiserlichen Besatzungsmächten gemeinsame Sache machte. Wie dem auch sei, heute ist er bloß noch Versatzstück in einer Gesellschaft, die rettungslos zerfällt und deren einzige Rechtfertigung – in ihren eigenen, aber in niemandes Augen sonst – darin besteht, die Unterschiede zwischen sich und den angeblich ungebildeten und haltlosen Massen zu betonen. Im Grunde genommen ist alles nur Betrug und Kuhhandel.«

Sie seufzte, und nach einem Schweigen, das Fábregas zu unterbrechen sich hütete, da er ahnte, daß es der Auftakt zu einer vertraulichen Mitteilung war, fügte sie hinzu:

»Ich weiß, daß meine Eltern, denen es nicht an Unverschämtheit mangelt, Ihnen die apokryphe Geschichte unserer Vorfahrin, der berühmten Dirne, erzählt haben. Es ist mir nicht bekannt, ob Sie sie geglaubt haben oder nicht, aber offensichtlich haben Sie daraus über mich wenig schmeichelhafte Schlüsse gezogen. Ich will sie gar nicht anfechten: Es steht Ihnen vollkommen frei, zu glauben, was Sie wollen, und mir, mein Verhalten zu rechtfertigen oder nicht, ganz nach Lust und Laune. Nur eins möchte ich Ihnen erzählen. Vor etwas mehr als einem Jahr habe ich in Rom, wohin ich nach meiner Rückkehr von London ging, in der vergeblichen Absicht, Arbeit zu finden, einen Mann kennengelernt, dessen Einfluß auf mein Leben bestimmend war und noch ist. Ich lernte ihn kennen, nachdem er eben in Rom eingetroffen war, um ein höchst verantwortungsvolles Amt anzutreten, in das er gewählt worden war und dessen Natur ich nicht verraten werde, um nicht unnötigerweise seine Identität preiszugeben. Da der ihm kraft seines Amtes zustehende Wohnsitz bis wenige Tage vor seiner Ankunft von seinem Vorgänger besetzt war, der nach langer, schrecklicher Krankheit dort verstorben war, mußte er in einem Hotel absteigen, während die Wohnung hergerichtet wurde, um den neuen Mieter gebührend zu empfangen. In diesem Hotel besuchte ich ihn mehrmals, immer mit dem Risiko, die Aufmerksamkeit eines Journalisten zu erregen oder einen Zusammenstoß mit den Leuten zu haben, die damit beauftragt waren, über seine Sicherheit zu wachen. Zum Glück wimmelte es im Hotel gerade wegen seiner Anwesenheit von Menschen, deren Angelegenheiten keinen Aufschub duldeten. So war es mir ein leichtes, keinen Verdacht aufkommen zu lassen. Die Bedeutung seiner Tätigkeiten, die Papierflut, die sie auslösten, und der nie abreißende Besucherstrom zwangen ihn, im Hotel eine Suite zu belegen, die er nach kürzester Zeit noch um die angrenzenden Zimmer erweitern mußte. In dieser improvisierten Wohnung fühlte er sich behaglich; immer hatte er ein Wanderleben geführt und eine ganz eigene Fähigkeit entwickelt, sein Lager dort zu errichten, wo die Umstände es erforderten. Kaum hatte er Quartier bezogen, hängte er an den Wänden der Suite seine Jagdtrophäen auf, die er während zweier langer Afrikaaufenthalte gesammelt hatte, bei deren letzterem er sich eine zwar nicht lebensgefährliche, ihn aber immer wieder quälende Fieberkrankheit zugezogen hatte. Aus diesem Grund war er vorzeitig ergraut und hatte seine ganze Körperbehaarung verloren. Wenn er einen Fieberrückfall erlitt, konnte seine Temperatur in wenigen Sekunden auf ein- oder zweiundvierzig Grad steigen. Dann glänzten seine Augen im Dunkeln wie Irrlichter, und er delirierte. Abgesehen von diesen gelegentlichen kritischen Augenblicken war er, obwohl die Jugend schon seit Jahren hinter ihm lag, ein Mann von außergewöhnlicher Energie. Nach einem ununterbrochenen Arbeitstag von fünfzehn Stunden, während deren er die schwerwiegendsten Probleme hatte lösen und drückende Verantwortlichkeiten auf sich nehmen müssen, fühlte er sich noch immer in Stimmung, eine große und bunte Gruppe von Leuten zum Abendessen einzuladen und sich in die hitzigste Diskussion zu verstricken oder das Gespräch nach Tisch bis zum Morgengrauen allein zu bestreiten. Erst dann, wenn er endlich allein war und die ersten Sonnenstrahlen die Dächer Roms bestrichen, rief er mich zu sich. Selten folgte ich dem Ruf auf meinen eigenen Füßen, denn die langen Stunden des Wartens in einem der an die Suite grenzenden Zimmer, wo ich verborgen ausharrte, hatten meine Kräfte aufgezehrt, und ich war zwischen Stapeln von aus allen Enden des Erdballs eingetroffenen Mappen und Akten eingeschlafen. Dann holte er mich, weckte mich sanft und trug mich auf den Armen in die Suite.

Wir hatten nur wenige Stunden zur Verfügung. Manchmal verließen wir das Hotel heimlich durch einen der Dienstboteneingänge. Um nicht erkannt zu werden, trug er eine Perücke, eine Sonnenbrille und einen Anzug, den ich ihm auf meine Kosten beschafft hatte. Dann spazierten wir durch fast menschenleere Straßen und über Plätze, atmeten die frische Morgenluft und verfolgten das träge Erwachen der Stadt, ein Schauspiel, das mich kalt ließ, ihn aber, der von den übrigen Sterblichen und den Nichtigkeiten des Alltags von Amtes wegen abgesondert lebte, zu Tränen rührte. ›Ah!‹ rief er, wenn er einen Bauern seine Ware auf den Karren eines kleinen Straßenmarktes zum Verkauf anordnen sah, ›das essen also die Leute‹, oder, vor dem Schaufenster einer noch geschlossenen Boutique stehenbleibend: ›Sieh an, so wird man sich also dieses Jahr kleiden!‹ Er genoß es wie ein Kind. Wenn ihm etwas so sehr gefiel, daß er es um jeden Preis haben wollte, war ich es, die es kaufen mußte, denn er verfügte nicht über Bargeld und konnte auch keins verlangen, ohne anzugeben, wofür er es bestimmt hatte. Da er diesbezüglich nicht lügen mochte und seine ganze Habe minuziös inventarisiert war, konnte er mir nie ein Geschenk machen. ›Von allen Männern der Erde muß ich der knausrigste sein‹, sagte er oft. Doch diese Exkursionen durch die Straßen waren die Ausnahme. An den meisten Tagen blieben wir in der

Suite; er sprach, und ich hörte zu. Anfänglich erstaunte es mich, daß einem Mann, der so viele Stunden damit zubrachte, mündlich Geschäfte zu erledigen, noch zum Sprechen zumute war, bis ich begriff, daß er mit niemandem sonst über das sprechen konnte, worüber er mit mir sprach. Immer erzählte er mir von der Jagd. Sie war seine große Leidenschaft, und auch wenn man nicht sagen konnte, er sei auf irgendeinem Gebiet ein bescheidener Mann gewesen, so war er doch auf nichts so stolz wie auf seine Waidmannsheldentaten. Ich habe Ihnen bereits gesagt, daß an den Wänden der Suite zahlreiche Trophäen hingen. Einige Stücke waren ausgestopft, doch da diese Arbeit aus naheliegenden Gründen der Entfernung und des Klimas sozusagen *in situ* vorgenommen worden war, an Orten, wo die Technik der Tierpräparation noch sehr unbeholfen und die, die sie ausübten, unerfahren waren, sahen die ausgestopften Tiere verschrumpelt, unwirklich und fast grotesk aus, so daß er sich später angesichts dieser anfänglichen Mißerfolge dazu entschlossen hatte, einzig die Schädel der erbeuteten Tiere aufzubewahren, wozu man, wie er mir erklärte, die Köpfe nur im Freien zu lassen und zu warten brauchte, bis Hyänen, Geier und Ameisen die Knochen blankgenagt hatten. Nun hing hier ein Löwenschlund, da eine Krokodilskinnlade, dort ein Büffelschädel. All diese imposanten wilden Tiere hatte er selbst vom Boden aus erlegt, unerschütterlich den Angriff oder Sprung erwartend und genau wissend, daß ein fehlgegangener Schuß bedeutete, Zähnen, Hörnern oder Pranken zum Opfer zu fallen. Die Erinnerung an solche Momente gespannter Erwartung, in denen das Überleben von der Standhaftigkeit und Treffsicherheit eines Augenblicks abhing, entflammte ihn so sehr, daß er manchmal buchstäblich die Welt aus den Augen verlor und, vergessend, wer er war, aus einem Schrank eine alte, jetzt rostige und ungeladene Büchse hervorholte und mich zwang, auf allen vieren durch die Suite zu stürmen, mich hinter den Möbeln zu verbergen und zu versuchen, ihn unerwartet anzuspringen; mitten im Raum aufgepflanzt, spähte er um sich, riß, wenn er meinen Schlupfwinkel entdeckt zu haben glaubte, das Gewehr ans Gesicht und schrie lauthals: PENG! PENG! Verstehen Sie mich nicht falsch – dieses kindische Spiel amüsierte mich nicht im geringsten. Ich wußte immer, daß ich mich in Gegenwart eines höchst albernen, hohlen Mannes befand, und machte mir nie Illusionen über ihn und noch weniger über das, was mir eine Zukunft an seiner Seite bescheren konnte. Er zog mich einfach auf unverzeihliche Weise an. Wenn er mich ansah, vergaß ich mein Leben; ich hätte ihm alles gegeben, ohne irgend etwas von ihm zu verlangen. Außerdem war unsere Sache von allem Anfang an zum Scheitern verurteilt, weil mir ganz klar war, daß unsere Beziehung, sobald die Bauarbeiten an seinem offiziellen Wohnsitz beendet wären und er dort einzog, zwangsläufig äußerst schwierig, wenn nicht unmöglich würde, wie es denn auch wirklich geschah. Zutiefst niedergeschlagen, aber fest entschlossen, dieses sinnlose Abenteuer zu vergessen, kehrte ich nach Venedig zurück. Ich nahm alte Freundschaften wieder auf und knüpfte neue – das war in den Tagen, in denen wir uns kennenlernten. Kurz darauf entdeckte ich, daß ich in Rom schwanger geworden war. Ich erwog die Möglichkeit, die Schwangerschaft zu unterbrechen, getraute mich aber nicht, einen solchen Schritt ohne seine Einwilligung zu tun, da ich ja genau wußte, wie unnachgiebig seine Haltung in dieser Hinsicht war. Ich mußte ihn sehen und davon unterrichten, was geschehen war. Also ging ich nach Rom. Ich will Sie nicht mit der Schilderung belästigen, auf welch verwickelten Wegen ich ihm meine Anwesenheit in Rom zur Kenntnis brachte noch welch ungewöhnlichen Vermittlers er sich bediente, um mir Stunde und Ort für das Gespräch anzugeben, um das ich ihn gebeten und zu dem er sich mit offenkundigem Widerwillen bereitgefunden hatte. Schließlich sahen wir uns nach mehreren Wochen des Hin und Her ein letztes Mal allein, eines Nachts im Garten seiner Residenz. Von diesem Gespräch sind mir der Mondschein zwischen den Zypressen, die nach blühenden Rosen duftende Brise und das Fröschequaken in einem nahen Teich noch in lebhafter Erinnerung. Er schien diese Details nicht zu bemerken. Die formelle Ausübung seines Amtes, in das er sich nach seinen Worten jetzt endlich voll eingesetzt fühlte, hatte ihn verändert. Entgegen meiner Annahme war er durch das, was ich ihm zu sagen gekommen war, weder beunruhigt noch überrascht, eher schien es ihn gleichgültig zu lassen, als hätte das Ganze nichts mit ihm zu tun. Er erinnerte mich daran, daß er trotz des Pomps, in dem er lebte, über keinerlei finanzielle Mittel verfügte. Diesbezüglich beruhigte ich ihn – immer hätte ich gewußt, daß ich nichts von ihm erwarten könne, sagte ich. Meine scheinbare Selbstlosigkeit weckte seinen Verdacht, und er setzte eine ungeduldige, eisige Miene auf, die mich zweifellos reizen sollte. Doch meine Seele war ganz ruhig, nie zuvor hatte ich mich so gelassen gefühlt. Ich begriff, daß der Moment der endgültigen Trennung gekommen war. Ein verlegenes Schweigen trat zwischen uns ein. In der Ferne hörten wir das Hackenzusammenschlagen und Murmeln, das die Wachablösung in der am andern Ende des Gartens gelegenen Kaserne begleitete. ›Adieu‹, sagte er und gab mir zum Zeichen des Abschieds die Hand. Ich hielt sie zwischen den meinen fest. ›Etwas muß ich noch wissen‹, sagte ich. Er schaute mir in die Augen, und in seinen bemerkte ich die Phosphoreszenz des Tertianfiebers. Dieser plötzliche Fieberanfall nahm seinem Benehmen für einen Moment die Kälte, und ich begriff, daß seine Augen nun meine Gedanken lasen. Hätte er nur die kleinste Bewegung gemacht, ich wäre ihm wieder und für immer in die Arme gefallen, hätte die Vereinbarung akzeptiert, die er mir vorgeschlagen hätte; seinethalben hätte ich jede Erniedrigung auf mich genommen. Ruhig, aber bestimmt löste er seine Hand aus den meinen und zeigte zum Himmel. ›Nur drei Dinge mußt du jetzt und immerdar wissen‹, sagte er. ›Daß Jesus Christus im Stall von Bethlehem geboren wurde, daß er für unsere Sünden starb und daß er am dritten Tage auferstand.‹ – ›Das ist alles?‹- ›Ja, das ist alles. Der Rest dient nur dazu, die Gedanken durcheinanderzubringen und die Seelen irrezuleiten.‹ Voller Ungewißheit ging ich nach Venedig zurück. Natürlich durfte ich meinen Eltern nicht sagen, daß ich in andern Umständen war. Ich dachte daran, mich Ihnen anzuvertrauen, denn ich war angenehm überrascht, Sie in der Stadt wiederzusehen, nachdem ich angenommen hatte, Sie hätten sie verlassen, aber auch Sie hatten eine unerklärliche Veränderung durchgemacht. Mein Zustand brauchte ärztliche Betreuung, und ich überließ mich den Händen Dr. Pingpongs, der zwar tüchtig, aber wenig verständnisvoll war. Als Freund der Familie und Ehrenmann wollte er unbedingt eingreifen und wollte wissen, wer der Urheber meiner Schwangerschaft war. Da ich mich weigerte, den Namen zu nennen, beschloß er, auf eigene Faust nachzuforschen. Es wird Sie nicht überraschen, zu erfahren, daß er an dem Nachmittag, an dem Sie und ich hierherkamen, einen falschen Schluß zog aus dem, was er sah. Da er überzeugt war, der betreffende Mann seien Sie, nahm ich an, er werde versuchen, Sie hinter meinem Rücken auszuhorchen, und wollte Sie rechtzeitig warnen, damit es nicht zu einem bedauerlichen Irrtum käme, aber Sie gingen nicht ins Hotel zurück, wie ich angenommen hatte, sondern blieben hier, zurückgehalten von meiner Mutter, die bezüglich meines Zustands wohl auch einen Verdacht hegte und zweifellos ganz naiv dachte, über kurz oder lang könnten Sie die Lösung für viele Probleme sein. Deshalb versuchte sie Sie mit

Schmeicheleien und Lügen zur Familie hinüberzuziehen, eine Methode, die sie immer für unfehlbar gehalten hat, die aber, um es einmal so zu sagen, kontraproduktiv war. Sie sehen, ich lege meine Karten auf den Tisch. Aber eigentlich wollte ich Ihnen gar nicht das erzählen.

Mein Zustand entwickelte sich gemäß den Gesetzen der Natur, wenn auch nur so, daß er erst kurz vor der Entbindung auffiel. Da sah ich, daß ich Venedig verlassen mußte. Dr. Pingpong schrieb mehreren Ärzten in Rom, die er kannte, und bat sie, mich zu betreuen. Er besorgte mir auch etwas Geld, aber nicht genügend, um die Kosten für die Geburt und meinen Unterhalt in den Wochen zuvor und danach zu bestreiten. Aus diesem Grund gelangte ich wieder an Sie. Ich suchte Sie in Ihrem Zimmer auf, um Ihnen die Gründe für mein Verhalten darzulegen, und hätte Ihnen alles erzählt, wenn Sie bereit und in der Lage gewesen wären, mich anzuhören, doch das war nicht der Fall. Jedenfalls gaben Sie mir das benötigte Geld, und dafür werde ich Ihnen ewig dankbar sein. Damit ging ich nach Rom und suchte alle Adressen auf, die Dr. Pingpong angeschrieben hatte. Das Ergebnis dieser Besuche war immer dasselbe. Die einen schützten die sprichwörtliche Ineffizienz der Post vor und versicherten, keinen Brief erhalten zu haben; andere gaben zu, ihn bekommen zu haben, sagten aber, sie kennten den Absender nicht; dritte schließlich sagten nur, sie könnten nichts für mich tun. Einer, der sich meines Zustands erbarmte, machte Anstalten, mir Geld zu geben, was ich aber zurückwies; die meisten gaben mir bloß Gratismuster von Medikamenten, die ihnen die Pharmazeutiklabors geschickt hatten. Aus all diesen Gründen befand ich mich in einer vollkommen hilflosen Lage, zu der noch die für meinen Zustand typischen Beschwerden kamen. Ich fiel in tiefe Teilnahmslosigkeit; die meiste Zeit schlief ich, und sonst weinte ich. Ich wußte nicht, was tun.

Um mit dem Geld, das ich besaß, so lange wie möglich auszukommen, war ich in einer bescheidenen Pension abgestiegen, in einem Viertel etwas abseits des Zentrums. In dieser Pension wohnte auch eine kleine, freundliche junge Frau, die pfiffig aussah, nicht älter als zwanzig oder zweiundzwanzig und nicht ohne Reize war und über die die andern Gäste dauernd herzogen. Sie tat nichts, was dem Klatsch Nahrung gegeben hätte, trat ihm mit ihrem Verhalten aber auch nicht entgegen. In der Pension benahm sie sich immer mit größter Zurückhaltung, aber ihr Stundenplan war höchst unregelmäßig, und obwohl sie sich diskret und sittsam kleidete, wußten wir doch alle, daß sie Reizwäsche benutzte, da sie sie in ihrem Zimmer wusch und vor ihrem Fenster zum Trocknen aufhängte. Aus alldem schloß ich, daß sie zwar keinen unehrenhaften Beruf ausübte, sich aber wahrscheinlich unehrenhafter Mittel bediente, um erfolgreich einen ehrenhaften Beruf auszuüben. Natürlich ließ mich das kalt, und wenn ich diese Person zur Sprache gebracht habe, dann nur, weil sie seit meiner Ankunft in Rom das einzige Menschenwesen war, das für mich einige Achtung und Zuneigung übrig hatte.

Als mir klar wurde, daß die Schwangerschaft ihrem Ende entgegenging, bekam ich Angst. Aus Ahnungslosigkeit oder Feigheit hatte ich nie die Konsequenzen von alldem abgeschätzt, weder die körperlichen Gefahren einer Geburt noch die Probleme, die mir das Kind bereiten würde, das ich zur Welt bringen sollte. Vielleicht deshalb war die unbestimmte Angst, die ich jetzt spürte, noch lähmender. Im Schlaf bestürmten mich Alpträume, und im Wachzustand wurde ich von einer beinahe hysterischen Nervosität gepackt. Kein Arzt kümmerte sich um mich, so daß ich alle psychischen und körperlichen Störungen mit Hilfe eines Apothekers behandeln mußte, der mir Heilmittel und Arzneien verschrieb. Ich weiß nicht, wie ich es schaffte zu überleben. Am Ende beschloß ich, nicht auszuführen, was ich mir selbst versprochen hatte, meinen Stolz abzulegen und denjenigen um Hilfe anzugehen, der mich in diese Lage gebracht hatte. Natürlich konnte ich ihn nicht einfach aufsuchen, so, wie ich jetzt aussah, sondern mußte mich jemandem anvertrauen. Dazu bestimmte ich das junge Mädchen aus der Pension, von dem ich Ihnen eben erzählt habe. Bei der ersten sich bietenden Gelegenheit nahm ich sie beiseite und schilderte ihr den Fall. Sie hörte schweigend zu und murmelte dann nur: ›Es sind doch alle gleich.‹ Ich ließ sie schwören, mir zu helfen, und sie versuchte es zu tun, doch die Tage verstrichen, und ihre Bemühungen blieben ergebnislos. ›Heute habe ich nicht hingehen können‹, antwortete sie, wenn ich sie die Pension betreten sah und mit meinen Fragen bestürmte. Oder: ›Heute bin ich hingegangen, aber es gab eine lange Schlange, und ich konnte nicht bleiben.‹ Und so weiter. Bis ich eines Nachmittags, drei Wochen vor dem von Dr. Pingpong und mir errechneten Zeitpunkt, die ersten Anzeichen spürte, daß der entscheidende Moment unmittelbar bevorstand. Ich alarmierte die Pensionsinhaber, und nach kurzer Beratung rief jemand im nächsten Krankenhaus an und bestellte unverzüglich einen Krankenwagen, um mich abzuholen. Man antwortete, das Personal streike und die Dienstleistungen seien *sine die* eingestellt; der Notdienst, der sich um die schwersten Fälle kümmere, werde nicht mit allen fertig, wir sollten unseren Namen und die Adresse hinterlassen und so freundlich sein, einen oder zwei Tage zu warten. Angesichts dessen war die Pensionsinhaberin dafür, die Polizei zu rufen. ›Wenn etwas passiert, kriegen wir Schwierigkeiten‹, sagte sie in unheilvollem Ton, worauf ihr Mann entgegnete, er habe nie mit der Polizei zu tun gehabt und wolle auch nie mit ihr zu tun haben; und er ging aus dem Haus, um seine Mutter zu holen, eine Achtzigerin, die in ihrer Jugend gelegentlich als Hebamme tätig gewesen war.

So begannen diese unendlichen Schreckensstunden. Trotz des schon fortgeschrittenen Herbstes war es sehr heiß, und da mein Zimmer kein Fenster hatte, wurde die Hitze bald erstickend, und die Luft war kaum mehr zu atmen. Man brachte mich in ein anderes Zimmer mit einem hohen, schmalen Fenster, durch das nun das Dämmerlicht schien. Der Himmel war golden und melancholisch, und von der Straße drangen das Rauschen des Verkehrs und das Tellergeschepper aus einem nahen Restaurant herein. Auch der Apotheker konnte nicht ausfindig gemacht werden – nach dem Arbeitstag hatte er das Geschäft geschlossen und war nach Hause gegangen, aber niemand kannte seine Adresse. Um die immer heftigeren Schmerzen der Wehen zu lindern, gab man mir, was da war: Aspirin und Grappa. Von dieser Mischung wurde ich ganz benommen. Die Schmerzen gingen und kamen, und ich verlor das Zeitgefühl. Einmal sah ich den Mond im Fensterrahmen, ein andermal das Ledergesicht der Hebamme, die mich seit einer Weile betreute, ohne daß ich es bemerkt hatte. Ich hatte großen Durst, und man gab mir Wasser. Das junge Mädchen, dem ich mich anvertraut hatte, trat ins Zimmer, um mich zu sehen. Sie kam von der Straße und verströmte ein warmes Parfüm, das mir den Magen umdrehte. Ich bat, man möge uns für einen Moment allein lassen, und sagte dann zu ihr: ›Möglicherweise überlebe ich das nicht.‹ Sie unterbrach mich mit den Worten, ich solle kein dummes Zeug reden, was mit mir geschehe, sei zwar unangenehm, aber einfach. ›Andauernd werden Tausende und Abertausende von Kindern geboren, vor allem in Asien.‹ Ich unterbrach sie meinerseits: ›Hör zu: Das Kind, das geboren werden wird, hat nur mich, und sollte mir etwas zustoßen, wäre es ganz allein auf der Welt. Du mußt zu ihm, mußt es noch einmal versuchen und dich diesmal zu ihm durchboxen, wie auch immer; sag ihm, er soll kommen; erklär ihm, wie die

Dinge liegen. Los, geh.‹ Sie sagte, sie würde tun, worum ich sie bat, aber in ihren Augen lagen Unentschlossenheit und Zweifel. Sie verließ das Zimmer, und ich muß das Bewußtsein verloren haben. Ich wurde von einem erbärmlichen Wimmern geweckt; erst nach einer Weile merkte ich, daß es von mir selbst stammte. Der Mond stand nicht mehr im Fenster; nun war pechschwarze Nacht, ohne Wolken und Sterne. Nach und nach kam ich wieder zur Vernunft und verstand, wo ich war und was vor sich ging. Ich erinnerte mich an die unmenschlichen Schmerzen, die ich gelitten hatte, und dachte, ich wäre nicht in der Lage, sie noch einmal zu ertragen, doch es verstrichen mehrere Minuten, und sie kamen nicht wieder. Als sie sah, daß ich wach war, trat die alte Hebamme ans Bett. ›Wie geht's dir, Kind?‹ hörte ich sie fragen. ›Gut‹, antwortete ich zuversichtlich. ›Ist schon alles vorbei?‹ – ›Es fehlt nur noch wenig. Tut's dir irgendwo weh?‹ – ›Nein, aber ich habe großen Durst, geben Sie mir bitte Wasser.‹ – ›Du darfst nichts trinken, keine Flüssigkeit jetzt.‹ – ›Wer hat das gesagt?‹ Aus den Augenwinkeln schaute sie zum andern Zimmerende. Ich folgte ihrem Blick und erblickte zwei sehr große Männer, die wie Brüder aussahen. Einer war ganz in Weiß und der andere ganz in Schwarz. Sie betrachteten etwas auf einem Tischchen, auf das eine Lampe mit einem großen Schirm aus gefaltetem Karton ein starkes Licht warf, während sie den Rest des Zimmers im Dunkeln ließ. Sie betrachteten das auf dem Tischchen Liegende und tuschelten lebhaft miteinander. Als sie sahen, daß ich erwacht war, traten sie ans Kopfende des Bettes. Die alte Hebamme zog sich zurück, und sie stellten sich zu beiden Seiten des Bettes auf. ›Wie geht es Ihnen, gnädige Frau?‹ fragten sie mich wie aus einem Mund. Ich sagte ihnen, ich fühle mich gut, die Schmerzen seien vorbei. Der Mann in Weiß sprach mit französischem Akzent und der in Schwarz mit deutschem. Wenn sie sich miteinander unterhielten, sprach der mit dem französischen Akzent den andern auf deutsch an, und der mit dem deutschen Akzent antwortete auf französisch. Das brachte mich auf den absurden Gedanken, sie müßten Schweizer sein – zwei Schweizer Brüder, die für die praktischen Probleme ihrer Zweisprachigkeit auf diese gerechte Lösung gekommen seien. Solche Dinge dachte ich, weil mein Kopf nicht richtig gehorchte. Während mir der Mann in Schwarz den Puls maß und mich abhorchte, ging der in Weiß zum beleuchteten Tischchen und kam mit einer Spritze zurück. Sie sagten mir, ich solle mich auf die Seite drehen, und ich spürte einen Stich in der Schulter. Der Mann in Schwarz horchte mich noch einmal ab, murmelte: ›Noch nicht‹ und schrieb etwas in sein Heft. Die beiden Männer stellten sich wieder neben das Tischchen und unterhielten sich lebhaft. Die Spritze versetzte mich in einen Zustand ausgesprochenen körperlichen Wohlbehagens. Nun war alles gut, so, wie es sein mußte; letzten Endes hatte er recht: Nur die Hingabe kann uns vor dem Chaos erretten, das Glück ist ein Zustand der Gnade und wird nur dem gewährt, der verzichten und annehmen kann, sagte ich mir. In diese Gedanken versunken, nahm ich nicht wahr, was um mich herum geschah. Dagegen registrierte ich ganz deutlich alle Geräusche auf der Straße. Als ich die Augen wieder aufschlug, war das Fenster geschlossen, und durch die Scheiben schien das Tageslicht herein. Vor mir standen die Hebamme und der Mann in Weiß; mit gerunzelter Stirn und ernstem Gesicht schauten mir beide fest in die Augen, als wollten sie meine Aufmerksamkeit auf sich lenken, um mich zu tadeln. Ohne seinen Blick von meinem abzuwenden, gab der Mann in Weiß ein Zeichen, und der in Schwarz trat hinzu. Ich sah, daß er Gummihandschuhe trug, und begriff, daß der entscheidende Moment gekommen war. Aus meiner Seele verschwand aller Frieden, den ich genossen hatte, und eine unbezähmbare Angst befiel mich. In diesem Augenblick dachte ich, die beiden Männer seien hergeschickt worden, um zu verhindern, daß, was nun gleich geschehen würde, jenseits der Wände dieses armseligen Zimmers bekannt würde. Ich stellte mir vor, ich sei ständig überwacht worden, seit ich meinen Fuß in diese Stadt gesetzt hatte, und interpretierte das barsche Verhalten der zu Beginn aufgesuchten Ärzte und die angeblich fruchtlosen Versuche meiner Freundin, zu ihm vorzudringen, durch eine neue Brille. Nun gehörten all diese Umstände in meiner Vorstellung zu einer Verschwörung mit dem Ziel, mich zu beseitigen und das Kind verschwinden zu lassen, das jetzt darum rang, zur Welt zu kommen. Ich wollte aus dem Bett springen, wurde aber daran gehindert. ›Nur Mut, es ist schon fast vorbei‹, hörte ich die Hebamme flüstern. Der Mann in Schwarz rief mir mit seinem eigentümlichen Akzent zu: ›*Poussez, madame, poussez!*‹, und mir wurde klar, daß ich vor allem andern leben wollte. In diesem Moment hallte in der Pension ein schrecklicher Schrei wider, als wäre soeben ein gefräßiges wildes Tier hereingebrochen, und ich spürte Panik, aber nicht meinetwegen, sondern meines Kindes wegen; da begriff ich, daß ich um keinen Preis zulassen wollte, daß jemand es mir wegnähme. Auf den Schrei folgte eine kurze Stille, und ich merkte, daß ich es war, die ihn ausgestoßen hatte. Dann hörte ich schwaches, seltsam nahes Wimmern und fragte mich, welcher der beiden Männer wohl weine und weshalb. Die Hebamme beugte sich übers Bett, um mir etwas zu sagen, aber ich konnte ihre Worte nicht hören, denn ich hatte nur Ohren für dieses Wimmern, und konnte auch ihre Gesichtszüge nicht ausmachen, da meine Augen von Tränen überflossen. Endlich verstand ich, daß sie mir nur sagen wollte, was ich schon wußte: daß alles gutgegangen war. ›Es ist ein sehr schönes Kind‹, fügte sie hinzu. Und ich sagte: ›Lassen Sie nicht zu, daß jemand es mitnimmt.‹«

13

»Tatsächlich habe ich mein Leben wie ein Dummkopf gelebt«, schrieb er, »aber nun ist mir klar, daß ich gar keine andere Alternative hatte und daß sowohl Jammern wie Reue überflüssig sind, da mir auch keine andere Chance mehr gegeben sein wird. Doch dieser Gedanke söhnt mich weder mit mir selbst noch mit dem Leben aus – ich bedaure den Schaden, den ich angerichtet habe und noch immer anrichte, und meine eigene Hilflosigkeit und die aller andern gegenüber dem Leiden Unschuldiger machen mich rasend. Die Wirklichkeit paßt nicht zu Heimlichkeiten; andauernd sehen wir, wie schreckliche Verbrechen begangen werden, die uns das Blut in den Adern gefrieren lassen.« Er schraubte den Füller zu, legte ihn sacht auf den Tisch und stand auf, um ein paar Scheite Brennholz in den Ofen zu werfen. Bevor er zum Tisch zurückging, stand er eine Weile müßig vor dem wärmenden Feuer und rieb sich nachdenklich die Hände. Obwohl im Fenster ein Ausschnitt blauen Himmels zu sehen war, lag das Zimmer im Halbdunkel. Eine Lampe mit Metallschirm warf einen Lichtkegel auf die Blätter, die er seit dem Mittag vollkritzelte. Nun bekam dieser Brief unter dem Lichtkegel, der ihn im Halbdunkel hervorhob, die Bedeutung eines unwiderlegbaren Beweises. Er setzte sich, seufzte, schraubte die Kappe vom Füller und schrieb weiter. »Um gegen diesen Kummer anzukämpfen, stürzen sich die einen in dauernde Betriebsamkeit, andere jagen aus demselben Grund dem Geld, dem Erfolg, der Macht oder andern ebenfalls überflüssigen Zielen nach.« Das Wort ›überflüssig‹ hatte er schon einige Zeilen weiter oben gebraucht, aber wegen der Pause, in der er das Feuer wieder angefacht hatte, entging ihm die Wiederholung. »Dritte schließlich kapseln sich in sich selbst ab, als könnte nur ein bis an die Grenzen des Wahnsinns geführtes Innenleben die Dürre jeglicher

Existenz mildern.« Die sind die übelsten von allen, dachte er, aber diesen Gedanken hielt er nicht schriftlich fest – er wollte die Meinung des Adressaten nicht beeinflussen. »Die Kälte und das schlechte Wetter sind noch nicht vorbei. Sie sind auch nicht schlimmer geworden, aber unsere Widerstandskraft ist schon sehr geschwächt. Bei allen um mich herum sind Abmagerungssymptome festzustellen. Die Moral ist gesunken, und es herrschen Nachlässigkeit und schlechte Laune, aber auch Resignation und Toleranz. Im Grunde wissen wir ja alle, daß es ein vorübergehender Zustand ist, der sich mit dem Frühling wieder ändern wird, und der kündigt sich im Fenster schon an.« Er führte die Füllfeder an die Lippen und versank in Nachdenken. Als hätte er sie mit seinen Worten heraufbeschworen, hatte sich die eben beschriebene Niedergeschlagenheit in ihm eingenistet. Er hatte noch mehr zu sagen, fand aber die nötige Energie dazu nicht; das Schreiben an sich kam ihm nun schon als eine Anstrengung vor, die seine Kräfte überstieg. Mit einer allgemeinen Formel, der er ohne große Überzeugung das Versprechen anfügte, in einigen Tagen wieder zu schreiben, schloß er den Brief, unterschrieb ihn, faltete den Bogen zusammen, steckte ihn in den Umschlag und schrieb darauf den Namen seines Sohnes und die Anschrift seines ehemaligen Wohnsitzes.

Als er auf die Straße trat, um auf der Post den Brief abstempeln und einschreiben zu lassen, merkte er, daß er einer Täuschung zum Opfer gefallen war: Das durch sein Fenster erspähte Blau war nur ein winziges Zipfelchen Himmel, der sonst bedeckt war. Der Frühling, in seinem Brief als nahe bevorstehend angekündigt, würde noch Wochen, wenn nicht Monate auf sich warten lassen. Der Schnee, mit dem der Winter nicht gegeizt hatte, war, wo ihn die Sonne hatte schmelzen können, zu fauligen Pfützen geworden; wo ihre Strahlen nicht hingelangten, sah man noch immer ein paar lächerliche, von der Luftverschmutzung schwarz gewordene Häufchen. Nur in einem einsamen Kanal bewahrte der Schnee auf der gepichten Plane einer Gondel unerklärlicherweise sein ursprüngliches Weiß. Wenn die Gondel ab und zu schaukelte, lösten sich dünne Eisnadeln vom Seil, mit dem sie an einem Ankerkettenhaken vertäut war. Dann fielen die Nädelchen, lang und durchsichtig wie die Glastropfen eines alten Kronleuchters, lautlos ins Wasser. Vom Hörensagen wußte Fábregas, daß am Ufer dieses Kanals ein gewisser Edelmann von zwei durch einen flinken Rivalen gedungenen Mördern meuchlings zu Tode gekommen war, die ihn hier allein und ahnungslos überraschten und mit ihren Degen vollkommen durchlöcherten. Das war vor zweihundert Jahren geschehen, doch als er jetzt an diesem abgeschiedenen Ort vorbeikam, dem das Weiß des auf der Gondelhülle angehäuften Schnees eine leicht kontrastierende Düsterkeit gab, glaubte er fliehende Schatten auszumachen und das Wehklagen und verspätete Flehen des Edelmanns zu hören, den seine Mörder nach vollbrachter Mission hier sterbend zurückgelassen hatten.

Auf dem Postamt mußte er mehrmals Schlange stehen, und als er wieder herauskam, wurde es schon dunkel. Aber die Wolken am Himmel hatten sich verzogen. Dann ist dieses Zipfelchen Blau doch nicht eine so große Täuschung gewesen, dachte er. Nun war er sicher, daß der Frühling bald kommen würde. Diese Gewißheit beflügelte ihn, so daß er die Richtung änderte und auf den Markusplatz zuging, der ziemlich menschenleer war, als er dort eintraf. Nur einige Touristen hasteten mit gesenktem Kopf durch die Kolonnaden. Ein Stadtstreicher, der in einer Ecke urinierte, trat, als er zwei Polizisten in Uniform auf sich zukommen sah, seitlich weg, ohne mit dem Urinieren aufzuhören. Obwohl weder Besuchs- noch Messezeit war, standen die Tore der Basilika weit offen, damit ein Bataillon von Frauen den verschmutzten Boden schrubben konnte. Die seltene Gelegenheit nutzend, trat Fábregas in die Basilika, ohne daß ihn eine der Frauen aufhielt. Im Innern waren weitere Reinigungsequipen am Werk. Die leuchtende Farbe der Plastikeimer wirkte an diesem Ort schockierend. Fábregas paßte auf, daß er die gerade geschrubbten Abschnitte nicht betrat, und schlenderte gemütlich durch die leere Basilika. Hätte jemand eine Bemerkung zu ihm gemacht, er wäre ohne zu mucksen wieder gegangen, aber niemand schien ihn zu beachten. Fast eine Stunde lang schaute er sich die Mosaiken, Statuen, Malereien, die märchenhaften Schätze, welken Blumen und die versiegelten Behälter an, die die Reliquien der berühmtesten Heiligen enthielten: menschliche Eingeweide, zu denen man nicht ohne Erpressung und Gewalt gekommen und die von allen Enden der Welt als Kriegsbeute hierhergeschafft worden waren. Und nicht ohne Grund, dachte er. Die Jahrhunderte hatten traurige Erinnerungen und diese wunderlichen Reste zurückgelassen, die die Menschen immer mit dem Guten, Ruhmreichen und Hoffnungsträchtigen identifizierten. Und nicht ohne Grund, dachte er wieder. Die unheilvolle Geschichte von Kriegen, Gemetzeln, Morden, Foltern, Hunger, Epidemien, Naturkatastrophen, Haß und Ängsten hatte diese verrückte Menge von Fanatikern und Demiurgen entstehen lassen, die ihn nun mit verblödetem Ausdruck von Wänden, Decken, Mauernischen und Altären her anzustarren schienen. Diese große Wahrheit muß ich unbedingt meinem Sohn mitteilen, dachte er, als er wieder hinausging.

Auf dem Platz draußen sah er, daß es schon dunkle Nacht war. Das überraschte ihn; er hatte nicht angenommen, so lange in der Basilika gewesen zu sein. Dann sah er, daß es eigentlich noch gar nicht so spät war, sondern daß sich unerwartet der Himmel wieder bewölkt hatte. Doch diese großen Wolken waren anders als die, die sich vor einer Weile verzogen hatten. Nun waren es Gewitterwolken, die heftige Regenfälle bringen, aber auch die Temperaturen steigen lassen würden. In der Ferne hallte ein langer Donner. Eiligen Schrittes machte sich Fábregas auf den Heimweg. Vor kaum einem Monat hatte ein Platzregen wie der, der jetzt im Anzug war, zwei Zimmer überschwemmt, und es hatte sie enorme Mühe und zwei ganze Tage Arbeit gekostet, das Wasser zu beseitigen. Nun wollte er sicher gehen, daß nicht wieder etwas Ähnliches geschah oder daß wenigstens gewisse Vorkehrungen dagegen getroffen worden waren. Als er vor der Tür ankam, fielen die ersten dicken Tropfen.

Drinnen hörte er stockendes Weinen und ging auf das Zimmer zu, woher es kam, in der Hoffnung, sie dort zu treffen, aber neben der Wiege stand nur Charlie, der vergeblich das Kind zu beruhigen versuchte.

»Die Donnerschläge müssen es aufgeweckt haben«, sagte er.

Er trug eine sehr abgetragene Flanellhose und ein graues T-Shirt, auf dessen Vorderseite aufgedruckt war: UNIVERSITY OF BALTIMORE, Baltimore, Md. Das Zimmer, von einem Konvektor geheizt und kaum gelüftet, roch intensiv nach saurer Milch und Kölnisch Wasser. Fábregas strich dem Kind mit der Hand über die Stirn, und nachdem er sich überzeugt hatte, daß sie nicht heiß war, schaukelte er ein wenig die Wiege und sagte zu Charlie, er solle sich ausruhen gehen.

»Ich bin nicht müde«, antwortete der. »Geh du; ich bleibe noch ein Weilchen hier.«

Die Ereignisse der letzten Monate hatten Charlie verändert. Nun war an die Stelle seines ehemals lästigen, unproduktiven Eifers eine verantwortungsbewußte, geradlinige Haltung getreten. Wortlos verließ Fábregas das Zimmer. Im Gegensatz dazu erschienen ihm der Gang und die Salons des Palazzos noch kälter. Die ausgeführten Reparaturen hatten zwar einen nicht wieder gutzumachenden Verfall des Gebäudes verhindert, aber um es auch nur ein klein wenig komfortabel zu gestalten, wäre eine sehr viel höhere Ausgabe erforderlich gewesen, und Fábregas verfügte nicht über soviel Geld. Eigentlich hatte er gar keins mehr. Mit den Inhabern seiner ehemaligen Firma hatte er ein Abkommen getroffen, kraft dessen er auf die seinerzeit festgesetzten monatlichen Zahlungen verzichtete und dafür eine Abfindung bekam, die seine Beziehung zum Familienunternehmen endgültig beglich. Es war ihm nicht schwergefallen, in dieses Abkommen mit den neuen Firmeninhabern einzuwilligen, die sich mit einer relativ bescheidenen Summe von einer zwar kleinen, aber immer wiederkehrenden Ausgabe hatten befreien können, welche die Bilanzen verunstaltete und lästige Erklärungen erforderte. Mit dem so erhaltenen Geld hatte er den Dolabella-Palazzo ein wenig hergerichtet und im Bewußtsein, daß von nun an sowohl die Dolabellas wie er selbst sich auf irgendeine Weise den Lebensunterhalt würden verdienen müssen, einen wesentlichen Teil der Investition dazu bestimmt, aus den auf den Platz hinausgehenden Räumen des Palazzos einen Laden fürs Publikum zu machen. Anfänglich war dieses Projekt bei der Familie Dolabella auf Ablehnung gestoßen, die es für ihres Namens unwürdig, ja für demütigend hielt, aber er hatte so lange darauf beharrt, bis er den Widerstand besiegt hatte, mit dem er natürlich gerechnet und gegen den er sich mit unwiderlegbaren Argumenten gewappnet hatte. Das Kapital, über das sie verfügten, hatte er ihnen gesagt, erlaube es nicht, eine andere Art Geschäft anzufangen, und er halte es für unmöglich, daß jemand von ihnen in kurzer Zeit eine anständig entlohnte Arbeit finde. Anderseits sei auch er nicht die ganze Zeit über völlig untätig gewesen, obwohl er zugebe, daß er seit seiner Ankunft in Venedig in einem Zustand dauernder Benommenheit gelebt habe, und jetzt, da sich sein Gemüt aufgeheitert habe, erkenne er sehr wohl die fast unbegrenzten Möglichkeiten in einer so belebten Stadt wie dieser. Natürlich wisse er sehr wohl um die erdrükkende Konkurrenz, der sie sich gegenübersehen würden, hatte er sogleich gesagt, um den Einwänden zuvorzukommen, die sie schon vorbringen wollten, aber er sei überzeugt, mit Fantasie, Beharrlichkeit und Flexibilität könnten sie es schaffen. Die Idee hatte Charlie rasch begeistert, da er sich schon hinter einem Ladentisch mit einer ausgesuchten Kundschaft plaudern sah, nicht aber seine Frau, die jedoch nur einen rein formalen Widerstand leistete – im Grunde wußte sie genau, daß ihre eigene Zukunft und die der Ihren von Fábregas abhingen. Nach einigem Gezeter und dem wie für sich gemurmelten Satz, die Knochen ihrer Vorfahren würden sich im Grab umdrehen, stimmte sie dem Projekt schließlich zu und machte alle gleich darauf aufmerksam, ihre schlechte Gesundheit werde ihr auf keinen Fall erlauben, irgendwie daran mitzuarbeiten. Da hatte ihr Fábregas, halb im Ernst, halb im Scherz, geantwortet, kaum stünde sie einem gesunden Geschäft vor, würde gewiß ihre Kraft und Lebenslust zurückkehren und er sei bereit, mit ihr jede Wette einzugehen, daß es so kommen werde, worauf sie mit traurigem Kopfschütteln geantwortet hatte, sie fürchte sehr, nicht einmal mehr den Tag zu erleben, an dem nach Abschluß der Bauarbeiten der Laden seine Türen öffne. Natürlich hatte diese Prophezeiung niemand ernst genommen, doch sie stellte sich als richtig heraus. Ende Januar verschlimmerte sich zu jedermanns, insbesondere zu Dr. Pingpongs Erstaunen die Krankheit, die sie zu haben immer behauptet hatte, auf alarmierende Weise. Sogleich wurde sie ins Krankenhaus gebracht, wo die untersuchenden Ärzte ihr Leiden als unheilbar bezeichneten. Nun verstanden alle, daß die Simulation dieser ganzen Jahre ein unsinniger, aber wirkungsvoller Versuch gewesen war, das Vorhandensein einer

Krankheit, an der sie für sich nie die geringsten Zweifel gehegt hatte, vor den Augen der andern zu verbergen und sich selbst gegenüber zu verleugnen. Als sie nun im Krankenhaus ihre letzten Stunden kommen sah, legte sie ihre ewig weinerliche Haltung ab und wurde auf eine Art heiter, die für alle, die so lange unter ihrem Geschwätz gelitten hatten, unvorstellbar gewesen war. Schon ganz geschwächt, hatte sie darum gebeten, man möge ihr den Enkel bringen, den sie zu sehen sich bisher geweigert und von dem sie immer nur abschätzig als von einem Bastard gesprochen hatte. Da hatte Fábregas Charlie am Krankenbett zurückgelassen und war trotz des starken Schneefalls in den Palazzo geeilt, um Maria Clara zu holen, die dort geblieben war, um ihr Baby zu betreuen. Gemeinsam hatten sie es in sämtliche Winterbabysachen und in zwei Dekken gehüllt und es in einer unter dem Schneefall verzweifelt langsam vorankommenden Gondel ins Krankenhaus gebracht. Dort hatte die Kranke ihren Enkel aufmerksam studiert und dann, als der Kleine losgeheult hatte, die Anwesenden gebeten, sie allein zu lassen, und sich der Wand zugedreht, damit niemand die Tränen über ihre Wangen rollen sähe. Noch in dieser Nacht starb sie. Einige Männer zogen ihr ein Nonnengewand über und legten sie in einen gepolsterten Sarg, den Kopf auf ein Spitzenkissen gebettet; in die Hände drückten sie ihr einen Rosenkranz mit Silberkugeln. Dann lackierten sie ihr die Nägel, kämmten sie und puderten ihr das Gesicht. Totenfeier und Beerdigung fanden zwei Tage später statt. Es hatte aufgehört zu schneien, und am klaren, blaßblauen und kalten Himmel schien die Sonne. Um zu verhindern, daß Leute zu den Exequien kämen, die nur eine ebenso lästige wie unumgängliche gesellschaftliche Pflicht erfüllen wollten, hatten Charlie, Maria Clara und Fábregas übereinstimmend beschlossen, die Nachricht von den Feierlichkeiten nicht zu verbreiten. Auf den Friedhof waren nur sie und Dr. Pingpong gegangen, vom Ereignis bei weitem der Betroffenste; wenn man ihn so sah, hätte man meinen können, er sei auf einen Schlag um zwanzig Jahre gealtert. Über die Todesursache mochte sich kein Arzt offen äußern. Mehrere Möglichkeiten wurden vorgebracht, aber da man auf Wunsch der Familie keine Autopsie vornahm, blieb die genaue Natur dieser langen, unwahrscheinlichen Krankheit für immer unbestimmt. In den zwei Wochen nach der Beerdigung wurde der Palazzo zu allen Stunden von Kondolenzbesuchen überschwemmt. Es war offensichtlich, daß sich alle anstrengten, über die Verstorbene etwas Gutes zu sagen, aber ebenso, daß die Lobesworte niemandem leicht über die Lippen kamen. Ganz im Gegenteil, das Verschwinden der Kranken lockerte die verdrießliche Atmosphäre, die den Palazzo ständig überschattet hatte. Wo vorher nur Wehklagen und Nörgeln zu hören gewesen war, ertönten nun das Weinen eines Neugeborenen und das Rufen, Fluchen und Singen der Maurer, Klempner, Schreiner, Gipser, Stukkateure und Maler, die, fern von allem, was sich vor kurzem im Haus abgespielt hatte, ihre Instandsetzungsarbeiten weiterführten. Das Kind nahm sowohl Charlie wie Maria Clara so in Anspruch, daß ihnen wenig Zeit zum Trauern blieb. Nun war es schon zwei Monate her seit dem Todesfall, und die Bauarbeiten waren abgeschlossen, wenigstens in ihrer Anfangsphase. Später, wenn das Geschäft, das sie demnächst eröffnen wollten, prosperieren sollte, würden sie ein gutes Heizungssystem installieren und einen der Säle restaurieren, dachte Fábregas. Jetzt aber nahm der Laden ihre ganze Aufmerksamkeit in Anspruch. Um ihn fürs Publikum zu öffnen, mußten nur noch einige Waren eintreffen, deren Anlieferung sich ohne erkennbaren Grund verzögerte. An diesem Nachmittag war Maria Clara in die Büros des Transportunternehmens gegangen, um noch einmal wegen der ungerechtfertigten Verzögerung zu protestieren, die für die

Familie einen sicheren Verlust bedeutete. Hoffentlich hat das Gewitter sie nicht auf offener Straße erwischt, dachte Fábregas, als er den Regen an die Fensterscheiben prasseln hörte. Er fürchtete, die Geburt des Kindes, das Stillen, der Tod von Maria Claras Mutter, das Durcheinander wegen der Bauarbeiten und die Unsicherheit, mit der sie nun gemeinsam der Zukunft entgegensahen, hätten ihre Abwehrkräfte geschwächt und sie zu einer leichten Beute für jede Art von Krankheit werden lassen. Dieser Gedanke machte ihn schaudern. Er hörte das Geräusch der Eingangstür und spürte, wie ein feuchter Luftzug durch die Gänge wehte. In ein paar großen Schritten war er in der Halle; dort sah er sie – zerbrechlich, bleich und mit Augenringen, aber heil und gesund.

»Bist du naß geworden? Hast du gefroren? Geht's dir gut?« Er umarmte sie und fuhr ihr über das mysteriöserweise trockene Haar.

Sie lächelte. »Immer sagst du, ich soll vorsichtig sein, und wie du siehst, habe ich den Regen vorausgesehen und bin entsprechend ausgerüstet weggegangen.« Sie deutete auf den schwarzen Lackregenmantel, der tropfend an einem Haken an der Wand hing.

»Dem Kleinen geht's gut«, sagte Fábregas. »Er hat einen guten Nachmittag hinter sich, ohne Fieber und Tränen. Die Donnerschläge haben ihn aufgeweckt, aber schon seit einer Weile höre ich ihn nicht mehr; er wird wieder eingeschlafen sein. Dein Vater ist bei ihm.«

»Ah«, sagte sie mit einer Mischung aus Gleichgültigkeit und Verärgerung in der Stimme, als halte sie diese unerbetene Information für unnütz und übertrieben. Er war nicht beleidigt, denn er wußte, daß dieses Verhalten gespielt war – eine gewollte Kühle, die die Unannehmlichkeiten der Mutterschaft und die Unsicherheit ihrer eigenen Situation überspielen sollte. Im Unterschied zu Charlie, der sämtliche Tages- und Nachtstunden seinem

Enkel widmete, auf den er jetzt unverhohlen seinen ganzen Stolz und seine Existenzberechtigung setzte, stellte Maria Clara ihre Begeisterung lieber in den Dienst des künftigen Geschäfts. Nur die Fragen, die sich irgendwie auf den Laden und seine Lieferanten bezogen, schienen für sie von Bedeutung zu sein.

»Was hat man dir im Büro gesagt?«

»Dasselbe wie immer: daß es nicht ihre Schuld ist. Schöne Gauner! Du hättest hören sollen, was ich ihnen gesagt habe!« Ihre Wangen röteten sich vor Empörung.

Und sie begann ihm haarklein das Wortgefecht zu schildern, das sie im Büro geführt hatte. Fábregas hörte nur halb hin. Er wußte ganz genau, daß sie später, tief in der Nacht, wenn sie glaubte, er schlafe, ganz leise aufstehen, sich seinen Morgenmantel über die Schultern werfen, im Dunkeln die Pantoffeln suchen und das Schlafzimmer verlassen würde, ohne Licht zu machen. Er würde vorgeben, nichts von diesem heimlichen Gang zur Wiege zu merken. Wie sehr ich sie liebe! dachte er dann immer. Und er erinnerte sich an die fieberhafte Leidenschaft, die sie in ihm in dem Moment geweckt hatte, als der Zufall sie einander gegenüberstellte. Jetzt war ihm klar, daß das eine egoistische Leidenschaft gewesen war, von der er sich erst nach einem Jahr der Qualen und Fehltritte hatte befreien können. Aus dieser Prüfung war er siegreich, wenn auch nicht unversehrt hervorgegangen. Nun fühlte er sich glücklich und beklagte in seinem Innern diese Monate des Wandels nicht. Genau wie er war auch sie vor bitteren Prüfungen nicht verschont geblieben und hatte sich das Recht erworben, ohne fremde Einmischung mit all ihren Zweifeln und Ängsten zu leben. Deshalb würde er nun, wenn sie in den Stunden der Beklemmung, die dem Morgengrauen vorausgehen und die er besser als sonst jemand kannte, ihr Kind aufsuchen würde, um sicher zu sein, daß ihm nichts Schlimmes zugestoßen war, schweigen und zu schlafen vorgeben, damit sie nicht merkte, daß auch er einen guten Teil der Nacht wach verbrachte.

Ein klagendes Schreien weckte ihn, und erst nachdem er aufgestanden war, konnte er feststellen, woher es kam. Er hatte geträumt, und in die Ängste des Traums hatte sich das Gekreisch einer Möwe gemischt. Im Dunkeln zog er Morgenmantel und Pantoffeln an und ging aus dem Schlafzimmer. Nachdem er sich vergewissert hatte, daß der Kleine ruhig atmete, trat er ins Arbeitszimmer, wo früher Charlies Aktenschränke gestanden hatten, schaute aus dem Fenster und ließ seinen Blick über den Platz schweifen, den der jetzt am hellen, wolkenlosen Himmel scheinende Mond beleuchtete. Es war erst halb drei, aber er wußte, daß er bis zum frühen Morgen nicht wieder würde einschlafen können. Doch er hatte jetzt über vieles nachzudenken, so daß ihn die Aussicht, diese Stunden mit sich allein zu verbringen, nicht im mindesten beunruhigte. Auch die Landschaft dieser unerhörten, endlich eroberten Insel hatte er für sich allein. Er betrachtete die im Mondlicht liegenden Türme und Türmchen, Kuppeln und Laternen. Morgen ist auch wieder ein Tag, dachte er. Über den Platz marschierte ein Mann mit kurzen, methodischen Schritten, als hätte er nur seine eigenen Angelegenheiten im Kopf, ohne sich um die späte Stunde zu kümmern. In den Händen trug er etwas, was aus der Ferne wie ein Transistorradio aussah. Am andern Ende des Platzes tauchte eine kleine Gruppe auf, die Fábregas sogleich wiedererkannte; es waren die drei Stadtstreicher, die sich vor langer Zeit mit ihm angelegt hatten: der herausgeputzte junge Mann, der Riese und das verblödete Mädchen, das dieser an einem Halfterstrick vor sich herführte. Nun gehörten all diese Leute, der unbekannte Fußgänger und das beunruhigende Trio, in seinen Augen zu einer alten, weit entfernten Welt, und ihre Anwesenheit auf dem Platz erschien ihm unwirklich. Der Fußgänger ging weiter, ohne das Tempo seiner Schritte zu verlangsamen. Als er am Trio vorbeikam, stellte es sich ihm in den Weg. Der Fußgänger blieb stehen, und zwischen dem Herausgeputzten und ihm fand ein Wortwechsel statt. Plötzlich deutete der Herausgeputzte auf das Mädchen am Strick, und der Unbekannte legte den Kopf auf die Seite und fuchtelte mit den Händen. Der Herausgeputzte trat beiseite, als wollte er den Unbekannten vorbeilassen, und der setzte sich wieder in Bewegung. Noch bevor er außer Reichweite des Herausgeputzten war, berührte ihn dieser an der Schulter, so daß er, obwohl die Geste eher freundschaftlich als feindselig ausgesehen hatte, in die Knie ging, das Transistorradio fallen ließ und sich mit den Händen auf dem Boden abstützte, um nicht aufs Gesicht zu stürzen. Der Herausgeputzte hob den Arm. Nun blitzte im Mondlicht die Schneide einer blanken Waffe auf. Grotesk floh der Unbekannte auf allen vieren. Bald kippte er erneut, und mit ein paar Schritten war der Herausgeputzte bei ihm. Als der Unbekannte sich aufzurichten versuchte, stieß ihm der andere den Dolch in den Hals. Das Trio ließ ihn auf dem Boden liegen und setzte seinen Weg fort. Nichts Grausames oder Blutrünstiges lag in dieser kurzen Szene; alles hatte sich einfach und überlegt abgespielt, ohne Willkür oder Verbissenheit. Vielleicht eine Abrechnung, dachte Fábregas, etwas Alltägliches. Er hob den Hörer ab, um die Polizei von dem Vorfall zu benachrichtigen, doch wegen der Bauarbeiten im Palazzo funktionierte das Telefon nicht, so daß er den Hörer wieder auflegte und ans Fenster zurückging. Auf dem Platz lag noch immer der leblose Körper des Unbekannten, dem sich nun vorsichtig einige Tauben näherten. Man konnte nicht viel für ihn tun, dachte er. Und außerdem, wenn ich zur Leiche gehe, wer garantiert mir, daß die drei nicht noch irgendwo lauern und sich auf mich stürzen? Morgen werde ich persönlich zur Polizei gehen, obwohl man sicher nicht viel auf die Zeugenaussage eines Ausländers ohne Beruf und Einkommen gibt, der dazu noch früher einmal festgenommen wurde, weil er mit seinen Eseleien die öffentliche Ordnung störte. Was geht mich im Grunde an, was vor meiner Tür geschieht? dachte er. Die Entfernung schien ihn von jeder Verpflichtung freizusprechen.

Trotz seines wollenen Hausmantels spürte er, wie ihm die Kälte in die Knochen drang. Wenn ich noch eine Minute hierbleibe, habe ich morgen bestimmt vierzig Grad Fieber, dachte er. Die Aussicht, wieder ins Bett zu gehen und dort mehrere Stunden wachzuliegen, im Dunkeln und regungslos, um ihre Ruhe nicht zu stören, verlockte ihn nicht, doch jetzt konnte er es sich nicht leisten, krank zu werden, und die Kälte im Palazzo bot ihm keine andere Möglichkeit, so daß er behutsam wieder ins Schlafzimmer zurückging, wenn auch nicht auf kürzestem Weg. Im Empfangssalon blieb er stehen: Aus allen Winkeln zeigten ihm die Spiegel seine eigene Gestalt. Mitten in diesem trostlosen Raum verloren und vom kalten Mondschein beleuchtet, schien er eine Person seiner eigenen Fantasien. Vielleicht ist es in Wirklichkeit das – daß ich mein ganzes Leben lang ein Träumer gewesen bin, dachte er.